OLAGNE

LE TEMPS DE FRANCO

Né à Madrid d'un père français et d'une mère espagnole, Michel del Castillo a évoqué son enfance et son adolescence chaotiques dans nombre de ses livres. Membre de l'Académie royale de Belgique, il a reçu récemment le prix des Écrivains croyants pour son livre *La Vie mentie* (2007).

Paru dans Le Livre de Poche :

LA VIE MENTIE

MICHEL DEL CASTILLO

Le Temps de Franco

RÉCIT

FAYARD

ISBN : 978-2-253-12960-8 – 1re publication LGF

À Pascal Besnard-Rousseau,
in memoriam.

La vérité historique n'est pas... ce qui se passe ;
c'est ce que nous pensons qui s'est passé.

Jorge Luis BORGES,
Fictions, Gallimard, 1957.

La Galice

1892-1912

« Francisco Franco est né le 4 décembre 1892 au sein d'un ghetto », écrit Bartolomé Bennassar[1] ; image aussi forte qu'exacte, le biographe apportant cette précision indispensable : « un ghetto militaire ».

Fondé en 1733 sous le règne de Philippe V, El Ferrol se niche au fond d'une ria large et profonde ; la mer pénètre de quatorze kilomètres à l'intérieur des terres en creusant un port bien abrité, entouré de collines boisées. Sise à l'extrême nord-ouest de la Péninsule, dans une Galice verdoyante, mouillée tout au long de l'année par une bruine lente et persistante, la ville, abritée derrière ses remparts, ne vit – du moins ne vivait-elle alors – que par ses arsenaux, ses chantiers navals, ses quais, ses navires de guerre, son école navale, ses casernes. Les officiers formaient une caste séparée du reste de la population, les leurs s'y mariaient entre eux, endogamie qui renforçait leur isolement.

Ville d'une géométrie toute française avec ses rues

1. Bartolomé Bennassar, *Franco*, Librairie Académique Perrin, 1995.

rectilignes, ses places rectangulaires entourées de portiques, avec ses façades garnies de vérandas vitrées, El Ferrol produit, note Carlos Fernandez [1], une impression d'humidité, le granit des maisons ayant fini, au cours des siècles, par s'imbiber de cette pluie lancinante. Tout y est sombre, ajoute le même auteur : les façades, les gens, leurs habits.

On a beaucoup glosé sur ce patronyme, Franco, répandu parmi les marranes. On en a déduit sans l'ombre d'une preuve que le Caudillo avait des ascendances juives. Or, depuis le XVIIIe siècle, quand les Franco abandonnent l'Andalousie pour s'installer en Galice, ils ont dû, une génération après l'autre, subir les enquêtes raciales exigées pour occuper une fonction officielle sans qu'on ait jamais relevé chez eux la moindre trace de sang juif ou morisque, ce qui devrait couper court aux élucubrations. À supposer même que toutes ces enquêtes aient été conduites avec paresse, on ne constate chez Francisco ou ses frères pas la moindre préoccupation sur leurs origines, tous se considérant comme bon catholiques, suffisamment, en tout cas, pour se montrer éloignés d'une pratique assidue.

Les parents du futur Caudillo appartiennent tous deux à la caste militaire, don Nicolas Franco-Salgado, commissaire de la Flotte, sorte d'administrateur et de superviseur comptable, ayant épousé doña Pilar Bahamonde y Pardo, elle-même fille d'un intendant. Relevant de l'administration de la Flotte, les Franco se situent, dans la hiérarchie sociale, en dessous du corps

---

1. Carlos Fernandez, *El general Franco*, Argos Vergara, 1983. Ce livre modeste, rempli d'informations inédites, n'a pas, à ma connaissance, été traduit en français.

des officiers de pont, l'aristocratie de la Marine royale. Ils font partie de la bourgeoisie moyenne.

Le couple aura cinq enfants, deux filles (l'une morte en bas âge) et trois garçons. Dans la maison étroite et haute, trois étages au-dessus d'une unique porte d'entrée, avec, dans le style galicien, une véranda au second, la famille mène une existence paisible et réglée, du moins tant que l'entente durera entre le père, don Nicolas, caractère fantasque et anticonformiste, et doña Pilar, pieuse et douce. Sise à deux pas de la place principale de cette petite ville qui comptait alors dans les vingt mille habitants, c'est un édifice robuste qui témoigne de la réussite des Franco depuis plusieurs générations. Derrière l'apparence digne, on trouve pourtant une réalité moins riante. Le ménage bat de l'aile et les enfants assistent à des scènes pénibles.

Esprit libre, franc-maçon, le père incarne un personnage classique du répertoire espagnol : noceur, coureur de jupons, buveur, d'humeur caustique, don Nicolas passe ses soirées au casino ou dans des cafés, dissertant et pérorant avant de rentrer éméché. Dans ses Mémoires, sa fille Pilar[1] se donne beaucoup de mal pour laver son père de l'accusation d'ivrognerie. Peine perdue : trop de témoins confirment le penchant de don Nicolas pour la bouteille, intempérance qui s'accentuera avec les années.

Si l'alcool le rend irascible, l'impassibilité de doña Pilar l'exaspère. D'une beauté tranquille, elle n'a rien d'une femmelette dolente, supporte avec dignité les infidélités de son mari, fait face avec cran aux diffi-

1. Pilar Franco Bahamonde, *Nosotros los Franco*, Planeta, 1980.

cultés financières, puisque don Nicolas dépense dans les cafés l'argent du ménage, la contraignant à des économies sévères. Ce n'est pas la misère, même pas la pauvreté, rien que la gêne.

Les enfants mènent une existence frugale. Pilar, la sœur, se rappelle que, sortant de l'école, ses frères et elle couraient vers la maison, talonnés par la faim. Encore ce mot « faim » traduit-il mal le terme espagnol *gana*, qui est une irritante et constante sensation de privation. « *¿ Tienes gana ?* », la question a accompagné mon adolescence.

On mange suffisamment, on est vêtu avec décence, mais on ignore le superflu, on évite le moindre gaspillage. Au goûter, une tranche de pain et un carré de chocolat ; une orange le dimanche ou les jours de fête. Rarement une friandise. Peu de jouets, mais d'autant plus précieux : un sabre pour les garçons, une poupée pour les filles. On ne trouve pas davantage de livres, sauf des manuels scolaires, quelques ouvrages pieux, car la mère est une catholique convaincue qui prend très au sérieux ses devoirs de chrétienne, enseignant la lecture et l'écriture aux enfants des ouvriers de l'arsenal et du port. Elle accueille et élève son neveu, resté orphelin. Pour elle, la foi n'est pas une simple pratique rituelle, même si, dévote, elle assiste à la messe, suit les processions, fait des pèlerinages.

Imposante, avec cet air de dignité de la bourgeoisie espagnole, on peut imaginer qu'elle n'exerçait pas sur Nicolas une attirance irrésistible. On peut aussi deviner qu'elle considérait avec une réprobation glaciale les frasques de son mari, adoptant une attitude de silence et de mépris quand il rentrait éméché à la maison. Ne réussissant pas à lui faire perdre son calme, don Nicolas tournera sa hargne contre Francisco, surnommé Paquito, diminutif affectueux. Enfant malingre, l'air mélancolique, c'est le protégé de sa mère. Ainsi qu'il arrive souvent, le couple réglera ses comptes sur le dos du garçon, devenu le souffre-douleur du père.

Don Nicolas ne laisse pas passer une occasion de se gausser de sa lenteur d'esprit et de ses airs ahuris, renforçant sa timidité naturelle. Nicolas, l'aîné, serait, selon le père, le plus intelligent, Ramón le plus original, Paquito, lui, le plus stupide. Jamais son père ne reviendra sur son opinion, même lorsque Francisco sera devenu le Caudillo. « Francisco, chef d'État ? Laissez-moi rire ! » s'esclaffait-il dans les cafés de Madrid. Il était bien le seul, à l'époque, à pouvoir se moquer du Généralissime en public.

Francisco avait juste dix ans lorsque son père fut muté à Madrid, laissant sa femme et ses enfants au Ferrol sans qu'on sache s'il avait l'intention de les faire venir plus tard. Un an après son installation à Madrid, il vivait ouvertement avec une autre femme, Agustina, une jolie institutrice d'origine modeste qui restera auprès de lui jusqu'à sa mort. On ignore comment doña Pilar, trop digne pour évoquer sa situation, vécut cette rupture qui, pour ses enfants, notamment Francisco, la laissait dans une position humiliante. Très à cheval sur le respect des convenances, la mère fit face avec courage, exigeant de ses enfants qu'ils rendent visite à leur père lors de leurs passages par la capitale.

De cette mésentente et de cette séparation l'inévitable psychiatre a tiré un diagnostic dont le foisonnement laisse sans voix. À l'en croire, Francisco Franco aurait été tout à la fois hystérique, schizophrène, paranoïaque. À sa suite, de nombreux biographes se sont engouffrés dans la brèche, développant les conséquences sur le caractère du futur Caudillo de ce traumatisme psychologique. Les hagiographes du futur Caudillo passent, eux, sous silence la rupture, n'admettant pas que leur héros ait grandi au sein d'une famille désunie.

Pourtant, sont-ce bien les frasques de don Nicolas et la séparation de ses parents qui ont le plus marqué cet enfant frêle et introverti, ou bien l'indifférence et le mépris que son père lui manifestait ? Se sentant rejeté, Francisco trouvait refuge auprès de sa mère qui lui prodiguait l'affection dont il était sevré. Encore faut-il nuancer. Paquito n'avait rien d'un fils à maman, et Pilar n'appartenait pas davantage à l'espèce des mères possessives. Parce qu'il était faible, elle l'entourait d'une attention vigilante, sans traces de sentimentalisme. Toute sa vie Franco lui témoigna un respect mêlé d'admiration. C'était, à ses yeux, une sainte, mais une sainte à l'espagnole, forte et droite. Sans doute est-ce d'elle qu'il tiendra son conformisme bourgeois, sa frugalité spartiate, son sens du devoir, sa manie de l'ordre et du rangement, sa méticulosité, sa réserve. Faut-il diagnostiquer la paranoïa dans ce culte des préceptes de la bourgeoisie provinciale ? Si oui, l'Espagne était peuplée de paranoïaques !

Nul doute qu'il ait souffert, enfant, du rejet de son père. Il y a de fortes chances qu'il ait répondu à ce dédain par une sourde détestation et qu'il ait d'autant plus admiré sa mère qu'il blâmait son père pour sa débauche et son ivrognerie.

La séparation du couple ne semble pas avoir causé un traumatisme sérieux chez les autres enfants. Ramón sera un pionnier de l'aviation, un casse-cou sympathique, un rebelle proche des anarchistes les plus radicaux ; franc-maçon et antimonarchiste, il fréquentera des voyous, complotera à Séville, tentera de bombarder le palais royal et ne rejoindra que sur le tard les rangs nationalistes. Voué aux missions secrètes et aux négociations de l'ombre, Nicolas sera surtout préoccupé de s'enrichir, amassant une belle fortune. De son père il aura hérité son goût des femmes frivoles, actrices, chanteuses, espionnes même – le contraire, en somme, de l'image maternelle.

Là où une forme de délire se manifeste chez le futur Caudillo, c'est dans la rationalisation de l'inconduite paternelle. Pour Francisco, l'appartenance à la franc-maçonnerie explique les infidélités conjugales, l'ironie subversive, l'ivrognerie. A-t-il entendu cette fable dans la bouche de doña Pilar ou de son entourage ? A-t-il de lui-même échafaudé cette théorie de la corruption par la franc-maçonnerie de toutes les valeurs ? Il en fera la cause unique de tous les maux qui accablent la patrie depuis des siècles. Ce que la race était pour Hitler, la franc-maçonnerie le fut pour le Caudillo, jusqu'à la monomanie. Tard dans sa vie, il continuait d'établir des fiches, de réclamer des enquêtes, de compulser des listes, débusquant partout des francs-maçons.

Tout en accablant son père, cette théorie présentait l'avantage de l'exonérer en partie. Proie de la conjuration maçonnique, sa responsabilité personnelle s'en trouvait atténuée. Francisco pouvait le plaindre, sentiment qui le délivrait de sa culpabilité. Il y a donc bien une forme de démence chez le futur Caudillo, mais c'est la forme de délire la plus répandue, celle qui impute à un agent unique tous nos malheurs, celle qui voit dans d'obscures conspirations la cause de nos échecs.

Autant que la mésentente et la séparation de ses

parents, la géographie et les influences du climat ont inspiré bon nombre de biographes. Sa réserve, son laconisme, ses ruminations, sa lenteur et sa prudence s'expliqueraient par ses origines galiciennes. Et chacun de citer l'anecdote que j'ai souvent entendu répéter à Madrid : « Si vous croisez quelqu'un dans un escalier et que vous n'arrivez pas à décider s'il monte ou descend, soyez sûr que c'est un Galicien. » Tous les Normands sont prudents, tous les Auvergnats avares, tous les Provençaux joyeux : on connaît le refrain.

Nicolas et Ramón, ses frères, sont nés, ont grandi dans le même climat, sous le même ciel gris, parmi les mêmes collines vertes et boisées, devant la même côte déchiquetée, ils ont subi les mêmes interminables pluies, pourtant ils ne furent ni laconiques ni réservés. On ajoute que Francisco garda toute sa vie un attachement profond pour son pays natal, mais des centaines de milliers d'Espagnols conservent l'amour de leur *patria chica* sans qu'on puisse en déduire que leurs origines ont déterminé leur caractère.

Non que la Galice n'ait exercé aucune influence sur Francisco Franco. Elle fut moindre, en tout cas, que celle de l'Afrique dont il a dit lui-même : « Sans elle, je n'aurais jamais su qui j'étais. C'est l'Afrique qui m'a révélé à moi-même. »

Sa réserve ? On peut l'attribuer à un sentiment de solitude devant le mépris de son père, à la faiblesse de sa constitution, à sa santé chancelante. Sa lenteur d'esprit, sa prudence ? Depuis sa petite enfance, Francisco était un introverti, découragé de s'épancher par la causticité de don Nicolas. Sa méticulosité, sa passion de l'ordre, son sens de l'observation ? Il les tenait peut-être de sa mère.

Nous ne pouvons rien affirmer de sûr, sauf que ce fut un enfant mal aimé, solitaire, guère expansif, et d'une susceptibilité maladive, souffrant de son apparence malingre, de sa voix fluette, de ses airs de douceur. Les témoins de son enfance le confirment tous : il y avait quelque chose de féminin dans sa personne. Or, s'il est une chose dont nous pouvons être certains, c'est que Paquito ne voulait rien tant que démontrer sa virilité. Puisque la nature lui a refusé une apparence d'homme, il se rêvera surhomme.

Ses adversaires n'hésitent pas à faire de lui une sorte de dégénéré, tout comme les adversaires du Führer allemand prétendront qu'à ce dernier il manquait un testicule. De telles explications, aussi absurdes qu'invérifiables, n'ajoutent rien à la compréhension du personnage.

Ses petits camarades de l'école primaire du Ferrol se moquaient de Paquito, de son apparence débile ? C'est sans doute vrai. Mais les enfants ne se montrent guère enclins à pardonner une faiblesse. Ce qu'ils raillaient, ce n'était pas sa taille – Franquito mesurera 1,67 mètre à dix-huit ans, gabarit tout à fait normal pour un Espagnol de l'époque –, ils moquaient son aspect maigrichon et, surtout, sa voix de fausset qui, toute sa vie, lui causa une réelle souffrance.

Était-il, comme son père le prétendait, stupide ? Toujours dans la moyenne, il n'a jamais brillé dans ses études. Pourtant, doté d'une excellente mémoire, il retenait tout. Dans ce domaine comme en d'autres, on retrouve son tempo de rumination lente.

Ses amis d'enfance signalent son absence de chaleur et de spontanéité. Paquito donne l'impression d'être sur le qui-vive, de se méfier de tous. Bien entendu, les adeptes de la détermination géographique attribuent cette défiance au caractère galicien. Mais ne s'expliquerait-elle pas plutôt par l'appréhension sourde de l'enfant qui vit sur ses gardes de peur de se faire rembarrer ? Après tout, Ramón était aussi galicien que Paquito, et on peut l'accuser de tout, sauf de s'être montré prudent.

S'ils insistent sur ce qui relève des lieux communs de notre époque – l'influence du climat et de la géographie, les traumatismes psychologiques de la petite enfance –, les auteurs négligent une blessure à mon sens autrement plus profonde : les moqueries et le mépris du père qui ont pu imprimer dans son esprit une sorte de stupeur et de confusion. Comme Gustave Flaubert, Francisco fut l'idiot de la famille. Il en garda une sorte d'inquiétude sur lui-même. Ahuri, il aura faim de certitudes simples, irréfutables ; il aura besoin d'un cadre strict ; il cherchera à se rassurer en connaissant exactement ses devoirs et ses droits. Sans le savoir, don Nicolas a peut-être fait de Francisco un « militaire chimiquement pur [1] ».

La plus grave des désillusions, après le rejet par son père, fut pour Francisco la décision gouvernementale de fermer l'école navale l'année même où il se préparait à y entrer. Ses propos désabusés contre cette décision qu'il qualifie d'absurde et d'incompréhensible montrent assez qu'il en fut mortifié. Son aîné, Nicolas, favori du père, portera l'uniforme des aspirants de la Marine royale, pas lui. Comment cette exclusion

---

1. La formule, d'une extraordinaire pénétration, est d'un vieux prêtre qui avait connu Franco depuis l'enfance. Répondant à la question : « Qui est vraiment Franco ? », il avait répondu après une courte hésitation : « Franco ? C'est un militaire chimiquement pur. » Je rappellerai souvent ces mots.

n'aurait-elle pas ravivé sa blessure ? Il se tournera vers l'infanterie en se présentant au concours de l'académie militaire de Tolède, située dans cet Alcazar qui le rendra célèbre et lui permettra d'accéder au pouvoir suprême.

Preuve de l'ascendant moral que doña Pilar gardait sur son mari, même après leur séparation, les parents se retrouveront à Tolède pour soutenir leur fils. C'était un geste « convenable », et la mère n'aurait pas accepté de perdre la face.

Lorsqu'on évoque le temps de Francisco Franco, on ne doit pas oublier le tempo de son époque, d'une lenteur pour nous ahurissante, encore ralenti par la situation géographique d'El Ferrol, tout au bout d'une impasse, l'extrême fin des terres avant le grand saut dans l'océan. Aucun train direct pour la capitale, des routes impraticables, un isolement presque total. Pour se rendre à La Corogne, capitale de la province et tête de ligne de la voie ferrée, Paquito dut s'embarquer à bord d'un méchant rafiot qui mettait plusieurs heures pour effectuer la traversée. Entre La Corogne et Madrid, le trajet durait quinze heures, ce qui faisait du voyage une véritable aventure.

Ce rythme languissant, je l'ai encore connu dans les années 50 avec des trains qu'il m'est arrivé de comparer à ceux des romans de Tolstoï, poussifs, asthmatiques, obligés de s'arrêter avant d'attaquer une pente trop raide. À chaque gare ils faisaient une interminable halte et les voyageurs descendaient pour se dégourdir les jambes en arpentant les quais.

Le plus curieux, en ces temps d'une monotonie assoupissante, c'est que personne ne s'impatientait, chacun semblant accorder son propre rythme à celui, lancinant, des machines. Il y avait une patience franquiste que certains prenaient pour de la résignation. Ce n'était qu'une quiétude intérieure, un songe éveillé. On vivait, on bougeait dans un univers immobile.

Puisqu'on finit toujours par arriver à destination, qu'importe le nombre d'heures, de jours même ? Avant chaque voyage, on s'installait dans une durée faite de disponibilité et de vague attente ; on laissait divaguer l'imagination, paresseusement.

Aujourd'hui, lorsqu'il m'arrive de m'abandonner à l'hystérie ambiante, lorsque je trouve long tout déplacement de plus de trois heures, je souris de moi-même. Ayant intériorisé les temps de l'avion et du TGV, je consulte ma montre dès l'heure du départ.

Les moyens techniques conditionnent la conscience du temps.

Le futur Caudillo éprouva-t-il du chagrin en quittant sa verte Galice pour l'aridité du haut plateau castillan ? Dans ses écrits postérieurs on ne trouve nulle trace de nostalgie. Certes, il reste attaché aux paysages de son enfance, mais il les dépeint avec une totale insensibilité, alignant les adjectifs les plus éculés. Malgré ses efforts pour « faire joli », la mollesse de sa prose stupéfie. Pas une notation personnelle, pas la moindre remarque originale. C'est entendu, Franco n'était pas un écrivain, mais ce qui, dans cette avalanche de lieux communs, surprend et même inquiète, c'est l'absence d'animation intérieure.

On note une égale atonie lorsqu'il découvre Tolède, l'antique capitale wisigothique, la fière cité impériale, juchée sur son promontoire escarpé. Des clichés sur « la grandeur », « l'empire », tels que les militaires devaient les ressasser dans leurs *tertulias* [1], le regret que les autorités négligent ces monuments sans se préoccuper de les faire visiter à la jeunesse pour lui inculquer l'amour de la patrie. Une prose édifiante qui, davantage que les élucubrations des psychologues, renseigne sur une personnalité d'un conformisme stupéfiant.

Une part de son mystère se cache dans cette absence de tonus. Alors qu'il démontre dans l'action une énergie extraordinaire, on a l'impression que, dans le domaine des sentiments, Franco souffre d'une sorte d'aphasie. La réalité lui apparaît décolorée, sans relief. Quand il tente de décrire ce qu'il voit ou ce qu'il pense, les mots s'agglutinent pour former une bouillie informe. Il ne parvient à sortir de lui-même que dans l'action violente. Les clichés qui viennent spontanément sous sa plume témoignent moins d'une maladresse que d'une impuissance vitale. Il y a dans son fond quelque chose d'inerte, presque de mort.

Acharnés à démontrer sa médiocrité, ses adversaires n'ont pas manqué de railler son mauvais classement au concours d'admission à l'académie de Tolède. En réalité, il se situa dans la moyenne parmi plus de quatre cents candidats. Surtout, ils semblent oublier que Francisco avait alors tout juste quinze ans, un gosse ou tout comme, avec d'ailleurs une apparence enfantine.

Les mêmes relèvent l'indifférence dont il témoigne pour la sexualité, suggérant qu'il était peut-être impuissant. « À quinze, seize ans ou même dix-sept ans, les jeunes Espagnols de ce temps étaient vierges dans leur immense majorité, et Franco comme tant d'autres »,

1. Cercles où un groupe de personnes se réunissent, le plus souvent dans un casino ou un café.

leur rétorque Bennassar[1]. C'est exact. Contrairement à ses camarades, il ne fréquentait pas le bordel ; on ne lui connaît pas non plus la moindre amourette. Le moins qu'on puisse dire est que sa sensualité n'était pas précoce. Il est probable qu'il ait éprouvé une phobie des maladies vénériennes, fort répandues de son temps, surtout la syphilis. Des années plus tard, on constatera chez lui cette obsession.

Élève médiocre, peut-être impuissant, disent donc ses détracteurs qui insistent sur les brimades qu'il aurait subies de la part des anciens, lesquels se seraient surtout moqués de sa petite taille. « J'étais encore un enfant qui n'avait pas achevé sa croissance, lui fait dire Manuel Vázquez Montalbán[2], je n'étais pas de petite taille pour l'époque, mais je le paraissais à cause de ma faible corpulence... » Tout est dit.

Le bizutage était alors pratique courante et Franquito (ainsi l'appelaient ses camarades) s'insurgea contre ces pratiques que, devenu directeur de l'académie militaire de Saragosse, il interdira sous peine de sanctions sévères.

On n'en finirait pas de citer des anecdotes le montrant sous un jour ridicule. Mais on sait aussi qu'il réagit avec vigueur, forçant le respect de ses camarades. Franquito n'acceptait pas les brimades ni les moqueries. On retrouve là sa susceptibilité, son orgueil, le refus de sa constitution débile.

Pour l'enseignement dispensé à Tolède, il reposait tout entier sur une discipline de fer, sur l'obéissance aveugle et sur l'honneur, la fidélité au roi et à la patrie.

---

1. Bartolomé Bennassar, ouvrage cité.
2. Manuel Vázquez Montalbán, *Moi, Franco*, Planeta, 1993.

On étudiait les batailles napoléoniennes, celles de l'infanterie espagnole du XVIe siècle, les offensives allemandes de la guerre de 1870, la stratégie et la balistique, l'Histoire, surtout guerrière, sans accorder la moindre attention à l'armement, à la topographie, à la cartographie. N'en appelant qu'à la mémoire, les professeurs préparaient des officiers adaptés à une armée routinière et sclérosée. Le courage, la *hombría* décidaient seuls du sort d'une bataille, et la baïonnette restait l'arme de ce corps à corps viril où le fantassin espagnol pouvait montrer ses qualités guerrières.

L'armée que Franco venait de rejoindre n'avait rien d'une armée moderne. C'était une armée hantée par ses défaites, humiliée par sa déchéance. Franco avait six ans lors de la déroute de Cuba, de la perte des Philippines et de Puerto Rico, derniers vestiges de l'empire de Charles Quint, choc qui dut le marquer comme il a marqué toute sa génération, celle dite de 1898, obsédée par la décadence de l'Espagne et s'accrochant à ce mot, *régénération*, repris par tous les politiques, tous les écrivains. Alors que ce sentiment d'amertume et de frustration s'exprimait dans les élites par une rage froide, il se traduisait dans la caste militaire par un rejet hautain de la moindre responsabilité. L'armée ne pouvant avoir été battue à cause de son impéritie, la faute des désastres incombait aux civils, surtout aux politiciens, gent entre toutes haïe et méprisée.

Même battue à plate couture, l'armée conserve son « honneur ».

Comment, à l'ère des lasers et des radars, des ogives atomiques et des fusées, entrerions-nous dans la psychologie d'un militaire formé à la baïonnette ?

Distance d'autant plus infranchissable que l'armée

espagnole du début du siècle ressemble à une armée d'opérette. Un chiffre suffit (je n'en abuserai pas) : 160 000 hommes dépenaillés, mal équipés, avec à peine des munitions pour huit jours, pour la plupart analphabètes, mais commandés par quelque 12 000 officiers, dont 213 généraux ! Une armée digne du Monténégro, note, pince-sans-rire, Antony Beevor [1].

Pour ce qui est de l'esprit de cette troupe haillonneuse, il suffit de rappeler que la moitié des bidasses effectue son service à la place des riches *señoritos* qui, pour une somme dérisoire, peuvent se « racheter », échappant à la conscription. Soldats chaussés d'espadrilles, pauvres, illettrés. Au-dessus, une foule d'officiers d'autant plus arrogants qu'ils vivotent avec des soldes dérisoires, arrondissant leurs fins de mois par toutes sortes de trafics : l'armée à laquelle Francisco Franco appartient ne pourrait pas résister huit jours, commente encore Beevor, à une guerre l'opposant à la plus médiocre des puissances européennes.

Durant tout le XIXe siècle, des généraux n'ont cessé de gouverner le pays par une succession de *pronunciamientos* ridicules. Ils participaient aux guerres civiles – carlistes contre libéraux – quand ils ne réprimaient pas les révoltes ouvrières ou ne mataient pas les jacqueries paysannes. Au fond, cette armée n'a jamais livré que des guerres intérieures, ni remporté d'autres victoires que contre des Espagnols. Plus qu'une armée, c'est une police.

C'est à ce monde de chimères grandiloquentes que Franco appartient, c'est cette fureur de l'ordre intérieur qui l'habite. Mais il se distingue de ses pairs par sa lenteur méthodique, par une lucidité glaciale. Il

1. Antony Beevor, *La Guerre d'Espagne*, Calmann-Lévy, 2006.

observe, analyse, dissèque, relève les faiblesses. Les illusions le laissent de marbre. Dans un pays de passion et de rhétorique ampoulée, Franco détonne, tout comme il détonne parmi ses frères d'armes.

Le moins espagnol des Espagnols, a-t-on pu dire.

Comment Franquito vécut cette instruction, nous l'ignorons. Son tempo d'assimilation et de régurgitation se révèle pourtant dans les enseignements qu'il sut tirer de ces deux années passées à l'académie de Tolède. Ce ruminant n'oublie rien. Avec obstination il ressasse chaque expérience. On l'a vu pour le bizutage, pour les maladies vénériennes ; on le constatera pour l'organisation et le contenu des cours.

Lorsqu'il deviendra directeur de la nouvelle académie militaire installée à Saragosse, il choisira avec un soin méticuleux les professeurs, veillera à dépoussiérer et à moderniser les matières, fera une large place aux disciplines les plus neuves, notamment à l'armement, à la topographie, à la cartographie. Il se montrera attentif à chaque détail, même infime. Il n'oubliera pas de stimuler un esprit de corps entre professeurs et élèves, se souvenant sans doute de la distance que ses maîtres mettaient entre eux à Tolède. N'oubliant pas davantage l'absence presque totale de relations entre les cadets de Tolède et la population de la ville, il rapprochera ses élèves des habitants de la capitale aragonaise, notamment des étudiants de l'université.

C'est sans doute là une des facettes les plus déconcertantes du personnage, celle aussi que ses adversaires ont le plus de mal à accepter : il existe une modernité franquiste. Conscient du retard de sa patrie, il veut secouer son apathie, n'hésitant pas à s'inspirer de l'étranger. Il a visité les académies militaires anglaise, allemande et française, il a observé, réfléchi avant d'adapter leurs méthodes. Souffrant de la décadence et de l'humiliation de l'Espagne, il rêve lui aussi de régénération. Par ce souci réformiste, il appartient pleinement à son époque.

Il existe une photographie prise sans doute dans un studio de Tolède. Devant un rideau au drapé solennel, les deux frères posent : Nicolas assis dans son uniforme d'aspirant de la Royale, col blanc, double rangée de boutons sur sa vareuse croisée, la casquette et le sabre sur les genoux ; une seule rangée de boutons sur sa vareuse droite, shako orné d'une aigrette dans une main, Paquito, maigre, fluet, avec, dans les yeux, une expression de mélancolie, presque de tristesse, se tient debout derrière son aîné. Mieux que les considérations sur le caractère galicien ou les divagations psychiatriques, ce cliché livre le secret d'une enfance humiliée, explique la froideur et la réserve du futur Caudillo, son aphasie affective. Comme dans les contes de fées, Nicolas, le favori du père, a pu réaliser ses rêves en arborant l'uniforme qui est celui des hommes de la famille depuis plus de deux siècles. Francisco, le mal-aimé, a dû se contenter de la vareuse de l'infanterie. Derrière son insensibilité apparente, on devine sa soif de revanche.

Parce qu'il fut toujours le *segundón* [1], il sera le premier.

---

1. Le second ou puîné dans une société fondée sur le droit d'aînesse.

Le Maroc

1912-1917

Il y a quelque chose de fascinant à constater la métamorphose qui, en moins d'un an, se produit chez Francisco Franco. Le 17 février 1912, c'est un jeune homme frêle, presque maigre, qui débarque à Melilla ; quelques mois plus tard, les photos montrent un homme mince, souriant, hâlé, sûr de lui, visiblement heureux. Tout se passe comme si, tournant le dos à son enfance triste, à l'ennui des cours dans l'austère Alcazar, aux longues marches dans la campagne de Tolède, Paquito avait attendu la guerre pour devenir lui-même.

Affecté au Ferrol à sa sortie de l'académie, il retrouve sa mère et loge dans la maison de son enfance. A-t-il éprouvé de la joie à revoir ce décor ? Signe d'embarras financiers, doña Pilar loue le rez-de-chaussée de la maison. Comme les enfants sont éparpillés, l'atmosphère n'était probablement pas très gaie dans les appartements du premier.

On peut penser que le rythme immuable de cette petite cité enclose dans ses murailles a dû sembler pesant au jeune sous-officier. D'autant plus étouffant que Francisco croisait partout les officiers de la

Marine royale, qu'il voyait les navires ancrés dans le port, apercevait les arsenaux et les chantiers navals, un univers dont il avait rêvé et auquel il avait dû à regret renoncer. La vie de garnison n'avait non plus rien d'exaltant. L'instruction des bidasses, les exercices, les défilés, le salut au drapeau, les revues, l'inspection des paquetages et des chambrées, les gardes dans une caserne vieillotte : une routine fastidieuse. Les promotions à l'ancienneté ne laissent aucun espoir d'avancement rapide, la solde est étriquée, l'avenir semble aussi gris que le présent.

Avec la petite moustache qu'il a laissée pousser pour se donner une apparence plus virile, très droit dans son uniforme, Francisco arpente le *paseo*, flanqué de son ami d'enfance, Camilo Alonso Vega, et de son cousin, Francisco Franco Salgado-Araujo, surnommé Pacón, son futur mémorialiste. Tous trois s'attardent aux terrasses des cafés, regardent passer les jeunes filles, plaisantent. C'est le rythme nonchalant de la province, son immuable rituel tel que je l'ai encore connu dans les années 1950.

Le matin, Francisco reste dans sa caserne, exécutant avec ponctualité ses tâches ; excellent cavalier, il galope l'après-midi le long des plages, s'arrête peut-être pour regarder cette mer dont il a tant rêvé. Parce qu'il faut une amourette à tout jeune Espagnol, il courtise avec une galanterie démodée une demoiselle, lui écrit des lettres fleuries et guindées. Tout ce qu'il fait, tout ce qu'il dit appartient au répertoire le plus convenu. Son conformisme a quelque chose de vertigineux.

Lorsqu'on évoque le temps de Franco, on ne doit pas oublier le rythme alangui de la liturgie sociale qui règle les journées, avec ses *paseos*, déambulations solennelles suivant un trajet immuable, aller et retour, les filles d'un côté, les jeunes gens de l'autre, tous dans des tenues impeccables. Avec la sortie de la messe le dimanche, avec les fêtes, les pèlerinages, les processions, les défilés de la troupe, la vie sociale se trouve enchâssée dans des rituels stricts qui impriment leur rythme aux saisons. C'est une religion communautaire.

Durant un an et demi, Franco se plie à ces routines.

Dans la maison de la rue María, il lit, réfléchit. (Des biographes ironiseront sur ses lectures, mettant en doute leur existence. On sait pourtant que Franco était féru d'ouvrages militaires et qu'il annota soigneusement un exemplaire de *L'Art de la guerre* de Machiavel, l'un de ses livres favoris.)

Bon fils, il accompagne sa mère à l'église, s'inscrit même à l'Adoration nocturne, fait avec elle le pèlerinage à l'ermitage de la Vierge locale, la *Chamorra*. Catholique de tradition, il ne s'est jamais préoccupé des choses liées à la religion. Mais doña Pilar attache une grande importance aux dévotions et, par égard pour elle, il se soumet, sans se contraindre, on peut le supposer, car il professe un respect sincère pour l'Église et ses rites.

Dix-huit mois d'ennui dans cette Galice du bout du monde, avec peut-être la *morriña* [1], cette mélancolie vague, dans la bruine lancinante, sous un ciel gris ; avec la fastidieuse répétition des mêmes gestes, des mêmes plaisanteries éculées, des commérages et des cancans, avec la routine de la caserne et des jours de garde dans un bureau poussiéreux – serait-ce cela, la gloire dont il rêvait à l'Alcazar de Tolède ?

1. C'est le cafard portugais, tel qu'on l'entend dans le fado.

En réalité, son esprit est tout entier tourné vers le Maroc, vers cette guerre que les journaux évoquent dans une prose épique, célébrant avec emphase des victoires incertaines, citant les noms d'officiers qui se distinguent en ces combats lointains, qui récoltent des médailles et obtiennent des avancements rapides. C'est là-bas qu'un militaire peut prouver sa valeur.

Dans sa biographie aussi minutieuse que fouillée, Preston[1] note que, contrairement à ce qu'on a prétendu, il ne sollicita pas son affectation dans l'armée d'Afrique, puisque les sous-officiers n'avaient pas le droit de postuler. Les refus essuyés à cause de son âge – dix-huit ans – n'auraient donc pas existé. Dès que les jeunes sous-officiers furent autorisés à s'enrôler dans l'armée d'Afrique (les pertes étaient telles qu'il devenait urgent de remplacer les morts), Franco et ses deux compagnons s'empressèrent d'envoyer leur candidature. Sans succès. Francisco fut bel et bien jugé trop jeune. Ce ne sera pas la dernière fois. « Trop jeune », ces mots finiront par devenir une antienne.

Sans se décourager, il revint à la charge. Enfin, lorsque son ancien directeur de l'académie de Tolède fut nommé commandant des troupes indigènes (ces *harkas* deviendront les *Regulares*, les Réguliers), il obtint satisfaction.

Les trois compères firent aussitôt leurs malles pour l'interminable voyage ; comme une violente tempête retenait dans le port le bateau assurant la liaison avec la capitale de la province, les trois amis réussirent à persuader le commandant d'un vieux cargo, le *Paulín*, de les embarquer jusqu'à La Corogne. Six heures dans la soute par une mer démontée, puis le train jusqu'à

1. Paul Preston, *Franco*, Harper Collins, Londres, 1995.

Madrid, un autre jusqu'à Cadix, enfin la traversée du détroit et la découverte de l'Afrique. Une semaine pour atteindre leur destination !

Ce ciel haut, cette lumière aveuglante, ces paysages secs et pierreux, ce grouillement dans une ville, Melilla, qui tient du campement militaire et du Far West, avec ses tripots, ses bordels, ses trafics louches, ses aventuriers et ses affairistes, son souk et son étroite médina, ce monde chamarré est pour Paquito une révélation. Jeux, prostitution, concours hippiques, dîners de gala, bals et fêtes champêtres : les officiers mènent là une vie mondaine à laquelle on ne sera pas étonné que Franco, envoyé dès son débarquement dans un fortin proche de Melilla, n'ait pas participé. Jamais d'ailleurs il ne sera attiré par les mondanités.

Avec application, il découvre la guérilla, la première leçon qu'il reçoit de son supérieur étant de faire confectionner un fourreau en cuir pour son sabre s'il ne veut pas devenir une cible facile pour les tireurs embusqués.

Toute sa vie Franco a gardé la nostalgie de l'Afrique.

Il ne faut pas voir un hasard dans le fait que, devenu chef de l'État, les Rifains enturbannés aient formé sa garde personnelle et fourni son escorte : une lointaine réminiscence, un parfum qui devait évoquer pour lui la période la plus heureuse de son existence.

Il n'aura pas été le seul à se sentir renaître loin de sa ville natale, loin de sa famille, dans un monde inconnu. Bien des officiers français connaîtront la même exaltation en débarquant en Indochine ou en Algérie, conservant eux aussi la nostalgie de Saigon et de ses exquises déliquescences, du grand silence et de la pureté des montagnes de Kabylie.

Ceux qui insistent tant sur l'influence de la Galice sur la personnalité du futur Caudillo feraient bien de regarder les photos qui le montrent au Maroc. Et si Francisco avait au contraire dépéri d'ennui au Ferrol, s'il s'était senti étouffer dans la Péninsule, s'il supportait mal l'atmosphère d'une société sclérosée, secouée par les spasmes d'une violence aveugle ou enlisée dans une routine désespérante ?

La majorité des biographes, même les moins hostiles, expliquent son obstination à obtenir son affectation au Maroc par l'ambition, puisque c'est au Maroc qu'on pouvait espérer gagner du galon et récolter des médailles.

Écrivains et biographes se sentent-ils eux-mêmes exempts de la moindre ambition ? Connaissent-ils beaucoup de jeunes gens absolument dépourvus du désir de se distinguer ? L'important est de savoir si l'ambition de Francisco Franco est d'une espèce particulière, plus forcenée, plus calculée. Connaissant la suite de l'histoire, il nous est facile de répondre par oui. Mais le jeune officier prévoyait-il son destin ? Rien n'est moins sûr. Ce qui, en revanche, dut très vite lui apparaître, c'est qu'il avait toutes les chances de laisser sa peau sur le sol africain. Quand bien même le jeune lieutenant aurait été dénué de la moindre imagination, un simple constat aurait suffi à lui ouvrir les yeux : sur quarante-huit officiers commandant des Réguliers, il ne restera, trois ans après, que six survivants. Statistique éloquente !

On sait que Franco avait une claire conscience du danger et qu'il évoquait d'un ton paisible l'éventualité de sa mort. Je connais des ambitions moins risquées.

La plupart des officiers préféraient d'ailleurs faire carrière dans les bureaux des états-majors ou les villes de garnison, dénonçant avec aigreur l'avancement au mérite, la distribution de médailles aux africanistes[1]. S'il avait de l'ambition – et on ne saurait la lui dénier –, Francisco Franco avait aussi le goût du risque et de l'aventure.

Un mois après son débarquement à Melilla, il participa à son premier engagement, une simple escarmouche. Un an plus tard, il était de tous les combats, et son nom commençait à circuler parmi ses pairs, suscitant un respect teinté d'amusement. Sa réserve, son laconisme, son sens maniaque de l'organisation, son mode de vie retiré, tout, dans son personnage, intrigue et suscite la curiosité. Ayant été nommé lieutenant et incorporé à sa demande aux Réguliers, la troupe indigène de choc, il vit parmi ses hommes, portant comme eux le burnous.

À la tête de sa compagnie, Franquito semble se plaire à défier le danger. Alors que, par dizaines, les hommes tombent autour de lui, il reste impassible, monté sur son cheval blanc. On dirait qu'il ignore la peur, jusqu'à mépriser la plus élémentaire prudence. Le 12 octobre 1913, il est décoré de la croix du Mérite militaire de première classe pour son intrépidité et son esprit d'initiative ; quelques mois plus tard, lors de la bataille de Benisalem, il fait montre d'une hardiesse telle qu'il est proposé au grade de capitaine, promotion effective en mars 1915 : il a tout juste vingt-deux ans.

Dans une biographie qui tient plus du pamphlet que

1. Le terme désigne les officiers servant au Maroc et, plus généralement, les partisans de la présence espagnole en Afrique. Il me semble assez clair pour éviter de le mettre entre guillemets.

du récit d'une vie, Luis Ramirez[1] le qualifie de « héros mécanique ». Veut-il suggérer par là que Franco risque sa peau sans réfléchir ? Qu'il est inconscient du danger ? C'est contraire à tout ce que nous savons de lui, contraire aux nombreux témoignages qui insistent sur son sens de l'organisation, sur son attention vétilleuse au moindre détail, sur sa méticuleuse étude du terrain, sur le soin avec lequel il prépare les opérations, envisageant toutes les éventualités et imaginant pour chacune une solution. Non, il est tout sauf un inconscient.

Il s'agit, pour Ramirez comme pour ses détracteurs, de ne pas lui reconnaître le moindre talent, la plus petite qualité. Tout ce qu'il fait, tout ce qu'il dit relève du calcul ou du mensonge. J'avoue ne pas saisir ce que l'on gagne à diminuer ainsi son adversaire. Pourquoi ne pas admettre ce qui crève les yeux ? Au sens strictement militaire, Franco fut un héros. Il exposa dix, vingt fois sa vie avec une légèreté presque joyeuse, au point de se faire plusieurs fois rappeler à l'ordre pour sa témérité.

Bartolomé Bennassar, pourtant mesuré dans ses jugements, écrit une phrase singulière : « Pendant trois ans, Franco parvint à faire croire à ses hommes qu'il était invulnérable – quoiqu'il fût facilement identifiable, monté sur le cheval blanc qu'il avait choisi en manière de défi[2]. »

Il y avait indubitablement du défi à parader sur un cheval blanc à la tête de sa section, mais était-ce un défi destiné à impressionner ses hommes ou bien à frapper de stupeur les rebelles rifains ? À moins que

---

1. Luis Ramirez, *Vie de Francisco Franco, régent du royaume d'Espagne par la grâce de Dieu*, Ruedo Ibérico, 1965.

2. Bartolomé Bennassar, ouvrage cité.

ce ne fût un défi que le jeune officier se lançait à lui-même, à son adolescence maigrichonne et souffreteuse, une manière d'affirmer *su hombría*, sa virilité ombrageuse ?

Les rituels de l'adolescence comportent de telles épreuves, parfois mortelles, et on se rappelle ces jeunes gens qui s'amusaient il y a peu, dans les environs de Madrid, à foncer en sens interdit sur les autoroutes, le jeu consistant à tenir le plus longtemps possible, jusqu'à la toute dernière minute.

Si Franco se proposait de faire croire à ses hommes qu'il était invulnérable, son héroïsme ostentatoire serait ce qu'on appelle de nos jours une stratégie de communication. C'est bien d'ailleurs ce que l'historien suggère à plusieurs reprises. Ce n'est pas exclu, encore que, me semble-t-il, tiré par les cheveux. Seule la suite des événements paraît donner corps à cette hypothèse. Comme Dieu a créé les prunes pour que l'homme s'en délecte, le héros aurait exposé sa vie pour devenir dictateur : téléologie pour le moins hasardeuse...

L'explication mésestime le climat de superstition régnant parmi les Rifains. Ceux-ci croyaient dur comme fer à la *baraka* et avaient créé à propos de leur chef, El Mizziam, la légende selon laquelle seule une balle en or réussirait à lui ôter la vie (ce fut pourtant une vulgaire balle en plomb qui vint à bout de ce guerrier). Franco a très vite saisi la psychologie empreinte de fanatisme religieux de ces populations. Le cheval blanc, son allure impassible, son mépris du danger : autant de signes adressés à ses adversaires. Par son attitude, il leur montre qu'il possède lui aussi la *baraka*, qu'il est un protégé de Dieu, un guerrier invincible.

Que se passe-t-il au juste au Maroc en ces années 1910-1925 ? Lors de la délimitation des zones d'influence en 1906, sordide maquignonnage entre puissances, la France a obtenu l'aval de la Grande-Bretagne pour étendre sur le Maroc son protectorat. L'Espagne, qui devait décrocher un territoire incluant Fès, se sera contentée de la portion congrue, de Larache à Alhucemas – sauf Tanger, décrétée zone internationale –, région la plus pauvre, dépourvue de ressources naturelles, peuplée de montagnards farouches épris de leur indépendance.

Refusant l'occupation de leur territoire, les chefs de clan soulèvent et rameutent les tribus, prêchent la guerre sainte, livrant à une armée espagnole mal équipée, guère entraînée, une implacable guérilla. Escarmouches, embuscades, harcèlement des convois, rupture des lignes de communication : les Rifains, excellents guerriers, accrochés à leurs montagnes dont ils connaissent le moindre repli, infligent aux militaires espagnols des pertes sévères. Ne comprenant pas le sens de cette guerre, les réservistes appelés en renfort refusent d'aller se battre, se couchent sur les voies, manifestent bruyamment. D'autant moins enthousiastes, ces pitoyables soldats, qu'ils ont été tirés au sort ou « achetés » par des *señoritos*, scandale dénoncé par les syndicats et les partis de gauche qui mènent une virulente campagne contre la « sale guerre ».

Grèves, diffusions de tracts, le pays est en effervescence. La foule tente d'empêcher le départ des trains emportant les conscrits, les dockers de Barcelone refusent de charger les bateaux devant transporter les armes. Les attentats se multiplient. Entre l'armée et la population civile, le fossé ne cesse de s'élargir. Un abîme les séparera bientôt.

De leur côté, certains officiers stationnés au Maroc arrondissent leurs fins de mois en revendant les armes et munitions aux rebelles, contrebande qui laisse leurs hommes désarmés. C'est la vermine des guerres coloniales.

Pour quoi, pour qui se bat-on ? Hormis une poignée d'industriels et de banquiers exploitant des mines, l'Espagne ne tire aucun avantage matériel de cette région du Maroc, la plus stérile et la plus miséreuse. Avec cynisme, l'ambassadeur de France à Madrid écrit dans une dépêche qu'il faut laisser l'Espagne épuiser ses forces et son argent dans cette campagne : un os à ronger pour son orgueil. Conscients d'avoir été dupés et humiliés, les Espagnols enragent. Si, de son côté, la Grande-Bretagne, soucieuse de garder le contrôle des deux rives du détroit, a insisté pour qu'on attribue à l'Espagne la zone nord du royaume chérifien, c'est qu'elle sait n'avoir rien à redouter de l'armée espagnole

Les plus lucides parmi les Espagnols protestent contre les dizaines de millions accordées à l'armée pour flatter son « honneur ». Car le Maroc est devenu l'obsession des militaires, leur chasse gardée. Désireux de venger l'humiliation des défaites subies à Cuba, ils s'accrochent à ces montagnes rocailleuses, à ces villes incertaines, à ce climat de fournaise le jour, de glace la nuit, à ces oueds à sec, à ces ravins où les rebelles se cachent, prêts à fondre sur ceux qui s'écartent du gros de la troupe. Sclérosé, alourdi par une bureaucratie fantastique, l'état-major applique la stratégie qui avait déjà échoué à Cuba : l'installation dans l'arrière-pays d'un chapelet de fortins que les rebelles assiègent et isolent. Entre Ceuta et Melilla, les communications se font par mer ; les méchantes routes de l'intérieur sont trop peu sûres ; aucun transport ne peut se faire sans une forte escorte militaire. Le Rif est un Far West.

Peu d'artillerie, des fusils datant de la guerre de 1870 : les soldats espagnols ne sont pas mieux armés que leurs adversaires, au contraire : les Allemands, désireux d'embarrasser les Français, fournissent aux rebelles des carabines et des mitrailleuses modernes. Tout comme Beevor, Preston évoque à propos de l'armée espagnole celles de Roumanie ou de Bulgarie. Comment les Espagnols ne souffriraient-ils pas de cette déchéance ?

Les militaires veulent des victoires pour sauver l'honneur ; ils veulent aussi des promotions et des médailles. Toutes les guerres coloniales, même les plus médiocres, engendrent les mêmes abus.

Espérant redorer le blason de la monarchie, le roi ajoute à la confusion en se mêlant des nominations, des promotions et même de la stratégie. Il aime à se dire soldat, à se montrer entouré d'uniformes, à se pavaner en tenue d'officier chamarré et botté. Francisco Franco sera vite l'un de ses favoris, Alphonse XIII appuyant ses promotions.

Dans son palais, le roi joue à la guerre. En réalité, c'est sa couronne qu'il joue.

Ni les militaires africanistes ni le monarque ne semblent se soucier de la réalité du pays, de son épouvantable misère, de ses millions de paysans sans terre, les *braceros*[1]. Ils rêvent grandeur et prestige ; ils parlent

1. Ceux qui ne possèdent pour tous biens que leurs bras, contraints chaque matin de se louer de *sol a sol*, du lever au coucher du soleil, pour un salaire équivalant au prix d'un kilo de pain.

d'empire, invoquent les mânes de Charles Quint. Alors que l'Espagne s'enfonce jour après jour dans un inéluctable déclin, le gouvernement engloutit des sommes extravagantes dans cette piteuse aventure.

À Barcelone, dans toute l'Andalousie, les anarchistes étendent leur influence, prêchent une révolution totale, immédiate et sauvage – une parousie. Ils étaient 50 000 peut-être vers 1890 ; *Solidaridad obrera*, Solidarité ouvrière, nouveau nom de leur organisation, en compte plus de 500 000 vers 1912. Avec leur syndicat, la Confédération nationale du travail (CNT), ils rassemblent les ouvriers de Barcelone, essaiment dans toute l'Andalousie, jusque dans les plus pauvres villages. Des attentats sanglants font écho aux jacqueries enragées. Partout la police et la garde civile répriment avec brutalité, faisant redoubler la colère et la haine.

Au Pays basque, à Madrid, le Parti socialiste s'organise, recrute de nouveaux adhérents. Des grèves éclatent dans les Asturies, dans la région de Bilbao et dans la capitale.

La guerre du Maroc gangrène et pourrit le pays.

« L'espérance de vie était d'environ 35 ans, la même qu'à l'époque de Ferdinand et d'Isabelle, écrit sobrement Beevor. Le taux d'analphabétisation, qui variait profondément d'une région à l'autre, atteignait en moyenne 64 %. Deux tiers de la population travaillaient encore la terre[1]. »

On se trouve devant deux pays déchirés, chacun dressé contre l'autre. Pauvres contre riches ? Pas seulement. Il y a d'un côté l'État, tous ceux qui en vivent et en profitent – propriétaires terriens, aristocrates, patrons, fonctionnaires de la petite et moyenne bour-

1. Antony Beevor, ouvrage cité.

geoisie, militaires et clergé –, de l'autre un peuple, non seulement indifférent, mais hostile à tout État depuis des siècles.

Dans un livre qui reste le plus intelligent sur cette Espagne problématique, Gerald Brenan [1] analyse les causes de cette désaffection d'une moitié des Espagnols pour un État dans lequel ils ne se reconnaissent pas. Son livre n'a pas pris une ride.

Suicidé en 1898, Ángel Ganivet, l'un des penseurs les plus profonds de ce qu'on a appelé la « génération de 98 », dénonçait, dans son *Idearium español*, les tares de l'État, appelait à une refondation qui devait commencer par un renoncement définitif aux aventures coloniales, à la rhétorique creuse de l'empire et autres déclamations fumeuses. Concentrant tous ses efforts sur la modernisation et l'amélioration des conditions de vie de la population, cet État régénéré réconcilierait les Espagnols. Ni le roi ni les politiciens n'avaient lu ce livre prémonitoire. Ils ne lisaient d'ailleurs aucun livre, l'intelligence paraissant à ces *chulos* [2] un signe de mollesse.

Tout ce que Ganivet fustigeait – la rhétorique brumeuse, le culte d'une virilité ignare et brutale, la haine du progrès technique, le refus hautain de l'effort, la

1. Gerald Brenan, *Le Labyrinthe espagnol*, Ivrea, 2005. La première édition en anglais date de 1943 au Syndicate of the Press of the University of Cambridge, et la première traduction française parut aux Éditions Ruedo Ibérico, à Paris, en 1962. Une nouvelle édition parut aux Éditions Champ libre en 1984. La dernière, corrigée et considérablement augmentée, est celle que je cite.

2. Mot difficile à traduire, désigne plus une attitude d'effronterie, de liberté de ton, de défi, qu'un caractère. Le *chulo* est un voyou sympathique, machiste, qui filoute avec esprit.

détestation de la modernité –, toute cette moisissure, la guerre du Maroc l'exhibe avec impudence.

Guerre irréelle, presque fantastique, puisqu'elle ne poursuivait aucun but pratique. Le lecteur français qui serait tenté de la comparer à la guerre d'Algérie doit garder à l'esprit que la France avait, en Algérie, des intérêts économiques considérables, pour ne rien dire de l'existence d'une population d'origine européenne nombreuse. C'était, au sens fort, une colonie de peuplement et d'exploitation. Rien de tel dans la zone espagnole du Maroc où même les villes étaient inexistantes. Faites par des *chulos* et pour des *chulos*, ces escarmouches n'avaient d'autre but que de démontrer la *hombría* des militaires.

« L'Espagne officielle, écrit Ortega y Gasset, consiste en des partis fantômes défendant des fantômes d'idées qui, ramassés par des ombres de journaux, font marcher des ministères d'hallucination. »

On peut ajouter que la monarchie d'Alphonse XIII est elle-même un mirage qui, jour après jour, se dissipe. Cette guerre inutile et ruineuse ronge les fondations d'un édifice qui ne sera bientôt plus qu'une apparence.

Quels échos le capitaine Franco perçoit-il de tous ces bruits ? Ses réactions aux manifestations pacifistes sont celles de ses pairs, l'indignation, la colère. Puisque l'armée incarne l'Espagne, ceux qui s'opposent à elle non seulement sont de mauvais Espagnols, mais forment une anti-Espagne. Une conviction s'ancre dans l'esprit du futur Caudillo : les militants des partis de gauche, les révolutionnaires et les syndicalistes veulent la ruine du pays. Connaissant sa propension au ressassement, à la rumination lente, on devine la ténacité de sa haine qui jamais ne désarmera. Pour ce militaire, attaquer l'armée revient à trahir l'Espagne.

Bennassar fait remonter à son séjour africain ce qui deviendra l'obsession du Généralissime, la hantise du complot maçonnique. Il est probable que la théorie d'une conspiration ourdie par des forces obscures et dirigée depuis l'étranger ait nourri bien des conversations parmi les officiers de l'armée coloniale. D'autant que nombre de militaires, jusqu'aux plus hauts grades, appartenaient à la franc-maçonnerie. L'obsession de la trahison et du lâchage habite toutes les armées coloniales, prêtes à se sentir abandonnées dès qu'on semble contester le bien-fondé de leur entreprise.

L'armée n'est pas unie : il y a tous les mécontents qui, dans leurs garnisons rébarbatives, s'insurgent contre l'avancement au mérite, contre la pluie de médailles s'abattant sur les officiers africanistes, cet adjectif prenant dans leur bouche une nuance péjorative ; il y a les divergences et les frictions entre les différents corps, notamment la fronde des artilleurs, hostiles pour des motifs pratiques à l'aventure marocaine. L'argent gaspillé au Maroc serait mieux employé, selon eux, au renouvellement et à la modernisation d'un armement obsolète.

Indigné par l'agitation des pacifistes, convaincu qu'il existe un complot visant à anéantir l'Espagne en calomniant son armée, rien ne serait plus faux que de prêter au jeune capitaine Franco ce qu'on appelle une conscience politique. Homme d'ordre, militaire dans l'âme, il ne s'intéresse guère aux stratégies et aux combinaisons politiciennes. L'idée cependant s'ancre en lui que seuls les militaires peuvent sauver l'Espagne du chaos où le pouvoir civil la précipite. Ce n'est pas encore une réflexion, tout juste une vague conviction renforcée par les conversations qu'il a avec ses pairs.

Pour l'heure, son affaire c'est la guerre. Il la fait avec une allégresse pour nous incompréhensible. Un sport, presque un jeu, d'autant plus excitant que dangereux.

Avec ses hommes il n'arrête pas de courir, fonçant à marches forcées de Melilla à Ceuta, de Tétouan à Chaouen et à Larache. Dans une chaleur d'étuve, les sections avancent de jour, s'écroulent la nuit dans des campements de fortune ; serrés autour du feu, les hommes s'enveloppent dans leurs couvertures pour se protéger d'un froid mordant ; postées tout autour, les sentinelles scrutent avec anxiété l'obscurité, guettant le moindre frôlement. Tels des chats sauvages, les rebelles se glissent sans bruit dans la nuit, prêts à égorger ceux qui se laissent surprendre. Ils connaissent chaque pierre, chaque monticule. Ils rampent, s'abritent derrière les rares buissons, attendent patiemment, guettant un instant d'inattention. Guérilla féroce, d'une cruauté sauvage. On mutile les cadavres, on crève les yeux des blessés, on émascule.

Toujours sur le qui-vive, les officiers espagnols vont d'un point à un autre, s'assurant que les sentinelles sont bien à leur poste. Parmi les Réguliers, les désertions sont fréquentes ; ils décampent avec armes et bagages, rejoignent les combattants rifains, participent avec eux aux massacres.

De tous ces officiers qui découvrent les pièges d'une guerre faite de ruses et de traquenards, Francisco Franco est assurément le plus prévoyant, le plus sagace. Son sens de l'organisation fait merveille.

Veillant au moindre détail, ne laissant rien au hasard, il maintient une discipline inflexible, n'hésitant pas à faire fusiller un homme pour ce qui semblerait une vétille. Sa sévérité est aussi légendaire que son courage. Il vient, au Maroc, de découvrir sa vocation de chef, *caudillo*, à la fois guerrier et meneur d'hommes, terme qui remonte aux temps de la Reconquête. Cet officier dénué de prestance, à la voix incertaine, possède un charisme inexplicable.

Franquito a fait au Maroc une découverte plus essentielle encore : il a, dans l'armée, trouvé un cadre rigide, fondé sur l'obéissance et la hiérarchie. Ainsi que Preston le souligne, cet univers de certitudes simples, irréfutables, met un terme à ses propres incertitudes. Il s'y coule avec soulagement. Il sait désormais qui il est, il lui reste à prouver ce qu'il vaut.

C'est cette métamorphose que l'iconographie révèle : le maigre sous-officier au regard mélancolique devient au Maroc un homme sûr de lui. Plus de place pour le doute ou l'inquiétude : l'armée le dote d'une armure psychologique dans laquelle il se sent définitivement à l'abri.

L'antipathie que Franco inspire aux intellectuels s'explique par le simplisme brutal de sa personnalité. Hostiles à l'esprit militaire, le culte de l'obéissance et le respect de la hiérarchie leur apparaissent comme des aberrations. Du fait de sa philosophie brumeuse, ils sont à même d'entrer dans les divagations d'un Hitler, ses idées fumeuses leur fournissant un matériau qu'ils connaissent : là, ils peuvent réfuter, analyser, ironiser même. Avec Franco, rien. Refus de la pensée critique, méfiance vis-à-vis des idées générales : sur cette rudesse primaire ils n'ont pas la moindre prise. Mais, à dédaigner cette institution, l'armée, basée sur des valeurs rudimentaires, c'est tout un pan de la réalité sociale qu'ils écartent. Des millions d'hommes veulent se fondre dans un corps qui leur procure l'identité qu'ils n'ont pas. Franco ne fait pas exception à cette aspiration obscure. Il est un homme ordinaire, trop ordinaire. Hors du groupe il n'est peut-être rien. Au sein de l'armée, il peut devenir tout, ou presque.

Ses hommes ne s'y trompent pas qui, tout en le craignant, éprouvent pour lui un attachement proche de l'affection. Est-ce parce qu'il marche toujours à leur tête, indifférent au danger, donnant l'impression de ne pas redouter la mort ? parce que, malgré sa terrible sévérité, il s'efforce d'être juste, écartant la moindre trace de favoritisme ? Ils admirent sa probité, sa frugalité spartiate. Ce n'est pas Franco qui s'enrichirait aux dépens de ses hommes ou se livrerait à des trafics louches. Il mange, dort avec eux, partage leurs fatigues. Doté d'un magnétisme étrange, il parvient à galvaniser sa troupe, à réveiller son ardeur quand la situation semble désespérée.

Malgré les atrocités, malgré les mutilations, malgré les représailles que Franco tolère avec une sorte de détachement glacial, ses adversaires l'estiment et le respectent. Redoutables guerriers, les Rifains savent reconnaître le courage. Eux aussi appartiennent à l'univers féodal, à ses fidélités et à ses valeurs. Un lien se noue, pour nous énigmatique, entre Franco et les combattants rifains. On en verra la solidité durant la guerre civile.

Pas plus que ses adversaires, le jeune officier ne montre de pitié. C'est une guérilla aussi féroce que celle que l'Espagne livra jadis aux armées napoléoniennes. Franco s'habitue au spectacle des plus affreuses exactions. Sa froideur se congèle, durcit. Il devient cet homme insensible à la souffrance, impassible devant les plus effroyables carnages. Ses pairs le surnommeront l'Africain.

La mort qu'il a si souvent défiée semble se souvenir de lui en juin 1916. Au cours d'un engagement furieux avec les rebelles qui se sont retranchés sur les hauteurs d'El Buitz, non loin de Tétouan, Franco se penche pour saisir l'arme d'un de ses compagnons, tombé mort à ses pieds. Quand il se relève, il s'effondre à son tour, touché au ventre. C'est le genre de blessure qui ne pardonne pas. Alors qu'il gît sur le sol, à demi conscient, il appelle son second et lui demande de prendre dans sa sacoche les 20 000 pesetas destinées à la solde de ses hommes. Toujours ce sang-froid imperturbable, ce sens du détail ! Ensuite il ferme les yeux.

Convaincus qu'il ne survivra pas, les brancardiers le transportent dans un poste de secours où les médecins militaires, eux aussi persuadés qu'il est perdu, renoncent à l'évacuer sur Ceuta, décision qui lui sauvera peut-être la vie. Plusieurs jours il restera ainsi entre la vie et la mort, couché sur un lit de camp.

Alors qu'ils ne se voyaient plus depuis sept ans, ses parents, alertés, font ensemble le voyage pour se rendre au chevet de leur fils. Ils le retrouvent à l'hôpital de Ceuta où les médecins viennent de faire des radiographies qui, à leur grand étonnement, montrent que la balle n'a atteint aucun organe vital. Une fois encore, la mort n'a pas voulu de lui. Il s'en est fallu de quelques millimètres.

L'action au cours de laquelle le capitaine Franco a été blessé lui vaut d'être proposé pour le grade de commandant. La citation déclare : « Le capitaine don Francisco Franco Bahamonde, des Réguliers, s'est distingué par une valeur sans égale, ses dons de chef, et l'énergie déployée dans le combat du Buitz où il fut gravement blessé. »

Malgré l'appréciation élogieuse de sa hiérarchie, le Haut Conseil militaire donne un avis défavorable à cette promotion. Franco fait appel par voie réglementaire au roi lui-même, en tant que chef des armées. « De manière parfaitement insolite », estime Bennassar qui ajoute ce commentaire : « Déjà l'ambition du jeune officier est évidente »[1] ; « il avait adressé par la voie hiérarchique une supplique circonstanciée au roi, avec curriculum vitae à l'appui[2] », explique Philippe Nourry ; « Franco en appela de cette décision, cherchant l'appui du haut-commissaire pour un recours réglementaire *(recurso reglementario)* auprès du roi, commandant en chef des armées[3] », précise de son côté Paul Preston, parfaitement renseigné.

Quelles leçons tirer de cet imbroglio ? Le motif invoqué par les conseillers du ministre de la Guerre pour refuser cette promotion était, on s'en serait douté, l'extrême jeunesse de Franco : moins de vingt-trois ans ; les motifs inavoués étaient la volonté de mettre un frein à l'avalanche de promotions qui encombraient les échelons supérieurs, d'amadouer aussi la colère des *juntas* militaires, ces associations corporatistes dont

1. Bartolomé Bennassar, ouvrage cité.

2. Philippe Nourry, *Franco, la conquête du pouvoir*, Denoël, 1975, l'un des ouvrages les mieux documentés, les plus vivants sur les années d'apprentissage du Caudillo.

3. Paul Preston, ouvrage cité.

l'influence inquiétait le gouvernement. Cette décision recelait donc un aspect politique.

De son côté, le capitaine Francisco Franco pouvait à juste titre se sentir victime d'une injustice. Par ambition ? Certes. Mais, si l'on admet que l'armée est une institution dans laquelle il est destiné à faire carrière, au nom de quoi condamnerait-on son ambition ?

Pressé par Alphonse XIII, le ministre de la Guerre donne une suite favorable au recours de Francisco Franco qui, à vingt-trois ans, devient le plus jeune commandant de l'armée espagnole.

S'il cède sur la promotion, le Haut Conseil refuse cependant la demande d'une décoration, la plus prestigieuse, la croix laurée de San Fernando, n'accordant au jeune commandant que la croix de Marie-Christine, médaille de seconde classe, un prix de consolation. Il faut, pour avoir droit à la croix de San Fernando, que l'officier blessé ait gardé conscience et poursuivi le combat. Or le rapport du médecin militaire signale que Franco a perdu connaissance. Prétexte, on le voit, tiré par les cheveux. De toute évidence, son recours au roi a déplu aux conseillers du ministre. Franco s'est fait une réputation d'intrigant.

Plus que le goût de la brigue, l'affaire montre l'extrême susceptibilité du jeune commandant, la certitude de sa valeur, sa ténacité. Nous savons qu'il n'oublie rien ; il ne supporte pas davantage ce qu'il tient pour une injustice. Bennassar n'a pas tort d'attacher de l'importance à cette affaire en apparence mineure où le plus jeune officier supérieur de l'armée révèle la haute idée qu'il a de lui. Trop haute, cette idée, ou juste ? Chacun appréciera.

Faut-il suivre l'historien quand, emboîtant le pas à Luis Ramirez, il pose des questions teintées d'un moralisme décalé ? « En revanche, Luis Ramirez est mieux inspiré lorsqu'il souligne l'égocentrisme de Franco, son indifférence au destin des autres et à leur mort : lors de l'action de 1916 qui valut à Franco sa grave blessure, plus de la moitié des hommes de son unité étaient tombés ! La question posée par Luis Ramirez est donc fort opportune. Pourquoi ? Quel est le sens de ces morts [1] ? »

Si le capitaine Franco avait succombé à sa blessure, éventualité alors fort plausible, je suppose que la question n'aurait pas été posée. Elle peut d'ailleurs se poser à propos de tout chef de guerre, de tous les militaires depuis que le monde existe. Elle peut se résumer à cette alternative fort simple : pourquoi Franco était-il un militaire au lieu d'être un militant pacifiste ? Car, emporté par son élan compassionnel, Bennassar poursuit : « Quel est le sens de ces morts ? Franco s'est-il seulement posé la question ? »

Je ne suis pas sûr que cette rhétorique soit encore de l'Histoire, puisque la question du sens de la guerre traverse les siècles, occupe les poètes et les tragiques d'Homère à Eschyle, tout comme elle occupe les conversations du café du Commerce. Non qu'elle soit sans fondement, au contraire. Elle ne relève tout simplement pas de l'univers mental de Franco, pas plus, au demeurant, que de celui de n'importe quel militaire.

On mesure la difficulté que les intellectuels éprouvent à comprendre Franco, à pénétrer la mentalité de n'importe quel militaire pour qui mourir est un métier. Naïvement, ils appliquent un code philosophique à ce qui relève d'un code de l'honneur. Dévoyé ? Peut-être. Plus ambigu pourtant qu'il n'y paraît. Nos libertés se

1. Bartolomé Bennassar, ouvrage cité.

trouvent-elles en péril, les mêmes s'indignent que les militaires ne fassent pas ou fassent mal leur devoir. Quel Français n'a pas ressenti la honte des débâcles de 1870 et de 1940 ? Nous demandons à l'armée d'être forte, disciplinée, prête à tuer et à mourir, c'est-à-dire à bien faire son singulier métier dans les guerres que nous estimons justes, mais de refuser de se battre quand les guerres nous paraissent injustes. « Quel était le but de cette guerre ? se demande Bennassar à propos du Maroc. Suffisait-il d'invoquer le destin impérial de l'Espagne ? »

Interrogation certes pertinente mais qui, adressée aux militaires, contient en creux le césarisme, puisqu'elle érige l'armée en arbitre de la décision politique. Telle n'est certainement pas l'intention de l'historien, trahi par sa générosité. Mais la confusion du politique et du militaire, loin de l'éclairer, obscurcit la figure de Francisco Franco pour qui l'obéissance aveugle constituait un acte de foi. On ne saurait à la fois lui reprocher d'avoir obéi au Maroc et désobéi en 1936.

La responsabilité de la guerre du Maroc, de toute guerre, incombe aux politiques. Le roi, ses ministres, son gouvernement ont pris cette décision lamentable. Ils ont poursuivi cette folle et ruineuse aventure contre le sentiment d'une majorité de la population. Le clan militariste a pesé sur ces décisions iniques ? Il est du ressort du politique de savoir résister aux pressions et d'imposer sa volonté.

À son échelon, Francisco Franco a fait son métier, et l'a bien fait. Il était volontaire ? Mais vouloir faire ce pour quoi on se sent fait, chercher à se distinguer dans le métier qu'on a choisi : ces ambitions-là n'ont rien d'illégitime. Sans doute la guerre tue, elle donne lieu aux pires atrocités, ce n'est pas moi qui défendrai cette horreur. Mais je sais aussi que la violence guerrière n'a pas été inventée par Franco.

Remis de sa blessure, Franco obtient un congé de convalescence de deux mois qu'il passe bien entendu auprès de sa mère, au Ferrol. On imagine avec quelle tendresse inquiète doña Pilar veilla sur lui, l'entourant de soins.

Une fois de plus, ce sont les promenades à cheval, les *tertulias* au café, les lectures, toujours militaires ; ce sont surtout les démarches liées à son recours contre la décision du Haut Conseil militaire. Enfin il peut revêtir son bel uniforme d'officier supérieur.

Il y a, une fois encore, l'amourette enguirlandée, avec ses déclarations compassées ; Francisco Franco fait un amoureux pour Bibliothèque rose. « Comme homme il était fin, attentionné, déclarera plus tard Sofia Subiran, une jeune fille à qui, au Maroc, il avait fait une cour tout aussi guindée. Il me traitait avec une délicatesse exquise, comme si j'étais un être surnaturel... Il était un peu niais, très timide. » S'il est vrai que, pour les Espagnols du début du siècle, la femme était ou mère ou putain, Francisco Franco, très fleur bleue, idéalisait la femme dont sa mère fournissait le modèle.

Il peut enfin s'en retourner à Tétouan où il ne restera d'ailleurs pas longtemps, aucun poste vacant pour son grade n'étant disponible dans les Réguliers – prétexte assez douteux.

Affecté à Oviedo, dans les Asturies, il s'embarque pour la métropole avec, on peut le croire, du regret et de la nostalgie. Son apprentissage africain vient de se terminer.

A-t-il, alors que le navire s'éloigne, une pensée pour le jeune homme frêle et mal assuré qui, quatre ans plus tôt, débarquait à Melilla ?

Les Asturies

1917-1920

Lorsqu'il met le pied sur le sol espagnol pour rejoindre son affectation à Oviedo, dans les Asturies, que connaît le commandant Francisco Franco de la réalité de son pays ?

Son enfance s'est écoulée dans un « ghetto militaire [1] », dans une Galice de mer et de rias aux horizons étroits ; une Galice isolée, coupée par des montagnes de l'arrière-pays. Il a grandi au sein d'une famille de marins refermée sur elle-même, sans autres contacts que des parents appartenant eux-mêmes à la caste militaire. Les « pauvres » qu'il a aperçus au commencement de son existence ressemblent aux santons d'une crèche : les porteurs d'eau, enfants haillonneux grimpant les étages avec leurs énormes jarres sur le dos ; les fils des ouvriers de l'arsenal auxquels doña Pilar, par charité chrétienne, enseigne la lecture et l'écriture ; les domestiques et les bonnes d'enfants dans leurs costumes traditionnels ; quelques paysans entrevus au marché, des fantômes d'ouvriers entrant

1. Bartolomé Bennassar, ouvrage cité.

aux chantiers navals ou en sortant : un théâtre d'ombres dépourvues de consistance.

À l'école privée d'abord, au cours préparatoire à l'école navale ensuite, il n'a rencontré que des enfants de marins habitant le même quartier, autour de la cathédrale. Sa mère lui interdisant, ainsi qu'à ses frères, de fréquenter des enfants d'autres milieux que le sien, ses seuls amis ont été son cousin Pacón et Camilo, destinés comme lui au métier des armes.

Seule ouverture dans cet univers étouffant, don Nicolas, fantasque et noceur, mais qui, rejetant Francisco, renforçait l'isolement de son fils. Caustique, libéral et frondeur à l'extérieur, le père se comportait à la maison en véritable tyran domestique, attitude peu faite pour réconcilier Francisco avec une pensée « libre » que cet enfant délicat assimilait sans doute au pire cynisme.

À quinze ans, les murs austères de l'académie de Tolède abritèrent son adolescence qui, parmi les centaines de cadets, ses compagnons, s'écoula sous la férule de maîtres eux-mêmes coupés de la population, attachés à des valeurs surannées. Une sorte de couvent spartiate soumis à une discipline de fer et dont les voûtes retentissaient d'une rhétorique héroïque.

Le dimanche, quand ils quittaient les salles de cours et les dortoirs, les cadets traînaient leur ennui par petits groupes déambulant sans but à travers les rues, sans se mêler à la population. Deux mondes étrangers l'un à l'autre qui se frôlaient sans jamais se mêler. Un nouvel enfermement, plus sévère encore que celui de l'enfance.

Ce décor rude et majestueux, ce site orgueilleux qui, du haut de son promontoire, domine le Tage, Francisco ne les a abandonnés que pour replonger dans l'univers confiné de son enfance, au Ferrol, entre la maison familiale, la caserne, la mer et la ria ; Camilo et Pacón, des militaires comme lui, partageaient les mêmes ambitions, les mêmes rêves, et les exprimaient dans la même langue archaïque, truffée de lieux communs grandiloquents. De la vie de leur pays, de ses contradictions, de sa réalité brutale, ces jeunes officiers frais sortis de leur académie ignoraient tout, idéalisant une patrie mythique.

À la caserne, l'*alférez* Francisco Franco découvrit la situation lamentable des bidasses, leurs uniformes défraîchis et fripés, leur apathie et leur ignorance ; il pouvait les contempler, chaussés d'espadrilles, traînant dans la cour, fumant des mégots ou somnolant au soleil. Il constatait la décrépitude des dortoirs et des réfectoires, la saleté des cuisines, la vétusté de l'armement. Avec consternation il s'apercevait que l'armée espagnole n'existait que dans l'illusion d'un passé magnifié, situation dont on peut être à peu près sûr qu'il ne tira aucune conclusion d'ordre social, voyant le monde à travers le prisme d'une pensée exclusivement militaire. S'il imaginait des réformes – et l'on sait qu'il en conçut, par celles qu'il tenta d'imposer à l'académie militaire de Saragosse, plus tard, durant la guerre –, c'étaient des réformes techniques répondant à la question : comment recréer une armée digne de ce nom ? Qu'il y eût, derrière ces conscrits pitoyables, tout un peuple de paysans misérables, illettrés, abrutis depuis des siècles, il y a peu de chances que le jeune *alférez* y ait arrêté sa pensée malgré toute la peine que ses hagiographes se donnent pour lui prêter une « fibre sociale ». Son uniforme lui tenait lieu de cerveau.

En Afrique, le jeune lieutenant vécut parmi des troupes indigènes qui ne parlaient pas l'espagnol, l'entendaient à peine ; escaladant sur son cheval les montagnes du Rif, dormant à la belle étoile dans des campements de fortune, mangeant le rata des hommes, combattant toujours, loin des villes, plus loin encore de la métropole dont ne lui parvenaient que de vagues échos, le lieutenant vivait dans un exil exotique, sans doute, mais qui prolongeait l'isolement de son enfance et de son adolescence ; à Ceuta ou Melilla, lors de ses rares congés, il restait dans sa chambre à étudier des rapports, à consulter des cartes, sans se mêler à la vie sociale. Peu nombreux, ses camarades étaient bien entendu des militaires. Personnalités atypiques, proches de la marginalité, venus au Maroc par ambition, mais plus encore par goût de l'aventure, ces « Africains » formaient un clan avec ses codes, ses frustrations, ses colères. Rejetés par la métropole, ils développaient une véritable hantise du complot. Étrangers non seulement à leur patrie, mais également à l'armée continentale, ils vivaient une aventure d'autant plus exaltante que dangereuse et impopulaire ; ils se voyaient en réprouvés magnifiques, *conquistadores* abandonnés, et ce sentiment de rejet renforçait leur cohésion.

L'incompréhension de l'Espagne à leur égard ne pouvait s'expliquer, selon eux, que par le dévoiement du sentiment patriotique et par le bas matérialisme des civils, incapables de comprendre la grandeur de leur mission « civilisatrice ». Eux seuls, sur ces montagnes arides et dans ces ravins pierreux, portaient l'idéal du sacrifice et de la grandeur ; eux seuls, avec leur sang, renouaient avec les prouesses de Charles Quint. Ils se considéraient comme l'élite militante d'une armée composée de bureaucrates envieux.

Écrivant sur Franco, je laisse nécessairement dans

l'ombre les noms de ses compagnons d'armes, presque tous courageux, certains meilleurs stratèges, plus cultivés, plus riches d'humanité. On les retrouvera tous en 1936 : Yagüe, magnifique soldat ; Varela ; Muñoz Grandes, honnête homme auquel même ses adversaires rendront hommage ; Queipo de Llano, le futur « Général Micro[1] » ; Millán Astray, le plus mutilé des officiers espagnols, devenu célèbre par la philippique que le vieil Unamuno lui infligea dans l'enceinte de l'université de Salamanque ; Mola, l'âme du complot, surnommé « le Directeur », le seul intellectuel de la bande ; Sanjurjo que ses camarades avaient choisi pour chef du soulèvement et dont la mort accidentelle ouvrit la voie au général Franco – tous s'étaient connus au Maroc au point qu'on se demande si le soulèvement ne fut pas *aussi* la terrible revanche des « Africains » sur une métropole ingrate.

L'Espagne que le jeune commandant découvre n'est plus celle qu'il a laissée. Depuis cinq ans, la situation sociale et politique n'a cessé de se détériorer, rendue explosive par la révolution léniniste russe qui soulève l'enthousiasme des syndicats et des partis de gauche, persuadés que l'heure de la révolution a également sonné pour eux.

Enrichie par la neutralité que l'Espagne a observée durant la Grande Guerre, une caste de nouveaux riches est apparue, plus cynique que les anciennes classes dominantes. Dans le même temps, la plupart des historiens le relèvent, la situation des plus misérables s'est encore dégradée, l'inflation galopante contribuant à les

1. Ainsi surnommé à cause de ses causeries radiophoniques sur les ondes de Radio-Séville, en 1936-37.

appauvrir. En Andalousie, en Estrémadure, partout la famine sévit ; les maladies endémiques se répandent : trachome, tuberculose, avitaminose ; les ouvriers de Catalogne et les mineurs des Asturies peinent à nourrir leurs familles.

Dans une dizaine d'années, Luis Buñuel fera découvrir à ses compatriotes l'hallucinant spectacle des Hurdes, région perdue et abandonnée, avec ses estropiés, ses monstres, ses enfants rachitiques, ses vieilles femmes hébétées, un cauchemar goyesque.

Les révoltes succèdent aux jacqueries ; les grèves se multiplient. Une sauvage guerre des classes sévit dans tout le pays, attisée par les anarchistes, partisans de ce qu'ils ont baptisé la « gymnastique révolutionnaire », un spontanéisme aussi brutal qu'irréfléchi, avec des excès qui horrifient et terrorisent les classes moyennes. Attentats sanglants, églises et couvents incendiés, massacres de prêtres et de religieuses, vols à main armée, pillages : il s'agit, dans leur esprit, de maintenir sur l'État une pression constante qui, le forçant à réprimer avec férocité, doit faire basculer les masses, les pousser au soulèvement, permettant l'instauration d'un communisme libertaire.

Dans cette tourmente, la monarchie parvient difficilement à maintenir un ordre précaire.

Pour ne pas être marginalisés par les anarchistes, les socialistes et leur puissant syndicat, l'UGT (Union générale des travailleurs), s'abandonnent à leur tour à la surenchère, adoptent un ton apocalyptique, multiplient les déclarations incendiaires.

C'est dans ce climat de guerre civile larvée qu'apparaissent les juntes militaires, avec des revendications corporatistes dirigées pour l'essentiel contre les africanistes. Fustigeant le favoritisme que le roi leur témoigne, dénonçant l'existence autour du souverain d'une cour de généraux serviles, ces embryons de syndicats gagnent l'une après l'autre les garnisons, finissant par inquiéter le gouvernement qui perçoit le spectre d'une collusion entre forces révolutionnaires et militaires.

Pris dans ce climat délétère, le jeune commandant se sent doublement étranger. Alors qu'il a passé cinq années loin de la métropole, comment ne serait-il pas effaré par ce déchaînement de violences ? On connaît assez son conformisme, le simplisme de sa pensée, sa passion toute militaire de l'ordre, son respect de l'autorité établie. Il ne peut que regarder avec horreur ces manifestations, ces grèves « révolutionnaires », ces attentats sauvages. Comment la conviction que la patrie court à sa perte ne finirait-elle pas par s'ancrer dans son esprit ?

Il y a pourtant plus grave : la désunion de l'armée. Les fauteurs de troubles, les criminels qui commettent des attentats, tous ceux qui fomentent le désordre et la rébellion, le jeune commandant saurait comment les réduire. Mais que des compagnons d'armes portant le même uniforme que lui, défendant les valeurs qui sont les siennes, en arrivent à se dresser contre le roi, qu'ils mettent en cause l'héroïsme de ceux qui se battent au Maroc pour faire de l'Espagne une puissance impériale, qu'ils contestent le prix du sang, c'est-à-dire les promotions au mérite, cette confusion-là porte atteinte à l'esprit même de l'armée, à son âme, c'est-à-dire à la discipline.

Blessure d'autant plus douloureuse que ses compagnons, Franco s'en aperçoit très vite, le regardent avec défiance, et, pour beaucoup, avec antipathie. Ses promotions foudroyantes, son grade de commandant à l'âge où ceux de sa génération végètent dans les échelons inférieurs, son recours au roi et l'intervention d'Alphonse XIII en sa faveur, ces marques de sympathie font de lui l'un de ces courtisans dénoncés par les juntes. Lui qui se sent si peu sûr de lui, empli d'incertitudes, cet ostracisme le renvoie à ses doutes.

L'officier n'est pourtant plus le jeune *alférez* timide et renfermé sur lui-même. Au Maroc, il a acquis de l'assurance. Il s'est prouvé à lui-même ce qu'il valait. Il a appris à commander. Il a dix fois exposé sa vie, réussi à sauver des situations extrêmes. Il se sent désormais assez fort pour supporter des piqûres d'amour-propre.

Après une semaine passée à l'hôpital militaire de Madrid où il se rendra durant des années pour subir des examens, il rejoint enfin Oviedo, sa nouvelle affectation.

Il existe deux Asturies, celle du bassin minier, avec ses « taupes » (ainsi aiment à s'appeler les mineurs) entassées dans des agglomérations noires, ses fumées et ses corons, ses tristes maisonnettes alignées, ses vallons encaissés, et celle d'Oviedo, « ville provinciale s'il en fut », écrit José Luis de Vilallonga [1]. Ses prétentions de capitale aristocratique accentuent, il est vrai, son côté provincial.

On y trouve une bourgeoisie fortunée divisée en deux clans, celui des « Indiens », enrichis à Cuba et aux Philippines, et celui des propriétaires de mines. Les uns et les autres habitent des palais où, dans des

1. José Luis de Vilallonga, *Le Sabre du Caudillo*, Robert Laffont, 2000. Mi-roman satirique, mi-biographie romancée, ses outrances et ses approximations n'emportent pas l'adhésion, c'est un euphémisme. On y trouve pourtant des notations justes.

décors imposants, ils donnent des fêtes somptueuses, d'un goût souvent ostentatoire. Membres de clubs réservés, à l'anglaise, ils se piquent d'art et de poésie, fréquentent le théâtre et le cinéma (le Rialto passe pour être la salle la plus élégante d'Espagne). Sur cet ennui distingué flotte un parfum de snobisme, la bourgeoisie d'Oviedo singeant la bourgeoisie anglophile de Bilbao, autrement plus riche et d'une culture mieux assise.

La notation dédaigneuse de Vilallonga au sujet de cette société asturienne, sans doute pertinente pour un homme habitué à un mode de vie cosmopolite, se révèle, dans le cas de Franco, tout à fait incongrue. Quand et où le jeune commandant (bientôt les Asturiens l'appelleront le *comandantín*, le petit commandant, diminutif plus affectueux que péjoratif), quand aurait-il eu l'occasion de fréquenter la haute société ? Son unique point de comparaison est la bourgeoisie navale du Ferrol, étroite et confinée. À Oviedo il rencontre un milieu dont l'élégance le séduit, lui, issu d'une bourgeoisie moyenne, sachant compter et ne sauvant qu'à grand-peine les apparences. Il voit cette société comme il voit toutes choses, en militaire désargenté.

Sa réaction devant ce monde nouveau pour lui renseigne pourtant sur les ambitions sociales du jeune officier supérieur. Il choisit un bon hôtel, le Paris, « davantage une prétentieuse pension de famille qu'un véritable hôtel », corrige Vilallonga[1], ce qui doit être vrai pour ceux qui logent au Ritz de Madrid, mais qui l'est moins pour un officier à la solde modeste.

C'est dans cet hôtel qu'il rencontre son futur bio-

1. *Ibid.*

graphe, Joaquín Arrarás, nouant avec lui des liens de confiance. Franco reste celui que nous connaissons, « toujours réservé, jamais grégaire[1] », écrit avec justesse Paul Preston. Le climat nordique, la pluie incessante, les brumes, les collines et les hautes montagnes tapissées de bois, la grisaille d'Oviedo, tout ravive chez lui la nostalgie des lumières du Rif.

Il avait, constate Arrarás, « le poison de l'Afrique dans les veines[2] ».

Chaque jour, le petit commandant s'adonne à l'équitation ; très droit sur son cheval, il arpente les boulevards et les promenades. Avec son air encore adolescent et sa courte taille, son personnage attire l'attention.

Il galope dans la campagne, découvrant le paysage asturien plus ample, plus vaste que celui de sa Galice natale, avec des verts, remarque Vázquez Montalbán[3], « plus purs et plus intenses ».

Chargé de donner des cours aux officiers de réserve, pour beaucoup fils des principales familles d'Oviedo, il rencontre par eux les membres de cette élite provinciale favorables à l'aventure marocaine. Ils lui font bon accueil, favorisent son admission au Royal Club Automobile, le plus fermé de la ville, où il se montre disert, racontant des anecdotes sur ses campagnes, s'attirant la sympathie des vieux batraciens qui, enfouis dans leurs fauteuils de cuir rouge, sirotent leur digestif. On le trouve de bonne compagnie, on l'invite à des dîners, à des fêtes intimes. Comme toute la bonne société de cette capitale de province un rien

1. Paul Preston, ouvrage cité.
2. Joaquín Arrarás, *Franco*, Valladolid, 1939.
3. Manuel Vázquez Montalbán, ouvrage cité.

cursi[1], le petit commandant fréquente aussi le Rialto, découvrant le cinéma qui sera l'une de ses passions, jusqu'à son extrême vieillesse, avec une prédilection pour les westerns et les opérettes folkloriques. (Il y a un goût des dictateurs – Hitler, Ceauşescu, Mussolini... – pour l'idéalisation naïve de la réalité, pour le folklore le plus frelaté, une sorte de monde enchanté.)

On découvre à Oviedo non pas un Franco inconnu, mais le petit-bourgeois qu'il porte en lui, avide de reconnaissance sociale. Il n'abandonne pas pour autant ses habitudes de frugalité, son mode de vie simple, mais il aspire à une forme de respectabilité. Son besoin d'être rassuré – trait sur lequel Paul Preston[2] insiste avec raison – se révèle dans sa fidélité aux amitiés d'enfance : son cousin, Pacón, et Camilo Alonso Vega, venus le rejoindre à Oviedo (ils le suivront partout). Il ne se sent à l'aise que dans un cercle restreint, parmi des visages familiers. « Il ne s'autorisait pas à établir des liens étroits avec personne, peut-être par crainte de révéler son insécurité essentielle[3]. »

Quand il accepte quelqu'un dans son intimité, il se montre d'une fidélité d'autant plus entière qu'elle est rare. Ce sera le cas, à Oviedo, avec la famille de celui qui deviendra, durant des années, son médecin personnel, Vicente Gill, dit Vicentón.

Au cours d'une *romeria*, fête champêtre et pèlerinage religieux, organisée par l'une des riches familles d'Oviedo, le petit commandant fait la connaissance

1. Mot intraduisible, à la fois « snob » et « ringard », « vaguement ridicule ».

2. Paul Preston, ouvrage cité.

3. *Ibid.*

d'une jeune fille de quinze ans, Carmen Polo y Martínez Valdès. Grande, élancée, elle étudie dans l'un des meilleurs collèges de la ville tenu par les sœurs salésiennes. Orpheline de mère, elle a été élevée par une sœur de son père, Isabel, avec tout le soin qu'on peut attendre d'une femme apparentée à la noblesse castillane.

« D'une famille ni aussi riche ni aussi illustre qu'elle le prétend », proteste encore Vilallonga, sans qu'on sache où, pour lui, commence la fortune. Il ajoute cette description peu flatteuse de la future épouse du Généralissime : « Longue et maigre, elle a de grands pieds, des dents de cheval et un regard propre à décourager tout homme qui s'intéresse tant soit peu au beau sexe[1]. »

Faut-il, pour dénigrer un adversaire, recourir à de tels arguments ? Pour Vilallonga, Franco doit être médiocre en tout, intention qui se manifeste dans le sous-titre de son livre : *Histoire secrète d'un homme qui gouverna l'Espagne comme s'il s'agissait d'une ferme*. Histoire, en somme, d'un paysan balourd, d'un plouc. Insinuation à la fois basse et impropre, Francisco Franco ayant été tout ce qu'on voudra, sauf un paysan. Dans un pays peuplé à 65 % de vrais paysans, ce dédain a par ailleurs quelque chose de méprisable.

La majorité des biographes ne partage pas, loin s'en faut, ce jugement sur Carmen Polo, certes plus grande que Francisco, avec pourtant un air de distinction, un beau regard dans lequel on lit une détermination paisible. Les photos ne montrent pas davantage cette créature chevaline décrite par Vilallonga. Avec les années, elle devint, c'est exact, froide et distante,

1. José Luis de Vilallonga, ouvrage cité.

d'une morgue insupportable. À quinze ans, elle nous paraît plutôt touchante, dotée d'un charme indéniable.

Peut-on, comme le fait Philippe Nourry, parler de « coup de foudre [1] » ? Je n'irai pas jusque-là. Le petit commandant fut séduit, c'est évident, également flatté par l'accueil encourageant que cette jeune fille élevée par des institutrices anglaise et française lui réserva, acceptant ses avances, répondant à ses demandes avec une franchise qui étonne.

Il lui fit une de ces cours guindées qui en avaient rebuté d'autres, peut-être plus directes. Chaque matin, on le vit assister à la messe de sept heures dans l'église des salésiennes où Carmen s'arrangeait pour lui adresser un sourire ; il lui écrivait des billets qu'il réussissait à lui faire parvenir par l'entremise d'un ami de la famille Polo ; elle y répondait par le même moyen ; ils purent même se rencontrer brièvement, échanger des propos sans doute anodins. Elle refusa pourtant de s'engager plus avant, jugeant avec raison qu'à son âge, quinze ans, il était trop tôt pour échanger une promesse ferme ; inquiète, aussi, le métier de ce soupirant lui paraissant risqué, de se retrouver veuve. Refus qui ne rebuta pas le prétendant.

Sans se décourager, Franco entreprit un siège en règle, finissant, grâce à son assiduité, par émouvoir la jeune Carmen, sans doute flattée de l'intérêt que lui portait le militaire.

C'était sans compter avec la famille Polo, vite informée de cette idylle. Grand, svelte, d'une élégance compassée, la tête chenue, par ailleurs sourd comme un pot, don Felipe, le père, appartenait aux « Indiens », ceux qui avaient fait fortune dans les colonies. Ama-

1. Philippe Nourry, ouvrage cité.

teur de chevaux, tirant orgueil de son haras, il possédait, sur le bord de la côte cantabrique, une superbe propriété où il recevait avec faste.

Libéral, hostile à la guerre du Rif, il voyait d'un mauvais œil cette alliance, déclarant avec hauteur : « Marier ma fille à un militaire serait comme la marier à un torero. » Il n'avait pas tort de redouter pour Carmen un veuvage précoce qui la condamnerait à rester vieille fille. D'autant que le petit commandant continuait de penser à l'Afrique, son obsession, et que, si l'occasion se présentait, il n'hésiterait pas à repartir pour massacrer des Maures – faute de goût pour ce lecteur de la presse libérale scandalisé par les horreurs de cette guerre barbare.

Plus hostile encore à cette idylle, sa sœur Isabel ne voulait voir dans ce traîneur de sabre qu'un vulgaire coureur de dot.

Comment le petit commandant, comment surtout la toute jeune Carmen réussirent à vaincre ces résistances, voilà qui reste un mystère. Toujours est-il que don Felipe et sa sœur acceptèrent de recevoir le jeune militaire sans avenir et sans fortune, en posant, il est vrai, leurs conditions : pas question de fiançailles avant que leur fille et nièce eût atteint l'âge de dix-sept ans.

Ces fausses fiançailles entourées d'un cérémonial devenu pour nous exotique, c'est aussi le temps de Franco, quand la virginité des filles restait un trésor sur lequel la famille veillait avec soin. On se fréquentait longtemps, on se « parlait », on obtenait le droit de se rencontrer en présence du père et des frères. Si la majorité des garçons soulageaient leur démangeaison dans les bordels, nous savons que Franco ne les fréquentait pas, abstinence qui relativise le « coup de foudre » dont parle Philippe Nourry, à moins de séparer radicalement le désir du sentiment. Que dire d'ailleurs du désir féminin, absolument inconnu et même nié ? Un temps de refoulement collectif qui devait durer plus d'un demi-siècle, que j'ai encore connu dans les années 50, que je respire encore dans mes séjours en Afrique du Nord.

Le franquisme, ce fut, durant près de quarante ans, le temps des hommes.

En août 1917, la CNT anarchiste et l'UGT socialiste lancent un mot d'ordre de grève révolutionnaire, massivement suivi en Catalogne d'abord, dans le bassin minier des Asturies ensuite. Pour l'armée, l'heure du choix a sonné : ou les juntes de défense se rangent aux côtés des grévistes, signant ainsi la chute de la monarchie, ou elles répriment la révolte, se coupant définitivement des organisations révolutionnaires. Elles optent pour le rétablissement de l'ordre.

Affirmant que les grévistes sont des agents terroristes commandés depuis l'étranger, le général Ricardo Burguete y Lana, gouverneur militaire des Asturies, déclare l'état de guerre le 13 août 1917, ajoutant qu'il traquera les mineurs dans les vallées et les montagnes comme des « bêtes sauvages ». Il envoie des colonnes de troupes régulières et de gardes civils dans le bassin minier, y déclenchant une répression brutale. Parmi ces troupes, une section du régiment du Prince commandée par Franco.

Bien entendu, les adversaires du Caudillo n'ont pas manqué de dénoncer sa férocité, parlant de tortures, d'assassinats, de viols collectifs, citant des chiffres fantastiques. De leur côté, ses thuriféraires, à commencer par lui-même, nient sa participation à la répression.

Bartolomé Bennassar met un point final à la controverse en démontrant que le commandant Franco était, la feuille de service de son régiment en témoigne, de retour à Oviedo au moment où débutaient les opérations de « nettoyage ».

On ne prête qu'aux riches. Il paraît indubitable que le commandant Franco, se fût-il trouvé sur place, aurait, sans hésitation ni scrupule, fait ce qu'il appelait son « devoir » tel qu'il avait appris à l'accomplir au Maroc. Il se trouve qu'il n'y était pas.

Il fut seulement nommé juge dans la cour martiale chargée d'instruire la cause des mineurs arrêtés, plusieurs centaines, ainsi que d'enquêter sur les abus commis par des gardes civils. Il le fit, on ne s'en étonnera pas, avec froideur et impartialité, donnant dans plusieurs affaires raison aux familles des mineurs contre les gardes civils.

Des années plus tard, il confiera à l'un de ses biographes anglais[1] avoir découvert avec tristesse l'état de misère dans lequel les propriétaires des mines laissaient croupir leurs ouvriers. Il évoquera même son passage dans les Asturies devant un auditoire de mineurs, rappelant l'atmosphère paisible qu'il y avait trouvée, mais condamnant fermement ceux qui, profitant des conditions difficiles des travailleurs, incitaient les ouvriers à la grève, portant un grave préjudice à l'économie nationale. Sans la moindre ironie, il vantait l'harmonie instaurée par le syndicat unique qui permettait un dialogue fécond entre patrons et mineurs, et

1. Brian Crozier, *Franco*, Londres, Little, Brown and Company, 1967. Excellente biographie écartée ou ignorée par nombre d'historiens qui la jugent « trop favorable » au Caudillo, négligeant même de discuter ses arguments.

la résolution des conflits par des accords conclus sans violences.

On le voit, pour Franco, la grève est d'abord un désordre qui doit être réprimé et puni. Voulue et organisée par des agents stipendiés par l'étranger, elle porte atteinte à l'essor de l'économie du pays. Ces forces obscures, on devine qu'elles s'appellent pour lui socialisme et communisme, alliés à la maçonnerie pour détruire l'Espagne. De manière plus systématique, sa pensée rejoint celle du gouverneur militaire, le général Burguete. C'est aussi la conviction d'une majorité d'officiers, notamment parmi les africanistes. Il ne fait donc aucun doute que si le commandant Franco n'a pas participé à la répression de l'été 1917, c'est qu'il ne se trouvait pas sur place.

Toujours à Brian Crozier[1] le Généralissime confiera que, bouleversé par ce qu'il avait vu dans le bassin minier des Asturies, il se serait plongé dans des ouvrages de philosophie politique et d'économie, voulant discerner la cause de cette misère, ainsi que les remèdes à y apporter. Sans faire ici un quelconque procès d'intention, on peut affirmer que de telles lectures constituent une fiction. Franco eût-il vraiment étudié des traités d'économie, le sûr est qu'il n'en a rien retenu.

A-t-il menti aussi sur son émotion devant ce tableau terrible de la condition ouvrière ? Je me montrerai plus circonspect que Preston pour qui cette sensibilité n'est qu'une piteuse invention. Il y eut bien, dans le franquisme, une préoccupation sociale, ainsi que Bennassar le reconnaît, mais elle se traduisait par un paternalisme

1. Ouvrage cité.

d'inspiration catholique, sans esprit de suite, et, surtout, sans volonté politique. C'était d'ailleurs l'un des reproches que les phalangistes de la première heure, les « vieilles chemises », qui se voulaient révolutionnaires, adressaient au Caudillo, fustigeant son conservatisme social – une Espagne, disaient-ils, du bicorne et de la soutane.

En déclenchant une grève insurrectionnelle avec l'espoir secret d'entraîner les juntes militaires, les syndicats ouvriers ont commis une erreur fatale. Mise au pied du mur, l'armée a choisi l'obéissance et durement maté la révolte. D'autant que les buts divergeaient parmi les insurgés, les autonomistes catalans voulant arracher des concessions au gouvernement, alors qu'anarchistes et socialistes espéraient un embrasement général. Bourgeois sages et prudents, les premiers tournèrent casaque et la révolte catalaniste ne tarda pas à s'éteindre. Mais les « taupes » des Asturies, « gens terribles », dit justement Vilallonga, résistèrent avec acharnement. Pour toute la gauche, cette lutte héroïque et désespérée devint le symbole de la combativité ouvrière, l'annonce de la révolution prolétarienne. Moins de vingt ans plus tard, ce qui avait été un épisode dramatique deviendra tragédie.

Miguel de Unamuno, Salvador de Madariaga, Ortega y Gasset, les plus grands penseurs auront beau multiplier les mises en garde en rappelant que les ouvriers ne représentent qu'une minorité de la population composée majoritairement de paysans, qu'il est donc abusif de parler de « peuple » en ignorant les campagnes, ces avertissements n'émouvront guère les disciples de Marx qui partagent le mépris du philosophe pour l'« imbécillité rurale ».

Pour Alphonse XIII, cette révolte a également

changé la donne. Il ne peut plus ignorer l'hostilité des juntes militaires à la guerre du Rif. L'armée a sauvé la Couronne, mais entend toucher le prix de son action. Alphonse XIII devra désormais composer avec les officiers continentaux. Les ministères successifs rogneront le budget des africanistes et prôneront un retrait vers le Maroc utile, c'est-à-dire la côte, en abandonnant le chapelet de fortins bâtis à l'intérieur du pays, hypothèse qui suscitera la grogne chez les africanistes, convaincus que la métropole se prépare à lâcher tout le Rif.

Franco, qui a regagné Oviedo, suit l'évolution de la situation avec la plus grande attention.

Accueilli avec gratitude par des notables qui, redoutant le déferlement des insurgés dans leur ville, se sont claquemurés dans leurs palais, il est entouré d'égards. Même les Polo lui font bonne figure et regardent avec moins de défiance son idylle avec Carmen. Non qu'ils y consentent de bon cœur, car il subsiste à leurs yeux un obstacle majeur : ce grade de commandant, avec sa solde étriquée. Simplement, le pacifisme esthétique de don Felipe n'a pas résisté à l'épreuve de la menace bolchevique. La bonne société d'Oviedo a découvert que seule l'armée est à même, en cas de péril, de la sauver du naufrage. On peut parier que le petit commandant a lui aussi retenu la leçon et compris que les classes possédantes se rallieraient avec empressement à toute forme d'autorité.

En ce sens, l'épisode asturien laisse chez Franco une trace profonde. Il y a l'amour, certes, la perspective d'une union flatteuse pour lui, mais il y a surtout la découverte de ce que Bernanos appelle la « grande peur des bien-pensants », qui les rend disponibles pour toute aventure.

Se trouvant à l'école de tir de Valdemoro, près de Madrid, pour effectuer un stage de perfectionnement, le petit commandant fait une rencontre qui se révélera décisive.

Grand, ascétique, doté d'une voix tonitruante, toujours exalté, couturé de cicatrices, « le plus grand mutilé d'Espagne », Millán Astray, un guerrier au courage légendaire, est aussi l'un des plus fervents partisans de la présence africaine au Maroc ; pour déjouer la politique d'abandon poursuivie par Madrid, il veut créer, sur le modèle français, une Légion qui deviendrait le fer de lance de l'armée d'Afrique. Les deux hommes se lient d'amitié.

Rêvant, depuis sa garnison au Ferrol, d'une armée modernisée, musclée, revigorée, Franco saisit aussitôt la portée de l'instrument qu'imagine son aîné. Peu sûres, empoisonnées par la propagande pacifiste, les recrues de la métropole rechignent à se battre ; les théories marxistes ont infiltré les garnisons ; dans les casernes règne un état d'esprit de désobéissance et de fronde. Une Légion composée de mercenaires aguerris changerait le cours de la guerre et fournirait au haut commandement un outil sur lequel compter. Le jeune commandant encourage son aîné à poursuivre son projet. De son côté, Millán Astray, aussi brouillon qu'il est fou, devine qu'il a trouvé en ce cadet l'auxiliaire dont il a besoin, froid, méthodique et organisé.

Près de deux ans s'écouleront avant que Millán Astray obtienne le feu vert du ministre de la Guerre. Auparavant, il se rendra en Algérie pour étudier le recrutement et l'entraînement de la Légion.

Deux années que Franco passe à Oviedo à tromper sa nostalgie, faisant assidûment sa cour à Carmen, désormais séduite et décidée à épouser son *comandantín* toujours aussi galant. Deux ans de parlotes, même à l'eau de rose, cela fait tout de même un peu long pour un « coup de foudre »...

Enfin le télégramme de Millán Astray arrive. Franco a-t-il balancé, ainsi que certains biographes l'insinuent ? J'avoue ne pas croire à ces hésitations, l'amour pesant, dans la balance d'un militaire de son espèce, moins lourd que l'irrésistible appel de l'Afrique. Il lui fallut sans doute persuader Carmen d'accepter une séparation qui enchanta la tante Isabel, convaincue que la tocade de sa nièce ne résisterait pas à l'usure du temps ni à la distance. C'était mal connaître Carmen, plus entêtée que sa mère adoptive ne l'imaginait. Non seulement la jeune fille comprit qu'elle ne pourrait s'opposer au départ de son prétendant – elle déclarera trente ans plus tard que sa seule rivale, dans sa vie de couple, avait été l'Afrique, la plus violente passion de son mari –, mais elle saisit l'opportunité qui s'offrait à lui, donc à elle-même.

Son père, sa tante, ses frères pouvaient refuser l'idée de la marier à un commandant ; ils se montreraient moins hostiles s'il s'agissait d'un colonel. *« Ascenso o muerte »*, disait-on en Espagne : « la promotion ou la mort ». La jeune Carmen accepta le pari. C'était peut-être pour elle l'occasion de quitter Oviedo par la grande porte.

L'ambition sociale entre-t-elle dans le coup de foudre ? Au moment de se dire adieu, les deux jeunes gens échangèrent une promesse qu'ils respectèrent l'un et l'autre durant plus d'un demi-siècle.

S'il ne met pas en doute la sincérité de leur amour,

Bartolomé Bennassar suggère que leur affection fut exempte de passion, ajoutant que Franco n'en a éprouvé dans sa vie qu'une seule : celle du pouvoir. C'est encore une fois prêter au jeune commandant les sentiments du général. Bennassar corrige d'ailleurs son assertion en ajoutant à cette passion pour le pouvoir celle qu'il éprouva pour son unique fille, María del Carmen, Nenuca. J'en vois, pour ma part, d'autres, à commencer par l'Afrique, sans oublier la guerre, l'armée, et, pourquoi pas, la patrie, quand bien même son patriotisme semblerait anachronique.

À titre de preuve de son absence de passion pour Carmen Polo, plusieurs biographes citent les propos de Francisco Salgado-Araujo, dit Pacón, qui, dans son *Journal*, écrit que son cousin se montrait, en présence de sa femme, morose, taciturne, inhibé. Mais, comme la remarque se réfère à l'atmosphère régnant entre un homme et une femme mariés depuis plus de trente ans, on s'interroge : est-il possible d'extrapoler l'usure et la fatigue d'un vieux couple aux premiers temps de ses relations ?

S'agissant de la passion du pouvoir, on se heurte au même décalage. L'ambition du jeune commandant est certes évidente. Pense-t-il pour autant au pouvoir, et lequel ? Nous connaissons la suite de l'histoire et sommes naturellement enclins à donner au personnage une cohérence que nous serions bien en peine de démontrer. Trop de circonstances aléatoires ont permis à Francisco Franco de devenir le Caudillo.

Le *comandantín*, qui, à Oviedo, prenait congé de sa jeune fiancée, prévoyait-il son destin ? On en doute. Il imaginait sans doute une réussite militaire exceptionnelle, et il était, une fois de plus, prêt à risquer sa vie pour l'obtenir ; mais le pouvoir politique ne pouvait pas, à ce moment de sa vie, entrer dans ses calculs. Il repartait au Maroc, d'abord mû par l'attirance mystérieuse que l'Afrique exerçait sur lui ; pour gagner des étoiles, ensuite. Il poursuivait, en clair, une ambition militaire.

La Légion

1921-1925

Sur le quai, dans le port de Ceuta, Millán Astray attend le premier contingent de légionnaires : deux cents hommes de toutes nationalités – ils seront par la suite en majorité espagnols – qui ont accepté de signer un engagement en contrepartie de l'effacement de leur passé souvent chaotique. Condamnés de droit commun, asociaux en rupture de ban, escrocs, voleurs, déserteurs, désespérés, criminels pour certains, ces hommes perdus, sans attaches, vont former l'embryon de ce qu'on appellera le *Tercio*, vieux mot datant de la guerre des Flandres, mais que Millán Astray comme Franco s'obstineront à nommer « Légion », mot que j'ai toujours entendu prononcer dans ma petite enfance.

Agitant son calot qu'il tient au bout de son unique bras, Millán Astray accueille les recrues qui se rassemblent avant de s'entendre interpeller d'une voix de stentor : « Savez-vous pourquoi vous êtes ici ? Non ? Vous êtes ici pour mourir. Oui, pour mourir ! » Il les baptise aussitôt les « fiancés de la mort », expression qui deviendra leur hymne, avec ce cri de ralliement : « Vive la mort ! », cependant que la devise brodée sur leur drapeau répète : « Légionnaires pour lutter, légionnaires pour mourir ! »

Prononcée avec une fougue aussi véhémente que morbide, cette harangue répète les mots *mort, mourir*, assortis d'une promesse : la solidarité légionnaire, l'oubli du passé, l'accès à une identité neuve, la fraternité dans la lutte. C'est le prêche d'un énergumène hanté par des visions apocalyptiques. Avec exactitude, Miguel de Unamuno le qualifiera en 1936 de « nécrophile ».

Obsédé par les samouraïs, le créateur de la Légion connaît par cœur leur code, rédigeant à l'intention de ses troupes mercenaires un décalogue impitoyable : « Mieux vaut mourir avec courage que vivre dans la lâcheté. Un légionnaire recherchera toujours, toujours et partout le combat. Aucun légionnaire ne se plaindra de fatigue avant de tomber raide mort. Au cri : À moi, la Légion ! poussé par l'un des siens, ses camarades se porteront aussitôt à son secours, sans réfléchir. La mort ne dure qu'un instant, le déshonneur toute la vie... », maximes qui expriment, avec le culte rendu aux samouraïs, une esthétique ténébreuse.

De par la volonté farouche de Millán Astray, de par la fascination qu'il sut exercer sur ces épaves qui trouvaient dans une *bandera*[1] l'illusion d'une famille, la Légion devint plus qu'un corps d'élite : un ordre noir. Cédant à un romantisme du néant, leur chef les nommait *caballeros legionarios*, « chevaliers légionnaires », leur insufflant un orgueil fait de puissance et de virilité. À des hommes déboussolés cet idéal confé-

1. Le mot signifie « drapeau » et, par extension, « régiment combattant sous une bannière ». Il y eut jusqu'à huit de ces *banderas*.

rait une dignité chimérique. Ils firent plus qu'entendre ces exhortations frénétiques, ces appels à la plus intraitable sauvagerie, ils s'en firent une armure de cruauté.

Incontestablement, Millán Astray était doué d'un charisme qui rencontrait, chez ces hommes aux passions souvent primitives, une trouble complicité.

En adaptant la Légion, telle qu'il en avait étudié le fonctionnement en Algérie, Millán Astray, personnage d'inquisiteur fou, lui imprimait la marque d'un fanatisme mystique. Il l'*hispanisait* par ce que l'Espagne avait produit de plus sombre.

Le romantisme légionnaire connut en Europe, notamment en France, une vogue extraordinaire, produisant des romans, des films, des chansons même. La croyance en la rédemption par la souffrance trouvait dans le vieux fonds chrétien un écho de pitié attendrie. Il y eut par ailleurs une érotisation du soldat perdu avec *La Bandera*, plus ambiguë avec *Le Quai des Brumes*, plus naïve avec *Mon légionnaire*, chanté par Marie Dubas avant Édith Piaf.

Comment, par ailleurs, ignorer que la figure du militant d'acier produira le modèle du pur bolchevik, avant d'engendrer l'ordre noir des SS ?

Devenues des religions laïques, les grandes idéologies donnaient le jour à des ordres monastiques voués à l'extermination de leurs adversaires de race ou de classe. Ces moines guerriers bannissaient les hésitations, les répugnances et les délicatesses, forgeant des caractères implacables, inaccessibles à toute forme de sentimentalité ; traités de « petits-bourgeois », les scrupules moraux étaient moqués par les léninistes ; qualifiés de « lâcheté », ils étaient tout autant méprisés par les nazis.

La Légion espagnole appartenait à ce que Philippe

Nourry appelle avec justesse « le temps des milices rationnelles [1] », froides et mécaniques. Peut-on par ailleurs oublier que ces idéologies militarisées succédaient à la militarisation totale opérée par la Grande Guerre ?

Dépourvue d'idéologie, en apparence purement militaire, la Légion était un instrument aveugle dont les chefs pourraient faire l'usage qu'ils voudraient. Pas même une « légion » au sens romain, puisque toute révolte de sa part était inimaginable. Un outil décérébré, d'une redoutable efficacité.

Sans conteste, l'inspiration et l'esprit de cette armée mercenaire incombent à son fondateur. Sans Franco, pourtant, jamais la Légion ne serait devenue ce corps parfaitement entraîné et aguerri. C'est son sens méticuleux de l'organisation, son attention prêtée au moindre détail, la discipline féroce qu'il imposa à ces hommes qui permirent de forger cet instrument terrible.

Francisco Franco était certes un militaire « chimiquement pur », mais un militaire d'une espèce particulière, et c'est cet aspect impitoyable et glacial que son second séjour au Maroc permet de découvrir. Jusqu'alors sa carrière et son ascension dans la hiérarchie peuvent s'inscrire, malgré les excès et les brutalités de la guerre coloniale, dans la tradition militaire. Il faisait une guerre cruelle, mais il la faisait comme la plupart des autres officiers africanistes, avec juste davantage de méthode et de réflexion.

Devenu l'auxiliaire de Millán Astray dont, de toute évidence, il épouse la vision sinistre, le jeune commandant prête son concours à une entreprise à la

---

1. Philippe Nourry, ouvrage cité.

fois militaire et mystique. S'agit-il chez lui d'une métamorphose ? Il peut certes se persuader qu'il ne déroge pas à la morale de sa profession en forgeant l'outil de la victoire de l'Espagne en Afrique. Tel que nous le connaissons, prudent, avisé, calculateur, d'une grande intelligence pragmatique, il n'ignore pourtant pas que ce corps d'élite pourrait, le cas échéant, servir à d'autres fins. Il doit savoir, même de manière obscure, que la Légion, telle qu'il s'applique à la forger, peut être *aussi* un instrument politique.

A-t-il l'idée de s'en servir un jour ? Le plus probable est qu'il n'envisage pas cette hypothèse, se contentant de doter l'armée d'un outil perfectionné. Comme il suit avec attention l'évolution de la situation de son pays, comme sa haine du communisme est de plus en plus vive, comme il assiste au délitement de la monarchie, sans doute prévoit-il le moment où, pour sauver le pays, l'armée sera contrainte d'intervenir d'une manière ou d'une autre. Sur quelles forces pourra-t-elle alors compter ?

La tentation est grande de prêter au *comandantín* une stratégie personnelle longuement mûrie. Il y avait sans doute du flou dans sa pensée. Plus militaire que vraiment politique, son analyse était conforme à ses préoccupations depuis sa sortie de l'académie de Tolède : régénérer une armée vétuste, gangrenée par le pacifisme. La question de savoir de quel chef, dans le cas d'une intervention militaire, l'armée se doterait, cette question-là ne se posait pas encore.

Tous les témoignages confirment la brutalité glacée du jeune commandant, la discipline barbare qu'il impose à ses hommes. Malgré sa courte taille, sa voix incertaine, les légionnaires le redoutent, certains tremblant littéralement devant son regard impassible. Pour une entorse minime à la discipline, il fait fusiller un homme, rétorquant à ceux qui lui reprochent son inhumaine sévérité que, se montrerait-il faible, ce serait vite le chaos, assertion pas absolument fausse. Dès le jour du débarquement du premier contingent, deux meurtres se produisirent dans Ceuta, asseyant parmi les populations la réputation sulfureuse des légionnaires. Ce n'étaient assurément pas des enfants de chœur.

Avec la discipline, il y eut l'entraînement, non moins terrible. Six mois durant, ce furent, dans une chaleur caniculaire, des marches épuisantes, des simulacres de combat dans la nuit, des charges à la baïonnette dans le brouillard. Il s'agissait, pour Franco, de bâtir des hommes aptes à résister aux pires conditions, de faire de chaque légionnaire un instrument aussi souple qu'à toute épreuve. Portant des charges de cinquante kilos, ils escaladaient les pentes, dévalaient les ravins, rampaient sur la caillasse, sautaient dans le vide avant de partir à l'assaut en hurlant : Vive la mort !

S'ils finirent par éprouver pour leur commandant un respect mêlé d'estime (ils en donnèrent souvent des preuves), c'est parce que Franco, malgré sa sévérité, toujours à la tête de sa *bandera*, donnait l'exemple d'un courage que nous connaissons. Dans les combats les plus violents, il marchait en avant de sa troupe, indifférent au danger, crânerie qui en imposait à ces hommes rudes.

Par ailleurs, il se montrait juste. « Avec lui, chaque homme sait qu'il aura tout ce à quoi il a droit[1]. »

1. Arturo Barea, *La Forge d'un rebelle*, Madrid, Turner, 1977. C'est le roman d'un républicain qui a connu la Légion de l'intérieur.

D'une probité rigoureuse, hostile aux trafics, nul n'aurait mis en doute son honnêteté.

Partageant leur quotidien, indifférent à son confort personnel, il avait fait placarder sur le mur de la chambrée : « Ni vin, ni femmes, ni curés » – proclamation que doña Pilar aurait sûrement désapprouvée. À cette période de sa vie, il ne se préoccupait guère de religion. Sans doute l'esprit légionnaire lui tenait-il lieu de croyance.

Son souci du détail faisait par ailleurs merveille. Les services d'intendance étant, dans l'armée espagnole, aussi misérables que défaillants, il fonda pour ses hommes une ferme qui bientôt parvint à produire non seulement des fruits et légumes en abondance, mais également de la viande par l'élevage intensif de moutons et de bovins, établissement modèle que les légionnaires faisaient visiter avec fierté.

Pour Franco, ces hommes voués à mourir au combat avaient droit à des compensations matérielles non seulement sous forme des soldes et primes qu'ils recevaient, mais par des conditions de vie décentes.

Admiré, respecté, redouté, le commandant était-il aimé ? « Le contrôle incessant qu'il exerce sur sa personne a fait de Franco un être sec dont les émotions refoulées sont condamnées à sonner faux, et à ne paraître qu'hypocrite sensiblerie lorsqu'il éprouve le besoin de s'exprimer[1] », écrit Philippe Nourry qui poursuit en le comparant à Robespierre, parallèle en l'occurrence assez judicieux.

Guindé, corseté, il y a de l'incorruptible chez ce militaire froid, capable pourtant de susciter des attachements fervents. Si les caractères passionnés le

1. Philippe Nourry, ouvrage cité.

détestent, les tempéraments rationnels admirent sa lucidité et comprennent sa personnalité réservée. Il se méfie des exubérants, s'écarte des exaltés, fuit les bavards. Il écoute, observe, réfléchit.

Aucun légionnaire ne doutera de la justesse de ses ordres ni ne contestera ses décisions. Avec une claire perception du terrain, il place chacun à l'endroit où il lui faut se trouver. Dans la guerre comme dans la vie, il cherche moins à se distinguer par des mouvements hardis et des stratégies savantes qu'à l'emporter sur l'ennemi avec un sens de l'efficacité remarquable. C'est un officier studieux, appliqué, qui ne laisse aucune part au hasard ou à l'improvisation, exactement le type d'homme qu'il fallait à Millán Astray, toujours exalté, brouillon, désordonné. C'est aussi la personnalité idoine pour commander des hommes dotés d'un caractère instable, impulsif, aux réactions imprévisibles. Avec sa rigueur et sa froideur, il leur procure le cadre rigide dont ils ont besoin pour ne pas se sentir perdus.

On possède un document qui témoigne de son attachement à la Légion et à son esprit : *Le Journal d'une bandera*[1], livre dont il entreprit la rédaction quelques mois à peine après avoir pris le commandement de son régiment et qui fut plusieurs fois réédité, moyennant d'éloquentes coupures. C'est, bien entendu, un récit de campagnes, victoires et défaites, avec des portraits crayonnés avec vigueur.

1. À sa parution en 1922, le livre obtint un grand succès, contribuant à populariser l'image romantique du légionnaire qui, par son courage, rachète ses fautes passées. C'était aussi, bien entendu, un livre de propagande destiné à fixer son image, livre semblable à ceux qu'écrivent de nos jours tous les hommes politiques, soucieux eux aussi de donner à leur personnalité la sanction de l'imprimé.

Alors que le style de la plupart de ses écrits est d'une platitude affligeante, trahissant un vide inquiétant, ce journal semble agité d'une animation souterraine. On y respire la joie – pour la plupart d'entre nous énigmatique – du combat, de la violence brute. On y trouve une émotion sincère (l'entrée des légionnaires dans Melilla assiégée en proie à la panique), de la mélancolie (l'abandon de Chaouen, la ville sainte, les adieux aux vieux juifs sépharades dont il parle avec des accents touchants [1]), mais on y trouve aussi le récit tranquille des représailles exercées par les légionnaires contre les populations civiles, les oreilles coupées dont certains se font un trophée, les têtes tranchées afin de terroriser les Rifains, puisque, sans tête, un musulman ne peut accéder au paradis, les douars incendiés, les femmes violées, abjections racontées avec placidité, indifférence, avec même (c'est le plus sinistre) une jubilation secrète.

Ces abominations ne sont l'apanage ni des légionnaires, ni de l'Espagne, on les retrouve en Indochine, en Algérie, au Viêt-nam ; la guerre coloniale livrée à des races inférieures, à peine des hommes, semble les reproduire comme par génération spontanée ; aucune armée n'en a le privilège. Et si les conflits coloniaux les révèlent, c'est qu'elles sommeillent au fond de beaucoup d'hommes, constatation de l'inanité de la philosophie des Lumières et de son optimisme naïf.

L'Histoire ne se répète pas ; les tragédies, si.

Ce qui épouvante dans ce récit, c'est que ces horreurs sont décrites avec une sorte de candeur, comme si les pires atrocités allaient de soi, qu'elles ne méritaient ni réprobation, ni indignation. Franco ne lâche

1. Je reviendrai sur l'attitude de Franco envers les juifs.

pas seulement la bride à ses hommes, devenus des bêtes féroces, il les regarde massacrer et mutiler avec une totale insensibilité. Prenant d'ailleurs conscience de l'effet produit sur ses compatriotes par ce tableau dantesque – aux Cortes, Indalecío Prieto, le dirigeant socialiste, prononce un superbe réquisitoire contre la sauvagerie des légionnaires qui se vantent de ne jamais faire de prisonniers, discours qui sera imprimé et diffusé à des centaines de milliers d'exemplaires, mettant le gouvernement dans l'embarras –, prenant conscience de cette condamnation, Franco ôtera du livre les passage les plus scabreux, censure qui en dit long sur sa personnalité tortueuse.

La Légion marque bien un tournant dans la vie du petit commandant. C'est et ce n'est plus le même homme. Sous l'influence de Millán Astray, de sa rhétorique mystique et funèbre, Franco découvre un idéal de soldat fanatique, fermé à toute forme de pitié. Il se coule dans un moule qui laisse déjà apparaître la statue du dictateur.

Cette évolution était-elle inéluctable ? Impossible de répondre avec honnêteté. Tous les militaires ne succombent pas à cette tentation de l'absolu, loin de là. Beaucoup, parmi les compagnons de Franco, désapprouveront cette totale déshumanisation, et certains le feront même avec force. Tout se passe comme si, en rencontrant Millán Astray, Franco avait découvert une part secrète de lui-même, la plus ténébreuse.

On retrouve, dans ce *Journal*, le héros que nous connaissons, capable, par son sens du terrain, son esprit d'initiative, son coup d'œil, de rétablir une situation défaite. On retrouve son allant, son autorité, sa manière de disposer les troupes, de les encourager et de les stimuler. « La Légion, lance-t-il à ses hommes, ramène tous ses combattants, les vivants et les morts ! », et aucun cadavre n'est en effet laissé sur le terrain, épargnant ainsi les mutilations. Détails sans doute, mais qui participent de la légende romantique à laquelle adhèrent les légionnaires.

On renoue là avec la pluie de médailles, les citations élogieuses.

On distingue deux périodes dans la carrière légionnaire de Franco. La première, sous l'inspiration de Millán Astray, est celle de la lutte contre les tribus rassemblées par El Mizziam (son fils combattra dans les rangs nationalistes). Obéissant aux directives du gouvernement, l'armée d'Afrique abandonne les zones montagneuses de l'intérieur en négociant des trêves avec les chefs de tribu. Le commandement militaire renonce aussi à sa stratégie des fortins isolés et rassemble ses forces autour des villes de Melilla, Larache, Ceuta et Tétouan. Une sorte d'accalmie s'établit, les africanistes se demandant avec inquiétude si ce repli n'annonce pas l'abandon pur et simple du Maroc.

À cette question les gouvernements de Madrid – ils se succédaient avec une impuissante régularité – auraient été bien incapables de répondre, étant eux-mêmes divisés sur le sujet.

C'est alors que surgit chez les Rifains un exceptionnel chef de guerre, Abd el-Krim, qui, depuis son fief d'Axdir, près d'Alhucemas, cœur du Rif, rassembla toutes les tribus et déclencha une offensive générale contre les Espagnols, leur infligeant de cuisantes défaites.

Son père n'était pourtant pas hostile à une bonne entente avec les Européens, avec qui il avait accepté de signer des accords, notamment pour l'exploitation des gisements miniers, mais il refusait absolument l'occupation militaire de son pays. Lorsqu'il était mort, les armes à la main, son fils, d'une intelligence vaste et claire, avait pris sa succession.

Le spectre de la débâcle de 1898 resurgit. Madrid se sentit forcé de réagir, et les opérations reprirent.

Face à ce péril, Franco donna, à la tête de sa *bandera*, sa pleine mesure, courant partout à la fois, secourant les garnisons menacées, contre-attaquant avec vigueur et ténacité, perdant chaque fois des centaines d'hommes et reprenant le combat sans prendre le temps de respirer. Ce fut une épopée héroïque.

Un nom retentit tout à coup, sonnant le glas de la monarchie qui n'allait pas se remettre de cette hideuse défaite : Annual, village situé dans les environs de Melilla. C'était le 21 juillet 1921.

Le général Fernandez Silvestre, ami et confident du roi, s'était avancé dans un territoire peu sûr, contrôlé par les troupes d'Abd el-Krim. Voulant démontrer son audace, le malheureux avait envoyé un télégramme à Alphonse XIII annonçant qu'il serait à Alhucemas, cœur du pays contrôlé par le chef rifain, pour la Saint-Jacques, le 25 juillet. En réponse il reçut du monarque un télégramme : « Olé, les hommes ! Je t'attends le 25 », texte probablement édulcoré, le texte authentique disant plus crûment : « Olé, les couilles ! *(cojones)* », et exprimant mieux l'insouciance de celui qui aimait à jouer les *chulos*.

Refusant d'écouter avertissements et mises en

garde, Silvestre poursuivit la marche avec sa colonne jusqu'à Abarran et Irebiguen.

Las, Abd el-Krim avait rassemblé là une armée généreusement pourvue en armement moderne, avec même des canons. Harcelant les colonnes du général Silvestre, les isolant, les coupant de leurs bases arrière, le chef rifain appliqua la stratégie du saucissonnage, assiégeant une garnison après l'autre, massacrant les défenseurs lorsqu'ils se trouvaient à court de ressources. Une boucherie méthodique. Dans le même temps, des milliers de soldats indigènes désertaient après avoir assassiné leurs officiers et rejoignaient les troupes rifaines.

Mal équipée, plus mal entraînée, sans ravitaillement, assommée par la chaleur d'un été implacable, mourant littéralement de soif, l'armée espagnole voyait s'accumuler autour d'elle tous les signes du désastre. Sûr de lui, Silvestre n'en poursuivit pas moins son offensive, refusant même les renforts que son supérieur hiérarchique, le général Berenguer, lui proposait avec insistance.

Lorsqu'il prit conscience de la situation désespérée dans laquelle il se trouvait, il était déjà trop tard. Il battit précipitamment en retraite, provoquant un affreux sauve-qui-peut.

Non pas *une*, mais *des* défaites successives, car tout le territoire durement conquis en plus de sept ans de guerre tombait entre les mains des Rifains. En moins d'une semaine, soixante-dix forts furent pris. Dans ses positions du Mont-Arruit, le général Navarro, avec trois mille hommes, résista près d'un mois jusqu'à ce qu'il reçoive, à bout de munitions, sans plus une goutte d'eau, l'autorisation de se rendre. Les soldats furent égorgés, les officiers enchaînés et emmenés en captivité.

Combien de morts en tout ? Le chiffre de quinze mille semble le plus vraisemblable ; c'est celui que citent tous les historiens sérieux. Abd el-Krim s'emparait par ailleurs d'une centaine de canons, de centaines de mitrailleuses, de dizaines de milliers de fusils, sans oublier les munitions. Dans tout le Rif cette victoire « miraculeuse », signe de la protection d'Allah, souleva l'enthousiasme ; l'une après l'autre, les tribus se rallièrent à Abd el-Krim, le nouvel émir.

Comme il donnait l'ordre à l'un de ses subordonnés d'abandonner sa position, le général Silvestre reçut cette réponse transmise par héliographe : « Condamnés par la stupidité de Votre Excellence, les soldats de ma section meurent mais ne se rendent pas. »

Dans cette débâcle, Silvestre disparut sans qu'on retrouve son cadavre. Il semblerait que les officiers de son état-major aient réuni, selon le code de l'honneur en vigueur dans l'armée, un tribunal et qu'ils aient ensuite déposé un pistolet sur le bureau de leur chef. La suite ?

« Fernandez Silvestre mourut suicidé, encore qu'on l'ait tué », écrit Fernandez Almagro [1] avec une ironie glacée.

En Espagne, ce fut d'abord la stupeur. Comment une telle catastrophe avait-elle été possible ? Le sentiment d'humiliation était d'autant plus vif que la France, dans un territoire autrement plus vaste, réussissait, avec seulement soixante-dix mille hommes, à

1. Fernandez Almagro, *Histoire du règne d'Alphonse XIII*, Barcelone, Montaner y Simon, 1933.

maintenir l'ordre. Les Espagnols étaient-ils à ce point misérables ? À l'humiliation et à la honte succédèrent la colère et la rage.

Aux Cortes, les députés réclamèrent une enquête sur les responsabilités dans ce gâchis ; la presse pacifiste se déchaîna, accusant le roi d'avoir encouragé cette funeste aventure. Partout des voix s'élevaient pour demander l'abandon du Maroc et la fin de cette guerre hideuse. Des manifestations eurent lieu dans toutes les grandes villes, rassemblant des foules qui criaient leur fureur et leur dépit.

Au palais, ce fut le désarroi, la consternation, la panique. Jamais, depuis la perte de ses dernières colonies, l'armée espagnole n'avait subi pareil désastre.

Une commission d'enquête présidée par l'austère général Picasso fut créée pour établir les responsabilités. Si Alphonse XIII n'était pas cité, la population voyait en lui l'inspirateur de cette piteuse débâcle. Sa personne, déjà ternie, en sortait déshonorée. Pour la majorité, la question n'était plus : va-t-il tomber ? Mais : combien de temps réussira-t-il à se maintenir encore ?

La monarchie s'était suicidée à Annual.

Ainsi qu'il arrive après de tels chocs, le gouvernement, présidé par Maura, l'un des rares hommes d'État de ce régime pourrissant, réagit avec vigueur et rapidité, réussissant à former une armée de 100 000 hommes aussitôt dépêchée au Maroc.

Les règlements de comptes viendraient plus tard.

Au Maroc occidental, ce fut une rumeur vague et confuse à laquelle Franco et ses camarades, abasourdis, ne prêtèrent d'abord qu'une oreille incrédule. Quelque chose de terrible s'était produit, mais quoi ?

où ? comment ? dans quelles circonstances ? Enfin l'ampleur de la débâcle leur apparut dans son affreuse réalité, en même temps que l'imminence du danger : poursuivant son offensive, Abd el-Krim s'emparait des hauteurs du Gurrugu qui dominent Melilla. La ville risquait de tomber.

Pour Sanjurjo, il s'agissait de faire vite. Il dépêcha la Légion sous le commandement de Millán Astray, avec mission de sauver la ville et de protéger les habitants. Comme les communications terrestres étaient coupées, les troupes se rendraient à Melilla par mer. Elles s'embarquèrent aussitôt, Franco à la tête de sa *bandera*.

Dans la ville assiégée, la population, folle de rage, tournait sa colère contre les militaires, mettant le feu à la capitainerie générale, puis, cédant à la panique, courait vers le port dans l'espoir d'embarquer pour la Péninsule.

À peine le *Ville-de-Cadix* eut-il été amarré que Millán Astray haranguait la foule, lui insufflant son énergie terrible ; puis, musique en tête, il fit défiler ses légionnaires à travers les rues de Melilla. Franco décrira avec une émotion sincère l'enthousiasme de la foule, son soulagement, sa gratitude ; massés sur les trottoirs, debout sur leurs balcons, les habitants poussaient des vivats, criaient : « Vive la Légion ! », agitaient des drapeaux, pleuraient et riaient. Très droit, le petit commandant marchait à la tête de sa *bandera*, savourant son triomphe. Cette Légion dont la présence suffisait à rassurer une population désemparée était aussi son œuvre.

Sans perdre une minute, Millán Astray organisa la défense de la ville, disposant ses légionnaires aux endroits stratégiques. Négligeant d'attaquer la ville,

Abd el-Krim s'attardait avec ses hommes à réduire l'une après l'autre les garnisons. Du haut des murailles, Franco assista à la chute de Nador. Sans vivres ni munitions, mourant littéralement de soif, réduits à boire leur urine, les survivants furent massacrés. « Dans la guerre, note avec laconisme le petit commandant, il faut savoir faire taire son cœur. »

Il avait demandé l'autorisation de dépêcher une section de sa *bandera* pour dégager les assiégés : proposition rejetée. Impuissant, il assista donc à la boucherie.

Un mois plus tard, l'armée espagnole entreprit de contre-attaquer pour stopper l'avance d'Abd el-Krim : offensive lente et sanglante dans laquelle les Réguliers et la Légion devaient se distinguer.

Ce fut notamment le cas à Casabona, bataille effroyable où, une fois de plus, Franco fit preuve d'un courage tel qu'il fut proposé au grade de lieutenant-colonel. Il avait mené la charge à la tête de sa *bandera*. Enterrés dans des tranchées, les Rifains opposèrent une résistance farouche et les combats à la baïonnette durèrent des heures.

Blessé à Nador, Millán Astray fut évacué, aussitôt remplacé par Franco qui prit le commandement des deux *banderas*. Ayant réussi à écarter la menace pesant sur Melilla, il poursuivit ses contre-attaques visant à contenir les troupes d'Abd el-Krim, fanatisées par la victoire remportée à Annual.

Nador, le mont Gurrugu, Zélouan, Dar Drius, première défaite essuyée par Abd el-Krim : les légionnaires reprenaient l'une après l'autre les places perdues. En escaladant les pentes du Mont-Arruit, la *bandera* de Franco découvrit, parmi les ruines du fort, un effroyable charnier, des centaines de corps mutilés avec une cruauté sadique.

Les responsables de ce massacre, la tribu des Béni-bou-Ifrour, subirent une vengeance atroce, leurs douars furent incendiés, les habitants, femmes comprises, tués à la baïonnette. « ... la tribu des Béni-bou-Ifrour, qui s'était distinguée par sa sauvagerie, note Franco, a été anéantie. »

C'est bien le mot : anéantie, rendue au néant.

À la tête de sa *bandera*, il enleva, après de terribles combats à la baïonnette, Tizzi-Azza. Comme il l'avait fait dans sa jeunesse lors de la bataille d'El Buitz, il s'empara du fusil d'un légionnaire blessé et se lança à l'assaut, galvanisant ses troupes. Encerclés ensuite par les Rifains, les légionnaires résistèrent, repoussant tous leurs assauts. Ce fut une victoire chèrement payée, mais Franco en sortit auréolé d'une gloire incontestable.

C'est alors que la presse nationale commença à parler de lui comme de « l'as de la Légion », popularisant son image de « jeune *caudillo* », ce vieux terme des temps de la Reconquête qui n'est pas, comme tant d'adversaires de Franco l'ont écrit, la traduction espagnole de *duce* ou de *Führer*, mais un mot très pur, comme son verbe dérivé *acaudillar*, « mener au combat », « commander ». Comment nier que ce mot s'appliquait bien à celui qui ne séparait pas le commandement de la lutte, marchant toujours à la tête de ses hommes, ce qui est exactement le sens du terme ?

Peut-être espérait-il succéder à Millán Astray qui poursuivait sa convalescence avant de partir pour Paris ? C'est le colonel Valenzuela qui fut nommé, et Franco ne souhaitait sans doute pas, lui, l'artisan consciencieux de ce corps d'élite, servir sous les ordres d'un autre que son inspirateur.

Dépit ? Orgueil ? Il rejoignit la métropole.

Ces victoires, si elles mettaient du baume sur les plaies, laissaient intacte la question politique.

Le mariage

1922-1923

Franco atteignait la trentaine et, comme il l'avait écrit à Carmen depuis le Maroc – lettres aussi fréquentes que brèves, d'une concision télégraphique (nouvelles de sa santé, récits succincts des batailles, formules d'affection convenues) –, il était temps de se marier. Depuis qu'ils étaient officiellement fiancés, il avait abandonné les déclarations enguirlandées, exprimant sa tendresse par quelques phrases courtes, dénuées de tout romantisme. Pourquoi aurait-il fait sa cour à celle qu'il considérait comme sa femme devant Dieu, la promesse échangée valant engagement ?

Par deux fois il avait sollicité une permission pour se rendre à Oviedo où, amadoués par la notoriété du *comandantín,* les Polo lui faisaient maintenant bonne figure. Il paraissait évident que le jeune militaire pouvait prétendre aux plus hautes fonctions, devenant non seulement un parti acceptable, mais un parti souhaitable et même enviable.

Comme il le faisait à chacun de ses passages par la métropole, il se rendit d'abord au Ferrol pour rendre visite à sa mère, contrariée par l'annonce que Ramón se préparait à épouser une « créature », une certaine

Carmen Díaz, rencontrée dans un cabaret de Tétouan ou de Biarritz, les versions divergent. Cette mésalliance désolait également Francisco qui se demandait comment les Polo réagiraient aux incartades de son frère. Vaine inquiétude car, à Oviedo, on se préparait à l'accueillir avec tous les égards. Depuis que la presse nationale célébrait ses hauts faits, le *comandantín* était devenu un héros.

Mère et fils montèrent ensemble à l'ermitage de la Vierge, la *Chamorra,* pour la remercier d'avoir protégé la vie de Paco, car, dans sa foi inébranlable, doña Pilar ne doutait pas que la mère de Jésus, écoutant ses prières, avait détourné les balles des Maures de son fils. On ignore si Francisco partageait les certitudes dévotes de sa mère. Toujours soumis, il était pourtant heureux de prier avec elle, car il éprouvait un véritable respect pour les croyants sincères, tout comme il respectait l'Église.

Il leur fallait aussi régler un point délicat : alors qu'il aurait dû, selon l'usage, demander la main de Carmen à don Felipe Polo, il était exclu que don Nicolas, à cause de sa position compromettante, exécute la démarche protocolaire. Vivant en concubinage, cela aurait pu paraître inconvenant, voire indécent. Il fut donc arrêté que l'aîné de la famille, Nicolas, se chargerait de le faire à la place du père, tenu à l'écart non seulement du protocole, mais également de la cérémonie.

Ces chinoiseries moralisantes, c'est aussi le temps de Franco, quand une femme divorcée apparaissait comme une femme perdue de réputation et ne pouvait être reçue dans aucune famille convenable, temps où la maîtresse d'un homme marié n'était ni plus ni moins qu'une catin. Mais est-ce seulement le temps de

Franco ? Les Français se rappellent une époque guère éloignée où la religion faisait de même la police des mœurs.

Ayant avec sa mère mis au point les démarches protocolaires en vue de son mariage, Franco gagna Oviedo où l'accueil fut tel qu'on peut l'imaginer. Il retrouva Carmen, heureuse de revoir son fiancé et plus heureuse encore de devenir enfin la femme du jeune héros dont tout le monde parlait autour d'elle. Cela faisait cinq ans qu'elle attendait, le temps commençait à lui paraître long.

Pour se marier, il fallait aux officiers l'autorisation du roi, une simple formalité. En attendant, on commença les préparatifs de la noce qui s'annonçait comme un grand événement mondain. Nommé par Alphonse XIII gentilhomme de la Chambre, titre purement honorifique, sans servitudes palatines, Franco était un personnage officiel. On n'attendait que l'autorisation du monarque pour fixer la date de la cérémonie.

Franco apprit soudain que le colonel Valenzuela avait été tué en protégeant un convoi devant Tizzi-Azza, conquise par lui l'année précédente. Au Conseil des ministres, il n'y eut ni hésitation ni opposition sur le nom du successeur : le lieutenant-colonel Francisco Franco Bahamonde fut nommé, et un télégramme lui enjoignit de rejoindre son affectation au plus vite.

Pour la seconde fois, le mariage dut donc être remis. Cachant sa déception, Carmen s'efforça de faire bonne figure. Elle était assez fine pour deviner que Paco ne résisterait pas à l'appel de l'Afrique et que toute récrimination de sa part serait vaine. C'était aussi sans compter avec la perspective d'une nouvelle promotion. Jusqu'où son fiancé n'allait-il pas s'élever ?

Des années plus tard, Carmen Polo de Franco avouera qu'elle suivait avec angoisse les nouvelles du Maroc, craignant toujours d'apprendre que son Paco avait été blessé ou, pis, tué au combat. Elle ne soufflera mot, en revanche, de ses réactions après la lecture du *Journal d'une bandera*.

Fut-elle choquée par le récit des atrocités commises par les légionnaires ? Elle dut penser qu'il s'agissait de représailles suscitées par la sauvagerie des Maures. Elle ne s'interrogeait pas davantage sur la légitimité de cette guerre : l'Espagne n'apportait-elle pas la civilisation à ces populations barbares ? Et puis, à Oviedo, au cœur de ces Asturies où ils n'avaient jamais réussi à mettre les pieds, les Maures ne représentaient-ils pas l'ennemi séculaire ?

Lors de son passage à Madrid, le lieutenant-colonel fut fêté par la bonne société qui organisa, au Palace, un banquet en son honneur. Il devenait une personnalité en vue.

Le roi le reçut avec affabilité et lui prodigua les marques de son estime et de sa confiance, sollicitant même son avis sur la guerre du Rif. Le jeune chef de la Légion dut être frappé par l'humeur morose du monarque qui, assommé par la défaite d'Annual, semblait désorienté, presque perdu, exprimant à voix haute ses perplexités. Fallait-il se dégager du bourbier marocain ? Le lieutenant-colonel plaida avec force pour le maintien de la présence espagnole au Maroc. Comment, après tant de sacrifices, tant de morts, tant de matériel et d'argent dépensés, abandonner l'Afrique ? Il convenait, au contraire, de mettre les moyens nécessaires à disposition de l'armée et frapper la rébellion au cœur, à Alhucemas, ainsi qu'il l'avait exposé dans les dernières pages de son journal.

Alphonse XIII l'écoutait-il ?

Franco repartit songeur pour le Maroc.

Devant la menace de la publication du rapport établi par une commission des Cortes, le roi vacillait ; un premier rapport, celui du général Picasso, bien qu'il évitât de mettre le monarque en cause, avait été étouffé, car il pointait du doigt les responsabilités de l'armée, des officiers ayant abandonné leurs unités pour aller jouer au casino de Melilla.

Indignée, l'opinion ne relâchait pas la pression ; le souverain sentait l'étau se resserrer sur lui. Les députés avaient dû céder, nommant une seconde commission d'enquête dont les conclusions se révélaient plus sévères encore, suggérant qu'Alphonse XIII avait encouragé l'expédition du général Silvestre. Cette fois, la monarchie risquait d'être emportée par le scandale.

La proclamation, à Barcelone, du capitaine général Miguel Primo de Rivera, annonçant au pays que l'armée prenait en charge « les intérêts supérieurs de l'Espagne », ce pronunciamiento dans le style de tous ceux qui avaient eu lieu au XIXe siècle, soulagea le souverain. N'avait-il pas déclaré un an plus tôt qu'il fallait trouver une issue à la crise « dans ou hors de la Constitution », propos qui sonnait comme un appel à l'intervention de l'armée ?

Suivi par toutes les capitaineries générales, le général Primo de Rivera, marquis d'Estella, s'empara sans coup férir du pouvoir et instaura une dictature « provisoire » accueillie avec une relative indifférence et même avec sympathie par une partie de la population, fatiguée des ministères aussi éphémères qu'impuissants, plus lasse encore des désordres, des jacqueries et des attentats. Même des intellectuels de renom comme Ortega y Gasset se rallièrent à la dictature militaire ; un seul refusant de faire allégeance : Miguel de Unamuno.

Un lâche soulagement, pourrait-on dire à propos des sentiments du monarque, car, en acceptant, s'il ne l'avait pas inspirée, la violation de la Constitution, Alphonse XIII s'exposait nu devant son peuple. C'était la suite d'Annual, c'était surtout l'accélération de la chute. Plus rien ne protégeait la monarchie, désormais privée de toute légitimité.

Primo de Rivera n'était pas sanguinaire. Les arrestations furent peu nombreuses, les condamnations à mort rares, le plus souvent commuées en peines de prison. Il interdit les partis politiques, congédia les Cortes, établit la censure sur la presse, mais ces mesures faisaient partie depuis toujours de la panoplie des dictatures militaires. Il nomma par ailleurs un gouvernement provisoire composé de militaires : le Directoire.

Admirateur de Mussolini sans être le moins du monde fasciste, il affichait des préoccupations sociales. Dans les premières années, il remporta d'indéniables succès avec une politique de grands travaux : routes, chemins de fer, téléphone, création d'un réseau d'hôtels de luxe, les *paradores*, aides à l'industrie sidérurgique, relance du bâtiment avec construction de petites maisons individuelles pour les ouvriers. Dopées par l'euphorie économique des années 1920, les finances espagnoles, grâce à l'habileté d'un excellent ministre, Calvo Sotelo, se portaient mieux, les réserves de la Banque d'Espagne augmentaient, l'inflation semblait jugulée, les prix se stabilisaient.

Le dictateur réussit même à attirer dans son gouvernement l'un des chefs du Parti socialiste, Largo Caballero, alors dirigeant du puissant syndicat l'UGT, ralliement durement critiqué par Indalecío Prieto, son farouche adversaire.

On retrouvera ces deux personnages, toujours opposés, à la veille de la guerre civile, incarnant non seulement deux politiques, mais deux visions antagonistes de l'Espagne. Le choix de Largo Caballero indiquait chez Primo de Rivera le souci d'améliorer la condition des travailleurs. Il entreprit même une timide, très timide réforme agraire, répartissant des terres laissées en jachère.

On savait Primo de Rivera, personnage truculent et débonnaire, hostile à la guerre du Maroc, à tout le moins partisan d'abandonner la partie la plus pauvre et la plus difficile à défendre – position, on s'en doute, qui lui valut l'inimitié des africanistes, notamment de Franco et de ses légionnaires, hostiles à toute idée de retrait.

Lors de ses tournées d'inspection dans le protectorat, des heurts se produisirent entre le lieutenant-colonel et son chef hiérarchique, incidents abondamment commentés par les panégyristes et repris par les adversaires du futur Caudillo, les premiers pour démontrer la forte personnalité de Franco, les seconds pour insister sur son aveuglement et son indifférence au coût humain de ces inutiles batailles. La plupart des anecdotes en question paraissant suspectes, mieux vaut les ignorer.

Tout ce qu'on sait, c'est que les deux hommes eurent ce qu'il est convenu d'appeler de « franches explications » ; peu rancunier, le dictateur n'en voulut pas à son subordonné de son franc-parler, car, loin de mettre des obstacles à sa carrière, il favorisa ses promotions. De son côté, le jeune officier, ayant exprimé le sentiment des africanistes, se soumit aux ordres.

Il n'y avait pas que le Maroc pour justifier l'intervention de l'armée ; il y avait la permanence du séparatisme catalan, sans parler du terrorisme anarchiste. Des milliers de militants de la FAI et de la CNT furent arrêtés, jugés et emprisonnés ; l'ordre parut revenir petit à petit ; les grèves se firent plus rares.

Au sujet des mouvements séparatistes, Ortega y Gasset avait, dans son livre *L'Espagne invertébrée*[1], écrit une formule qui allait connaître une fortune paradoxale, reprise par des politiciens de tous bords, à commencer par le fondateur de la Phalange, José Antonio Primo de Rivera, fils du dictateur. « L'Espagne, écrivait Ortega, est une unité de destin, une volonté commune de vivre ensemble. » Il précisait que ce désir d'unité résultait d'un projet commun, une vaste entreprise qui tirait les Espagnols hors d'eux-mêmes.

C'était aussi l'idée défendue par Joaquín Costa, l'un des théoriciens les plus originaux de la « génération de 98 ». Quel but collectif, se demandait-il, pour rassembler les Espagnols ?

Les africanistes tenaient une réponse toute prête : l'empire, sauf que le Rif ressemblait à un empire

1. José Ortega y Gasset, *España invertebrada*, 1921 et 1983, in *Obras completas*. C'est un livre majeur de l'une des plus claires intelligences de l'époque.

d'opérette et que les militaires n'arrivaient même pas à sauvegarder ce décor flapi. La dictature pouvait dissimuler les divergences, faire taire les oppositions, elle était incapable de résoudre les problèmes, l'alternative qui s'offrait au pays étant la révolution ou la contre-révolution. Mais, derrière le mot « révolution », des divergences furieuses se cachaient, anarchistes, communistes et socialistes s'en faisant une idée intransigeante, hostile à celle des autres. Pas davantage d'unanimité dans les rangs des droites conservatrices.

L'Espagne était bien divisée et morcelée, dévertébrée.

Pour recoudre cette étoffe déchirée, Costa appelait de ses vœux « un chirurgien de fer », ce que le dictateur n'était pas.

Amateur frénétique de jolies filles, ce géant drôle et volubile disparaissait souvent pour faire la fête avec ses amis, abandonnant son bureau, coupant le téléphone ; dans l'euphorie de l'alcool, le général prenait le soir des décisions qu'il s'empressait d'annuler le matin, une fois dégrisé.

Ses improvisations amusèrent un temps les Espagnols qui le trouvaient « sympathique » ; ils se lasseront bientôt de ses bons mots, de son incoercible logorrhée andalouse, de son indolence et de sa désinvolture. Avec son accent de Cadix, il parlait de tout avec abondance, surtout de ce qu'il ignorait.

Si Franco l'observait – et l'on sait qu'il suivit avec attention sa tentative de remise en ordre –, il dut souvent sourire, lui le silencieux. Il tira bien d'autres leçons de cette dictature sonore et vide.

À son arrivée au Maroc, le chef de la Légion reçut un accueil enthousiaste de ses hommes qui composèrent même, sur l'air de *La Madelon*, une marche parodique : « Le commandant Franco est un grand troufion, / Il a remis sa noce pour rejoindre la Légion... »

Devenu une figure de légende, Franco jouissait d'une réputation de courage et presque d'invulnérabilité, réputation nullement usurpée car sa présence suffisait à galvaniser la troupe. Ayant reçu le baptême de l'air avec son frère Ramón, devenu un excellent pilote, il prit l'avion pour se rendre dans les différents cantonnements, passant en revue les six *banderas* qui composaient maintenant la Légion. Il rédigea une proclamation exaltant les vertus des légionnaires et de leurs chefs. Puis il entra, sans perdre un seul jour, en campagne.

La situation dans le Rif n'avait pas changé ; malgré les territoires repris par Franco et ses légionnaires, Abd el-Krim contrôlait la région. Il venait de se proclamer émir et les tribus se ralliaient à lui, reconnaissant son autorité. Celui qu'on appelait « le Lion du Rif » organisait un État, créait une armée régulière, disposait d'une diplomatie.

Comme deux ans auparavant, l'armée espagnole ne gardait que la côte et les principales villes ; encore devait-elle durement combattre pour sauver cette zone sans cesse menacée. Certaines garnisons, telle celle de Tifaruin, se trouvaient dans une situation désespérée, encerclées depuis deux mois par les Rifains. Un avion survola les assiégés, lâchant un message : « Tenez bon, Franco arrive ! » La réponse vint aussitôt : « Si Franco vient, nous résisterons. » C'était cela, n'en déplaise à ses adversaires, sa légende. Les soldats avaient foi en lui.

Les assiégés n'avaient pas tort de lui faire confiance

puisque, à peine arrivé, il réussit, par une manœuvre audacieuse, à les délivrer.

Les promotions, comme toujours, sanctionnaient ses actions. À trente-deux ans – trente et un, si l'on tient compte du fait que la nomination prenait effet l'année précédente –, Franco devenait le plus jeune colonel de l'armée espagnole. Ces mots-là : « le plus jeune », auront scandé toute sa carrière. Décoré de la croix du Mérite militaire, il gardait également le commandement de la Légion. Il put alors, ayant rétabli la situation, solliciter un congé pour épouser Carmen. Permission accordée.

De passage à Madrid, il fut reçu par Alphonse XIII avec chaleur. Sans avoir jamais été, ainsi qu'on l'a souvent écrit, « le favori du roi », Franco jouissait de l'estime du souverain qui admirait le courage de ce jeune militaire, le plus brillant de ses officiers supérieurs. Voulant lui témoigner son amitié, Alphonse XIII lui annonça qu'il serait son parrain pour son mariage.

Ce fut, dans la cathédrale d'Oviedo, une cérémonie majestueuse avec, rassemblée devant Saint-Jean-le-Royal, une foule venue acclamer le héros de la Légion. Vêtu de l'uniforme de campagne du Tercio, arborant la médaille militaire, la croix du Mérite militaire, la plaque de l'ordre de Marie-Christine – une épine pour son amour-propre –, portant à la ceinture la clé d'or symbolique de gentilhomme de la Chambre du roi, le colonel Francisco Franco Bahamonde, trente ans, épousait Carmen Polo y Martínez Valdès, pâle et tendue dans sa superbe robe de mariée.

Elle a vingt-trois ans, ils sont officiellement fiancés depuis trois ans et se connaissent depuis huit ans. En guise de parrain, le général Losada, commandant militaire de la région, représente Alphonse XIII ; la vicomtesse d'Avila, marraine, représente la reine ; les frères de Franco l'encadrent en tant que témoins. À l'orgue retentit la musique choisie par le marié : des airs militaires ; à la place de l'inévitable et pompeuse *Marche nuptiale* de Mendelssohn, Franco a également insisté pour qu'on interprète l'hymne de la Légion, choix pour le moins incongru mais significatif. Même dans une église, même à l'occasion d'un mariage qu'il a tant désiré, l'armée habite le cœur du « jeune *caudillo* » (l'expression apparaît de plus en plus souvent dans la presse), et, dans l'armée, ses pensées vont d'abord à cette troupe qui reste son œuvre autant que celle de Millán Astray.

Comment mieux démontrer qu'il se sent, se veut militaire, et militaire d'une espèce particulière ?

La photo montrant le couple à la sortie de l'église révèle la joie contenue du jeune colonel, sa fierté à peine dissimulée, cependant que Carmen arbore un sourire radieux.

Organisée par la famille Polo, la réception, dans les écrasants salons de son palais, fut fastueuse, trop ostentatoire et trop guindée aux yeux d'une jeune fille prénommée, comme sa mère, Pilar, nièce du marié. Non sans tristesse et regret, elle décrira des années plus tard les lustres, les tapisseries, les tapis, les tableaux, la vaisselle somptueuse, tout l'étalage de la fortune. Elle avait, lors de la publication de ses Mémoires, rompu avec son oncle et son régime. Amère, elle accusait Carmen Polo, *la señora del Pardo*, d'avoir, par sa superbe, détruit l'harmonie de la famille, transformé les anciennes relations faites de chaleur et de simplicité qui y prévalaient en une pompe toute de morgue et de hauteur, accusation qu'elle ne sera pas la seule à formuler. Il semble indubitable qu'en entrant par son mariage avec Carmen Polo dans la « bonne société », le caractère de Francisco Franco subit une subtile transformation. Il devient, si possible, plus froid, raide et compassé.

Sous l'influence de sa femme, bigote de la pire espèce, il se rapproche aussi de la religion. Chaque soir, il récite avec Carmen le rosaire, assiste à la messe. Elle le persuade petit à petit que la Providence veille sur lui, dirige son destin, et que Dieu l'appelle à de très hautes missions. On a vu que, par respect, il accompagnait sa mère dans ses dévotions ; on retrouve, dans sa vie de couple, cette bizarre soumission aux femmes.

Provinciale, Carmen a l'orgueil un rien *cursi*, affecté, de ses origines. Elle affectionne les honneurs, exige des marques de respect, traite avec froideur les subordonnés, se pique de noblesse. Elle rêve d'un décor somptueux, courra bientôt les boutiques d'antiquaires, entassera sans grand discernement les pièces rares et les tapis précieux. Indifférent, son mari la laissera faire sans rien changer à son genre de vie frugal ni à ses habitudes besogneuses. On a l'impression qu'une distance les sépare. Faut-il pour autant, avec José Luis de Vilallonga [1] et tant d'autres adversaires du Caudillo, céder à un voyeurisme grossier ? « Je ne sais pas si Franco voulait éviter le contact physique avec cette femme prématurément fanée... » Il n'en sait rien, en effet, et moi non plus. Pourquoi l'écrire, alors ? Il y a des insinuations qui retombent sur ceux qui s'y livrent.

Le congé qu'il a obtenu pour se marier tire à sa fin,

1. José Luis de Vilallonga, ouvrage cité.

et les jeunes époux passent leur lune de miel dans la propriété de don Felipe, près de la mer. Ils quittent ensuite les Asturies pour le Maroc en passant par Madrid, où Alphonse XIII les reçoit en audience privée. Enfin ils arrivent à Ceuta, où Carmen s'installe dans une villa confortable, son mari, lui, reprenant le commandement de la Légion.

Alhucemas

1924-1926

La *nuit triste*, c'est la fuite nocturne d'Hernán Cortés, ses larmes en abandonnant, vaincu et défait, Mexico, que Philippe Nourry[1] évoque pour relater la mission la plus délicate, la plus périlleuse mais aussi la plus mélancolique de toutes celles que Francisco Franco eut à remplir au Maroc.

Ainsi qu'il le craignait, Primo de Rivera, décidé à en finir avec cette guerre interminable, ordonnait le retrait des troupes vers ce qu'on appelait « le Maroc utile », c'est-à-dire la frange côtière. Pour bien marquer sa détermination et superviser les opérations, il s'était fait nommer haut-commissaire et venait, avec d'autres membres du Directoire, de s'installer à Tétouan.

Franco reçut l'ordre d'organiser l'évacuation des garnisons et des populations civiles de Chaouen et de sa région : plusieurs milliers de personnes en tout. Cependant que le général Castro Girona accompagnerait les convois jusqu'à Tétouan, Franco assurerait la protection des colonnes avec ses légionnaires.

En songeant aux pertes que la prise de Chaouen

1. Philippe Nourry, ouvrage cité.

avait coûtées, comment Franco n'aurait-il pas éprouvé de l'amertume ? Il connaissait les Rifains : à peine la nouvelle du retrait des Espagnols se répandrait-elle que toutes les montagnes s'embraseraient ; même les tribus d'El Raisuni, chef opportuniste de la région ouest qui était maintenant le prisonnier d'Abd el-Krim, même ses tribus se joindraient à la rébellion.

Délicate, l'opération comportait trois phases : atteindre Chaouen avec ses *bandera*s, réunir les garnisons éparses dans les environs, quitter enfin la ville et rouler jusqu'à Tétouan.

Abd el-Krim ayant rassemblé ses forces autour de la ville sainte, le voyage se ferait sous le feu de ses guerriers embusqués tout le long du trajet. Il faudrait sans cesse livrer bataille avec, à l'esprit, l'ombre de la tragédie d'Annual. N'était-ce pas en battant retraite que le général Silvestre avait été écrasé ?

Franco était un militaire, mais c'était d'abord un combattant. Autant il se sentait fait pour l'attaque et l'offensive, autant l'idée de se replier répugnait à son tempérament. C'était devenu chez lui un principe : ne jamais céder un pouce de terrain à l'adversaire !

Il allait commander la plus vaste évacuation de toute la campagne du Rif. Militaire, il ne pouvait qu'obéir aux ordres. Il s'inclina, on le devine, de mauvaise grâce, avec un sentiment d'impuissance.

On connaît ses réactions non seulement par les confidences faites à certains de ses biographes [1], mais surtout par son intention de consacrer un chapitre de ses Mémoires à Chaouen, intention qui montre l'importance que cet épisode revêtait à ses yeux.

---

1. Notamment Brian Crozier, *Franco*, ouvrage cité. On trouve dans ce livre le meilleur et le plus complet récit de cet épisode.

Il n'était pourtant pas homme à se complaire dans les états d'âme. Une fois la décision arrêtée, son esprit d'organisation prit vite le dessus.

La première phase : se frayer un chemin jusqu'à Chaouen, dura près d'un mois, les légionnaires livrant de rudes combats contre les soldats d'Abd el-Krim.

La géographie servait les Rifains ; le pays de montagnes et de ravins, de vallées et de gorges, avec des pentes abruptes tapissées de bois, se prêtait à la guérilla. Les combattants rifains avaient pour eux une connaissance intime, charnelle, de ces défilés et de ces cols. Ils pouvaient compter sur la complicité de la population qui les renseignait sur les mouvements des « incroyants ». De jour et de nuit, les légionnaires étaient harcelés ; chaque roche, chaque arbre devenait un piège.

Avec méticulosité, leur chef prévoyait chaque étape, disposait les sentinelles, choisissait les éclaireurs. Toujours sur le qui-vive, il avançait avec une prudence redoublée, s'assurant que la voie était dégagée. Il faisait inspecter les pentes, sonder les bois, fouiller les grottes.

Le 2 octobre, il atteignit enfin Chaouen, nichée dans un vallon boisé, avec ses maisons blanches déployées sur les pentes, ses fortifications et ses minarets, ville que j'ai souvent visitée, saisi chaque fois par son parfum andalou, la mystérieuse atmosphère de mysticisme qui la baigne.

Alors que des détachements de légionnaires partaient dégager les garnisons et ramener leurs habitants, le lieutenant-colonel flânait dans la ville, parlait avec ses habitants. Alors qu'il rencontrait un vieillard dans sa djellaba, assis sur le seuil de sa maison, le vieil homme, peut-être centenaire, écrit Franco dans l'article qu'il publia dans une revue coloniale, lui reprocha amèrement d'être venu perturber la vie des Rifains pour, en définitive, les abandonner ; le chef de la Légion lui rétorqua que les Espagnols, venus apporter la civilisation à des populations misérables, ne recueillaient que mensonge et trahison. « Vous ne nous connaissez pas, lui répliqua le vieillard en hochant sa tête chenue. Vous ne voyez que notre vêtement. Vous ne devinez pas ce qui se cache dans nos cœurs. Quand les *moudjahidin* arrivent, nous les aidons tous, chacun selon ses moyens. C'est le devoir sacré des musulmans. » Franco n'oublia pas ces propos, tout comme il devait se rappeler les paroles d'un vieux juif qui, dans son castillan archaïque, prit congé de lui, expliquant qu'il était trop fatigué pour fuir et qu'il resterait dans sa maison tout en sachant que les musulmans l'égorgeraient sans doute. Ému, Franco évoque alors dans son texte le passé juif de l'Espagne, les synagogues de Tolède, la haute culture de ces sépharades dispersés.

Sa maladresse à exprimer ses sentiments, l'étrange contention de ses émotions font que certains auteurs refusent de croire à sa sincérité. Pourtant, le simple fait qu'il ait évoqué ces rencontres, qu'il s'en souvienne encore des années plus tard, démontre que, derrière le masque d'impassibilité, quelque chose frémissait.

Plus la nervosité montait autour de lui, plus la tension augmentait, plus Franco devenait calme, presque flegmatique. On se tromperait pourtant en croyant qu'il était indifférent. Cette maîtrise de soi, ce sang-froid imperturbable étaient déjà ceux de Paquito quand son père raillait sa stupidité. Tout jeune il avait appris à ne rien montrer de ses émotions.

Hanté par la débâcle d'Annual, Castro Girona allait et venait, prédisant le pire et répétant que cette retraite lui ôtait le sommeil. Franco, lui, ne bronchait pas.

Les semaines avaient passé ; l'automne s'installait, humide, brumeux, avec des nuits glaciales. Enfin l'heure du départ arriva. Il fut décidé que les troupes de Castro Girona partiraient les premières avec les populations civiles, cependant que les légionnaires couvriraient, à l'arrière, leur retraite. Les colonnes de camions remplis d'hommes, de femmes, de vieillards – dix mille, avec les militaires – s'ébranlèrent.

Lorsque Franco se retrouva seul avec ses légionnaires dans la ville abandonnée, il fit confectionner avec de la paille des mannequins qu'il plaça, revêtus de l'uniforme de la Légion, aux postes de garde, sur les fortifications. C'était une ruse simple, presque naïve, mais qui pourtant réussit.

Au moment de partir, en pleine nuit, il rassembla tous les officiers et sous-officiers : votre tâche, leur dit-il, sera rude ; il y aura sans doute beaucoup de tués, des blessés en grand nombre. Comme il avait avec lui l'argent de la solde, il allait, poursuivit-il, le répartir entre eux tous, à parts égales, chacun tenant la comptabilité des sommes qui reviendraient aux familles des tués, afin que personne ne fût oublié. Il se fiait à leur honnêteté, puis il remit à chacun une liasse de billets, leur demandant de compter. Il réussit, par ce subterfuge, à les délivrer de la peur, chacun étant davantage préoccupé par l'argent qui lui avait été confié que par les dangers de l'expédition.

Franco, l'avenir le démontrera, c'était aussi cette finesse, cet art de manipuler les hommes. Une « caserne couronnée », a dit de lui Tierno Galván, universitaire distingué, mais une caserne plus subtile qu'on veut bien le croire. Imagine-t-on qu'il se serait maintenu près de quarante ans au pouvoir s'il n'avait été qu'un grossier imbécile ?

Les conditions météorologiques étaient épouvantables ; sous des pluies diluviennes, dans un froid sibérien, les camions s'embourbaient. Il fallait faire descendre les hommes pour les dégager. Les colonnes avançaient au pas, retardées par les combats incessants que les légionnaires devaient livrer. Certains jours, on arrivait péniblement à parcourir cinq kilomètres. La nuit, les réfugiés se serraient au fond des camions, guettant le bruit des détonations. La leçon d'Annual ayant été retenue, Castro Girona évita la catastrophe.

Franco réussit à ramener les réfugiés sains et saufs jusqu'à Tétouan. Ce n'était pas une victoire, certes, mais c'était une belle prouesse. Une fois de plus, sa minutie et son sens de l'organisation avaient fait merveille.

Primo de Rivera le félicita chaleureusement ; cité avec des éloges à l'ordre du jour, il fut aussi promu colonel, une nouvelle fois « le plus jeune » – tout en conservant le commandement de la Légion.

Depuis des années, les Français souriaient des ennuis que rencontraient leurs voisins espagnols. Poursuivant leur occupation, ils se dirigèrent vers le nord pour atteindre la frontière entre les deux zones. Les tribus de l'Ouest appelèrent alors Abd el-Krim à l'aide ; son armée, forte de 80 000 hommes bien équipés, dotée même de 40 canons, infligea aux Français une sévère défaite. Ceux-ci durent battre en retraite. Comprenant que les montagnes du Rif étaient plus difficiles à prendre que la plaine de Marrakech, ils réclamèrent des renforts que Paris leur accorda.

Grisé par ses succès, le Lion du Rif commit une erreur en rejetant l'autorité du sultan, paravent troué derrière lequel se dissimulaient les occupants ; il s'avança avec son armée en direction de Fès dont il voulait faire sa capitale.

Avec les renforts, Paris dépêcha Philippe Pétain pour en finir avec la rébellion du Rif.

Une conférence réunit Primo de Rivera et le vainqueur de Verdun à Tétouan pour coordonner les efforts des deux nations. Tant que l'Espagne avait été seule à combattre la résistance d'Abd el-Krim, la France avait assisté avec goguenardise aux difficultés de sa voisine. La donne venait de changer.

Franco assista à l'entretien, éprouvant pour Pétain une sympathie immédiate. Les deux hommes étaient faits pour s'entendre, tous deux détestant les bavards et les exaltés. Avec sa stature élégante, son regard bleu, son air de majesté, Philippe Pétain en imposait à Franco qui, toute sa vie, n'aura de respect que pour les militaires : Pétain, Eisenhower, de Gaulle.

Le plan mis sur pied était d'une simplicité évidente : cependant que les Français attaqueraient par le sud, les Espagnols, avec l'appui de la flotte française, débarqueraient dans la baie d'Alhucemas et fonceraient sur Axdir, le fief d'Abd el-Krim, pris en tenailles entre les deux armées.

Est-ce Primo de Rivera qui ressortit l'idée de ce débarquement dont Franco lui rebattait les oreilles ? Fut-ce le colonel Franco qui défendit son projet, enlevant la décision ?

Une fois de plus, les biographes sont partagés. Pour les adversaires du futur Caudillo, il est exclu qu'il ait pu avoir ne fût-ce que l'ombre d'une idée stratégique ; pour ses partisans, Franco était bien l'auteur de ce plan qu'il avait défendu auprès du roi d'abord, du dictateur ensuite. Il ne manque pas un érudit pour ressortir un document prouvant que l'idée du débarquement était dans l'air avant que le jeune colonel ne s'en fît l'avocat. Cela change-t-il quelque chose ? Qu'il l'ait ou non imaginée, il en a compris le premier la justesse, défendant avec ardeur sa nécessité si l'on voulait en finir avec cette guerre interminable et porter au Lion du Rif un coup décisif.

Abd el-Krim ayant pris ses précautions, le débarquement comportait des risques. C'était, note Bennassar, la première opération amphibie des temps modernes. Des aléas pouvaient en contrarier le cours, à commencer par la météo et l'état de la mer. Transportés par une flottille réquisitionnée à cet effet, dix-huit mille hommes venant de Ceuta et de Melilla débarqueraient sur une longue plage que dominaient deux montagnes, chacune couronnée par un fort où les résistants rifains s'étaient retranchés. Les vaisseaux de la marine française pilonneraient les forts, préparant le débarquement des Espagnols, dont les *banderas* de la Légion et deux régiments des Réguliers sous les ordres du colonel Franco. Une fois de plus, il lui revenait d'accomplir la tâche la plus rude : atteindre le premier la côte, y établir une tête de pont, dégager le terrain pour permettre au gros de l'armée de débarquer à son tour.

Cela faillit d'ailleurs mal tourner : la mer était houleuse ; des bateaux se heurtèrent, causant un début de pagaille. Le commandement espagnol fit attendre les troupes qui commençaient à s'impatienter ; les uns malades, les autres énervés, le moral des hommes baissait d'heure en heure. Désobéissant aux ordres, Franco prit l'initiative de lancer ses hommes à la mer. Tenant leurs fusils au-dessus de leurs têtes, de l'eau jusqu'à la poitrine, les légionnaires et les Réguliers suivirent leur chef et réussirent, le 2 septembre 1925, à prendre pied sur la plage de la Cebadilla, sous le feu des soldats d'Abd el-Krim. Il leur fallut une semaine pour s'emparer des deux forts et élargir la tête de pont.

À la tête de sa Légion, Franco avait réussi à emporter la décision.

Pour Paul Preston dont j'ignore les compétences en matière militaire, la cause est entendue : le général Sanjurjo, commandant les troupes espagnoles, aurait mal préparé et mal organisé l'opération. N'étant pas expert en stratégie, je me garderai de donner mon avis.

Relevant la critique de Preston, Bennassar émet une remarque pertinente. Il se demande si, en diminuant le rôle de Sanjurjo, Preston a conscience de rehausser celui joué par Franco. Mais ce rôle a-t-il besoin d'être rehaussé ?

Légionnaires et Réguliers furent, de l'avis unanime, les artisans de la victoire, obligeant les guerriers d'Abd el-Krim à battre en retraite.

Un mois plus tard, l'armée espagnole fonçait vers Axdir, mettant un point final à la magnifique épopée du Lion du Rif, résistant aussi courageux qu'intelligent. Pendant ce temps, l'armée française, attaquant par le sud, réduisait les derniers îlots de résistance. Cette fois, la guerre du Maroc était bel et bien finie.

Franco était promu général de brigade, le plus jeune général d'Europe ; Pétain le félicita avec chaleur et le décora de la Légion d'honneur, geste que le jeune général n'oublierait pas, gardant au vieux maréchal une gratitude qu'il lui montrerait aux jours sombres de la défaite de la France.

Le 5 décembre, il quitte Axdir et rejoint Carmen

à Ceuta. Dans deux mois, ils embarqueront pour la métropole où, général de brigade, Franco doit rejoindre Madrid pour prendre le commandement de la première brigade d'infanterie. Il a trente-quatre ans, il avait débarqué au Maroc à l'âge de dix-sept ans. Peut-être les phrases que la junte des généraux a écrites pour saluer sa promotion résonnent-elles alors dans son esprit : « C'est une incontestable valeur nationale et l'armée comme le pays tireront sûrement grand profit de ses talents singuliers. » Lues avec le recul du temps, ces paroles rendent un son à la fois ironique et prophétique.

« En quinze ans, commente Carlos Fernandez [1], dont quatre dans la Péninsule, il est passé de lieutenant à général. Et il s'est élevé dans la hiérarchie, je le redis, grâce à une guerre de fronts étroits dans laquelle, sauf l'épisode d'Alhucemas, n'intervenaient que des effectifs réduits. L'ennemi n'a pas en outre montré, hormis par ses instincts sauvages – dont le charnier du Mont-Arruit fut un bel exemple –, une grande valeur militaire. »

Je m'arrête sur lesdits « instincts sauvages » parce que, de Saint-Exupéry à Bernanos, de Churchill à Hemingway, la sauvagerie dont les compatriotes de l'auteur, qui sont un peu les miens, se montrèrent capables durant la guerre civile n'eut rien à envier à celle des Rifains. Ce ne fut d'ailleurs pas le seul conflit où les Espagnols se comportèrent avec une cruauté révoltante : je pense à la guerre d'indépendance contre les armées napoléoniennes, aux guerres carlistes qui donnèrent lieu à d'effroyables atrocités.

Au verso de son livre, Carlos Fernandez est présenté

---

1. Carlos Fernandez, ouvrage cité.

comme un expert militaire. Je ne doute pas de ses compétences. Petits effectifs ? Certes, mais une guérilla est rarement faite par des corps d'armée. Encore faut-il se rappeler qu'Abd el-Krim avait rassemblé près de 80 000 hommes et qu'il infligea, à Annual, une défaite cinglante aux troupes du général Silvestre. La valeur militaire des Rifains ? J'aurais plutôt tendance à admirer leur longue et fière résistance, incarnée par Abd el-Krim, symbole du refus des populations de s'incliner devant une occupation étrangère.

Une guerre de fronts étroits et bornés ? C'est la chanson de tous les adversaires du Caudillo – je renonce à les citer – pour qui Franco ne pouvait être qu'un piètre stratège, Bennassar allant jusqu'à l'accuser d'avoir fait durer la guerre civile dans le seul but de tuer le plus grand nombre possible d'Espagnols – de mauvais Espagnols, cela va de soi.

Ce reproche, les Allemands et les Italiens, impatientés par la lenteur et la prudence du Généralissime, ne cesseront de le marteler. Inutile de s'attarder sur l'audace guerrière des Italiens. Pour les Allemands, ils voient dans la guerre d'Espagne un *Kriegspiel* grandeur nature, ils pensent offensive, contre-attaque, vastes manœuvres d'encerclement, rapidité de mouvement, ils imaginent ce qui sera leur guerre éclair sans se poser la question de savoir si Franco ne ferait pas une *autre guerre*, une guerre à la fois civile et politique. Il l'a lui-même dit et répété : son but était moins la reconquête des territoires que la conquête et la réduction des esprits. Il admettait d'ailleurs que cette manière de faire la guerre lui apporterait une moindre gloire – ce qui est bien le cas, on le constate.

Franco avait assez de défauts, c'est un euphémisme, pour qu'on s'acharne à lui contester ses qualités les plus évidentes : le courage, l'esprit d'initiative, la persévérance, le sens minutieux de l'organisation, la prudence, une finesse sournoise, une intelligence très supérieure à la moyenne des officiers de l'armée espagnole. Ce sont ces qualités, Prieto l'a bien vu, qui faisaient de lui quelqu'un de redoutable. Cachant ses pensées profondes, dissimulant ses intentions, toujours sur la réserve, il avançait masqué. Nul, pas même ses intimes, ne pouvait se vanter de le connaître. Il jouait la modestie, acceptait de passer pour médiocre, observait, écoutait, n'oubliant rien. Animal à sang froid, toujours impassible, enfermé dans un mutisme énigmatique, le général Francisco Franco, tel un saurien, se tenait immobile, apparemment inerte.

S'il n'était pas Napoléon, il fut néanmoins un excellent militaire. Ce ne sont pas tant les opérations de cette guerre ruineuse et stupide qui l'ont marqué que la nature même de la colonisation. Franco apprit au Maroc que ce genre de guerre ne se gagne pas seulement sur le terrain, mais qu'il faut aussi la gagner dans les esprits, à tout le moins les frapper de stupeur et de crainte. Les écraser, au sens propre.

Veut-on désigner les responsables de ce que Carlos Fernandez qualifie justement de « saignée » ? Il faut regarder du côté d'Alphonse XIII et de ses gouvernements. En bon militaire, Franco a certes « profité » – c'est le mot employé par l'auteur – de cette guerre en risquant dix fois sa vie, ne l'oublions pas. Il a aussi forgé avec Millán Astray un corps d'élite parfaitement entraîné et aguerri, la Légion. Devenu pour toute l'armée d'Afrique une figure légendaire, il sait pouvoir compter sur sa fidélité. Enfin, il s'est endurci, devenant insensible à la souffrance, indifférent à la vie des hommes, capable d'assister, impassible, aux plus affreux carnages. Rentrant en Espagne, il possède déjà l'étoffe du dictateur ; il lui suffira d'en endosser l'habit. Y pense-t-il ? C'est d'autant moins probable que Primo de Rivera jouit encore d'une incontestable popularité, rehaussée par ses succès au Maroc. En signant la paix, le dictateur s'assure même la reconnaissance d'une majorité des Espagnols.

L'académie militaire

1927-1931

Il est peu probable que Carmen Polo de Franco ait regretté Ceuta, ville poussiéreuse, inachevée. Habituée au climat humide et doux des Asturies, elle n'appréciait pas non plus la chaleur. Élevée au milieu des mondanités, Carmen, sans être vraiment cultivée, possédait ce vernis qui permet de parler de tout avec assurance. Avec leurs médisances de garnison, les femmes des officiers coloniaux ne pouvaient que lui paraître mesquines. C'est sûrement avec soulagement qu'elle vit s'éloigner la côte d'Afrique. Il n'en allait probablement pas de même pour le jeune général.

Arrivant à Madrid où Franco, commandant les régiments du León et du roi, se trouvait à la tête de plusieurs casernes, le couple découvrit une capitale aux allures de ville thermale, avec un air de nonchalance et de légèreté. Comptant moins d'un million d'habitants, la *Villa y Corte* – Ville et Cour – n'avait, contrairement à Barcelone, rien d'une métropole. Sans industrie ou presque, habitée majoritairement par des fonctionnaires, la campagne en était si proche qu'elle touchait partout les faubourgs ; distante de moins de soixante kilomètres, la haute montagne conférait à l'atmosphère de la capitale une pureté redoutable. La nuit, la température pouvait chuter brutalement ; le froid subit provoquait des pneumonies qui justifiaient le dicton : « L'air de Madrid est si subtil qu'il tue un homme sans éteindre une bougie. »

En ces années 1925, il y faisait pourtant bon vivre ; le petit peuple chantait, dansait le *chotis*[1] aux *verbenas*, ces bals des faubourgs. La *zarzuela*[2] triomphait au théâtre ; l'Opéra royal drainait la haute société, mais aussi, au paradis, l'un des publics les plus passionnés et les plus exigeants. Dans les cafés à la mode, écrivains, poètes et dramaturges se réunissaient à heure fixe, l'esprit de fronde et de libertinage se déchaînait dans leurs *tertulias* ; dans les palais de l'aristocratie, politiciens de tous bords et journalistes oubliaient leurs disputes pour deviser avec affabilité.

Madrid restait ce *mentidero* (fabrique de bobards) qu'il était déjà au XVIe siècle ; rumeurs et cancans ne tarissaient pas, chacun se disant parfaitement informé puisqu'il tenait la chose d'Untel, meilleur ami de X, lui-même cousin de Y. On colportait les derniers ragots sur la Cour, sur les liaisons douteuses du dictateur.

La vie artistique connaissait une effervescence qui allait produire une renaissance telle que le pays n'en avait pas connu depuis le XVIe siècle. C'étaient, en poésie, Ruiz Jiménez, Alberti, Bergamín, les frères Machado, Pablo Neruda qui venait de s'installer dans la capitale, et le nom de ce jeune prodige qui commen-

---

1. Danse qui n'est pas sans évoquer la java.

2. Genre parodique du grand opéra aux canevas simples et populaires, la *zarzuela* a attiré d'excellents compositeurs. En cuisine, il s'agit d'une sorte de bouillabaisse.

çait à voler de bouche en bouche : García Lorca ; c'étaient, en peinture, Salvador Dalí et Pablo Picasso ; c'était Luis Buñuel dont le surréalisme cruel épouvantait la bonne société. C'était, pour la bourgeoisie cultivée, Benavente dont le théâtre cachait, derrière des canevas traditionnels, un sens de l'observation impitoyable. C'étaient des romanciers et des philosophes : Ortega y Gasset, Miguel de Unamuno, Ramón del Valle-Inclán, Azorín, dix autres ; ou des humoristes comme Gómez de la Serna, d'une profondeur loufoque.

Alors que la monarchie poursuivait, accrochée à ce dictateur imprévisible, sa lente chute dans le néant, Madrid était saisi d'une fièvre d'audace et de gaieté.

Il n'y avait aucune chance que les Franco eussent succombé à cette atmosphère d'excitation joyeuse. Carmen était une provinciale guindée, sans la moindre curiosité intellectuelle. Le général n'avait jamais ouvert un recueil de poésie et il devait ignorer jusqu'aux noms d'Ortega y Gasset et d'Unamuno. S'il les avait entendus, il les avait rangés dans la catégorie des esprits subversifs. Non seulement il ne possédait pas la moindre culture littéraire ou philosophique, mais il éprouvait pour les artistes et les écrivains ce mépris consommé d'une majorité des militaires espagnols pour tout ce qui touche à l'esprit. Des efféminés, peut-être des invertis.

Lui aurait-on dit que ce qui ferait, dans le monde entier, la gloire de l'Espagne, c'étaient ces noms qu'il ignorait avec superbe, le général en aurait conclu que la planète sombrait dans une irrémédiable décadence.

Ils venaient de s'installer dans un grand appartement au cœur du quartier aristocratique de Salamanque, au 28, Paseo de la Castellana. C'était leur premier domicile stable, leur véritable foyer depuis qu'ils étaient mariés. Cependant que le général inspectait les casernes dont il avait le commandement, se créant la routine sans laquelle il se sentait perdu, son épouse courait les antiquaires, commandait des meubles, convoquait décorateurs et tapissiers.

Quelques riches familles d'Oviedo vivaient à Madrid près de la Cour : une mode parmi les provinciaux fortunés. Carmen retrouva avec joie de ses anciennes connaissances qui, sachant qui elle était, la traitaient avec les égards qu'elle jugeait lui être dus. Toute sa vie elle gardera une morgue de femme « bien née », avec un ton cassant, des manières dédaigneuses.

Vilallonga se moque non sans raison de ces prétentions, même s'il en rajoute dans l'ironie avec les deux canapés que le général aurait exigé d'avoir dans son salon. À la différence de sa femme, Francisco Franco acceptait en fait ses origines modestes et menait une existence simple et frugale.

Invariablement, le réveil sonnait à sept heures ; tout en feuilletant la presse, il prenait son petit déjeuner : un café décaféiné avec du lait, une tartine grillée avec de la confiture. À neuf heures précises, il montait dans sa voiture conduite par un bidasse, filait vers son bureau où il restait jusqu'à quinze heures, écoutant les rapports des colonels placés sous ses ordres, les accompagnant parfois pour inspecter une caserne, visites redoutées de ses subordonnés car, avec sa méticulosité, il voulait tout voir, des cuisines aux latrines, relevant sèchement la moindre négligence. Enfin il rentrait déjeuner : un légume cuit, une viande ou un poisson grillés, un fruit, accompagnés d'un unique verre de vin – son régime jusqu'à la fin.

Seul changement dans son mode de vie, il s'accordait une courte sieste, fréquentait des *tertulias* : l'une, militaire, dans un café à la mode, autour de Millán Astray avec qui il évoquait les souvenirs du Maroc, sujet sur lequel il se montrait intarissable ; l'autre chez un politicien, ancien ministre d'Alphonse XIII, homme cultivé d'esprit caustique. Dans ce cénacle érudit, il restait le plus souvent silencieux, écoutant et observant, ne sortant de sa réserve que si l'on abordait des affaires militaires.

Dîner à dix heures du soir, toujours aussi frugal, car le général a une nette tendance à l'embonpoint. La mauvaise graisse se fixe autour de la ceinture, ce qui le désole. Il a beau se tenir très droit, rentrer son ventre, sa bedaine épaissit sa silhouette. Il commence aussi à perdre ses cheveux, autre sujet d'irritation. Francisco Franco n'est plus l'homme sec et svelte qui, le jour du débarquement d'Alhucemas, sourit de toutes ses dents, manifestement heureux. Il s'alourdit, s'empâte et surveille son alimentation, s'astreignant à un régime strict.

Souvent, le soir, Carmen et lui vont au cinéma, parfois au théâtre, jamais au concert ni à l'opéra, car le général n'entend rien à la musique, hormis les fanfares militaires. Ou bien, si sa femme a invité des amis, on dîne dans l'imposante salle à manger, autour d'une longue table à rallonges, avec des vitrines où le général, suppose Bennassar, a exposé ses médailles. C'est vraisemblable : dans la bourgeoisie, mais pas seulement militaire, on aime exhiber l'argenterie, les diplômes, les décorations.

À l'heure du café, les conversations traînent, futiles et languissantes. C'est, au cœur de ce Madrid nerveux, la pompe cérémonieuse de la province, ses ragots et ses babillages insipides. Les Franco habitent Madrid mais vivent à Oviedo, où ils se rendent d'ailleurs souvent. Ils ne deviendront jamais des Madrilènes.

Jouissant parmi ses pairs d'une réputation de compétence, Franco reste à peu près inconnu du grand public. Celui qui bénéficie alors d'une popularité fantastique et dont le portrait orne la première page des journaux, c'est son frère Ramón qui, à bord du *Plus Ultra*, vient de franchir l'Atlantique, reliant pour la première fois l'Espagne à l'Amérique du Sud. C'est l'époque de la naissance de l'aviation, celle de Mermoz, de Saint-Exupéry, ces nouveaux héros de la modernité. À Montevideo, à Buenos Aires, des foules enthousiastes ont acclamé Ramón Franco. À son retour en Espagne, il est reçu et décoré par Alphonse XIII. Fêté, acclamé dans tout le pays, la municipalité de sa ville natale, El Ferrol, décide d'apposer une plaque devant la maison des Franco. Elle y grave les noms des deux frères, Ramón et Francisco, honneur qui emplit de fierté doña Pilar.

Aventureux, casse-cou, Ramón est aussi écervelé que son frère est prudent. Comme la plupart des pères, don Nicolas se trompait sur ses fils. D'une intelligence très moyenne, l'aîné fait carrière dans l'intendance de la marine ; Ramón est bien un original, mais peut-être pas au sens où son géniteur l'entendait ; décrété idiot, Francisco, lui, possède le cerveau le plus clair.

Primo de Rivera n'allait pas laisser longtemps Franco à la tête de la deuxième brigade de la première division de Madrid. Lors du débarquement d'Alhucemas, il avait été impressionné par le courage et le sens de l'organisation du chef de la Légion ; Alphonse XIII ne cachait pas non plus son estime pour ce jeune général.

Était-ce le diabète dont il souffrait ? Le sentiment vague que son heure avait sonné ? Primo de Rivera multipliait les maladresses. Il s'était mis à dos les intellectuels en exilant dans un îlot perdu des Canaries Miguel de Unamuno, coupable de l'avoir durement critiqué dans une lettre privée publiée sans son autorisation par un journal argentin. Ortega y Gasset qui, on l'a vu, avait accueilli sa prise de pouvoir avec bienveillance, le romancier Blasco Ibáñez, mondialement connu, des poètes et des philosophes, les étudiants, tous faisaient corps derrière celui qu'on surnommait le « vieil hibou », chassé de sa chaire et privé de son traitement. Primo de Rivera répondait aux manifestations en fermant les facultés ; il faisait saisir des journaux, emprisonnait des adversaires. En proie à des manifestations de mécontentement de la part des artilleurs, fortement attachés à la promotion à l'ancienneté, le dictateur avait réagi avec la même brutalité.

Ne manquait à ses accès capricieux que la note triviale. Elle vint lorsqu'une de ses petites amies fut condamnée, malgré ses interventions maladroites, pour trafic de drogue. Ulcéré, il fit casser le verdict et chassa le juge, démis lui aussi sans traitement ni retraite. Ce fut un tollé.

Même le roi donna l'impression de prendre ses distances. Il existe en espagnol un verbe, *borbonizar*, « bourboniser », qui signifie trahir à la manière des Bourbons, avec cynisme et roublardise. Le dictateur allait-il être « bourbonisé » ?

Dans ce climat déliquescent, il songea à renforcer l'unité de l'armée en assurant à tous les élèves officiers une formation commune : deux années d'un enseignement général avant le choix des différentes spécialisations, aviation, marine, artillerie ou génie.

Écartelé par les séparatismes, le pays se délitait. Il fallait, selon lui, que l'armée au moins reste unie, sans distinctions régionales ou sociales. D'où la création d'une académie militaire où les cadets recevraient une formation solide, égale pour tous. Se souvenant de Francisco Franco, de sa méticulosité, de son sens de l'organisation, il le nomma directeur de cette institution qu'il décida d'implanter à Saragosse, malgré les objections du nouveau directeur qui aurait souhaité la fixer près de l'Escurial, dans les environs de la capitale.

Le jeune général de brigade avait auparavant éprouvé la plus grande joie de sa vie : la naissance à Oviedo, dans la maison des Polo, de sa fille unique, María del Carmen, dite « Nenuca ». Ce jour-là, déclara-t-il, il crut mourir de joie, ce qui, pour un pudique de son espèce, est un aveu de taille. Il se trouve naturellement des biographes pour s'étonner qu'un couple aussi catholique que les Franco ait eu un seul enfant, et de supposer... Mais, puisque je ne lis pas la presse *people*, pourquoi irais-je imaginer ce qui se cache dans la braguette du Caudillo ?

Mêmes polémiques, plus acerbes encore, autour de l'académie militaire de Saragosse, modèle pour les uns, repaire de « fascistes » pour les autres. Bartolomé Bennassar consacre plusieurs pages à démontrer que les éloges décernés à l'institution par Maginot, venu remettre à Franco sa Légion d'honneur, sont sans valeur, puisqu'il ne serait resté à Saragosse que quelques heures. Dont acte.

« Fascistes » ? On se demande si ceux qui l'emploient à tort et à travers ont pris la peine de lire De Felice ou Hannah Arendt. Comprennent-ils qu'il y a dans la sensibilité fasciste une composante révolutionnaire tout à fait étrangère au futur Caudillo ?

Il suffit de lire le décalogue que le nouveau directeur rédigea à l'intention des aspirants cadets : 1) Aimer d'un grand amour la patrie et être fidèle au roi. (Ni la patrie, moins encore le roi n'appartiennent au vocabulaire fasciste qui exalte l'État et le parti.) 2) Cultiver l'esprit militaire. (N'est-ce pas un truisme dans une académie militaire ?) 3) Avoir l'esprit chevaleresque. (J'entendais cette exhortation, aussi vague que généreuse, chez les jésuites.) 4) Exécuter ses devoirs fidèlement et scrupuleusement. (Un instituteur de la IIIe République aurait pu calligraphier cette maxime au tableau noir.) 5) Ne jamais discuter et ne pas tolérer que les autres le fassent. (On est ici au cœur de l'esprit militaire : l'obéissance, mais on se trouve aussi dans la discipline de presque tous les ordres.) 6) Se faire aimer de ses subordonnés et apprécier de ses supérieurs. (On se croirait dans un pensionnat religieux pour jeunes filles de bonne famille.) 7) Être volontaire pour tout sacrifice, chercher et demander à être employé dans les occasions les plus dangereuses et les plus pénibles. (C'est la maxime la plus personnelle, car Franco l'a appliquée au Maroc, mais c'est aussi une maxime passe-partout.) 8) Être un bon camarade, se sacrifier pour ses compagnons, se réjouir de leurs succès, de leurs récompenses et de leurs progrès. (Comment peut-on qualifier de « fasciste » ce catalogue d'intentions pieuses ?) 9) Cultiver l'amour des responsabilités et des décisions. (Imagine-t-on le contraire ?) 10) Faire preuve de courage et d'abnégation. (Pour un militaire, cela vaut mieux, en effet.)

Devant ces commandements ronflants, on reste sans voix. On s'étonne aussi que pareille charte ait pu stimuler des jeunes gens. Car le fait est là : malgré ces fadaises, les cadets ont adhéré à l'esprit que leur directeur a insufflé à l'académie. C'est du reste l'une des énigmes du personnage. Franco profère des lieux communs, il les déclame d'une voix de fausset, et quelque chose de fort passe pourtant. Comment expliquer ce décalage ?

Rien, mais vraiment rien qui rappelle de près ou de loin la rhétorique fasciste. Faut-il chercher le fascisme dans le culte de la force ? Mais le décalogue ne renferme pas l'exaltation nietzschéenne du surhomme, plutôt celle du chevalier chrétien tel qu'un petit-bourgeois se l'imagine. Il y a bien la célébration de la virilité, de la *hombría*, au point d'ailleurs que Franco interdit les chambres à deux lits, de peur des « mariages » – preuve qu'il en connaissait l'existence. Mais cette exaltation de la virilité était, dans l'Espagne de 1927, la chose la mieux partagée dans tous les milieux, sans distinction de classes sociales.

Il y a un domaine où le nouveau directeur se montre plus moderne : les maladies vénériennes, son obsession depuis ses années à l'académie de Tolède. Il fait distribuer des préservatifs aux jeunes élèves, veillant à ce qu'ils les emportent lors de leurs sorties. Il établit aussi des graphiques qui font apparaître la diminution des cas de syphilis.

Mens sana in corpore sano : Franco fait sienne la devise des jésuites.

Surtout, il instaure un recrutement sévère, excluant tout favoritisme par l'anonymat des épreuves. Sur plus de sept cents candidats au concours d'entrée, un peu plus de deux cents seront admis. Il consent une unique exception en faveur des fils de militaires tués au combat, estimant que la patrie a vis-à-vis d'eux une dette de sang.

Enfin il s'entoure des intimes de toujours, Camilo Alonso Vega, Pacón, d'officiers africanistes rencontrés au Maroc, mais il choisit, pour organiser et diriger les programmes, un officier cultivé, connu pour ses opinions libérales, le colonel Campins.

Comment, à moins de tenir l'armée tout entière pour fasciste, parce que fondée sur l'autorité et la hiérarchie, accuser Franco de fascisme ?

Rien, dans l'organisation des études, dans la discipline instaurée, dans les principes plutôt creux édictés par le directeur, n'évoque de près ou de loin l'idéologie fasciste. Il accorde une part importante à l'entraînement physique, faisant effectuer aux élèves de longues marches dans les Pyrénées, les soumettant à de rudes épreuves ? Et alors ? Il faudrait fermer les cours de gymnastique, repaires de fascistes ?

Quand il arrive à Saragosse, la future académie n'est qu'un chantier à l'espagnole, de ceux qui risquent de rester inachevés. Franco convoque les architectes, les entrepreneurs, corrige et modifie les plans, bouscule les corps de métiers, fixe une date pour l'achèvement des travaux. Il réussit à ouvrir son académie à la date arrêtée par lui : étonnante victoire dans la guerre d'usure que menuisiers, peintres ou carreleurs mènent avec une incontestable maestria. Bennassar a raison d'écrire : « ... il est certain que l'académie dut à Franco l'ordre et la bonne organisation dont elle témoigna, car son souci du moindre détail, déjà démontré au Maroc, fit merveille [1]. »

1. Bartolomé Bennassar, ouvrage cité.

Pas question, en revanche, de lui reconnaître le moindre mérite dans le choix des programmes ou l'organisation des cours, honneur qui revient exclusivement au colonel Campins, ce qui est exact, à condition de ne pas oublier que c'est Franco qui l'a choisi malgré sa réputation de libéral, peut-être franc-maçon, et même républicain.

Anticipant sur les événements, l'historien rappelle en passant que Campins fut fusillé à Grenade pour avoir hésité à se joindre au soulèvement. Sur ordre de Queipo de Llano ? Naturellement, mais Franco n'écrivit que deux lettres pour demander sa grâce, alors que s'il avait insisté... Sert-il à quelque chose de le rappeler ? Franco n'était pas généralissime lorsque Campins fut exécuté, il ne faisait même pas partie de la junte militaire installée à Burgos. À Séville, Queipo de Llano, surnommé « le vice-roi », n'écoutait personne, moins encore lorsqu'il était saoul, c'est-à-dire tous les jours. Franco aurait eu beau insister tant qu'il voulait : Queipo de Llano n'obéissait qu'à sa fantaisie macabre.

L'historien note : « Aux temps de l'académie de Saragosse, Franco était encore ouvert aux idées des autres. » Je souscris à cette remarque.

Avec quinze élèves par classe, il existait une véritable complicité entre professeurs et aspirants. Soucieux de rapprocher les cadets de la population de Saragosse – toujours le souvenir de Tolède ! –, le directeur invitait les étudiants des facultés aux cérémonies et aux repas, prenant soin de leur réserver une place d'honneur. De son côté, Carmen présidait une association à laquelle adhéraient les épouses des principales familles de la ville. Il y avait là une claire volonté d'ouvrir l'académie à la société civile.

Ces trois années passées à Saragosse comptent parmi les plus heureuses dans la vie des Franco. Alors qu'ils se sentaient dépaysés à Madrid, ils se trouvent de plain-pied avec la bourgeoisie aragonaise dont ils connaissent les codes, les tics et les préjugés. Au fond, ils restent des provinciaux à l'aise dans une société provinciale. Ils reçoivent dans leur appartement, acceptent les invitations, fréquentent la bonne société.

Il y a Nenuca, il y a les activités mondaines de Carmen ; il y a Zita, sa sœur, venue vivre avec eux ; il y a les professeurs et les élèves de l'académie. Il y a les visites du roi, du prince des Asturies, de Primo de Rivera qui, tous, félicitent le général pour la bonne tenue de son école.

Cela n'en fait peut-être pas une institution révolutionnaire, mais cela n'en fait pas non plus une fabrique de fascistes. C'était tout bêtement, dans l'Espagne des années 1925, une académie militaire plutôt meilleure que les autres. Du reste, les élèves s'attacheront à leur directeur et 80 % d'entre eux le rejoindront lors du soulèvement militaire. Preuve qu'ils étaient fascistes ? Inutile d'anticiper.

La question qui, à mes yeux, importe est : pourquoi Franco a-t-il attaché une telle importance à *son* académie ? La réponse gît dans son être même. Militaire avant tout, il éprouve de la fierté à former des générations de jeunes officiers, à contribuer à la réorganisation de l'armée, à sa modernisation. Il fait ce pour quoi il se sent fait.

Le roi incarne la légitimité dynastique, fondement de l'ordre social que le dictateur assure. Franco se sent à sa place, heureux de servir et d'être utile.

La dégringolade de Primo de Rivera pourtant se précipite. L'un après l'autre, ses soutiens l'abandonnent. Par-delà ses caprices, ses débauches, ses maladresses, il est une raison plus profonde à sa disgrâce. Avec pertinence, Vázquez Montalbán rappelle que la décennie 1920-30, années d'optimisme économique, touche alors à sa fin. L'ombre des années 1930, avec la Grande Dépression, déjà se profile à l'horizon. Le dictateur est l'une des premières victimes de la crise qui s'annonce. N'ayant jamais voulu s'appuyer sur un parti politique qui, dans le pays, aurait pu soutenir son action, Primo de Rivera dépend entièrement de ses pairs.

Dans un geste spectaculaire, il fait publier dans la presse un appel aux capitaines généraux, aux amiraux, au directeur de la Garde civile, leur demandant s'ils lui conservent ou non leur confiance. En cas de réponse négative, il annonce qu'il démissionnera. Prenant l'opinion à témoin, il ignore le roi, ulcéré par tant de désinvolture. Démarche qui ne manque pas de panache, bien dans la manière de ce truculent personnage.

Évasives, réticentes, les réponses confirment la désaffection de ses pairs. De son côté, le souverain, espérant sauver sa couronne, se montre distant. Le dictateur présente aussitôt sa démission et part le soir même pour Paris où il mourra six mois plus tard, seul et amer, dans un hôtel de la rue du Bac.

Il laisse un bilan que les meilleurs historiens jugent de manière nuancée. Pour Philippe Nourry, « il avait aussi apporté quelques années de paix et de prospérité que l'Espagne n'était pas près de retrouver[1] », cependant qu'Édouard de Blaye, lui, tranche d'un ton de

1. Philippe Nourry, ouvrage cité.

certitude : « La dictature n'a résolu aucun des maux innombrables dont souffre l'Espagne... elle les a même aggravés [1]. » Preston se montre tout aussi sévère ; Bennassar coupe la poire en deux : les premières années de la dictature furent marquées par d'indéniables succès, estime-t-il, alors que la fin fut nettement moins heureuse.

Je suis enclin à opiner dans son sens, tout en précisant que si l'euphorie des années 1920 l'avait servi, il avait su accompagner le mouvement. Il tombait, de manière symbolique, en cette année 1930 où les effets de la crise commençaient à se faire sentir. On entrait dans une décennie de récession, de chômage et de violences.

Le directeur de l'académie de Saragosse observa avec dégoût la chasse à l'homme lancée contre le général Primo de Rivera, ceux qui lui devaient le plus se distinguant par leur acharnement. Il y a peu de chances que cette ingratitude ait surpris l'Africain, guère optimiste sur la nature humaine. Mais il ne fit et ne dit rien, gardant cette réserve qui était la marque de sa personnalité.

Quelles leçons tira-t-il de cette expérience manquée ? On connaît sa pensée par les confidences faites à ses intimes. Parmi les erreurs que, selon lui, Primo de Rivera avait commises, la principale, sorte de péché originel, avait été de définir son pouvoir comme « transitoire ». Confondant le pouvoir avec le commandement, Franco n'est pas loin d'y voir une démission. Le commandement engage la responsabilité personnelle, on ne l'assume pas avec l'intention d'y

---

1. Édouard de Blaye, *Franco ou la monarchie sans roi*, Stock, 1974.

renoncer. Une seconde erreur a été de se lier à ses pairs dont Franco ne pense pas grand bien. La manière dont ils l'ont lâché et abandonné pour fomenter maintenant des complots voués à l'échec le conforte dans la piètre opinion qu'il a de ces agités. Enfin Francisco Franco avouera que Primo de Rivera n'a pas compris que le pouvoir a besoin, pour contrôler le pays et diffuser partout ses mots d'ordre politiques, d'un parti structuré qui infiltre tous les secteurs de la société.

Le moment venu, il saura tirer les enseignements de cet échec.

Le départ de Primo de Rivera annonce la chute de la monarchie, blessée à mort lors de la défaite d'Annual et qui n'a pu se maintenir que grâce à l'appui du dictateur. Le roi aura beau tenter de retarder l'échéance, pour beaucoup d'Espagnols il a cessé d'exister. Fomentées les unes par des généraux – Queipo de Llano, Varela, Goded, Sanjurjo –, les autres par d'anciens ministres d'Alphonse XIII convertis au républicanisme – Alcalá Zamora, Azaña, Martínez Barrio, Indalecío Prieto, figures qu'on retrouvera bientôt à la tête du nouvel État –, les conspirations fleurissent. Réunis à Saint-Sébastien, les républicains ont signé un pacte auquel les socialistes de l'UGT et même les anarchistes (ceux-ci du bout des lèvres) ont adhéré. La relève se met en place, appuyée par les intellectuels, d'Unamuno à Ortega y Gasset, de Salvador de Madariaga à Pío Baroja. Ce n'est pas tant, observe Javier Tusell [1], que les Espagnols soient devenus républicains, mais ils ont cessé

---

1. Javier Tusell, *Franco en la guerra civil. Una biografía política*, Tusquets Editores, 1992 et 2006. L'un des historiens les plus subtils, les plus précis et les mieux documentés.

d'être monarchistes, avides d'un changement, sans trop savoir lequel. Avec sa légèreté coutumière, Alphonse XIII confiera au comte de Romanones : « Nous sommes passés de mode. » Façon de voir les choses.

Cette agitation, Franco la suit d'un œil sévère. Il n'apprécie guère les complots fumeux de certains de ses pairs, jugeant plus sévèrement encore les agissements de son frère Ramón, devenu un antimonarchiste enragé. N'a-t-il pas survolé le palais avec l'intention d'y lâcher des bombes ? Entouré d'anarchistes parmi les plus violents, fréquentant des voyous, il trempe dans toutes sortes de complots, au point que Mola, alors directeur de la Sûreté, juge bon d'avertir Franco de ses agissements, lui conseillant de le raisonner. Sans illusions, Francisco lui parle, lui écrit. En vain.

Dans cette atmosphère de conspirations et de coups d'État avortés, le directeur de l'académie de Saragosse reste fidèle à lui-même sans qu'on sache trop ce qu'il pense. Se consacrant à ses élèves, surveillant la bonne marche de l'institution, il refuse de se mêler à des excitations qu'il juge puériles.

On croit deviner ses sentiments lorsque, à l'occasion de la mort de la reine mère, meilleure conseillère d'Alphonse XIII et forte tête, il harangue ses cadets : « Concentrons davantage, s'il se peut, toute notre affection sur son auguste fils, Sa Majesté le roi, et sur la famille royale... » – profession de foi monarchiste qui lui vaut d'être décoré par le souverain.

Malgré ces nobles paroles, on peut se poser la question : jusqu'où va son appui à la monarchie ? Il semble que la forme de l'État lui importe moins que sa solidité et son autorité. Il hésiterait à voler au secours d'un pouvoir hésitant. Or, c'est peu dire que le roi hésite. Il louvoie, tergiverse, n'ose pas sévir. Faiblesse coupable pour le général Franco, car elle encourage ses ennemis. On a l'impression qu'Alphonse XIII eût-il décidé de défendre hardiment sa couronne, Franco l'aurait soutenu. Hypothèse gratuite car, pour sauver la monarchie, encore eût-il fallu que le roi ait une claire vision politique, qu'il prenne des initiatives courageuses. Alphonse XIII n'avait aucune de ces qualités. Durant des années, il avait joué à faire et défaire des ministères, joué à la guerre. D'où aurait-il tiré la clairvoyance et l'énergie qu'il n'avait jamais eues ? Avec le général Berenguer, honnête mais timide, avec l'amiral Aznar, d'une émouvante insignifiance, il essayait, trop tard, de renouer avec les formes constitutionnelles, mais toutes ses tentatives échouaient, nul ne voulant se compromettre en volant à son secours. L'unanimité s'était faite autour de ce mot d'ordre : il faut que le roi s'en aille ! Il y a dès lors quelque chose de pathétique dans le vide qui se creuse autour de ce monarque en perdition. Même les généraux semblent s'être faits à l'idée d'une république.

Franco, tout monarchiste qu'il fût, tira les conséquences de cette désaffection universelle. L'ordre lui importait davantage que le sort de la dynastie. Puisque le roi semblait résigné, il était vain d'essayer de le sauver. Le directeur de l'académie de Saragosse assista, impassible, à cette noyade. Le pays n'exprimait pas même de la haine, juste une indifférence méprisante.

Bien entendu, ses adversaires lui reprochent sa tiédeur, rappelant tout ce que Franco devait à Alphonse XIII. On se demande ce qu'il aurait pu faire avec ses cadets. Il ne resta d'ailleurs pas inerte, puisque, lorsque deux officiers de la garnison de Jaca se soulevèrent et proclamèrent la république, il se porta avec ses élèves à leur rencontre pour arrêter leur marche sur la capitale de la province, Huesca. Il n'eut pas à intervenir, les insurgés ayant été arrêtés, jugés par une cour martiale et aussitôt fusillés. Malgré ce geste, il est certain que Franco ne témoigna pas d'un zèle excessif, estimant la cause entendue. Il n'était pas homme à se compromettre pour rien.

Son attachement à la monarchie, en dépit des faveurs dont Alphonse XIII l'avait comblé, n'allait d'ailleurs pas jusqu'à l'enthousiasme. Chef de l'État, il critiquera sévèrement, dans plusieurs discours, la dynastie des Bourbons. Militaire jusqu'à la moelle, il ne respecte et n'admire qu'une forme de pouvoir : la force, l'autorité. L'habillage juridique dont l'État s'entoure relève pour lui de la parure. C'est la force qui fait le droit.

Francisco Franco avait-il, en 1931, des ambitions politiques ? Il commençait à se forger des convictions simples mais inébranlables. Ce n'était pas l'homme d'un système, les théories ne l'intéressaient pas. Il fallait à son esprit borné un point de vue restreint, induisant une conception stratégique et tactique. Or, il venait de trouver une explication convaincante à la profusion chaotique des événements dont il était le témoin.

Primero de Rivera ayant abonné les capitaineries et les académies militaires au *Bulletin de l'entente internationale anticommuniste*, édité à Genève, Franco s'était mis à lire avec assiduité cette publication à laquelle il souscrirait plus tard un abonnement personnel. Bien informée, la revue publiait souvent des documents de première main : comptes rendus des délibérations du Komintern, biographies des principaux dirigeants communistes, y compris les Espagnols, éditoriaux expliquant les revirements de la politique stalinienne, ses choix stratégiques. Franco tenait là le fil reliant ses intuitions et ses observations. Il lui suffisait de le tirer pour découvrir la trame cachée. Il venait ainsi de comprendre que le bolchevisme était moins à redouter quand il se montrait à visage découvert que lorsqu'il manœuvrait, caché derrière des organisations en apparence neutres, stratégie de contournement par les ailes que ce militaire entreprit aussitôt de démasquer dans la réalité. Il perçut la manipulation derrière les revendications les plus généreuses, identifia les agents naïfs ou rusés, suivit à la trace les manœuvres. Enfin il perçait à jour la signification et les ressorts de désordres en apparence confus.

Ses adversaires le traitent de paranoïaque. La suite montrera qu'il arrive aux paranoïaques d'avoir raison. Pour l'heure, l'attention du général Franco a été attirée par l'existence d'un complot visant à étendre sur toute l'Europe, sur l'Espagne en particulier, la dictature du prolétariat. Cette découverte fut pour lui une véritable illumination. Il voyait ou croyait voir le dessous des cartes. Il ne quittera plus des yeux la partie, avec une conviction : jamais le communisme ne passera là où lui-même se trouvera ! (Ce sont mot pour mot les propos qu'il tiendra à Alcalá Zamora, le président de la République.)

Délire ? Franco est un homme trop prudent pour s'abandonner à une révélation. Loin de s'accrocher à des certitudes hypothétiques, il se donne le temps de constater, de vérifier. Averti, il se tient sur ses gardes. Il observe, jauge, pèse. En bon militaire, il dresse des plans pour le cas où. Il ne veut pas que les événements le surprennent, il ne veut pas davantage lancer une attaque prématurée. Il n'agira que s'il lui paraît indubitable que ce complot existe, menaçant l'indépendance du pays, et s'il se sent raisonnablement sûr de l'emporter. Il obéit à son tempo personnel. En ce sens, on peut dire que le futur Caudillo est tout à fait construit dès 1931. Il possède désormais un credo qui va dicter toutes ses actions.

Il n'est certes pas le seul général à nourrir une haine féroce du bolchevisme. Ce qui le distingue de tant de ses pairs, c'est son esprit de suite. Quand il tient une idée, Franco s'y accroche et n'en démord plus. Cette passion lui sert de philosophie politique et de programme. La montée du fascisme en Italie, bientôt celle du nazisme en Allemagne apportent de l'eau à son moulin. Il se persuade d'assister à la levée d'une croisade de l'Europe chrétienne contre le péril communiste, sans distinguer l'expansionnisme nationaliste mussolinien ni, moins encore, le racisme biologique des nazis. On l'a constaté, Francisco Franco ignore le monde extérieur, il a peu voyagé, ne parle aucune langue étrangère. Dans l'univers étroit qui est le sien, il n'y a aucune place pour les nuances et les subtilités. Il voit le monde en noir et blanc – le bolchevisme et la civilisation chrétienne –, sans se demander si le fascisme ne serait pas païen et si le nazisme ne renfermerait pas la haine du christianisme. Cette vision myope fait évidemment sa faiblesse ; elle fait aussi sa force, puisqu'elle le dote d'une conviction intime.

Parmi les ruses du bolchevisme, il en est une qu'il détecte très vite, car elle menace ce qui lui est le plus proche : l'armée. La propagande pacifiste lui semble d'autant plus pernicieuse qu'elle rencontre dans la population un écho favorable. Quelle âme généreuse ne serait pas éprise de concorde et de paix ? Sur cette fibre sentimentale les communistes jouent habilement, démoralisant les soldats, les désarmant pour mieux ruiner l'institution. En 1929, il met ses cadets en garde contre « ces vents de pacifisme, ces illusions utopiques en contradiction avec l'histoire du monde et les lois de la nature, qui ne manqueraient pas de souffler sur leur chemin mais qui ne devraient en aucun cas refroidir leur idéal [1] ». Mise en garde claire et nette, faite quelques mois avant la chute du dictateur.

Ce n'est pas à proprement parler une déclaration politique, mais un avertissement lancé aux politiques, manière de rappeler avec fermeté ce qui, à ses yeux, constitue la frontière infranchissable : l'armée, ses valeurs et sa mission.

Le directeur de l'académie militaire de Saragosse n'est pas entré dans l'arène politique, il reste dans son rôle en s'adressant à de futurs officiers, mais, par ses propos, il définit le terrain sur lequel il est prêt, le cas échéant, à se battre. Doté d'une conviction inébranlable, la résistance au communisme, il s'érige en défenseur de l'armée contre les exhortations pacifistes, contre toutes les tentatives visant à miner l'institution.

Les événements se précipitent, mettant ses intuitions à l'épreuve des faits. Conseillé par son fidèle, le comte de Romanones, le roi se décide à organiser des élections municipales, mesure que le ministre juge habile : les Espagnols veulent s'exprimer, ils pourront le faire sans mettre en cause le régime monarchique. Pour la première fois depuis des années, le vote sera libre ; la censure de la presse est levée, la liberté de réunion des citoyens et l'inscription sur les listes électorales

---

1. Philippe Nourry, ouvrage cité.

de leur choix assurées, garantissant l'honnêteté du scrutin.

On connaît les résultats : une large majorité pour les partis monarchistes, mais, dans toutes les grandes capitales régionales ou presque, une écrasante majorité en faveur des partis républicains. Rien n'obligeait le roi à s'incliner et, durant plusieurs heures, les principaux chefs de ces dernières formations attendirent dans l'angoisse sa réaction.

Après avoir consulté autour de lui, Alphonse XIII, monarque superficiel, sans envergure, fit le seul geste élégant de son règne. Refusant, dit-il, de provoquer une guerre civile, il décida de quitter le pays. Ce fut aussitôt une explosion de joie, la foule se précipitant dans les rues pour acclamer la République.

À son habitude, Franco assista aux événements sans broncher. Regrettait-il celui à qui il devait tant ? Quoi qu'il en fût, cette sortie piteuse lui semblait indigne d'un monarque. Il en voulait plus encore au général Sanjurjo, commandant la Garde civile, qui, appelé par Alphonse XIII, avait répondu qu'il ne pouvait se porter garant de ses troupes, scellant ainsi le sort de la monarchie.

Alors que les drapeaux aux couleurs de la République étaient hissés sur tous les bâtiments publics, Francisco Franco refusa d'amener le pavillon royal tant qu'il n'aurait pas reçu un ordre écrit du gouverneur militaire. Il fallut attendre quatre jours, que le nouveau gouverneur fût nommé.

L'académie militaire de Saragosse fut le dernier édifice à continuer d'arborer le drapeau rouge et or.

La Jolie Môme

1931-1933

Feux d'artifice, illuminations, fanfares, défilés : la République fut accueillie dans tout le pays avec des transports d'enthousiasme ; des manifestations géantes eurent lieu dans les principales villes, cependant que dans le moindre village les paysans dansaient sous les lampions. Le drapeau tricolore, rouge, jaune et mauve, couleurs de la Castille, flottait au fronton des édifices publics ; dans les mairies, la pimpante Marianne espagnole, surnommée *la Niña bonita*, la Jolie Môme, trônait dans la salle des fêtes. On chantait l'hymne de Riego et *L'Internationale* ; on s'embrassait ; on pleurait de joie.

Cependant que le gouvernement provisoire s'installait à Madrid et que les Espagnols se familiarisaient avec les noms et les visages de ceux qui, pour cinq ans, allaient dominer la vie politique, une folle espérance se levait dans les campagnes. Plus qu'un changement politique, la république annonçait une parousie, l'accomplissement prodigieux de toutes les aspirations.

Humiliés depuis des siècles, les paysans qui composaient l'écrasante majorité du pays allaient néanmoins se révéler incapables de s'adapter au temps politique, eux qui vivaient depuis tant de siècles dans l'univers de la religion et du miracle. Quand, comment auraient-ils appris la patience des débats parlementaires, les finesses des transactions et des compromis, la lenteur des dossiers, les rouages subtils de la machine gouvernementale ? Pour eux, la république, c'était tout et tout de suite. Tout, mais d'abord la terre. Ni délais ni palabres interminables, des titres de propriété, des semences, des crédits, de l'outillage ! La dignité enfin conquise.

Pourtant, on se tromperait en imaginant que la majorité des Espagnols se réjouissait de la chute de la monarchie et de l'avènement de la république. Le résultat des élections ne laisse aucun doute à ce sujet. Les listes monarchistes avaient obtenu trois fois plus d'élus que celles des républicains. On peut soupçonner le vote des campagnes en insistant sur l'influence des caciques, des grands propriétaires et du clergé rural, mais, même en divisant par deux le résultat du scrutin, il resterait une bonne moitié du pays hostile ou à tout le moins rétive au changement. Malgré ce fait, les principaux dirigeants républicains affirmaient contre l'évidence qu'ils avaient avec eux l'immense majorité des Espagnols, affirmation que les historiens contestent ou nuancent. « Une majorité, peut-être, écrit Bennassar ; l'immense majorité, certainement pas [1]. »

Une assurance qui ne s'explique pas seulement par l'euphorie de la victoire, mais par l'étrange conviction que les succès des gauches jouissent, puisque fondés sur la Raison, d'une légitimité supérieure. Une sorte d'incapacité morale frappe pour eux les bulletins de

1. Bartolomé Bennassar, ouvrage cité.

vote déposés par leurs adversaires qui, traités de réactionnaires ou de « fascistes », apparaissent comme des citoyens de second ordre. Alcalá Zamora, le premier président de la République, le dit nettement : « On voulut légiférer en obéissant à des théories, à des sentiments et à des intérêts partisans... sans à peine songer qu'on légiférait pour l'Espagne. » Logeait, au cœur même de la nouvelle République, une ambiguïté essentielle : elle prétendait avoir été choisie par une « immense » majorité, alors qu'elle n'avait pas obtenu la majorité des voix ; et dans cette majorité « écrasante » qu'elle s'accordait si généreusement, seuls les partis de gauche disposaient d'une légitimité historique et morale, ce qui la poussa à légiférer pour une minorité en creusant la distance qui la séparait de vastes secteurs de la population. Alcalá Zamora ne se trompait pas en disant que « la Constitution invitait, par son dogmatisme, à la guerre civile ».

Outre les partis de la gauche dite républicaine, incarnée par Manuel Azaña, on trouvait, avec les autonomistes basques et catalans, deux grandes formations ouvrières : le Parti socialiste et la CNT-FAI, l'organisation anarchiste forte de près d'un million de membres. Il fallait y ajouter le Parti communiste, alors minoritaire, et le POUM, petit parti ouvertement antistalinien.

Dès avril 1931, quelques jours à peine après la composition du gouvernement transitoire, Durruti, chef charismatique de la tendance anarchiste la plus radicale, lançait un avertissement : « La République nous intéresse à peine... En tant qu'anarchistes, nous devons déclarer que nos activités n'ont jamais été, et ne seront pas davantage aujourd'hui, au service... d'aucun État. » C'était une déclaration de guerre.

« Guérilla féroce » pour certains, « guerre d'usure » pour d'autres, tous s'accordent à reconnaître que la violence anarchiste va rapidement déstabiliser le gouvernement républicain, le contraignant à réprimer les soulèvements, à édicter des lois de plus en plus sévères, à instaurer la censure des journaux, à procéder à des arrestations massives, à bafouer la Constitution. Elle va aussi, cette guerre de harcèlement, embarrasser le Parti socialiste, pourtant associé au gouvernement ; craignant d'être débordé sur sa gauche, il va petit à petit s'abandonner à la surenchère démagogique.

Le scénario de la provocation est partout le même. Les anarchistes envoient leurs « missionnaires » dans les villages les plus misérables, au fin fond des campagnes abandonnées. Ils rassemblent les paysans sur la grand-place, brûlent les titres de propriété, annoncent l'avènement du communisme libertaire. Aussitôt les *braceros* s'emparent des terres, assassinent l'intendant ou le propriétaire, et le curé par-dessus le marché. Meurtres parfois d'une sauvagerie primitive qui horrifient l'opinion. On mutile les cadavres, on les écartèle.

Contraintes de réagir, les autorités républicaines font appel à la Garde civile pour restaurer l'ordre. Des affrontements violents ont lieu en Estrémadure, en Andalousie, soulevant l'indignation de la gauche, la colère de la droite. Malgré lui, le gouvernement républicain est entraîné dans une spirale qui achève de le discréditer. Martínez Barrio, républicain historique, grand maître du Grand Orient d'Espagne, plusieurs fois ministre avant d'être élu président de la République en exil, dira bientôt que la République, c'est « la boue, le sang, les larmes ».

Il n'y a pas que les provocations des anarchistes, il y a celles du gouvernement, notamment d'Azaña, l'homme fort du régime, ministre de la Guerre avant de devenir président du Conseil, puis président de la République. Ses adversaires, mais pas seulement eux, l'appellent « le Monstre » à cause de sa laideur. Le cou enfoncé dans les épaules, des yeux de batracien derrière d'énormes verres, obèse et court, la peau grenue, l'homme cache, derrière cette apparence ingrate, un esprit étincelant, « d'un pessimisme sinistre », dit Beevor.

Né au sein d'une famille aisée d'Alcalá de Henares, la ville natale de Cervantès – son père, riche propriétaire terrien, y possédait une savonnerie –, il avait été élevé chez les augustiniens de l'Escurial qui avaient fait de lui un anticlérical enragé. Il passa quelques années à Paris où son anticléricalisme pathologique se sera durci. Quand il revient en Espagne, son projet est, marchant sur les traces du petit père Combes, d'en finir avec l'influence de l'Église. C'est sans doute une politique nécessaire, mais, ainsi que le remarque Brenan, la manière brutale adoptée par Azaña néglige la durée qu'il a fallu à la France pour en arriver là. Sans avoir connu la Révolution, n'ayant pas davantage traversé une phase de libéralisme, la situation de l'Espagne en 1931 n'a rien à voir avec celle de la France en 1905. Ignorant cette réalité, le ministre va trancher, bousculer, harceler.

Capable de captiver et de transporter des auditoires de plusieurs milliers de personnes, Azaña possédait des dons oratoires tout à fait remarquables. On le comparait à Mirabeau et il acceptait avec une vaniteuse gourmandise ce parallèle, y apportant cette nuance : s'il avait vécu à Paris en 1793, il aurait, écrit-il, voulu être Robespierre. C'était en effet un homme d'une rigoureuse intégrité.

Avec un caractère sec et cassant, souvent blessant, il réussit à se rendre odieux auprès de ses collaborateurs et de ses collègues. Antipathique, convaincu de sa supériorité, il passe pour un intellectuel, alors que Philippe Nourry corrige par « pseudo-intellectuel ». Il n'avait pas l'envergure d'un Madariaga, d'un Ortega y Gasset, pour ne rien dire d'un Unamuno. On le disait homosexuel et le soupçon court dans la plupart des ouvrages qui évoquent le personnage, sans qu'on saisisse le lien entre ses options politiques et sa sexualité.

De manière plus pertinente, Miguel de Unamuno lançait à ses compatriotes : « Prenez garde à Manuel Azaña. C'est un auteur sans lecteurs ; il est capable de faire une révolution pour être lu ! »

La boutade faisait rire, mais on se rappelle que Hitler était, lui aussi, un artiste raté. Thomas Mann a écrit des pages incisives sur l'amertume et le ressentiment des artistes ratés [1].

Secrétaire, puis président de l'Ateneo, le club intellectuel de Madrid, véritable institution dans la vie politique, il avait en effet publié quelques livres ainsi que des traductions d'auteurs anglais.

Tout commence le 10 mai 1931 par des incendies d'églises sans que la police, présente sur les lieux, intervienne ; même les pompiers assistent, impassibles, au spectacle. Cela débute à Madrid, mais l'épidémie gagne bientôt toutes les provinces. Il n'y a pas un mois que le gouvernement provisoire est en place, si bien que ces attentats commis au grand jour, sous les yeux des forces de l'ordre, sont perçus par une

1. Thomas Mann, *Mein Bruder Hitler*, Hoffmann und Campe Verlag.

partie de l'opinion comme un signal. Les historiens « de gauche » minimisent l'impact de ces incidents, quand ils ne prennent pas le parti d'en rire. Ils se trompent, car au fond des provinces, notamment chez les femmes, ces sacrilèges apparaissent comme une déclaration de guerre à l'Église.

Avec une lettre pastorale maladroite, le cardinal Segura avait paru ouvrir les hostilités, mais un homme politique moins sectaire qu'Azaña aurait pu s'appuyer sur des prélats qui se montraient non seulement compréhensifs, mais favorables au nouveau régime [1]. « ... le Saint-Siège et le nonce Federico Tedeschini prônent l'entente avec la République, et il semble, en outre, que les masses pratiquantes aient appuyé cette formule, de même que les leaders catholiques comme José María Gil Robles qui les encadrent dans la Confederación española de derechas autónomas (CEDA) [2]. » Au lieu de saisir la main tendue, les dirigeants républicains vont, sous l'influence de Manuel Azaña, radicaliser leur discours. En voyant les églises brûler sans que ni la police ni les pompiers n'interviennent, les catholiques interprètent ces attentats comme une véritable déclaration de guerre. Le rejet, plus tard, du chef de la CEDA, écarté du pouvoir et traité de fasciste, ne fera que creuser la distance, précipitant bon nombre de catholiques vers l'aile la plus dure de l'épiscopat. Refusant de discuter avec les cléricaux, Azaña lance

1. Cf. Guy Hermet, *L'Espagne au XXe siècle*, Paris, PUF, 1992 ; *La Guerre d'Espagne*, Paris, Le Seuil, 1989. Probablement le meilleur connaisseur de l'Espagne de ces années. D'une érudition superbe, son livre *Les Catholiques dans l'Espagne franquiste. Chronique d'une dictature*, aux Presses de la Fondation nationale des sciences politiques, 1981, épuise la question.

2. *Ibid.*

une campagne de presse virulente, excitant la haine, déchaînant les passions. Avec superbe, il déclare que « l'Espagne a cessé d'être catholique », Miguel de Unamuno lui rétorquant que l'Espagne n'est peut-être plus catholique, mais que la majorité des Espagnols le restent. C'était rappeler une évidence.

C'était d'ailleurs bien une guerre idéologique que la gauche républicaine livrait à l'Église, expulsant les jésuites, nationalisant les lieux du culte, interdisant aux ordres religieux d'enseigner.

Cette dernière mesure, Tuñón de Lara la qualifie de « funeste [1] », car elle laisse 360 000 élèves sans maîtres. Certes, la République forme à la hâte des milliers d'instituteurs, elle construit des écoles, mais comment pourrait-elle en quelques mois combler le retard ? La mesure fâche les catholiques sans satisfaire les laïcs. C'est l'exemple même de décisions idéologiques prises sans tenir compte des réalités. Les lois sur le divorce, sur l'égalité juridique entre enfants légitimes et naturels, sur l'interdiction des enterrements religieux, souhaitées par un grand nombre, souffrent de se trouver englobées dans des mesures partisanes qui ancrent chez les catholiques la conviction de se trouver face à une offensive concertée. Par sa rage anticléricale, Azaña rouvre un conflit séculaire.

J'avoue ne pas saisir comment Bartolomé Bennassar peut qualifier de « réussite » cette politique en matière d'éducation, qui fut à tout le moins une erreur ; il ajoute à cette « réussite » celle de la politique culturelle. Les plus grands poètes, les meilleurs penseurs, les peintres les plus inventifs, les plus grands

1. Manuel Tuñón de Lara, *La Guerra civil española 50 años después*, Barcelone, Labor, 1985.

compositeurs, d'Unamuno à Pío Baroja, de Lorca à Falla, de Picasso à Ortega y Gasset, ont produit le meilleur de leur œuvre sous la monarchie, sans besoin d'une politique culturelle d'aucune sorte.

Même ambiguïté chez les Français avec l'anticléricalisme espagnol. Je ne souhaite pas m'étendre sur la question qui déborde mon propos.

Je conseillerai seulement de lire Brenan qui montre qu'il s'agit là d'un anticléricalisme relativement récent, datant du XIXe siècle, lorsque l'Église se lie aux classes dominantes. Durant des siècles, l'Église avait joui d'une réelle popularité, défendant les paysans, prêchant une sorte de communisme agraire, condamnant la propriété privée du sol. Elle avait pris avec éloquence la défense des Indiens colonisés. Dans la nouvelle fureur anticléricale entraient de la déception et du dépit. On retrouve d'ailleurs sans peine les relents de la mystique espagnole dans l'anarchisme messianique, tout comme on retrouve la fureur inquisitoriale dans le fanatisme anticlérical.

Nommé président de la République à l'unanimité des Cortes, Alcalá Zamora, un Andalou malin, souvent retors, catholique modéré, ancien monarchiste, chercha désespérément un centre sur lequel s'appuyer pour endiguer les assauts des extrêmes. Il n'y parvint pas.

Là est sans doute la principale cause de l'échec de la République : l'absence d'une classe moyenne solide, capable d'endiguer et corriger les excès. Cette classe manque dans l'Espagne de 1931, laissant aux extrémistes tout l'espace politique.

D'emblée, Azaña s'en prend aux deux institutions qu'il tient pour les piliers de l'Espagne noire : l'Église et l'armée. Il les attaque avec brutalité, sans ménagement. Dans les deux cas, l'intuition initiale est juste, mais la méthode souvent désastreuse. Par vanité, Azaña se prive chaque fois de ce qui fait l'action politique, le dialogue, l'habileté dans la manœuvre, le sens de la réforme poursuivie dans le temps.

Ministre de la Guerre, il veut réduire le nombre de généraux et d'officiers supérieurs, faisant à ceux qui souhaitent prendre leur retraite une offre généreuse : le maintien de l'intégralité de leur solde ; il se propose également de resserrer les effectifs en divisant par deux le nombre des régions militaires, conception tout à fait défendable à la condition de moderniser l'équipement et l'armement, ce qu'il ne peut faire, faute de moyens. Il croit par ailleurs utile d'ajouter à ces mesures techniques des vexations qui vont dresser contre lui bon nombre d'officiers, notamment les africanistes. Il revoit ainsi les promotions pour faits de guerre, ce qui a pour conséquence de rétrograder beaucoup d'officiers, dont Franco. Il appelle cela « triturer » l'armée, expression qui trahit ce mélange de hargne et de vanité qui est la marque de sa personnalité. Faut-il, avec Brian Crozier, mettre cette vindicte étroite au compte d'un « homme de lettres égaré en politique [1] » ? Il y a quelque chose de névrotique chez cet homme intelligent. Il passe de l'euphorie à la prostration ; il prend, dirait-on, plaisir à se faire des ennemis, traitant ses collègues avec dédain, leur faisant sans cesse sentir sa supériorité.

Ignorant ou feignant d'ignorer les remous de la vie politique, Franco se consacre entièrement à son académie. Un jeune avocat vient d'entrer dans son cercle

1. Brian Crozier, ouvrage cité.

intime : Ramón Serrano Suñer. Mince, élégant, volubile, c'est un proche de José Antonio Primo de Rivera, le fils du dictateur qui bientôt fondera Falanje Española, « FE », qui veut également dire « foi » en espagnol, parti ouvertement fasciste. Ramón vient d'épouser Zita Polo, la sœur de Carmen, entrant ainsi dans la famille. Par cet homme tiré à quatre épingles, introduit dans la bonne société madrilène, le général est mis au courant de tous les complots, les uns ourdis par des militaires, d'autres par des civils. À son habitude, il se garde bien d'opiner ou, s'il le fait, c'est pour désapprouver ces conspirations qu'il qualifie de ridicules. Pour lui, la situation n'est pas mûre. L'opinion, même au sein de l'armée, reste attachée à la République, qui d'ailleurs peut parfaitement se ressaisir en restaurant l'ordre. Pas question pour lui de se compromettre avec des exaltés. Cette distance, il la gardera des années durant malgré toutes les sollicitations. Sens du devoir ? Respect de l'obéissance ? Aucun de ceux qui l'approchent ne parvient à déchiffrer ses pensées. Ses biographes en sont réduits à échafauder des hypothèses que seule la suite de l'histoire semblera corroborer. Sachant où il est parvenu, il est en effet tentant de montrer comment il y est allé. Pour autant, nous ne connaîtrons jamais quelles étaient alors ses intentions réelles.

Il se trouve avec ses cadets à Canfranc, dans les Pyrénées, lorsque la nouvelle l'atteint. Elle lui paraît d'abord invraisemblable, mais il doit vite se rendre à l'évidence : d'un trait de plume, Manuel Azaña vient de supprimer *son* académie. Nul besoin de beaucoup d'imagination pour saisir ce qu'une telle mesure représente pour lui. C'est son œuvre, presque son enfant que le ministre vient d'anéantir. Une provocation et un défi, une « trituration » bien dans la manière du Monstre. La mesure n'a pourtant rien d'étonnant. Pour Azaña, cette académie constitue un repaire de fascistes. Entouré d'artilleurs qui détestent les africanistes, Azaña, viscéralement antimilitariste, n'est pas non plus mécontent de jouer un tour à ce baroudeur.

Connaissant Francisco Franco, on devine que jamais il n'oubliera cet affront. On comprend aussi que, piqué au vif, le général restera aussi impassible, aussi indifférent en apparence qu'il l'était, dans son enfance, quand il essuyait les moqueries de son père. Entre ces deux hommes, Azaña et Franco, la guerre est ouverte. Elle sera feutrée, silencieuse mais inexpiable.

Franco n'est pas du genre à gesticuler. Il ne ressemble en rien à Sanjurjo ni à Queipo de Llano. Le jour de la fermeture, devant les cadets rassemblés, il ne peut pourtant cacher son amertume : « La discipline trouve sa valeur véritable lorsque la pensée nous suggère le contraire de ce que l'on nous ordonne, lorsque le cœur bat en faveur d'une intime rébellion ou lorsque l'arbitraire et l'erreur accompagnent l'action du commandement. Telle est la discipline que nous vous inculquons, telle est la discipline que nous pratiquons, tel est l'exemple que nous vous offrons. »

C'est plus qu'il n'en a jamais dit, plus qu'il n'en dira jamais. Publiés dans la presse, ses propos indignent le ministre qui veut y voir, non sans raison, une critique de la décision gouvernementale. Il inflige un blâme au directeur de l'académie, exigeant qu'il soit consigné dans son dossier militaire. Il convoque par ailleurs Franco et le laisse mesquinement attendre une semaine avant de le recevoir.

C'est un entretien courtois mais froid. Le ministre

reproche à Franco d'avoir critiqué de manière sournoise sa décision, cependant que le général proteste de sa loyauté. Aucun des deux n'est dupe.

En attendant, Franco vide les lieux, range ses dossiers et part rejoindre Carmen et Nenuca dans les Asturies. Sans affectation, il se demande peut-être si sa carrière ne va pas s'arrêter là. Mais, bientôt, Azaña l'envoie à La Corogne d'où il assiste, méprisant et goguenard, à la tentative de coup d'État de Sanjurjo, qui tourne vite au fiasco. Franco avait prévu cet échec et découragé tous ceux qui le consultaient d'y participer. Il n'a d'ailleurs qu'un mot à la bouche : attendre.

De son côté, Azaña n'a cessé de demander à son entourage : où est Franco ? Que fait-il ? Vous êtes sûr qu'il n'a pas trempé dans le complot ? Alors qu'il ne bouge pas, parle à peine, on se tourne vers lui de tous côtés. En quoi réside sa force ? Comment comprendre l'influence qu'il exerce sur les uns et les autres ?

Soulagé de constater que Franco n'a pas trempé dans le complot, Azaña se dit peut-être que ce militaire doué n'est pas perdu pour la République. Il l'affecte à La Corogne, sa province natale, à un poste tout de même inférieur à son grade. Accompagné de plusieurs de ses collègues, le ministre se rend en inspection en Galice où il insiste pour être photographié aux côtés de Franco qui paraît guindé, raide, manifestement mal à l'aise. Entre les deux hommes, c'est peu dire que le courant ne passe pas : une antipathie instinctive les dresse l'un contre l'autre. Tous deux intelligents, ils se défient sans s'affronter ouvertement. Froid, impénétrable, le général n'offre aucune prise ; se méfiant de lui, Azaña le fait surveiller. Il le craint et ne souhaite pas le pousser dans ses derniers retranchements.

Il l'envoie alors aux Baléares, ce qui peut paraître

une promotion, le poste revenant normalement à un général de division, grade que Francisco Franco, bloqué par la « trituration », n'a pas encore atteint. C'est un discret signal, manière de lui signifier que sa carrière n'est pas achevée.

Les Franco s'installent au palais d'Almudaina, superbe édifice dont les balcons ouvrent sur la mer. Avec bonheur, Carmen retrouve les charmes de la vie provinciale et les douceurs d'un climat qu'elle apprécie. Le couple reçoit les notables de l'île, répond aux invitations ; le général inspecte avec minutie les défenses, s'absorbe dans l'observation attentive des cartes. Il prend aussi un abonnement personnel au *Bulletin anticommuniste* qu'il lit avec assiduité depuis ses années à Saragosse, convaincu que la situation stratégique de l'Espagne attire les convoitises de Staline. Il se persuade qu'il existe un plan du Komintern visant à infiltrer et noyauter la gauche espagnole afin d'installer dans la Péninsule un régime inféodé à l'URSS. Avec cette conviction, il déchiffre les événements politiques, lit les positions des uns et des autres, observe les évolutions. Il traduit ainsi la politique en langage militaire, ce qui signifie en clair que les déclarations, les programmes dissimulent à ses yeux une stratégie globale. Une pensée guerrière qui désarçonne jusqu'à ses pairs, lesquels, alors même qu'ils imaginent des plans destinés à abattre la République, le font avec des idées politiques – restauration monarchique, république autoritaire, fascisme –, notions qui indiffèrent le futur Caudillo pour qui seuls comptent l'ordre, la discipline, la hiérarchie. Cette militarisation de tout son être le rend incompréhensible à la plupart qui se demandent : que veut-il ? Invariablement, il leur répond : l'Espagne seule – sans, bien sûr, satisfaire leur curiosité. L'Espagne dont il parle et à laquelle il pense ne se confond en effet avec aucun régime, l'armée seule exprimant à ses yeux son essence.

Cela paraît facile à dire et à écrire, mais difficile à comprendre. La singularité et l'étrangeté de sa position expliquent le sentiment de méfiance ou d'admiration qu'il suscite chez les uns ou les autres. Elles expliquent aussi son prestige, son influence souterraine, et ce que des hommes comme Azaña ou Prieto appellent sa dangerosité. Il y a, chez Francisco Franco, une sorte de névrose militariste qui inquiète et fascine. Ses certitudes impassibles rassurent ses pairs comme elles rassuraient ses troupes au Maroc. Il est plus qu'un des leurs, il est leur esprit dans une inquiétante pureté. Le mot « ambition », dont tant de biographes se satisfont, me paraît ici inadéquat. Son ambition est celle d'une armée éternelle, transcendant les partis, dépassant toutes les formes de gouvernement, et cette armée idéale, il ne doute pas de l'incarner. D'où sa répugnance à tremper dans des conspirations romanesques. Il l'a dit et répété : il ne se décidera à intervenir que si le destin de l'Espagne lui paraît menacé, si la patrie gît dans le ruisseau ; mais le signe de la menace se confond avec le sort de l'armée et la dissolution de la Garde civile. La forme juridique du gouvernement ne saurait influer sur sa décision. Il n'est pas plus républicain qu'il n'est monarchiste. Il attend du pouvoir qu'il assure le maintien de l'institution, préserve l'ordre et la hiérarchie. Que ce pouvoir soit républicain ou monarchiste, c'est à ses yeux un point secondaire, car il ne fait pas dépendre le destin de l'Espagne de la décision politique, mauvaise cuisine réservée aux civils.

Comment cet absolutisme militariste ne le rendrait-il pas indéchiffrable ? Coulé tout entier dans son uniforme, il se dresse au-dessus de la mêlée, observant et attendant. Est-ce à dire qu'il ne nourrit aucune ambition personnelle ? Elle est démesurée au contraire, mais déjà dépassée, puisqu'il *est* l'armée, c'est-à-dire l'âme de l'Espagne.

À l'occasion de la venue de ministres ou de députés à Majorque pour assister à des manœuvres navales, Franco rencontre Diego Hidalgo qui deviendra ministre de la Guerre. Les deux hommes sympathisent et le général fait visiter l'île au député pour lui en montrer les défenses. Ébloui par la clarté de ses exposés, par la minutie de ses explications, par son intelligence stratégique, Hidalgo tracera du futur Caudillo un portrait flatteur. On constate une fois de plus comment cet homme réservé, souvent glacial, peut séduire certains caractères. Il faut d'ailleurs remarquer que c'est toujours par la concision et la précision de ses considérations techniques que Franco parvient à subjuguer. Ses idées semblent courtes, médiocres ; sa pensée militaire frappe au contraire par sa justesse et sa clairvoyance.

En deux ans à peine, les espoirs mis dans la République ont été ruinés. Une « république gâchée », dit Guy Hermet[1], expression qui résume le sentiment général. Il y a plus de détenus politiques dans les prisons qu'il n'y en a eu sous la dictature de Primo de Rivera ; les journaux sont régulièrement saisis, frappés d'amendes, à moins qu'ils ne paraissent avec de grands blancs ; une loi sur la défense de la République autorise une répression chaotique ; les désordres, les

1. Guy Hermet, ouvrages cités.

attentats, les assassinats atteignent des proportions affolantes ; la situation économique et sociale se dégrade de jour en jour ; le pays semble tituber au bord du gouffre.

Les hommes au pouvoir ne portent pas seuls la responsabilité de cette détérioration ; de bonne volonté, souvent intelligents, ils manquent d'expérience, n'ont aucune connaissance en matière économique ; ils se heurtent à l'inertie de la société espagnole et doivent faire face à la crise mondiale qui, depuis les États-Unis, frappe le pays de plein fouet. Souvent généreuses, leurs mesures se retournent contre eux, les propriétaires terriens, les industriels basques ou catalans ne faisant rien pour les aider. Le chômage s'étend et, avec le montant des indemnités versées, un paysan peut tout juste acheter un pain d'un kilo par jour. La réforme agraire tant attendue traîne en longueur, donne des résultats ridicules ; en Andalousie, en Estrémadure, l'impatience et la colère montent ; la situation devient partout explosive.

C'est des campagnes que vont venir les secousses qui ébranleront puis engloutiront le gouvernement d'Azaña. Le soulèvement anarchiste de la vallée du Llobregat, en Catalogne, durement réprimé. L'affreuse tuerie de Castilblanco, en Estrémadure, où quatre gardes civils furent sauvagement tués par des villageois déchaînés qui mutilèrent les corps, les femmes dansant ensuite autour des cadavres. Surtout, la terrible répression de Casas Viejas, près de Cadix, où des gardes d'assaut, la police républicaine créée par Azaña, l'équivalent de nos CRS, mirent le feu à une maisonnette où des anarchistes s'étaient réfugiés, puis massacrèrent froidement une dizaine de paysans.

Le choc produit par ce dernier drame dans l'opinion

publique fut énorme, d'autant plus que Rojas, l'officier responsable de la tuerie, laissa entendre qu'il avait agi sur ordre de Manuel Azaña. Le président du Conseil aurait dit : « Tirez au ventre ! », propos très douteux repris par l'ensemble de la presse. S'il n'avait pas prononcé ces paroles, il avait en revanche clairement commandé d'agir avec la dernière sévérité. Avec sa maladresse et sa superbe habituelles, il aggrava son cas en déclarant au Parlement : « À Casas Viejas, il est arrivé ce qui devait arriver », propos qui achevèrent de ruiner son prestige.

Alcalá Zamora, qui attendait l'occasion de se débarrasser d'Azaña dont l'anticléricalisme phobique heurtait ses convictions, allait dissoudre les Cortes et convoquer des élections législatives. Subodorant que la consultation électorale risquait de n'être pas favorable aux gauches, Azaña avait pris soin de « tripatouiller » la loi électorale, relevant la « prime majoritaire », ce qui, dans les faits, accordait une majorité écrasante au gagnant, même avec un minime écart de voix. C'était un pari risqué, il allait le perdre.

Autour de la CEDA, rassemblement des partis catholiques sous la présidence de Gil Robles, dirigeant de l'Action catholique, les droites s'unirent et obtinrent une forte majorité aux Cortes.

Sans doute Francisco Franco a-t-il suivi avec attention ces péripéties, mais il est probable que son attention fut davantage attirée par un événement survenu à Torrelodones, village de la province de Madrid, où se tenaient les cours d'été des Jeunesses socialistes.

Le soulèvement rouge

1933-1936

Dans l'insupportable chaleur de l'été castillan, au milieu des acclamations, des cris et des chants, des dizaines de milliers de membres des Jeunesses socialistes attendent le discours de leur dirigeant, Largo Caballero. Avec sa belle tête de prolétaire pour film de propagande soviétique, avec sa carrure puissante, sa rhétorique enflammée, il tient à ces jeunes gens fanatisés des propos incendiaires. Le temps, dit-il, des bulletins de vote est dépassé. Suivant l'exemple du grand Lénine, il faut s'emparer du pouvoir, si nécessaire par la force, afin d'accomplir la Révolution et d'instaurer la dictature du prolétariat. Il faut balayer l'ancien monde. Il faut anéantir la réaction.

Véritable déclaration de guerre au parlementarisme, ce réquisitoire transporte l'auditoire qui crie « Vive la Russie ! Vive Staline ! Vive notre Lénine ! » avant d'entonner *L'Internationale* et de saluer le poing fermé.

Ce pourrait n'être qu'un épisode dans la lutte politique, c'est en réalité le début de la tragédie. À Torrelodones, dans la fournaise estivale, dans une atmosphère d'hystérie collective, Largo Caballero tourne le dos à la démocratie pour engager son parti dans ce que Beevor, avec une majorité d'historiens, appelle la bolchevisation.

Ancien dirigeant du syndicat UGT, Julián Besteiro s'évertue à montrer l'absurdité criminelle d'un pareil choix ; il tente en vain de raisonner Largo Caballero en insistant sur le fait que si, dans la Russie de 1917, l'alternative pouvait se présenter comme un choix entre l'ordre bolchevique et l'anarchie, la situation espagnole est tout à fait différente. Il existe en Espagne une très ancienne tradition libérale, l'enseignement de l'Église pénètre toutes les couches de la société, interdisant la soumission totale à l'État. Moins nombreuse qu'en d'autres pays européens, il y a une classe moyenne diversifiée qui risque de basculer dans le camp des extrémistes de droite.

Professeur de logique à l'université, Besteiro voit dans le bolchevisme un totalitarisme aussi implacable que le fascisme. Républicain dans l'âme, persuadé que les transformations sociales ne peuvent s'accomplir que par des réformes comprises et acceptées par une majorité, il pense que l'alignement sur l'un des deux blocs totalitaires conduira fatalement à une confrontation sanglante. Dans un tel conflit, il est convaincu que les réformes sociales accomplies par le gouvernement républicain seront balayées pour longtemps. Mais, taxés de réformisme petit-bourgeois, ses propos sont écartés avec dédain par Largo Caballero, tout comme celui-ci rejette les avertissements d'Indalecío Prieto, son rival de toujours.

On ne tire pas sur une ambulance, comment tirer sur un cercueil ? Exilé en France après une défaite qu'il a tant contribué à rendre inévitable, arrêté par les Allemands, déporté, mort à Paris peu de temps après sa libération, Largo Caballero avait connu une enfance misérable. Contraint de travailler depuis l'âge de six ans, ouvrier plâtrier, il avait adhéré très tôt au syndicat UGT, devenant un permanent et gravissant petit à petit tous les échelons. Il s'était fait tout seul, dans des conditions terribles, et son visage d'une rude noblesse portait les marques de ce passé de luttes.

Il arrive qu'un homme devienne l'otage de son apparence. Avec une enfance et une jeunesse tout aussi pénibles, son rival Indalecío Prieto, captif de ses rondeurs, de son manque de prestance, suggérait un caractère plein de mollesse. Or l'ironie du sort voulait que l'esprit de l'un habitât l'enveloppe de l'autre ; autant Largo Caballero, avec ses allures robustes, était influençable, obtus, d'un courage incertain, autant Indalecío Prieto était intelligent, volontaire, avec des pensées claires et des convictions fortes. Pour lui aussi le choix de Largo Caballero ne pouvait que conduire à la catastrophe. Plus politique que Besteiro, connaissant les coulisses du Parti, persuadé qu'il serait inutile de tenter d'endiguer la démagogie, il feignait de coller à la ligne de son rival de toujours, espérant réussir à l'écarter un jour. Multipliant les proclamations tapageuses, chacun pourtant savait qu'il condamnait, dans son for, cette rhétorique folle. Ses calculs stratégiques faisaient sa faiblesse. Parlant contre ses convictions les plus intimes, donnant sans cesse des gages, il allait finir par s'enliser. Une partie de la droite, y compris José Antonio, le fondateur de la Phalange, éprouvait de l'estime pour cet homme, patriote sincère, républicain fervent, socialiste réformateur, adversaire résolu des communistes, qui n'avait qu'un défaut : son exceptionnelle intelligence et la confiance en soi que ses dons lui donnaient.

Dans son discours, Largo Caballero avait mis les choses au point en déclarant que ceux qui s'imaginaient que l'appel à la révolution était un simple effet de tribune se trompaient lourdement. « Nous ferons ce que nous disons ! » avait-il martelé au milieu des vivats.

Allant plus loin dans la démagogie, il avait averti que si la droite remportait les élections, « nous devrons forcément en venir à la guerre civile ouverte » – menace, si on réfléchit, proprement ahurissante. C'était un déni brutal de la démocratie. Par ses déclamations irresponsables, Largo Caballero était en train de poignarder la République.

« Girouette politique », dit justement Bartolomé Bennassar [1], cependant que Brian Crozier [2] emploie à son sujet l'adjectif « fatal » : deux mots qui se complètent.

Largo Caballero avait longtemps été réformiste ; on se rappelle qu'il avait même collaboré avec le dictateur Primo de Rivera. Dans sa belle tête de tribun romain, les idées de son entourage passaient, tourbillonnaient, s'entrechoquaient, finissant par former une bouillie informe. Quand il en saisissait une, il ne la lâchait plus, s'y accrochait avec entêtement. Or deux théoriciens de stricte obédience marxiste-léniniste, Luis Araquistain et Alvarez del Vayo, ce dernier très proche des communistes, exerçaient sur lui une influence décisive. Largo Caballero n'écoutait plus qu'eux.

Ravi de son rôle de prophète révolutionnaire, il allait si loin dans ses exhortations à une guerre ouverte

1. Bartolomé Bennassar, ouvrage cité.
2. Brian Crozier, ouvrage cité.

contre ce qu'il appelait « fascisme », c'est-à-dire tous ceux qui rechignaient à le suivre, qu'il mettait dans l'embarras les communistes eux-mêmes, obligés d'en rajouter dans la surenchère révolutionnaire.

Pour le petit Parti communiste aux effectifs réduits mais à l'influence grandissante, réorganisé par des étrangers dépêchés par le Komintern, doté d'une organisation disciplinée, Largo Caballero était le porte-voix rêvé. Il suffisait de lui souffler les paroles de la chanson qu'il mettait en musique avec une conviction redoutable. Le parolier était Alvarez del Vayo, conseiller de l'ombre, qui prenait ses consignes auprès de l'envoyé du Komintern sans que Largo Caballero se doutât qu'il était devenu une marionnette dont les communistes tiraient les fils.

Quelques jours plus tard, le comité exécutif du Parti socialiste, après avoir écarté Indalecío Prieto, fixait son programme : nationalisation des terres, suppression de tous les ordres religieux et confiscation de leurs biens, dissolution de l'armée, remplacée par une milice « démocratique », dissolution de la Garde civile.

À plusieurs reprises, Franco avait relevé les points qui justifieraient à ses yeux une intervention militaire ; c'étaient, on s'en souvient, l'intégrité et l'unité de l'armée, la suppression de la Garde civile. Largo Caballero et ses partisans le défiaient sur ces deux points, y ajoutant une attaque en règle contre l'Église. Pourtant, Franco ne bougea pas, continuant de repousser tous les appels émanant tant des civils, des monarchistes de Calvo Sotelo, des phalangistes de José Antonio que des militaires exaspérés par sa prudence. Pour grave que la situation lui parût, le commandant général des

Baléares continuait d'espérer qu'un sursaut de l'opinion se produirait, amenant au pouvoir une coalition des modérés qui accepterait de restaurer l'ordre, son obsession.

Obnubilés par le mot « ambition » qui leur tient lieu d'explication psychologique, nombre de biographes ignorent ou sous-estiment le légalisme de Franco. Bennassar discerne bien ce désir d'agir en conformité avec l'autorité légitime : « Il eût été parfaitement disposé à servir une République conservatrice et bourgeoise dès lors qu'elle garantissait le maintien de l'ordre public, la hiérarchie sociale, le rôle de l'Église et la place de l'armée dans la nation », ce qui ne l'empêche pas d'écrire quelques pages plus loin que Franco est « déjà tendu vers le pouvoir dont il a... éprouvé le délicieux frisson »[1].

Paul Preston écrit que Franco « aurait certainement préféré ce qu'il voyait comme le rétablissement de l'ordre avec la sanction légale du gouvernement, plutôt que de tout risquer dans un coup d'État[2] ».

Prudence de celui qui, parvenu au faîte des honneurs, craint de tout perdre ? C'est, une fois encore, céder au psychologisme. J'ai écrit au début de ce livre que son uniforme pensait pour lui. Je crois qu'il faut entrer dans l'idiosyncrasie d'un militaire « chimiquement pur » chez qui l'obéissance aux ordres constitue non pas une seconde nature, mais son être même. Jusqu'à la dernière minute, à la veille même de rejoindre le soulèvement, on le verra hésiter. Il lui était physiquement insupportable de renverser l'autorité légale, mais, s'il devait le faire, il le ferait en militaire. Il

1. Bartolomé Bennassar, ouvrage cité.
2. Paul Preston, ouvrage cité.

assumerait alors le commandement avec la fermeté, la froideur et l'insensibilité dont il avait fait preuve à la tête de la Légion. Ce ne serait pas un *pronunciamiento* d'opérette, ce serait une guerre. À tous ceux qui, en ces années, lui déclaraient que l'affaire serait vite réglée il répondait : « Vous vous trompez. Ce sera long et sanglant », avertissement que ses interlocuteurs imputaient à son pessimisme foncier. En réalité, il parle comme il pense, en militaire conscient du rapport des forces.

En attendant, c'est un événement d'ordre intime qui va bouleverser le général. Souffrant encore de sa blessure, il est venu à Madrid subir des soins. Chez sa sœur Pilar, il rencontre sa mère, de passage dans la capitale. Il doit ensuite la conduire à Barcelone où elle s'embarquera pour l'Italie, réalisant un rêve très ancien : se rendre en pèlerinage à Rome. Ils parlent sans doute des dernières frasques de Ramón qui, à Washington, se fait passer pour l'attaché militaire de l'ambassade d'Espagne, poste que le gouvernement finira d'ailleurs par lui accorder. On sait quelle vénération le général éprouve pour cette mère douce et pieuse qui, depuis l'abandon par son mari, vit dignement, sans jamais se plaindre de sa situation. Comme Nicolas se trouve également à Madrid, les trois enfants l'entourent. C'est l'hiver madrilène, une bise glaciale dévale du Guadarrama. En sortant de la messe, tôt le matin, doña Pilar prend froid. Souffrant d'hypertension, elle fait une congestion pulmonaire qui, en quelques jours, dégénère en pneumonie. Les antibiotiques n'existent pas. Elle meurt dans les bras de sa fille, entourée de ses deux fils. Francisco regarde longuement ce visage crispé, ce regard éteint ; avec horreur, il fixe la mort. Alors que, dans la guerre, la vue des cadavres le laisse indifférent, le militaire cède la place à l'enfant. Le chagrin qu'il éprouve va se prolonger en une sorte de dépression. Il ne se consolera jamais de cette perte.

L'enterrement a lieu sans la présence du père dont le nom ne sera pas non plus mentionné dans le faire-part publié dans la presse à la date anniversaire de sa mort, un an plus tard, pour cause de grève des journaux au moment du décès. Des messes seront célébrées dans la paroisse de la Conception, juste en face de l'immeuble où je suis né.

Les élections convoquées par Alcalá Zamora ont eu lieu, donnant une nette majorité aux partis du centre et de droite. Dirigée par Gil Robles, ancien militant de l'Action catholique qui a réussi à fédérer les différentes sensibilités du catholicisme, la CEDA devient la formation dominante aux Cortes. Logiquement, le président de la République devrait l'appeler pour constituer le gouvernement ; ce serait respecter l'esprit de la Constitution ; intimidé par les menaces de la gauche, il s'incline devant ce diktat et confie la présidence à Alejandro Lerroux.

Chef dans sa jeunesse des Jeunes Barbares, formation nihiliste qui appelait à violer les religieuses, à massacrer les prêtres et les moines, il s'était reconverti dans des affaires pas toujours propres ; surnommé « le Roi du Paralelo », Lerroux s'était enrichi dans les casinos, les salles de jeu, les tripots du quartier chaud de Barcelone ; devenu millionnaire, il s'était assagi, c'est-à-dire embourgeoisé ; il présidait maintenant un parti de centre droit, à dire vrai davantage droitier que centriste.

C'est à cet opportuniste que le président confie la tâche de former un gouvernement dont, pour ne pas irriter Largo Caballero, les membres de la CEDA, traités de « fascistes », sont exclus.

Parmi les historiens sérieux, aucun ou presque ne conteste plus que, tirant les conséquences du vote exprimé par une large majorité d'Espagnols, Alcalá Zamora aurait dû appeler le chef du parti dominant. C'était son devoir constitutionnel. Je pourrais remplir des pages avec les citations de tous ceux qui, connaissant bien la situation de l'époque, condamnent l'attitude irresponsable et antidémocratique de Largo Caballero et de ses partisans, parmi lesquels figurent désormais les communistes.

L'aile révolutionnaire du Parti socialiste venait de poignarder la République en violant cyniquement la Constitution de 1931.

« Gil Robles ne s'identifie ni à l'idéologie, ni à la pratique fascistes, comme le prouvera la suite de sa carrière », écrit Bennassar[1], jugement confirmé par une majorité d'historiens[2]. Il est d'ailleurs à noter que le leader catholique n'exige pas la présidence du gouvernement, acceptant même, dans un premier temps, d'accorder l'appui de sa formation au cabinet Lerroux, sans participation de son parti.

Au bout de quelques mois, le cabinet tombe et Alcalá Zamora nomme un pâle centriste, Semper. Lassé de ces jeux, Gil Robles provoque la chute de ce

1. Bartolomé Bennassar, ouvrage cité.

2. Pas par tous, hélas ! Même Brenan juge avec sévérité la décision d'Alcalá Zamora d'ouvrir le gouvernement à la CEDA. La fermeté républicaine n'est décidément pas la chose la mieux partagée...

pantin et exige non pas la présidence, mais la participation de son parti à un second gouvernement Lerroux. Trois députés au passé démocratique irréprochable sont nommés à des ministères mineurs ; la gauche hurle aussitôt à la provocation.

Depuis plusieurs mois, les partis et les syndicats de gauche préparaient l'insurrection, dépêchant des armes dans les Asturies où 30 000 mineurs se tenaient prêts, n'attendant qu'un signal. On ne peut pas dire que les socialistes révolutionnaires et leurs alliés anarchistes, communistes, militants du POUM aient caché leurs intentions. « Et maintenant, ils demandent la concorde ! C'est-à-dire une trêve dans la lutte, un rapprochement entre les partis, un arrêt des hostilités. Concorde ? Non ! Guerre des classes ! Haine à mort de la bourgeoisie criminelle ! » C'est ce qu'on lisait dans la presse socialiste. Et le 25 septembre 1934, *El Socialista* écrivait : « Que tout le monde renonce à la révolution pacifique, cette utopie ; bénie soit la guerre ! » Pour, deux jours plus tard, préciser : « Le mois prochain peut être notre Octobre... Notre armée est prête à se mobiliser. »

Au fond d'une ria des Asturies, la Pravia, la Garde civile découvrit le 9 septembre, soit un mois avant l'entrée des ministres de la CEDA dans le gouvernement, un bateau chargé d'armes de contrebande. Une partie de l'armement avait déjà été déchargée et transportée par des camions du gouvernement provincial alors aux mains des socialistes, et distribuée aux mineurs. Indalecío Prieto avait acheté ces armes en Belgique.

L'affaire, cette fois, était d'autant plus grave que l'insurrection n'était pas fomentée de l'extérieur, mais de l'intérieur même du Parlement. Des partis siégeant aux Cortes préparaient au grand jour le renversement de la République.

Si quelqu'un se faisait encore des illusions, il devenait clair que la démocratie avait cessé d'exister.

L'UGT décrétait la grève générale, Lluís Companys proclamait à Barcelone la « République catalane », les mineurs asturiens se soulevaient, prenaient d'assaut les casernes, s'emparaient des dépôts d'armes, des fabriques de munitions, marchaient sur Oviedo. Ils formaient une troupe de 30 000 hommes bien armés. Face à eux, 3 000 soldats et gardes civils sous les ordres de López Ochoa, un général libéral et franc-maçon.

Ce n'était plus une révolte, c'était une véritable guerre civile.

Promu général de division, Franco avait assisté à des manœuvres militaires dans la province de León en compagnie de son ministre de tutelle, Diego Hidalgo. Toujours sous le coup de la mort de sa mère, il sollicita une permission de quelques jours pour se reposer dans la propriété des Polo, près d'Oviedo. Il se préparait à quitter Madrid lorsque le ministre, affolé, le fit chercher partout. Il n'avait pas encore quitté la capitale et se rendit aussitôt au palais de Buenavista, siège du ministère de la Guerre. « À vos ordres », dit-il sobrement, cependant que Hidalgo, bouleversé, lui tendait des piles de télégrammes. Impassible à son habitude, Franco les lut sans émettre le moindre commentaire, puis en tendit un à Hidalgo : « Ça, c'est sérieux : il n'y a pas assez de troupes pour écraser le soulèvement. » *Ça*, c'étaient les Asturies qu'il ne connaissait que trop bien, où il avait assisté, en 1917, à la première insurrection révolutionnaire.

Nommé « assesseur technique », le ministre lui conférait les pleins pouvoirs et l'installait dans un bureau voisin du sien en le chargeant d'organiser la riposte.

À Madrid et à Barcelone, le soulèvement fut vite étouffé, ni la Garde civile ni les gardes d'assaut ne se joignant, contrairement aux espoirs de Largo Caballero, aux révoltés ; il en allait différemment dans les Asturies où l'Armée rouge [1] marchait sur Oviedo dont elle finit par s'emparer après de violents combats. La « trituration » d'Azaña avait réduit les effectifs des garnisons ; en nette infériorité numérique, le général López Ochoa se trouvait dans une situation délicate et réclamait de toute urgence des renforts.

Le téléphone dans une main, les cartes déployées devant lui, Franco va passer deux semaines dans ce bureau, suivant d'heure en heure l'évolution de la situation, donnant ses instructions. Mangeant et dormant sur place, assisté du fidèle Pacón, il réagit avec son sang-froid habituel. Craignant que López Ochoa ne s'entende avec les insurgés, il suggère au ministre de faire venir des troupes de l'armée d'Afrique, légionnaires et réguliers. Hidalgo consulte le chef du gouvernement qui donne son accord.

Cette décision sera sévèrement reprochée à Franco, car les Maures vont se livrer aux pires atrocités, violant des femmes, mutilant les cadavres comme ils en ont l'habitude.

Les hagiographes du Caudillo tentent d'atténuer ses responsabilités en soulignant que Franco agissait sous les ordres du gouvernement légal, ce qui est exact.

---

1. C'est ainsi qu'elle s'intitule elle-même, persuadée de rejouer le scénario d'octobre 1917.

C'est ce dernier, plaident-ils, qui, en acceptant l'envoi des troupes de l'armée d'Afrique, endosse la responsabilité des tueries. D'ailleurs, ajoutent-ils, Azaña lui-même avait envisagé de faire appel à la Légion pour mater la rébellion à Séville. Il l'avait peut-être envisagé, mais il ne l'avait pas fait[1] : inutile de jouer sur les mots.

En confiant au lieutenant-colonel Yagüe le commandement des troupes africaines, en le défendant lors des heurts qui l'opposent à López Ochoa, choqué par le comportement des légionnaires et des Maures, Franco donne son aval aux pires exactions. Il n'y a d'ailleurs pas de quoi s'étonner : il dirige les opérations contre les insurgés des Asturies comme il a dirigé dans sa jeunesse la répression contre les Rifains, avec une totale froideur. La guerre est pour lui une affaire purement technique. On lui a confié la mission de mater la révolte, il le fait avec efficacité, sans reculer devant les moyens employés.

Sa responsabilité va plus loin. Bennassar rappelle que c'est Franco qui a dépêché sur place un personnage inquiétant, déjà coupable, lors du soulèvement de 1917, de sévices perpétrés contre les prisonniers et les civils, le capitaine de la Garde civile Lisardo Doval, l'un de ces sadiques qu'on croise dans toutes les époques troublées. Il avait alors torturé des détenus avec une cruauté révoltante. Connaissant parfaitement les Asturies, il reprit sa sinistre besogne, torturant avec sadisme pour arracher des aveux. Franco le félicitera

1. En réalité, c'est sous la monarchie que des légionnaires avaient déjà été appelés en renfort pour prévenir un soulèvement républicain. Leurs exactions avaient provoqué les protestations des populations.

pour son zèle. En 1936, il le fera venir à Salamanque pour fomenter une opération obscure, cette fois contre la Phalange.

La répression qui suit la soumission des rebelles est terrible. Commandés par le lieutenant-colonel Juan Yagüe, légionnaires et réguliers se montrent impitoyables. Scandalisé par tant de sauvagerie, López Ochoa fait fusiller des réguliers qui ont violé des femmes et mutilé des prisonniers. Fou de rage, Yagüe en arrive à le menacer en braquant son pistolet contre sa tempe. Depuis son bureau de Madrid, Franco intervient pour donner raison au chef de la Légion.

On dénombre près de quatre cents morts parmi les militaires, peut-être trois mille parmi les insurgés. Un véritable carnage. Sans compter les milliers de prisonniers.

Appelant à la vengeance, la droite exigeait des représailles féroces ; ses journaux décrivaient les abominations dont les Rouges étaient censés s'être rendus coupables, inventant des tortures et des sévices, les décrivant avec délectation. Il y avait eu, c'est exact, des exécutions, des crimes sordides, mais leur nombre était sans commune mesure avec celui que les journaux de droite citaient : une cinquantaine en tout.

Tétanisée, assommée, la gauche se terrait. Indalecío Prieto avait fui en France ; Azaña, qui se trouvait à Barcelone au moment des événements, fut arrêté ; emprisonné, Largo Caballero nia cyniquement toute participation à ces événements tragiques.

Jacques Duclos lui rendit visite dans sa prison ; la presse communiste déchaîna dans toute l'Europe une propagande d'une remarquable efficacité sur la Commune des Asturies, décrivant la résistance héroïque des mineurs, la sauvagerie de la répression. Émus par cette épopée prolétarienne, les intellectuels, notamment français, dénonçaient véhémentement les bourreaux, célébraient la geste des travailleurs. Longtemps traité de social-traître et de social-fasciste, le « Lénine espagnol » était maintenant encensé dans les colonnes des journaux communistes. Respirant ce parfum de poudre et d'épopée, Largo Caballero trouvait enfin, dans sa cellule, le temps de lire une anthologie des œuvres de Marx et, surtout, de Lénine.

Le soulèvement des Asturies fut bien une tragédie, et la répression qui s'ensuivit d'une atroce sauvagerie.

Hills[1] remet les pendules à l'heure en rappelant qu'il ne faut pas inverser l'ordre des responsabilités. Sans la légèreté et la folie de Largo Caballero et de ses partisans, aucune de ces horreurs n'aurait eu lieu. C'est lui qui a lancé les mineurs asturiens dans une aventure sans espoir. Ce faisant, il a joué avec la vie de milliers de travailleurs pour, à l'heure des bilans, se défausser.

La plus juste, la plus lucide réflexion, c'est un républicain de toujours qui la fait, Salvador de Madariaga, intellectuel de haut vol qui jamais ne pactisera avec le franquisme :

« Le soulèvement de 1934 fut impardonnable. La décision du président d'appeler la CEDA au gouvernement était inattaquable, inévitable et même attendue depuis pas mal de temps. L'argument selon lequel M. Gil Robles cherchait à détruire la Constitution pour instaurer le fascisme était à la fois hypocrite et mensonger... Avec la révolte de 1934, la gauche espagnole

1. George Hills, *Franco : the Man and his Nation*, New York, Macmillan, 1967.

perdait jusqu'à l'ombre d'une autorité morale pour condamner le soulèvement de 1936. »

Qui mieux qu'Indalecío Prieto, l'un des acteurs de cette tragédie, pouvait en tirer la leçon ? En exil au Mexique en 1942, il déclarait avec une dignité exemplaire : « Je me juge coupable devant ma conscience, devant le Parti socialiste et devant toute l'Espagne d'avoir participé à ce mouvement révolutionnaire. Bien loin d'en tirer gloire, je considère comme une faute la responsabilité que j'ai assumée, non pas dans la genèse du mouvement, mais dans sa préparation et son développement. »

De son côté, Julián Besteiro, chassé en 1934 de la présidence de l'UGT pour son opposition à Largo Caballero, s'explique avec une profondeur qui garde toute son actualité : « Nous sommes vaincus sur le plan national pour nous être laissé entraîner sur la ligne bolchevique, qui est peut-être la plus grande aberration que les siècles aient connue... Avec sa riche et tragique expérience, le citoyen républicain n'est pas fasciste. Mais il n'est pas non plus, de manière définitive, bolchevique. Peut-être est-il plus antibolchevique qu'antifasciste, car le bolchevisme, il l'a souffert dans sa chair, mais pas le fascisme. »

Les plus grands penseurs expriment l'un après l'autre leur désillusion. Tournant le dos à une république qu'il avait saluée avec confiance, Ortega y Gasset répète tristement : « Ce n'est pas ça que nous voulions. Non, ce n'était pas ça ! » Unamuno, Pío Baroja, Gregorio Marañón, tous s'éloignent avec une moue de réprobation et de dégoût.

Dans tout le pays, ce qui prévalait, c'était le désenchantement.

Devenu le sauveur de la République, félicité par Lerroux et Gil Robles pour son efficacité, Franco se vit décerner la croix de Saint-Herménégilde, mais non la grand-croix laurée de Saint-Ferdinand dont il rêvait depuis sa jeunesse.

Par milliers, les télégrammes de félicitations affluèrent vers lui de toute l'Espagne. On le remerciait d'avoir réprimé avec énergie une révolution qui menaçait d'anéantir le pays. Aux yeux de la droite, il apparaissait désormais comme le rempart contre le communisme.

Avec Diego Hurtado, son ministre de tutelle, accompagné de deux autres ministres, Franco visita Oviedo, la ville de ses amours avec Carmen ; il put contempler les immeubles effondrés, la cathédrale dévastée, l'université totalement détruite, les ruines calcinées, un spectacle de désolation qui démontrait la violence des combats. Il fit alors une déclaration bien dans son style, expliquant aux journalistes que si la guerre au Maroc avait eu un parfum romantique, celle des Asturies était une guerre de frontières entre, d'un côté, le bolchevisme, le socialisme, toutes les forces qui entendaient substituer la barbarie à la civilisation chrétienne, et, de l'autre, celles qui refusaient de s'incliner.

Lui aussi avait tiré la leçon de ce soulèvement noyé dans le sang. Il avait pu constater que le communisme avançait masqué derrière les socialistes révolutionnaires, suivant les directives de Dimitrov qui, devant le Komintern, avait prôné la stratégie du Front populaire en développant la métaphore du cheval de Troie : pénétrer caché dans le camp ennemi, noyauter les institutions et tous les organes d'État, à commencer par l'armée, détruire de l'intérieur la démocratie bourgeoise. Une stratégie, avait lu Franco dans le *Bulletin anticommuniste*, autrement plus pernicieuse que l'affrontement direct.

Ceux qui le traitent de paranoïaque feraient bien de regarder la situation en face. Le cas de Largo Caballero démontrait que les communistes pouvaient mettre en avant des hommes insoupçonnables, quitte à les rejeter le moment venu.

Nommé haut-commissaire au Maroc, Franco retrouve les paysages de sa jeunesse. Est-il heureux ? Il s'était attendu à être promu chef d'état-major, grade dont il venait, dans l'ombre, de remplir la fonction. Son éloignement de Madrid ressemblait à un exil.

Il ne resta que trois mois à Melilla, rappelé à Madrid par le nouveau ministre de la Guerre, Gil Robles, qui le nomma enfin chef d'état-major et le chargea d'une vaste réforme de l'armée à laquelle, on s'en doute, il s'appliqua aussitôt avec sa minutie coutumière, travaillant d'arrache-pied.

Arrivant à son bureau à 9 heures précises, il en repartait à 15 heures, y revenait vers 17 heures pour ne le quitter que vers 23 heures. Le dimanche, il travaillait encore trois heures. Il s'agissait pour lui de refaire tout ce qu'Azaña avait défait. Les africanistes étaient réintégrés, promus, décorés, les officiers supérieurs républicains écartés ; un budget exceptionnel avait été voté, permettant d'acheter de l'armement moderne. Avec Mola nommé à la tête de l'armée d'Afrique, avec l'amiral Salas dont la flotte serait indispensable pour transporter les troupes du Maroc, Franco avait constitué un trio stratégique. Il s'agissait de parer à toute éventualité.

Il vérifia aussi les fortifications des Baléares, fit

creuser des abris bétonnés dans la sierra de Guadarrama. Avec un plaisir évident, il faisait ce pour quoi il s'estimait fait. L'entente avec son ministre était excellente ; il retrouvait avec plaisir ses compagnons d'armes. Ce fut l'une des époques où il se sentit exactement à sa place : il avait atteint le sommet de la hiérarchie militaire ; devenu conseiller du ministre, il accomplissait une tâche qu'il jugeait non seulement utile, mais salutaire.

À son tour, il procéda à une « trituration » non moins partisane que celle d'Azaña ; les généraux républicains qu'il venait d'écarter ne lui pardonneront pas son injustice.

Son passé trouble rattrapait l'ex-Roi du Paralelo ; Lerroux allait tomber à cause d'une affaire sordide qui n'est pas sans rappeler l'affaire Stavisky. Deux escrocs, Strauss et Perle, avaient obtenu, en versant des pots-de-vin à des députés, l'autorisation de placer au casino de Saint-Sébastien des tables de roulette truquées. Le neveu et fils adoptif de Lerroux se trouvait impliqué dans le scandale qui prit vite d'énormes proportions. Avec les deux premières syllabes des patronymes de ces aigrefins, les Espagnols forgèrent un mot, *estraperlo*, qui, dans mon adolescence, s'employait encore pour désigner le marché noir.

Éclaboussé, Lerroux démissionna au milieu des huées et des quolibets. L'heure de Gil Robles avait sonné. Mais, une fois encore, Alcalá Zamora, qui ne l'aimait pas, tenta de louvoyer et de ruser. Tentant le tout pour le tout, le chef de la CEDA offrit sa démission, dans l'espoir que le président céderait. Il se trompait. Dans son for intérieur, Alcalá Zamora avait déjà décidé de dissoudre les Cortes. Il nomma l'un de ses amis, un vieil homme épuisé et malade, à l'air cadavérique, Portela Valladares, en le chargeant de préparer les élections et de tenter de constituer un parti modéré, résolument centriste. Vaine chimère : le temps de la République sage était passé !

Ulcéré, Gil Robles pensa fomenter un coup d'État avec l'aide de Franco. Le prétexte légal serait le viol de la Constitution par Alcalá Zamora. C'était mal connaître son chef d'état-major qui, après avoir consulté ses pairs, se déroba.

Pour rien au monde Franco n'aurait violé la légalité sous les auspices d'un civil, fût-il un homme qu'il appréciait par ailleurs. Refus dicté par l'ambition, ce mot qui revient toujours ? Il y avait une raison plus forte à son refus : mêler l'armée à des disputes politiciennes revenait à la compromettre dans des querelles partisanes. Il n'avait cessé de le répéter depuis des années : les militaires ne devaient avoir d'autre considération que l'Espagne telle qu'il la voyait et la comprenait. Malgré l'estime qu'il portait au chef de la CEDA, comment confondre son sort avec celui du pays, d'autant qu'il avait pu jauger les qualités politiques de Gil Robles, d'un légalisme timoré ?

Dans les salons du palais de Buenavista, les collaborateurs du ministre se rassemblèrent pour prendre congé. Ce fut une fête intime et mélancolique. Franco trouva, pour remercier Gil Robles, des paroles émues et sincères. En terminant son discours, il avait les larmes aux yeux, ce qui stupéfia l'un des présents qui le connaissait de longue date : « C'est la première fois que je le vois pleurer ! »

Avait-il le pressentiment qu'avec l'approche des nouvelles élections une page se tournait ? Dans tout le pays, la lassitude le disputait au désenchantement. Avec le soulèvement de 1934, les illusions s'étaient dissipées. L'espoir mis dans la République faisait place à une sourde angoisse.

Le Front populaire

Printemps 1936

Libéré de son bateau prison ancré dans le port de Barcelone, lavé de tout soupçon de complicité dans le soulèvement des Asturies, Azaña publia un récit ironique de ses épreuves. Avec ce livre, il rencontrait enfin le succès littéraire, exploit qu'il renouvela trois ans plus tard avec un ouvrage plus grave, d'un ton plein d'amertume et de désenchantement, *La Veillée de Benicarló*, méditation sans complaisance sur l'échec de *sa* République. N'avait-il pas déclaré : « La République, c'est moi » ?

Une partie de l'opinion se retournait en sa faveur, d'autant plus que, donnant l'impression d'avoir tiré la leçon de ses erreurs, il multipliait les déclarations apaisantes, appelant à une union de tous les partis de gauche. Dans ses meetings, il rassemblait des foules impressionnantes, jusqu'à quatre cent mille personnes accourues de toute l'Espagne pour écouter sa rhétorique harmonieuse et balancée. C'était un superbe orateur, capable d'empoigner ses auditoires. Ce que ces foules passionnées comprenaient à ses propos ambigus semble en revanche plus difficile à cerner.

Il voulait restaurer une république faite d'ordre et

de justice par un vaste rassemblement de centre gauche dont le pivot serait Indalecío Prieto, qui partageait sa propre vision des choses. Le Front populaire qui se dessinait et que les communistes soutenaient devait inclure toutes les formations de gauche, mais l'axe sur lequel Manuel Azaña entendait s'appuyer était, outre son propre parti et celui de Martínez Barrio, le Parti socialiste sans lequel cette coalition ne pourrait pas tenir. Tout dépendait en dernier ressort de l'attitude de Largo Caballero et de ses amis.

L'écho que les discours d'Azaña rencontrait dans l'opinion démontrait que tel était sans doute le vœu d'une majorité d'Espagnols, lassés des désordres et des violences. Même Franco semble avoir suivi avec intérêt les efforts de son adversaire. Mais Azaña, à la rhétorique toujours complexe, lâchait des formules équivoques affirmant que la république dont il rêvait ne serait qu'une étape vers la révolution. Comment fallait-il entendre ces propos-là ? Était-ce un appel du pied aux socialistes révolutionnaires de Largo Caballero ? Exprimaient-ils une conviction sincère ?

Si l'heure d'Azaña semblait venue pour la seconde fois, l'atmosphère dans le pays ne cessait de s'alourdir, les extrémistes des deux bords clamant haut et fort qu'ils ne respecteraient pas le verdict des urnes. Les anarchistes persévéraient dans leur « gymnastique révolutionnaire », multipliant les attentats, lançant grève sur grève, fomentant des soulèvements dans les campagnes. Celui des Asturies avait, comme on aurait pu le prévoir, radicalisé les droites. En Navarre, les carlistes s'armaient, préparaient leur propre insurrection au nom de leur candidat, le prince Xavier de Bourbon-Parme, installé à Saint-Jean-de-Luz ; monarchistes absolutistes avec José Calvo Sotelo, phalangistes de José Antonio, tous ne rêvaient que d'abattre la République pour instaurer un régime musclé. Plus farfelus les uns que les autres, de nouveaux complots s'ourdissaient jour après jour.

Par son beau-frère, Serrano Suñer, très proche à présent de José Antonio, Franco était tenu au courant de ces conspirations qu'il balayait d'un geste de la main. Rien, pour lui, ne se ferait sans l'armée, sans l'appui de la Garde civile et des gardes d'assaut. De plus, ainsi qu'il le répétait depuis deux ans, la situation n'était pas mûre, la République pouvant se ressaisir. Sa réserve exaspérait le chef de la Phalange qui ne voyait que tiédeur dans ses hésitations. Avec justesse, Philippe Nourry[1] note : « Franco n'était pas hésitant, il était calculateur », ce qui me paraît la plus exacte définition de ce personnage indéchiffrable. Il va vers le soulèvement, mais il y va en militaire prudent qui attend le moment le plus favorable. Il observe, suppute, guette le bon prétexte.

Dans les rues des grandes villes, Barcelone, Valence, Madrid, Jeunesses socialistes et phalangistes règlent leurs comptes. Chaque jour, les assassinats politiques font des dizaines de morts.

Feu mon ami Vázquez Montalbán écrit[2] que les *señoritos* de la Phalange abattent froidement des syndicalistes et des ouvriers dans l'intention de déstabiliser la République. J'ai écrit la même chose avec la certitude que telle était la vérité, ce qui prouve que la propagande est un bon aliment pour la paresse

1. Philippe Nourry, ouvrage cité.
2. Manuel Vázquez Montalbán, ouvrage cité.

d'esprit. Ayant creusé le sujet, Payne[1] démontre que José Antonio, personnage contradictoire, refusa longtemps la violence. Alors que plusieurs vendeurs du journal phalangiste avaient été abattus en pleine rue – Matías Montero, un étudiant de vingt ans, deviendra le premier martyr de la Phalange espagnole –, José Antonio continuait d'affirmer que « la Phalange ne ressemble d'aucune manière à une organisation criminelle, et elle n'entend pas copier les méthodes de ces organisations, quel que soit le nombre de provocations dont elle sera victime ». Propos accueillis avec ironie par la presse de droite qui surnomma la Falanje Española la « Funéraire espagnole », un éditorialiste écrivant que José Antonio n'était pas le fondateur du fascisme, mais du franciscanisme...

Si les membres des Jeunesses socialistes s'en prenaient aux militants de la Phalange, c'est que, malgré les protestations de José Antonio, ils avaient conscience du danger que représentait ce parti ouvertement fasciste. Hitler gouvernait l'Allemagne, Dollfuss était à la tête de l'Autriche, Mussolini conduisait l'Italie ; sur toute l'Europe s'étendait l'ombre du fascisme ; dans chaque pays où le fascisme réussissait à prendre le pouvoir, les socialistes étaient pourchassés, éliminés. Comment les jeunes socialistes n'auraient-ils pas perçu l'émergence d'un mouvement fasciste comme une menace ? En abattant les militants de la Phalange, ils se considéraient comme en état de légitime défense.

Réaction d'autant plus compréhensible que s'il

1. Stanley G. Payne, *Falanje*, Californie, Stanford University Press, 1961. La traduction française est parue aux Éditions Ruedo Ibérico en 1965.

condamnait la violence sauvage, José Antonio, lors du discours fondateur de son parti, avait exalté « la dialectique des poings et des pistolets », pure métaphore, tentera-t-il certes d'expliquer, mais métaphore pour le moins inquiétante, prise d'ailleurs à la lettre par beaucoup de ses partisans qui, en revêtant la chemise bleue, ne pensaient pas revêtir l'habit franciscain.

Fils du dictateur Miguel Primo de Rivera, José Antonio, *señorito* andalou de belle prestance, était, après des études de droit, entré en politique pour venger la mémoire de son père diffamé, pensait-il, par ceux-là mêmes qui lui devaient le plus. Il ne leur pardonnait pas la solitude et l'amertume dans lesquelles le dictateur était mort après avoir été lâché. Ce ressentiment filial ne le rendait pas très enclin à éprouver de la nostalgie pour la monarchie bourbonienne. Amateur de jolies femmes, cet avocat à la mode dirigeait un cabinet prospère ; esthète, il lisait poètes et romanciers, faisant d'ailleurs montre d'un goût sûr. Admirateur de Lorca, il se promenait avec lui en voiture, mais, soucieux malgré tout de préserver son image de séducteur, il tirait les rideaux pour n'être pas aperçu en compagnie compromettante. Tout en roulant dans les rues, il écoutait le jeune poète lui réciter ses poèmes. Il y aura eu dans la Phalange cette part d'esthétisme, ce souci du style et de la langue, le goût d'une dramaturgie souvent pompeuse.

Hostile à la démagogie de la gauche, il détestait tout autant l'égoïsme de la droite conservatrice. Il avait pris le temps d'étudier Marx, de lire Nietzsche et Spengler, d'éplucher les livres d'Ortega y Gasset et ceux d'Unamuno, méditant sur l'affaissement de l'Espagne, sa déchéance et sa misère. Nationaliste avec passion, hostile aux séparatismes qu'il appelait « démembrement », il avait, dans une formule qui devait beaucoup à Ortega y Gasset, défini l'Espagne comme « l'unité d'un destin dans l'universel », formule, quand on y réfléchit, plutôt vague. Comment définir cet universel ? Il comblait ce flou en recourant à la notion d'empire, non moins brumeuse, car il était trop intelligent pour imaginer que l'Espagne allait reconquérir quelque empire territorial. Son esthétisme, qu'il érigea en fondement de sa doctrine, lui souffla que cet empire se confondait avec le rayonnement des poètes, des artistes et des écrivains, arrivant par ce biais à la notion d'*Hispanidad*[1], ce qui, du Chili au Pérou, de l'Argentine aux Philippines, faisait, selon lui, la mémoire commune, incarnée dans une langue : le castillan.

C'était là une première cause de frictions avec son entourage, moins préoccupé de poésie que de conquête du pouvoir.

Condamnant la lutte des classes, il prônait la création d'un État national-syndicaliste qui répudierait le marxisme aussi bien que le capitalisme. Dans son programme économique, trop radical pour la bourgeoisie conservatrice, il prévoyait une réforme agraire drastique, la nationalisation des banques et du crédit, des industries lourdes et de la recherche. Il exaltait l'État, expression de la convergence de toutes les énergies. Cela donnait les insignes de son parti : le joug de l'unité associé aux flèches du rejet des hérétiques, emblème des Rois Catholiques.

Le fascisme de José Antonio différait du fascisme

1. Le mot avait été créé par Ramiro de Maeztu, bel écrivain de droite, nationaliste intransigeant.

mussolinien et du nazisme allemand par la reconnaissance du catholicisme comme fondement de l'identité permanente de l'Espagne, quand bien même il affirmait la nécessité d'une stricte séparation de l'Église et de l'État. Cet ancrage dans la tradition chrétienne l'éloignait du nazisme, qu'il regardait avec méfiance. Plus proche du Mussolini des débuts, il recevait une aide financière du gouvernement fasciste italien, qui subventionnait aussi les carlistes. Admirateur d'Indalecío Prieto, il avait envisagé de s'effacer devant le dirigeant socialiste ; mais Prieto n'était pas Doriot.

Ayant rencontré José Antonio chez son père, Franco le regardait avec sympathie, lisait son journal, *Falanje Española.* On se doute que ce mélange d'esthétisme et de nationalisme exalté, de radicalisme économique et social, laissait perplexe le général. Que voulait donc ce jeune *señorito* couvert de femmes, parlant l'espagnol avec cette pointe d'affectation de ceux de sa classe, courant des salons aristocratiques aux tribunes populaires ? Trop de brouillard dans son programme, une présomption naïve. N'imaginait-il pas de fomenter un soulèvement avec ses seuls partisans ? Le général l'observe avec une bienveillante condescendance, celle que le militaire réserve aux civils.

Le temps de Franco, c'est cette confusion des idées. La dureté des idéologies totalitaires engendre partout des attitudes indécises oscillant entre la violence aveugle et l'espoir ténu d'une réconciliation. On trouve la même ambiguïté chez Azaña, chez Indalecío Prieto, chez Julián Besteiro, chez les autonomistes basques et catalans. Alors que les républicains tentent désespérément d'instaurer ou de restaurer un régime d'ordre et de justice sociale, la démagogie des extrémistes anéantit tous leurs efforts et va finir par les balayer.

Entraînés par Largo Caballero et par son éloquence « funeste » – c'est l'adjectif employé par Preston –, les jeunes socialistes ont une autre raison de s'en prendre aux militants de la Phalange : alors que les partis conservateurs recrutent dans la bourgeoisie, José Antonio réussit, avec ses tirades anticapitalistes, à attirer à lui de jeunes ouvriers. Il chasse sur leurs terres.

Persuadés par Largo Caballero qu'il n'existe d'autre issue à la crise que l'instauration d'une dictature du prolétariat, ils se sentent en guerre contre tout ce qui pourrait évoquer le réformisme. Ils tenteront ainsi, à Écija, d'abattre Indalecío Prieto qu'ils détestent presque autant qu'ils haïssent la Phalange.

L'animosité entre partisans de Largo Caballero et d'Indalecío Prieto dégénère en véritable guerre, au point que Salvador de Madariaga a pu écrire que ce conflit n'avait pas peu contribué à la guerre civile. À celle-ci il n'y a pas une cause, il y en a mille. En cette Espagne de 1936, où qu'on regarde, on n'aperçoit partout que haines de plus en plus furieuses, ressentiments inexpiables, volonté obscure d'en découdre, de « crever l'abcès ». Malgré les efforts d'Azaña, de Prieto, de quelques autres, c'est une véritable course à la mort, dramatisation qui explique, dans toute l'Europe, l'intensité des réactions. Pour reprendre le titre de Blasco Ibáñez, l'Espagne devient une arène sanglante.

En lisant ce qui s'écrit alors, on est frappé par le réalisme tranquille des observateurs britanniques ; les rapports des consuls, de l'ambassadeur, des différents agents plus ou moins secrets, tous insistent sur la bolchevisation du pays, jusque dans les moindres villages.

Dédaignant la rhétorique idéologique, ils constatent la lente dérive du pays, entraîné par ses extrémistes. Cette sûreté du diagnostic explique en partie les réticences de Londres à aider la République espagnole qui n'est, aux yeux des dirigeants britanniques, qu'une façade vide. Il n'y a plus pour eux de république, moins encore de démocratie : il y a un inéluctable affrontement entre deux totalitarismes également décidés à s'anéantir l'un l'autre en ce qui ressemble davantage à une ordalie qu'à une guerre civile. Ce ne sera pas une lutte fratricide, car il n'existe pas trace de fraternité entre les adversaires. Ni le fasciste ni le Rouge ne sont des hommes, mais des entités abstraites, des figures démoniaques. *« Blood, blood ! »* s'écriera Churchill avec dégoût.

En janvier 1936, le roi George V est mort ; Franco fait partie de la délégation espagnole envoyée aux obsèques. Dans son uniforme de chef de l'état-major, arborant ses décorations, il processionne derrière le cercueil avec les rois, les présidents, les ministres, les ambassadeurs. Dans le ferry qui le ramène en France où il compte passer quelques jours à Paris, il s'entretient avec le commandant Barroso, attaché militaire de l'ambassade. La mer est démontée, ils se tiennent debout sur le pont couvert, devisant avec la franchise de deux militaires. « Votre rôle, dit Franco, sera très important ; vous devrez expliquer aux Français le sens de notre action. » Il n'y a pas l'ombre d'un doute : le soulèvement militaire est une chose entendue entre les deux hommes. Seul le moment reste imprécis, mais Franco fournit une information concrète : « Si vous entendez dire que je suis parti en Afrique, c'est que l'heure aura sonné. » Tout est donc déjà clair dans l'esprit du général : le soulèvement aura bien lieu, et il commandera l'armée d'Afrique, *son* armée.

Dînant quelques jours plus tard à l'ambassade, il tient pourtant des propos lénifiants à Gregorio Marañón, scientifique, écrivain de belle plume, qui, dégoûté d'une république qu'il avait accueillie avec joie, s'est installé en France, pays vers lequel affluent, de plus en plus nombreux, les membres de l'élite intellectuelle, tous des républicains déçus. « Tout peut s'arranger, lâche-t-il. Les gauches n'ont pas encore gagné les élections, et Azaña semble avoir changé. » Trompe-t-il son interlocuteur ? Ce n'est pas exclu, mais nous connaissons la prudence du général qui dira des années plus tard qu'il n'abat jamais une carte sans connaître la suivante. Il envisage le pire sans exclure un revirement de la situation.

Lorsqu'il arrive à Madrid, les élections sont proches. Au ministère, on s'attend à une courte victoire de la CEDA et des partis modérés. C'est aussi, en se fondant sur les rapports des gouverneurs, le sentiment du chef du gouvernement, le vieux Portela.

Le 16 février, il tombe sur Madrid une pluie froide et lancinante. Vers 22 heures, Portela confirme officiellement son pronostic : les partis centristes l'emportent avec la CEDA de Gil Robles. Ayant lu son communiqué, il va se coucher. C'est un homme épuisé, à bout de forces.

Deux heures plus tard, des foules se rassemblent autour des sièges des syndicats et des partis de gauche, des drapeaux rouges fleurissent partout, *L'Internationale* retentit dans les quartiers populaires ; la tendance s'est inversée et le Front populaire triomphe dans les grandes villes. Vers 2 heures du matin, la nouvelle se confirme. Quand on éplucher a les chiffres, on constatera que l'écart est minime, mais, à cause de la bizarrerie de la loi électorale, le Front populaire obtient un nombre disproportionné de députés. Pousse-t-on plus loin l'analyse, on observe que les partis qui recueillent le plus grand nombre de voix sont ceux du centre gauche – notamment celui d'Azaña, qui a l'appui de celui de Martínez Barrio –, suivis par les socialistes. En majorité, les Espagnols ont voté pour les modérés, écartant les extrêmes. Mais le peuple qui s'est exprimé dans les urnes n'est pas le même que celui qui, avec de plus en plus d'impatience, manifeste dans les rues.

« Nuit des dupes », écrit Philippe Nourry. Il pleut toujours, le froid reste vif. Pour la première fois, on voit Franco se départir de sa réserve, comme si la tension qui monte partout irritait ses nerfs, pourtant solides. A-t-il le pressentiment qu'en cette nuit d'hiver humide et glaciale le destin du pays est en train de se jouer et que Portela, ce vieillard haut et maigre, aux yeux cadavéreux, détient la clé du futur ?

Le général téléphone en pleine nuit au général Pozas, directeur de la Garde civile, qui, tiré du lit, joue les ahuris. Des manifestations dans tout le pays ? Des incidents ? C'est juste la joie républicaine qui s'exprime avec, peut-être, une exubérance excessive. « Sincèrement, dit le directeur, tes craintes me semblent exagérées. – J'espère que tu as raison, rétorque Franco. Mais je me permets de te rappeler que nous vivons dans un régime où la légalité veut que nous respections scrupuleusement le verdict des urnes. Il serait inacceptable que l'on anticipe ou dénature ce verdict, fût-ce d'un millimètre ! – Il ne sera pas dénaturé, je t'en donne ma parole... – Je crois que tu promets des choses que tu ne seras pas en mesure de tenir ! »

Exaspéré, Franco raccroche. Il a pourtant saisi le message : la Garde civile ne bougera pas.

On surprend là sur le vif le légalisme du général ; on comprend aussi ce qui motive ses appréhensions. Si le pouvoir abdique devant la rue, c'en sera fait de ce qu'il reste, depuis 1934, de la République.

La situation lui semble suffisamment grave pour qu'il sollicite, par un ami de Portela, une audience du chef du gouvernement qui, harcelé depuis des heures, se sent de plus en plus perdu, affolé, avec une seule idée en tête : dormir, se reposer, quitter ce maudit palais. Ce que tous ses visiteurs lui demandent, c'est de proclamer la loi martiale, d'assurer l'ordre public, en un mot de faire preuve d'autorité. C'est bien la chose dont il est absolument dépourvu, l'autorité ! Certes, les rapports qui lui parviennent des différentes régions sont inquiétants. Des heurts violents se produisent aux quatre coins du pays ; les gouverneurs se disent débordés, certains ont même dû proclamer l'état de guerre. Mais ce tableau ne fait qu'ajouter à sa profonde fatigue.

Que se passe-t-il qui ait pu faire sortir un homme tel que Franco de sa réserve ? Qu'espère-t-il ? Pense-t-il à un coup d'État ?

Les résultats du premier tour donnent, grâce à une loi électorale qui amplifie de manière absurde les écarts de voix, un *sentiment* de triomphe aux partisans de la gauche qui partout célèbrent leur victoire, envahissent les rues, menacent les « fascistes ». La Constitution prévoit que le gouvernement ayant organisé les élections doit annoncer, dans les quatre jours suivant la consultation, les résultats définitifs après vérification ; il doit ensuite organiser un second tour dans les circonscriptions en ballottage. Or, tout se passe dans la réalité comme si le résultat définitif était déjà acquis, la gauche s'installant aux commandes. C'est un manquement grave à la Constitution, puisque cela signifie que la gauche sera, pour le deuxième tour, juge et partie, chargée de décompter et vérifier les bulletins de vote.

C'est cela que, le 19 au soir, Franco vient dire à Portela : il l'adjure avec force de rester à son poste, de défendre la légalité républicaine, de maintenir l'ordre pour que le deuxième tour puisse se dérouler dans une stricte neutralité. Mais Portela se sent incapable d'affronter ce qu'il tient pour une épreuve au-dessus de ses forces. Dans un tiroir de son bureau, il a la proclamation de la loi martiale signée par le président et approuvée en Conseil des ministres. La publier, c'est assumer le risque d'avoir à réprimer les désordres. Il n'ose prendre une pareille responsabilité. Qu'Azaña se débrouille ! répète-t-il en secouant la tête. Il ne souhaite qu'offrir sa démission, s'en retourner chez lui et dormir. Malgré les objurgations de Calvo Sotelo, de Gil Robles et du chef d'état-major qui le rappellent avec véhémence à ses responsabilités, Portela hoche la tête et soupire. Tout à coup, il se tourne vers Franco : « Vous me dites qu'il faut sauver l'Espagne. Pourquoi moi ? Pourquoi pas l'armée ? » La réponse tombe, caractéristique du légalisme déjà évoqué : « Vous savez bien que l'armée ne peut pas agir sans ordre exprès du gouvernement ! »

En cette nuit de février 1936, le fantôme de la République s'évanouit ; incarnée par un vieillard haut et maigre, la légalité se couche pour dormir. Quel respect ce militaire austère pourrait-il éprouver pour un pouvoir aussi incapable de se défendre ?

Le lendemain matin, Alcalá Zamora annule la proclamation de la loi martiale et ne consent qu'à l'instauration de l'état d'urgence. Il reçoit Azaña, qui a déjà la liste du gouvernement dans sa poche. Selon Nourry, la gauche « se glisse dans des draps suspects » – jolie formule, mais qui est un euphémisme.

Plus suspects encore paraîtront les résultats du second tour, au point qu'Indalecío Prieto, révolté, démissionne de la présidence de la commission chargée de vérifier le scrutin. On ne connaît pas encore aujourd'hui – en 2008 ! – les données exactes, pas même le nombre des votants ; chaque historien, chaque mémorialiste fournit les siennes, différentes des autres. Il y eut des fraudes massives : portant sur quatre-vingts sièges, comme le suggère Nourry ? moins ? C'est, pour dire le vrai, sans importance, car le coup de grâce donné à la République ne sera pas tiré par ces fantômes politiques sans dignité et sans courage. Il sera tiré par Largo Caballero.

Conseillé par une créature du Komintern, Alvarez del Vayo, étroitement contrôlé par les communistes, Largo Caballero déclare que si le Front populaire échoue – « Et il échouera ! » s'écrie-t-il au milieu des applaudissements de ses partisans –, alors ce sera l'heure d'instaurer la dictature du prolétariat ; menace que Martínez Barrio traduit avec mélancolie : c'est, dira-t-il, avouer que Largo Caballero et ses alliés réservent aux partis du centre gauche le sort de Kerenski.

Il n'y a pas que les menaces de Largo Caballero, il y a l'armement des milices, chaque syndicat, chaque parti disposant de la sienne. Aux Cortes, les députés arrivent armés ; pour prévenir tout accident, on devra instituer une fouille au corps, les représentants du peuple laissant en entrant leur pistolet au vestiaire. Grâce à cette mesure le pire est évité, mais les insultes et les menaces sont d'une brutalité ahurissante. Dans le pays, en l'espace de quelques jours, les Espagnols ont acheté plus de 300 000 armes à feu !

Manuel Azaña avait promis l'amnistie pour tous les prisonniers politiques condamnés après le soulèvement des Asturies. Avant que le décret ne paraisse, des foules se sont ruées vers les prisons. Cédant à leur donquichottisme, les anarchistes libèrent bon nombre de détenus de droit commun, ces « victimes de la société ». On les retrouvera bientôt à l'œuvre dans les sinistres « patrouilles de l'Aube » et autres polices parallèles.

À peine installé, Manuel Azaña procède à une nouvelle « trituration » militaire, les généraux écartés par Franco retrouvant leurs commandements, cependant que les africanistes sont dispersés, Franco aux Canaries, Mola en Navarre.

Le grand vaincu de cette élection est Gil Robles, abandonné par ses partisans qui lui reprochent son légalisme ; les membres des Jeunesses patriotiques, formation issue de la CEDA, rejoignent en masse la Phalange. Ni à gauche ni à droite, l'époque n'est plus aux atermoiements ; chaque camp resserre les rangs, se prépare à une guerre désormais inéluctable. Ainsi que Franco l'avait prévu, ce ne sera pas un *pronunciamiento* classique, mais un combat à mort.

Franco dispose d'un délai de quinze jours pour quitter l'Espagne continentale, le temps de boucler ses valises. Sur l'insistance de son beau-frère, Serrano Suñer, il accepte de rencontrer José Antonio qui le presse de hâter le soulèvement et laisse entendre que si l'armée ne fait pas son devoir, les phalangistes se lanceront seuls dans la bataille. Il n'a pas dit « les phalangistes », mais « nous » ; avec une ironie glacée, le général relève le mot : « *Nous ?* – Les phalangistes ! »

Franco se contente de conseiller à ce jeune *señorito* d'attendre et de se mettre, le moment venu, à la disposition de l'armée, manière de suggérer à cet aristocrate présomptueux : sans l'armée, *vous* n'êtes rien.

José Antonio sort furieux de la rencontre ; une fois dans la rue, il exhale sa colère contre ces militaires qui, dit-il, n'ont aucun sentiment. Ce sont des machines. « Mon père au moins était humain. » Il n'a pas tort, mais son père a été chassé du pouvoir alors que Franco mourra dans son lit.

Deux jours avant la date fixée pour son départ, l'ancien chef d'état-major prend, selon le protocole, congé du chef du gouvernement et du président de la République. Avec Manuel Azaña le dialogue est, comme toujours entre les deux hommes, feutré. Alors que Franco glisse qu'il serait plus utile à la République à Madrid qu'aux Canaries, Azaña lui demande : « Que craignez-vous donc, général ? Un coup d'État militaire ? » Et de lui rappeler avec ironie comment il avait écrasé le soulèvement de Sanjurjo. Enfin, cette menace voilée, proférée avec le sourire : « Partez tranquille, la République saura se défendre contre ses ennemis. »

Enjoué, Alcalá Zamora lui déclare pour sa part que jamais le communisme ne parviendra à s'installer en Espagne, s'attirant cette réponse : « En tout cas, monsieur le président, je peux vous assurer que là où je me trouverai, jamais le communisme ne passera. »

Le lendemain, Franco se rend en costume civil, coiffé d'un feutre gris, à une rencontre plus décisive :

chez José Delgado, un agent de change prospère. Une dizaine de généraux s'y réunissent pour évoquer l'éventualité d'un soulèvement. Durant près de quatre heures, ils discutent des préparatifs, s'accordant sans peine sur quelques points : le soulèvement se fera au nom de l'Espagne, sans préjuger de la forme juridique du futur État, et sans rejeter la République, régime auquel plusieurs participants sont attachés ; Sanjurjo, toujours en exil au Portugal, sera le chef des insurgés. Franco a surtout insisté pour que le mouvement ne soit déclenché que si les circonstances le rendent absolument nécessaire, formulation jugée trop vague par les autres généraux qui trouvent l'attitude de l'Africain bien hésitante. Comment définir ces circonstances ? Qui, en dernier lieu, décidera du moment opportun ? Par cette clause, Franco se réserve le choix de l'heure. Si ses pairs le jugent temporisateur, voire d'une prudence suspecte, de son côté il se méfie de leur exaltation. La plupart restent persuadés qu'il s'agira d'un *pronunciamiento* classique et que le régime s'écroulera en quelques jours ; chacun se voit naturellement chef du mouvement, à tout le moins son inspirateur. Tant de naïveté laisse Franco sceptique sur le succès de l'opération. À ses yeux, il n'y a rien à espérer de ces têtes brûlées.

Dans la nuit qui tombe, humide et froide, il regagne à pied son nouveau domicile, rue Jorge Juan, croisant des patrouilles de miliciens armés. Il retrouve Carmen, qui a fini de boucler les valises, et Nenuca, excitée à la pensée de découvrir les Canaries. Il sait qu'un seul homme parmi ces militaires exaltés possède le sang-froid, la lucidité, la méthode pour donner corps au projet : c'est Mola. Directeur de la Sûreté sous la monarchie, il a l'expérience des réseaux, la connaissance des hommes de l'ombre, le goût des complots. Mais, d'un commun accord, ils n'ont pas voulu aborder la question de l'organisation. La réunion n'a eu pour but que de sonder les intentions des uns et des autres. Sur tout ou presque, ils sont restés dans le vague : le régime politique en cas de succès, le choix des symboles et du drapeau, la durée éventuelle de la dictature. C'est maigre, mais comment faire mieux avec des personnalités si disparates : républicaines les unes, monarchistes d'autres, phalangistes pour deux ou trois ? Ces divergences expliquent l'insistance de Franco à faire inscrire au procès-verbal que le soulèvement ne devra avoir lieu qu'en cas de « circonstances d'une évidente gravité », formulation qui laisse à chacun une totale liberté d'appréciation. C'est sans doute ce que l'Africain voulait : marquer son accord de principe sans pour autant s'engager ; sauvegarder sa liberté de manœuvre.

Ses adversaires insistent bien sûr sur sa participation au complot, cependant que ses partisans mettent l'accent sur sa prudence. Le connaissant, on peut soutenir que les deux affirmations se complètent. Franco peut très bien reconnaître la nécessité d'un soulèvement tout en souhaitant en maîtriser le déclenchement. Rien là d'incompatible. Il n'a d'ailleurs pas perdu tout espoir car, impressionné par les discours d'Azaña, il pense que le chef du gouvernement réussira peut-être à écarter les extrémistes. Espoir ténu, certes, mais suffisant pour laisser une chance au président du Conseil. Son légalisme retient Franco au bord du Rubicon. Pour combien de temps ?

Miss Canaries

Été 1936

Comment Francisco Franco n'aurait-il pas ressenti son affectation aux Canaries comme un double exil, géographique et professionnel ? Après avoir été chef d'état-major général, il se retrouve général de division, contraint de renouer avec la vie de garnison. Sans être entamés par sa disgrâce, son influence et son prestige parmi les officiers en seront nécessairement diminués.

Seule consolation : il quittait la capitale pour une destination lointaine mais qui présentait l'avantage d'être proche du Maroc, donc de l'armée d'Afrique, *son* armée. La majorité des historiens souligne la double bévue du gouvernement : nommer le général Mola en Navarre, commandant d'une garnison certes réduite, mais au cœur du fief carliste, et dépêcher Franco à Santa Cruz de Ténériffe.

Comme à son habitude, Franco cacha sa déception derrière ce sourire faussement épanoui qui lui donnait un air de ravi de la crèche. Sur le quai de la gare d'Atocha, des amis et des admirateurs vinrent lui souhaiter bon voyage ; debout à la portière de son wagon, il serra des mains, proféra de sa voix douce – à peine un murmure – des remerciements et des encouragements, répétant : « Confiance ! » Nul doute que ses amis auraient préféré entendre des résolutions plus fermes. Ceux qui connaissaient bien le général savaient pourtant qu'il n'était pas homme à dévoiler ses intentions.

Le lendemain matin, le général apprit à l'arrêt de Séville que plusieurs églises avaient été incendiées à Cadix, dont une toute proche d'une caserne. Lorsque le commandant de la place vint lui présenter ses respects à son arrivée à Cadix, Franco le toisa d'un air glacial en ignorant la main tendue : « J'ai appris ce qui s'est passé hier ici. Il n'est pas admissible qu'un officier espagnol laisse sans intervenir se commettre un tel attentat sous ses yeux, surtout quand il s'agit d'un sacrilège. – J'avais reçu des ordres formels, protesta l'officier. – Il y a des ordres auxquels un soldat ne peut en aucun cas obéir sans déshonorer son uniforme. Vous pouvez disposer. Je ne vous serre pas la main. »

Une telle réaction nous renseigne sur ses sentiments profonds face aux désordres et aux émeutes. Elle nous montre aussi sa détermination. Il y a, pour le général, une limite au devoir d'obéissance. Comment la fixer ? C'était toute l'incertitude de la clause qu'il avait exigé d'inclure dans le procès-verbal de la réunion des généraux.

Depuis le pont du navire, Franco put voir des fumées noires stagnant au-dessus de la ville et, sur le quai, une petite foule de syndicalistes venue saluer le nouveau gouverneur civil des Canaries nommé par le gouvernement de Front populaire ; saluant du poing, ils entonnèrent *L'Internationale* avant de crier : « Vive la Russie ! Vive Staline ! » C'est la dernière image qu'il aura emportée de la métropole : la fumée des incendies et les vivats à la Russie de Staline.

Des militants de la gauche révolutionnaire l'attendaient de pied ferme à Santa Cruz de Ténériffe. La foule le siffla, le conspua, le traita de « fasciste » et de « bourreau des Asturies ». Imperturbable, il passa en revue le détachement militaire venu lui rendre les honneurs.

Les hagiographes du Caudillo ont fait de cette scène un mystère médiéval. On voit leur héros s'avancer, impavide, vers le groupe, toiser ces hommes déchaînés qui, pétrifiés par son courage, subjugués par le magnétisme de son regard, se calment, se taisent, puis, retournés, finissent par crier : « Vive Franco ! » Tel le Christ calmant la tempête, le général fait cesser le tumulte, premier tableau de ce qui va devenir une légende pieuse, écrite dans un style qui défie le ridicule...

Ni la douceur émolliente du climat, ni les beautés de l'île de Ténériffe (le siège du commandement militaire se trouve non à Las Palmas, mais à Santa Cruz) ne réussissent à faire oublier au général la froideur de l'accueil, l'hostilité des syndicats et des partis de gauche ; étroitement surveillé, espionné, harcelé, il a dû se résigner à accepter, pour lui mais surtout pour sa famille, une garde rapprochée. Chaque jour, des menaces de mort arrivent au siège de la capitainerie générale. Il craint que Nenuca ne soit enlevée et séquestrée.

Comme il l'avait fait aux Baléares, Franco entreprit d'inspecter jusqu'aux plus petites garnisons de l'île, d'étudier les défenses, mais il lui restait assez de temps libre pour qu'un vague ennui s'insinue dans son esprit. Même ses promenades à cheval avec son compagnon de toujours, Pacón, étaient gâchées par la présence des gardes du corps qui le suivaient partout. Il prit sans grand succès des leçons d'anglais, s'initia au golf, sport qui deviendra une véritable passion et qu'il pratiquera jusque dans sa vieillesse. Il n'oubliait pas pour autant la situation en métropole, se tenant informé par les nombreux émissaires qui, au fil des semaines, venaient à Ténériffe faire leurs rapports et solliciter ses avis.

Les nouvelles n'étaient pas faites pour le réjouir. À peine venait-il de débarquer dans l'archipel qu'il apprenait la dissolution de la Phalange et l'incarcération de José Antonio. Les locaux du parti avaient été fermés ; ses journaux interdits ; près de 2 000 militants arrêtés et jetés en prison. Le gouvernement pensait avoir écrasé les factieux et se félicitait de sa victoire. La suite montrera qu'il se trompait.

Ainsi que Franco l'avait craint, plusieurs officiers avaient fomenté sans préparation ni la moindre concertation un coup d'État. Le complot avait bien entendu été découvert, ses auteurs étaient en fuite, mais deux d'entre eux venaient d'être arrêtés et assignés à résidence, l'un dans un fort militaire de Cadix, le second... aux Canaries.

Le général ne s'était jamais fait d'illusions sur certains de ses pairs. Il pressentait qu'oubliant les résolutions prises lors de la réunion chez Delgado, ils se lanceraient dans une aventure rocambolesque. Il n'en marqua pas moins le coup et fut même tenté de quitter l'armée – intention certes vague, mais qui montre l'ampleur de son découragement.

L'atmosphère ne cessera plus de s'assombrir en Espagne au cours du printemps. Depuis la victoire du Front populaire, les socialistes de Caballero, taillant des croupières aux anarchistes, agitaient les campagnes d'Andalousie, procédant à des expropriations sauvages qui déclenchaient des répressions sanglantes. Dans les villes, milices socialo-communistes et anarchistes s'affrontaient en une véritable guérilla, prémices de ce qui deviendra une guerre dans la guerre. Églises et couvents continuaient de brûler un peu partout ; les attentats se multipliaient. L'État arbitre s'évanouissait jusqu'à n'être plus qu'un fantôme.

Pour le deuxième tour des élections, Serrano Suñer et ses amis eurent l'idée de présenter la candidature de Franco dans la circonscription de Cuenca acquise aux droites. Il figurerait sur la même liste que José Antonio, toujours en prison, qui pourrait, en cas de succès, recouvrer sa liberté. Le beau-frère du général fit le voyage à Ténériffe et réussit à convaincre Franco. Le but de l'opération était de permettre au général de regagner la métropole, protégé par l'immunité parlementaire. Il fallait que le commandant militaire des Canaries fût bien découragé pour accepter de descendre ainsi dans l'arène politique !

Serrano Suñer s'était trop avancé en tenant pour acquis l'accord de José Antonio qui, depuis sa cellule, refusa de se retrouver aux côtés de ce général chafouin et calculateur, ajoutant que si Franco maintenait sa candidature, il retirerait la sienne avec fracas. Retournant aux Canaries, Serrano Suñer n'eut aucun mal à faire revenir son beau-frère sur son intention. De toute façon, les autorités du Front populaire n'entendaient laisser aucune chance aux candidats de la « réaction » : ils écartèrent sous un prétexte douteux les deux candidatures.

Dans les circonscriptions en ballottage, le vote eut lieu dans une atmosphère d'intimidation et de violence ;

comme on pouvait s'y attendre, les opérations de dépouillement se firent sous la surveillance des milices. Selon Gil Robles et Alcalá Zamora, les fraudes furent massives. On ignore toujours les chiffres réels.

À Cuenca, Indalecío Prieto fit campagne sous la protection de deux cents hommes armés de la brigade motorisée, remportant la victoire dans une atmosphère de sourde menace. Nul ne se souciait plus de légalité. Il s'agissait, par tous les moyens, d'écraser l'adversaire.

Au théâtre Cervantès, le candidat socialiste n'en prononça pas moins un superbe discours, condamnant les extrémistes qui précipitaient l'Espagne vers l'abîme, appelant à un sursaut républicain, invitant les hommes de bonne volonté à la réconciliation autour de quelques valeurs acceptables par la majorité : l'ordre et les réformes. Au passage, il évoqua Franco : « Je l'ai vu combattre en Afrique, et, à mes yeux, le général Franco est l'expression la plus achevée du courage. C'est un homme d'une grande sérénité au combat, et c'est là un hommage que je me devais de rendre à la vérité... Il me paraît tout aussi indéniable que ceux qui, avec ou sans son autorisation, ont lancé sa candidature à Cuenca, ont cherché à utiliser sa popularité pour faire de lui, sous le couvert de l'immunité parlementaire, le *caudillo* d'une subversion militaire ! »

C'était bien vu, sauf sur un point : Franco n'était pas homme à se laisser manipuler.

Une nouvelle réconfortante au milieu de tant de déceptions : à Pampelune, le général Emilio Mola Vidal, lui aussi déçu par la légèreté de ses pairs, décidait de prendre les choses en main non sans en avoir d'abord référé au chef unanimement désigné, le général Sanjurjo. Celui qu'on surnommait « le Lion du Rif[1] » lui donna, depuis son exil de Lisbonne, son aval à la seule condition que Mola reconnaisse par écrit son autorité, ce que celui-ci s'empressa de faire.

Franco avait confiance en Mola qu'il tenait sinon pour un chef, du moins pour un excellent militaire, calme, rompu aux conjurations de l'ombre. Il suivit avec attention ses efforts, prodiguant ses conseils et multipliant les mises en garde.

Sous le pseudonyme de « Directeur », Mola noue un à un les fils de la conspiration. Haut et maigre, d'un type légèrement métis, avec ses lunettes rondes d'intellectuel, il agit avec sang-froid, s'assurant d'abord de la participation des *requetés*, les carlistes qui, en Navarre, peuvent mobiliser plusieurs milliers d'hommes déterminés, parfaitement entraînés et armés par les Italiens.

Ils viennent, ces *requetés*, du XIXe siècle, voire de plus loin encore ; catholiques traditionalistes, partisans d'une monarchie à la fois populaire et absolue, ils sont l'une de ces bizarreries dont l'Espagne est féconde, ultime rejet de la guerre d'indépendance contre les envahisseurs français. Guy Hermet[2] évoque à leur sujet la chouannerie, comparaison judicieuse puisqu'ils continuent d'incarner le refus intransigeant de la Révolution française et de la philosophie des Lumières. Ce sont, au sens propre, des réactionnaires, fâchés avec le libéralisme et la modernité. Majoritairement implantés dans les montagnes de Navarre, on les

1. On se souvient que c'était aussi le surnom donné à Abd el-Krim.

2. Guy Hermet, ouvrage cité.

retrouve en Catalogne, dans certaines zones de l'Andalousie. Avec leur large béret rouge, une croix blanche sur la poitrine, l'ample cape pyrénéenne, ils semblent surgis d'un passé oublié.

Les persuader de se soumettre à la discipline de l'armée ne sera pas, pour Mola, tâche aisée, leur représentant, Fal Conde, posant des conditions extravagantes : les unités carlistes combattront sous le drapeau monarchiste, conserveront leurs insignes et leurs emblèmes ; leur mouvement devra compter trois ministres au moins dans le futur gouvernement ; en accord avec les principes du traditionalisme, Fal Conde exige l'abrogation de toutes les lois laïques votées par la République, l'annulation du divorce, le retour de l'Église dans ses anciens privilèges, à commencer par l'enseignement. À bout de patience, Mola en appelle à Sanjurjo dont le grand-père et le père ont combattu dans les rangs carlistes au siècle précédent. À force de persuasion et moyennant quelques concessions, dont le drapeau monarchiste pour les seuls carlistes, le Lion du Rif réussit à convaincre ceux-ci d'accepter l'autorité de l'armée. Mais l'accord se fera à la dernière minute, après toutes sortes de péripéties.

Le plus beau succès remporté par le Directeur est le ralliement du général Miguel Cabanellas, commandant la cinquième région organique de Saragosse, l'une des plus importantes du pays, décisive de par sa situation stratégique. Avec sa barbe blanche, Cabanellas a un air noble et imposant ; républicain et libéral (au sens qu'on donne alors au mot), soupçonné d'être franc-maçon, il ne s'est résolu à entrer dans la conspiration que pour mettre un terme à l'anarchie qui ruine le pays. Pour lui, le but du Mouvement – c'est ce mot neutre que les conspirateurs emploient le plus souvent – est de restaurer l'autorité de l'État qui, dans sa forme juridique, doit rester républicain. D'où l'inquiétude de Mola, car Cabanellas, anticlérical, apprendrait-il les exigences des carlistes qu'il se retirerait aussitôt.

Travaillant d'arrache-pied, multipliant les rencontres, Emilio Mola rassemble les pièces du puzzle. Grâce à sa ténacité, la conspiration prend forme. Une fois lancé, le Mouvement doit aller vite. Malgré toutes les précautions dont s'entoure l'ancien chef de la Sûreté, il sait qu'il n'est pas à l'abri d'une fuite, d'une mutation ou d'une délation. Le temps travaille contre lui : plus il y aura de gens au courant de la conjuration, plus le risque augmentera. Il a choisi Galarza, surnommé « le Technicien », comme agent de liaison, tâche dont cet officier discret et efficace s'acquitte avec compétence. Grâce à ces deux hommes, Mola et Galarza, le secret ne sera pas *vraiment* éventé.

Le Directeur ne s'illusionne pas : les seules forces sur lesquelles il puisse compter sont les *requetés* et les militants de la Phalange. Les troupes stationnées dans les garnisons sont incertaines, leurs chefs souvent fidèles à la République ; les munitions dont les soldats disposent couvrent à peine les besoins d'une semaine de guerre ; l'armement est vétuste. Telle qu'elle se dessine dans son esprit, la géographie du bloc nationaliste comprend les zones agricoles, la Navarre, le León, les deux Castilles, peut-être la Galice. Si le soulèvement échouait à Barcelone, ce qui n'est pas à exclure, toutes les régions industrielles resteraient dans le camp adverse : la Catalogne et ses usines, le Pays basque avec ses houillères et ses hauts-fourneaux, sans doute les Asturies et ses bassins miniers, les provinces du Levant autour de Valence, sans parler de Madrid, la capitale politique.

Tout repose sur l'armée d'Afrique, la plus aguerrie, la mieux entraînée. Elle seule peut faire la différence. Car Mola – contrairement à Franco – en est persuadé, le sort de l'insurrection se jouera en quelques jours, deux semaines au plus. Son plan consiste à foncer sur Madrid, car il est convaincu que le succès dépendra de la chute de la capitale. Consulté, Franco ne le détrompe pas, tout en lui conseillant de redoubler de prudence et de ne pas prendre pour argent comptant les promesses des uns et des autres.

Pressé par le temps, le Directeur harcèle Franco, lui demandant de s'engager clairement. Plus il insiste, plus le commandant des Canaries se dérobe, exaspérant le Directeur par ses atermoiements. Que veut donc « Miss Canaries 1936 » avec son tango chaloupé, un pas en avant, deux pas en arrière ?

On imagine le choc que le Directeur aurait ressenti s'il avait pu lire la longue lettre, tortueuse et alambiquée, que « Miss Canaries » écrivait au même moment à Casares Quiroga, le président du Conseil. Son obscurité stimule, aujourd'hui encore, les talents de psychologues de nombre d'historiens qui cherchent à en percer le sens caché. Prenant prétexte d'un affrontement qui eut lieu à Alcalá de Henares entre miliciens et jeunes officiers, incident qui s'est terminé par des sanctions à l'encontre des seuls militaires, Franco se lance d'abord dans un long plaidoyer en faveur de l'armée, mécontente de l'injustice dont elle serait victime. Manœuvre aussi habile que tortueuse, puisque le général réduit la colère de ses pairs à des questions corporatistes, suggérant au passage qu'il serait aisé d'apaiser son mécontentement en réparant les offenses. Au cas où les autorités du Front populaire auraient eu vent des nombreux émissaires envoyés aux Canaries pour s'entretenir avec lui, la missive fournit une explication plausible : à cause de l'influence dont il jouit auprès de bon nombre de ses pairs, ceux-ci viennent l'informer de leurs griefs professionnels. Rien donc que de banal dans ces consultations. Franco ne montre-t-il pas, en avouant ces rencontres, sa parfaite bonne foi ? Il envoie par la même occasion un message de détresse sur l'état d'esprit qui règne au sein de l'institution, assorti d'un avertissement feutré.

Naturellement, les adversaires du général interprètent cette lettre comme une offre de services au gouvernement, certains suggérant qu'il serait même prêt à trahir Mola si Casares Quiroga lui proposait un poste. Quelques-uns vont encore plus loin dans l'interprétation psychologique : pour Bartolomé Bennassar[1], Franco, parvenu au faîte des honneurs, ne serait plus le jeune officier téméraire capable de risquer sa vie pour se distinguer, mais un notable satisfait de son sort, accroché à ses privilèges. On en revient toujours à l'ambition, seul moteur de ce personnage énigmatique. C'est sans doute Philippe Nourry[2] qui fournit l'explication la plus convaincante : outre une nouvelle marque de prudence, cet appel serait la dernière tentative pour se donner bonne conscience. Loyaliste jusqu'au bout, Franco souhaite, au moment de franchir le Rubicon, trouver une justification morale à son insubordination. Par cette lettre, il veut apaiser ses propres scrupules.

Deux expressions, dans cette analyse, sont à relever : *prudence*, vertu qu'on retrouve tout au long de sa vie, de sa jeunesse à sa mort ; *justification morale* :

1. Bartolomé Bennassar, ouvrage cité.
2. Philippe Nourry, ouvrage cité.

Franco n'est pas homme, en effet, à se jeter à la légère dans l'aventure. Au moment de franchir le pas, il veut pouvoir se dire qu'il a épuisé tous les recours.

Si on y réfléchit, la position de Franco semble, depuis la réunion de Madrid, cohérente. Il a fait inscrire dans le procès-verbal la clause prévoyant que le soulèvement n'aurait lieu qu'en cas de « circonstances d'une évidente gravité ». Il veut être sûr que Mola, en qui il a par ailleurs confiance, ne précipite pas le mouvement. Son tempo intérieur impose à Franco cette lenteur. Souhaitant mettre toutes les chances de succès de son côté, il attend qu'un événement d'une exceptionnelle gravité se produise, fournissant au soulèvement sa justification morale : on retrouve là ses scrupules. En aucun cas il ne veut que le Mouvement apparaisse comme un vulgaire *pronunciamiento*. Convaincu qu'il existe un complot communiste visant à s'emparer du pouvoir en Espagne, le soulèvement militaire ne saurait être pour lui qu'une guerre à outrance entre deux idéologies ennemies. Il faut que les enjeux soient nettement perçus par les Espagnols.

Confirmée par l'évolution du caballerisme, par l'emprise croissante du Parti communiste sur le Parti socialiste, cette analyse le conduit à guetter la faute. Contrairement à ce que ses adversaires ont souvent affirmé, sa prudence n'est pas politique ; elle ne trahit pas seulement une ambition personnelle : elle est bel et bien stratégique. Engagé dans une lutte implacable contre le bolchevisme, Franco guette l'instant où l'ennemi se découvrira. Il pense encore une fois en militaire.

Lorsque Mola fixe une date, le 16 juillet, puis le 17, l'Africain se retire de l'opération par un télégramme codé qui sème le désarroi dans l'entourage du Directeur. Franco va-t-il réellement se dérober ?

« Avec ou sans Franquito, tranche Sanjurjo, le soulèvement aura lieu. » Sans doute. Mais le résultat aurait-il été le même ? La plupart des généraux réfléchissent en termes politiques, les uns voulant restaurer la monarchie, les autres sauver la république, quelques-uns rêvant d'une révolution national-syndicaliste. La question du pouvoir reste un projet, une nostalgie ou un espoir. Pour Franco, l'écrasement du communisme relève de la foi, c'est une mystique qui le rend indéchiffrable à ses pairs et souvent opaque aux biographes, enclins à traduire en termes de psychologie ce qui relève de la croyance. Ses adversaires ricaneront de ce « *caudillo* d'Espagne par la grâce de Dieu ». Ils ont tort et raison : raison de rire de tant de prétention ; tort de négliger le sentiment qui habite le personnage, convaincu d'avoir été élu par Dieu pour terrasser le dragon marxiste.

Une autre nouvelle réjouit et inquiète Emilio Mola : le ralliement de Queipo de Llano, considéré comme républicain. C'est une recrue d'importance, mais difficile à manier. Mégalomane, alcoolique, il parle avec une volubilité extravagante. Capable d'accès de fureur et de sauvagerie, personne ne peut le contrôler. Pourtant, son revirement est sincère, conséquence de l'affront fait à don Aniceto Alcalá Zamora auquel il est vaguement apparenté depuis que l'un de ses fils a épousé la fille du président.

Par une manœuvre politicienne que Nourry qualifie d'« opération méprisable et parfaitement hypocrite [1] », Manuel Azaña obtient la destitution du président de la

1. Philippe Nourry, ouvrage cité.

République. Le prétexte ? La Constitution autorise le président à dissoudre deux fois les Cortes, mais si les députés jugent la seconde contestable, ils se réservent le droit de destituer le président. Faut-il rappeler que la deuxième dissolution a permis à Manuel Azaña et à ses amis de revenir au pouvoir ? Il y a quelque chose de bas dans cette intrigue sordide. Une fois de plus, Azaña, satisfaisant ses rancunes névrotiques, joue avec la Constitution.

Cette machination provoque une réaction d'écœurement, notamment chez bon nombre de militaires qui suggèrent au président démis d'en appeler à l'armée pour défendre la Constitution. Alcalá Zamora, caractère honnête, n'est pas l'homme des conspirations. Avec dignité, il se retire, part en croisière avec sa famille pour ne jamais revoir sa patrie. Il est enterré en Argentine, une poignée de terre espagnole dans son cercueil.

À la surprise générale, Azaña pose aussitôt sa candidature à la magistrature suprême. Est-il las des joutes politiciennes ? Veut-il, en accédant à la présidence, devenir l'arbitre entre les différentes factions ? Prieto l'a secondé dans cette intrigue, ce qui fournit une indication : Azaña l'appellerait à former le gouvernement, barrant ainsi la route à Largo Caballero. Pour les deux hommes, c'est la dernière chance de sauver la République en écartant les extrémistes. Mais Largo Caballero, avec l'appui de la majorité du parti, sabote le plan, interdisant à Prieto de former un cabinet. Une fois de plus, cet homme dominé et contrôlé par les communistes ruine les espoirs des modérés. La longue solitude de Manuel Azaña commence avec ce refus.

Est-ce l'exercice du pouvoir ? les échecs accumulés ? le sentiment d'impuissance ? Le nouveau président passe d'une inquiétante euphorie à un abattement sinistre. Pris d'un accès d'agitation maniaque, il donne l'impression de céder à la folie des grandeurs. Alors que son prédécesseur refusait d'habiter le palais d'Orient, Azaña s'y fait aménager des appartements qu'il meuble et décore avec faste ; il transforme aussi la résidence royale de Santander, réservée maintenant à la présidence. Il y a quelque chose de pathétique dans ce souci d'ostentation à un moment où le pays s'enfonce dans le chaos. Mais peut-être le président cherche-t-il à oublier cette situation désespérée en discutant avec les peintres, les tapissiers, les architectes ?

Après le refus des socialistes révolutionnaires, il a nommé l'un de ses amis, l'autonomiste galicien Casares Quiroga [1], chef d'un gouvernement fantomatique. Tuberculeux, souvent dépressif, c'est un homme instable, irascible, dépourvu de caractère. Deux grands malades se trouvent ainsi à la tête d'un État évanescent : situation quasi shakespearienne !

Devant les députés des Cortes, José Calvo Sotelo tire le sombre bilan de huit semaines de Front populaire : « ... 160 églises entièrement détruites ; 251 édifices religieux assaillis, partiellement incendiés ou saccagés ; 269 meurtres politiques ; 1 287 personnes blessées plus ou moins grièvement ; 10 sièges de journaux totalement anéantis ; 156 bombes et autres engins lancés sur la voie publique ; 113 grèves générales ; 228 partielles, etc. », avant de déclarer dans sa péroraison : « Ne nous illusionnons pas, un pays peut

---

1. Mauvais politicien, il a donné à la scène française l'une de ses plus grandes comédiennes, Maria Casarès. Pour cela, il lui sera beaucoup pardonné !

vivre en monarchie ou en république, sous un régime parlementaire ou sous un régime présidentiel, dans le communisme ou dans le fascisme, mais il ne peut pas vivre dans l'anarchie ! »

Calvo Sotelo n'était pas seul à faire ce constat ; dans l'autre camp aussi, on suivait avec attention une évolution de jour en jour plus explosive. Qu'aurait pensé Franco s'il avait pu lire le rapport qu'Arthur Stepanov, conseiller du Komintern en Espagne, venait de rédiger ? « Il ne fait pas de doute, écrivait-il, que ce pays connaît un processus historique analogue à celui qui s'engagea en Russie en 1917. Le Parti doit apprendre à appliquer la théorie des bolcheviques : une brève phase transitoire et, tout de suite après, les Soviets... »

La phase transitoire, c'est le Front populaire dont Largo Caballero prédit la fin : « Lorsque le Front populaire sera rompu – car il le sera –, le triomphe du prolétariat sera assuré. Nous imposerons alors sa dictature, ce qui signifie la répression contre les classes capitalistes et bourgeoises. »

En accord avec ses prophéties, Largo Caballero, toujours sous la coupe d'Alvarez del Vayo et du Komintern, consent à l'unification des Jeunesses socialistes et communistes, opération menée par Santiago Carrillo, alors dirigeant des Jeunesses socialistes et qui va, dans le plus grand secret, adhérer au Parti communiste. Jour après jour, la bolchevisation du Parti socialiste se poursuit malgré la résistance d'Indalecio Prieto, de Besteiro et de leurs amis.

Pour le 1er Mai, les Jeunesses socialistes unifiées (*urssifiées*, disent Prieto et ses amis) défileront sur la Castellana sous les portraits géants de Marx, Lénine, Staline et... Largo Caballero, « le Lénine espagnol ». Derrière leurs rideaux tirés, les habitants de ce quartier bourgeois regarderont la vaste houle des drapeaux rouges, écouteront les chants et les cris, contempleront la forêt de poings fermés, entendront la rhétorique enflammée de Largo Caballero. Comment la bourgeoisie libérale croirait-elle encore à l'existence d'un ordre républicain ? C'est bien à une parade dans le plus pur style stalinien qu'assistent les habitants du quartier.

Le dimanche 12 juillet vers 21 h 30, le lieutenant José Castillo, des *asaltos* (la police républicaine), traverse la rue pour regagner son domicile. Trois coups de feu retentissent ; il s'écroule cependant que les tueurs s'enfuient avant de se perdre dans la foule. Ce pourrait n'être qu'un meurtre de plus dans cette orgie de sang. Il aura pourtant des conséquences terribles. Transporté Puerta del Sol, son corps est déposé dans une pièce de la Sûreté générale aménagée en chapelle ardente. Toute la nuit les dirigeants du Front populaire, les syndicalistes et les chefs des milices défilent devant le cercueil recouvert d'un drapeau rouge.

Dans une caserne voisine, un capitaine de la Garde civile appartenant à l'entourage de Casares Quiroga décide, avec un groupe d'*asaltos*, de venger leur camarade en tuant l'un des chefs de la réaction « fasciste », Gil Robles ou Calvo Sotelo. Vers 2 heures du matin, ils partent en uniforme en direction du quartier de Salamanque. Gil Robles ayant quitté Madrid la veille pour Biarritz, ils se rabattent sur José Calvo Sotelo, député, chef de l'opposition monarchiste, ancien ministre du dictateur Primo de Rivera.

Au 89 de la rue Velázquez, les policiers en faction ne font aucune difficulté pour laisser monter un capitaine de la Garde civile, accompagné de plusieurs hommes en uniforme. Il est 3 heures du matin. Tiré du lit, le député monarchiste, les yeux encore gonflés de sommeil, vêtu de son pyjama à rayures, proteste avec force : « Vous pouvez perquisitionner, vous n'avez pas le droit d'arrêter un député aux Cortes ! » Il tend la main pour décrocher son téléphone, mais s'aperçoit que la ligne a été coupée. Il essaie de parlementer ; le capitaine Condes lui montre sa carte d'officier de la Garde civile : « J'ai l'ordre de vous conduire à la Sûreté nationale. – Je fais confiance à un capitaine de la Garde civile », répond le député qui ne se fait plus aucune illusion. Réveillés, les enfants ont quitté leur chambre et regardent sans comprendre. Leur père les rassure et leur ordonne de se recoucher en attendant son retour. Debout, le tueur assiste à la scène d'un air blasé : combien de fois a-t-il vu ce spectacle qui, dans les années à venir, va se reproduire des milliers de fois ? Cependant que Calvo Sotelo enfile un costume, sa femme rassemble à la hâte quelques affaires.

Le groupe quitte l'immeuble peu avant 4 heures du matin. Il fait déjà une chaleur accablante et Calvo Sotelo transpire à grosses gouttes en montant dans le véhicule découvert, une sorte de camionnette à bancs de couleur verte. Moins de cent mètres plus loin, il est abattu d'une balle dans la nuque. Ses assassins déposent son cadavre à la morgue du cimetière de l'Est, expliquant qu'ils ont trouvé ce « type » couché sur la chaussée, sûrement victime d'un règlement de comptes.

Le lendemain, lundi 13, la nouvelle se répand dans toute la ville, provoquant la stupeur, l'incrédulité, puis l'indignation et la fureur. Dans un pays civilisé, sous un régime qui se dit démocratique, des policiers en uniforme, dont un officier appartenant à la garde du Premier ministre[1], ont pu arrêter et assassiner l'un des chefs de l'opposition parlementaire ! Un silence lourd et angoissant s'abat sur la capitale, rompu seulement par les radios qui diffusent le communiqué du gouvernement : « Les coupables seront châtiés. » Écrasées sous une chape de métal en fusion, les rues sont vides. Terrés dans leurs appartements, leurs maisons, les Madrilènes sursautent au moindre bruit. Chaque Espagnol a compris que, cette fois, la guerre vient d'éclater.

À Santa Cruz, Franco apprend la nouvelle, puis lâche d'une voix tranquille : « C'est le moment ! » Il s'assied à son bureau pour rédiger les premières proclamations.

Ni Mola ni Sanjurjo n'y ont pensé, l'un absorbé par les préparatifs du soulèvement, le second par insouciance et vanité. Philippe Nourry n'a pas tort de parler à ce sujet de « révolution personnelle ». Alors qu'il a rejoint la conspiration bon dernier, l'appel de Franco va retentir le premier sur les ondes. Pour une majorité d'Espagnols comme pour les étrangers, c'est lui qui se « prononce », devenant de ce fait le chef moral du soulèvement. Le ton de sa déclaration est d'ailleurs celui d'un commandant suprême :

« Espagnols !

« Vous tous qu'étreint l'amour sacré de l'Espagne ; vous tous qui dans les rangs de l'armée et de la marine avez fait le serment de défendre la patrie jusqu'à la mort, la Nation aujourd'hui vous appelle !

« ... La Constitution violée par tous souffre une

---

1. Casares Quiroga a-t-il été tenu au courant ? Il semblerait qu'il ait consenti à une simple arrestation, présentée par Condes comme une opération préventive.

éclipse totale. Plus d'égalité devant la loi ! Une liberté enchaînée par la tyrannie et la fraternité foulée aux pieds par la haine et le crime... »

Il poursuit en développant un véritable programme politique qui fait aussi de son appel un manifeste :

« Nous vous offrons justice et égalité devant la loi. Paix et amour entre les Espagnols... Ainsi donnerons-nous pour la première fois dans ce pays un contenu réel à la trilogie que nous énumérons dans l'ordre suivant : FRATERNITÉ, LIBERTÉ, ÉGALITÉ ! Espagnols !... Vive l'Espagne !... Vive le noble peuple espagnol ! »

Ce qui frappe dans ce long appel, c'est son habileté. Il reste suffisamment vague pour que chaque famille politique composant la droite puisse y trouver son compte : les monarchistes n'y entendront rien qui exclue la restauration dont ils rêvent ; son nationalisme intransigeant et l'affirmation solennelle de l'unité satisferont les phalangistes ; même les carlistes peuvent se persuader que l'armée se soulève au nom de la patrie ; quant aux républicains, comment ne seraient-ils pas comblés par la répétition des mots « liberté », « fraternité », « égalité » ? Le manifeste contient, quand on l'examine avec attention, tous les ingrédients de la dictature franquiste, c'est une *zarzuela* à base de nationalisme à quoi sont mêlées les idéologies les plus diverses et même les plus contradictoires. Seule la signature assure à cette étrange mixture une indiscutable unité : Francisco Franco.

Comment aussi n'être pas étonné de cette soudaine activité succédant à trois mois d'une apparente léthargie ? Plus d'hésitation, aucun atermoiement, une vigueur calme et résolue. En un instant, l'Africain se départit de son immobilité pour passer à l'attaque. On retrouve ce tempo fait de calcul, de temporisation, puis de soudaine explosion. Il était déjà le même dans sa jeunesse.

Les travaux des historiens, notamment ceux de Javier Tusell[1], permettent de rétablir un certains nombre de faits aujourd'hui indiscutables : Francisco Franco n'a pas été l'instigateur d'un soulèvement qu'il n'a rejoint qu'à la dernière extrémité. L'âme du complot, c'est bien Emilio Mola Vidal, secondé par Galarza. Ce sont eux qui ont dressé les plans, rallié les indécis, fixé à chacun son rôle et sa place dans la conjuration. Avec ou sans Franco, la rébellion aurait éclaté.

Quand on a dit cela, on écarte pourtant la moitié de la vérité, car s'il est exact que Franco n'a pas été à l'origine de la conspiration, on doit rappeler qu'il y a été mêlé depuis le début. À Santa Cruz de Ténériffe, les émissaires de Mola n'ont cessé de le tenir informé, de lui transmettre des messages auxquels il a répondu, rectifiant les plans du Directeur, prodiguant des conseils qui sonnent souvent comme des instructions. Tout s'est fait sans lui, rien ne s'est fait sans son approbation. À la fois dehors et dedans, il a maintenu une position excentrique qui jamais n'a remis en cause le principe même du soulèvement. Il s'est ménagé une porte de sortie parce que le projet de ses pairs n'était pas tout à fait le sien. Ils voulaient se rebeller au nom de l'État, monarchiste ou républicain, alors qu'il entendait, lui, ne se soulever qu'au nom de l'Espagne – naturellement la sienne, celle incarnée par l'armée, c'est-à-dire par lui-même. Il fallait délivrer le pays des

1. Javier Tusell, *La Dictadura de Franco*, Madrid, Alianza Editorial, 1988.

communistes, non seulement physiquement, mais moralement. « Ce sera long, très long ; ce sera sanglant », ne cesse-t-il de répéter à ses interlocuteurs qui s'imaginent qu'il parle de la guerre. Mais il songe en réalité à une guerre de très longue durée, interminable, qui se poursuivra bien après le conflit, une guerre cosmique où l'Espagne, guidée et assistée par la Providence, pourfendra le Satan bolchevique.

Peut-être Largo Caballero était-il fou ; peut-être se prenait-il vraiment pour Lénine. Son délire a rencontré celui de Franco, produisant une atroce déflagration. Car c'est bien Largo Caballero et ses conseillers de l'ombre, manipulés par les agents du Komintern, qui fournissent au général les preuves dont sa paranoïa a besoin pour se sentir justifiée. Largo Caballero et Franco apparaissent comme deux adversaires farouches, ce sont deux jumeaux poursuivant des hallucinations parallèles. Il existe une parenté des extrémistes qui peuvent, avec une facilité déconcertante, passer d'un bord à l'autre.

Malgré leur activisme irresponsable, les anarchistes ont parfaitement saisi cette inquiétante parenté. Ils sont, dans leur passion désordonnée, ce qu'il y a peut-être de plus espagnol : épris d'une liberté absolue, d'une générosité folle, dévoués corps et âme à une utopie sublime, ce sont des mystiques de la fraternité universelle. Ils ont toujours flairé que « fascisme » et « stalinisme » étaient l'avers et l'envers d'une même monnaie, qu'ils voulaient en réalité la même chose, instaurer un ordre inhumain. Ils devinent aussi qu'ils deviendront les prochaines victimes de cet ordre, qu'il soit rouge ou noir.

Depuis deux mois, Mola d'abord, Kinderlán ensuite en tant que chef de l'aviation se sont préoccupés de dépêcher un avion aux Canaries afin de transporter Franco jusqu'au Maroc espagnol. Par Luca de Tena, directeur du journal *ABC*, ils réussissent à contacter Juan March, l'homme sans doute le plus riche d'Espagne, qui accepte aussitôt de financer l'opération. Loué à Londres par le correspondant du journal, Luis Bolín, le *Dragon rapide*[1] attend maintenant à l'aéroport de Las Palmas. Surveillé, suivi à la trace, Franco doit, sans éveiller le soupçon, trouver un motif pour se rendre dans la grande île. Le destin ou la chance lui fournissent le prétexte : le commandant de Las Palmas, le général Balmes, se tue en tentant de débloquer son pistolet enrayé[2]. Sollicité, le ministre ne peut que s'incliner : Franco quitte officiellement l'île de Ténériffe pour assister à l'enterrement.

Reste pour Franco le plus important : mettre Carmen et Nenuca à l'abri ; mais Juan March a tout prévu : il a fait déposer des fonds importants dans une banque et a organisé le départ de la famille du général pour Le Havre, à bord d'un paquebot allemand pour plus de sécurité.

Franco suit le cortège funèbre de Balmes, puis

1. Philippe Nourry raconte par le menu ce roman dans son livre parfaitement renseigné et documenté, qui, de plus, est bien écrit, dans un style nerveux. Depuis sa parution, les recherches historiques n'ont apporté que peu de découvertes, confirmant pour l'essentiel son récit.

2. Bien entendu, les adversaires du Caudillo le soupçonneront d'avoir fait assassiner Balmes – sans la moindre preuve. Tout démontre au contraire qu'il s'agit bien d'un accident. Il reste que ce fut un accident quasi providentiel. Mais il y aura bien d'autres événements « heureux »...

s'éclipse pour rejoindre, en costume civil, l'aéroport où, depuis trois jours, le pilote anglais attend, confiné dans une chambre.

L'avion décolle pour le Maroc où il doit faire escale à Agadir, puis à Casablanca. En bon journaliste, Luis Bolín accompagne le général qui s'est rasé la moustache. Il devra même partager sa chambre dans un médiocre hôtel de Casablanca. Ne voulant pas déranger le général, il éteint la lumière, et c'est dans l'obscurité qu'il entend, médusé, saisi d'inquiétude, la voix douce et tranquille dépeindre avec une froide lucidité les difficultés de l'entreprise. Comme un leitmotiv, la phrase revient : « Ce sera long, ce sera dur, ce sera sanglant. » À la fin, Bolín ne peut s'empêcher de demander : « Existe-t-il une chance de l'emporter ? » La voix nocturne lâche alors d'un ton ferme : « Nous vaincrons, nous ne pouvons pas ne pas gagner, parce que nous avons avec nous la force morale. »

Bolín n'oubliera pas cette nuit oppressante où, dans une obscurité moite, Franco, se parlant peut-être à lui-même, lui a décrit la sauvagerie d'un conflit qui n'avait pas encore commencé mais dont le général, imperturbable, soupesait chaque difficulté, ruinant ainsi ses illusions. À Casablanca, Luis Bolín bascula d'un siècle dans l'autre, réalisant que le XIXe siècle, et ses *pronunciamientos*, était bien mort et que s'ouvrait le XXe siècle avec ses guerres idéologiques implacables.

La conquête du pouvoir

1936-1938

Le lendemain, dimanche 19 juillet, Francisco Franco pose le pied sur l'aérodrome de Tétouan, accueilli avec un enthousiasme délirant par les officiers et soldats de son armée. À peine débarqué, on assiste chez lui à la même métamorphose qu'on avait constatée lors de son arrivée au Maroc à l'âge de dix-sept ans. Calme, méthodique, déterminé, il retrouve le ton et l'attitude du *caudillo*, le chef militaire. Malgré l'avalanche de mauvaises nouvelles, il reste serein, inspirant confiance à son entourage, insufflant son énergie. Alors que Sanjurjo reste le chef désigné, que les généraux vont nommer une junte chargée de diriger les opérations militaires, il parle, agit en commandant suprême. Diffusés sur les ondes de toutes les provinces acquises à l'insurrection, écoutés dans toute l'Espagne, ses messages et ses appels confirment cette impression.

Au pied de l'avion, sur un coin de table, Franco griffonne quelques mots au crayon : c'est une demande urgente d'armes et d'équipements, notamment d'avions ; il charge Bolín de se rendre d'abord à

Lisbonne afin d'obtenir la signature de Sanjurjo[1], le commandant en chef, puis de tenter de se procurer ces moyens n'importe où, en Grande-Bretagne, en Italie ou en Allemagne. C'est d'autant plus cocasse qu'il n'a pas d'argent pour payer et qu'il espère seulement que, pariant sur sa victoire, un gouvernement consentira à l'aider. Hitler n'a pas manqué de relever cette outrecuidance : quand on n'a pas d'argent, on ne fait pas la guerre ! a-t-il lâché brutalement.

On le sait, c'est l'Italie fasciste qui, la première, viendra au secours de Franco en lui envoyant quelques avions ; utiles, ils seront moins décisifs qu'on ne l'a dit, on le verra.

L'annonce de la défection de la flotte est un coup très rude ; depuis son passage au ministère de la Guerre, Franco comptait sur la marine pour transporter son armée. Après avoir vu *Le Cuirassé Potemkine* projeté sur les écrans de toute l'Espagne, les équipages se sont mutinés, ont massacré leurs officiers, jeté leurs corps à la mer. Les bâtiments de guerre sont maintenant en mesure – en principe – de bloquer le détroit. La question se pose, urgente : comment organiser le passage de près de 30 000 hommes, légionnaires et réguliers, sans compter leur matériel ?

Franco accuse le coup sans se départir de son flegme. Pas trace de découragement : il ne doute pas de la victoire. Entouré de son état-major, il étudie avec attention les cartes, dépouille les messages, tentant de se faire une idée précise de la situation qui, durant plus d'une semaine, reste confuse.

Comme prévu, Mola et ses *requetés* l'ont emporté

1. Toujours son légalisme !

au nord ; après avoir « nettoyé » la Navarre, le Directeur pousse d'une part vers l'Aragon, pour rejoindre les troupes de Cabanellas qui, sans difficulté, se sont emparées de Saragosse, massacrant des milliers d'anarchistes ; de l'autre, il envoie deux colonnes en direction d'Irún et de Saint-Sébastien, dans l'intention de couper la frontière française ; enfin il en dépêche trois autres en direction de Madrid mais, à court de munitions, ses soldats sont arrêtés dans la sierra de Guadarrama où ils découvrent les tranchées bétonnées que Franco avait fait fortifier lors de son passage au ministère de la Guerre. Ils s'y maintiendront plus de deux ans.

Mola peine à emporter la décision ; ses troupes avancent difficilement, rencontrant, notamment à Irún, une résistance farouche.

Une surprise heureuse : avec peu d'hommes, Queipo de Llano a réussi, par un coup d'audace inouï, à s'emparer de Séville, même s'il ne contrôle que le centre de la ville et l'aérodrome ; les quelques appareils civils qui s'y trouvent serviront d'avions de reconnaissance et permettront de larguer quelques bombes. En cette phase du soulèvement, on se trouve encore, on le constate, dans un conflit du siècle précédent, avec des moyens dérisoires.

Les pistes de l'aérodrome de Séville vont permettre à Franco de dépêcher une *bandera* de la Légion et un régiment de réguliers en renfort. À peine débarqués, ils se chargent de réduire la résistance des miliciens retranchés dans le faubourg populaire de Triana. En cinq jours, tout est consommé. Le « nettoyage » des campagnes environnantes débute alors. Un tiers seulement de l'Andalousie, avec Cordoue et Grenade, est au pouvoir des insurgés. Mais Algésiras et sa côte tombent aux mains des nationaux, ce qui offre à Franco la possibilité d'organiser le débarquement de son armée.

Entre Burgos, qui va devenir la capitale administrative et politique, et Séville, Badajoz et sa province restent dans le camp républicain. Plus que jamais le sort de ce qui n'est encore qu'une insurrection dépend, ainsi que Franco et Mola le prévoyaient, de l'armée mercenaire.

Fin juillet, Franco se rend en avion à Séville pour rencontrer celui qu'on nommera bientôt « le Vice-Roi de Séville ». Non seulement Queipo de Llano ne le reconnaît pas comme commandant en chef, mais il le traite avec condescendance, critiquant sa lenteur à transporter l'armée d'Afrique. Au lieu de s'offusquer, le Galicien fait profil bas, jouant, finaud, les modestes ; il convient que oui, il a tardé à organiser le transport de ses troupes, mais la cause du retard est le manque d'avions. Il annonce qu'il va bientôt faire franchir par mer un convoi de cargos, projet aussitôt critiqué par le Vice-Roi qui lui prédit un échec cinglant. Les navires de la flotte qui se trouvent dans le détroit attaqueront et couleront ses rafiots. La conversation se poursuit sur le même ton, Queipo de Llano traitant l'Africain en élève médiocre et borné, Franco se défendant avec patience et suavité.

C'est une saynète qui annonce les entretiens avec Hitler : l'arrogance et la brutalité d'un côté, une douce obstination de l'autre, noyée dans des protestations d'amitié.

Franco ne souhaite pas se brouiller avec Queipo car il aura besoin à tout le moins de sa neutralité au moment d'élire un commandant en chef de la rébellion. S'en faire un ami est tâche impossible ; un allié, pas davantage, car Queipo a l'expérience de la trahison. Il s'agit seulement de l'amadouer en paraissant terne, sans relief, inoffensif. En essuyant le mépris d'un Vice-Roi infatué, en acceptant d'écouter ses leçons avec une humilité feinte, Franco réussit à persuader son vis-à-vis qu'il n'a rien à craindre de lui.

Dans toute la ville, le Galicien a pu voir le portrait de Queipo placardé sur les murs, dans les devantures des boutiques ; son profil décore des assiettes, des cendriers ; son nom figure chaque matin en première page des journaux, notamment d'*ABC*, alors édité à Séville. Chaque soir, au micro de Radio-Séville, le Vice-Roi éructe des insanités, profère menaces et insultes ; souvent ivre, il tonne dans un style ordurier, d'un machisme brutal, promettant aux femmes des Rouges qu'elles goûteront bientôt la force virile des Marocains et des légionnaires qui sont, eux, de véritables hommes ; à cette évocation, il ne recule pas devant les détails les plus crus. Il jure que pour un nationaliste tué, il fera fusiller dix Rouges, statistique macabre qui se révélera exacte. Écoutées dans tout le pays avec un amusement suspect, ces harangues avinées feront du « Général Micro » une figure populaire, célébrité qui en dit long sur l'état des mentalités.

Au micro de Radio-Madrid, une femme surnommée Isabel, son deuxième prénom, lui donnera, souvent avec esprit, la réplique : c'était ma mère.

Fin psychologue, le Galicien devine que Queipo n'a ni l'envergure, ni même l'ambition suffisante pour devenir un rival. Il se contentera de son royaume andalou sur lequel il exerce un pouvoir absolu. Si on le laisse tranquille dans son califat, il n'opposera pas de résistance. D'ailleurs, le directeur d'*ABC*, Luca de Tena, a, comme la majorité des monarchistes alphonsistes, choisi Franco. Imprévisible, fantasque, avec des velléités « sociales », se mêlant de tout, imaginant de réformer l'agriculture, le Vice-Roi n'inspire pas confiance. Dans la presse, les milieux d'affaires, dans ceux de l'industrie, parmi toute la haute bourgeoisie, on mise sur le calme, la réserve de Franco dont les nerfs semblent à toute épreuve. Sa personnalité froide offre des gages de sérieux. Avec lui, aucun risque d'improvisation hasardeuse. Pour l'opinion internationale, en Allemagne et en Italie, c'est aussi le Galicien qui apparaît comme le chef indiscutable.

Pourtant, sa situation demeure excentrique. Cabanellas préside à Burgos la junte des généraux dont Franco n'est pas même membre ; certains historiens avancent que cet organisme a été créé pour diminuer l'influence du Galicien. Ce n'est pas exclu. En Navarre, Mola jouit d'une autorité incontestable sans qu'on puisse dire s'il cache ou non des ambitions politiques. Et à Lisbonne, il y a toujours le généralissime désigné, Sanjurjo. Rien n'est donc encore gagné.

« On ne voit pas comment il serait possible de comprendre la vie de Francisco Franco sans faire référence à la chance », écrit Bennassar[1]. On l'a déjà constaté depuis sa jeunesse africaine, quand le jeune lieutenant défiait impunément la mort, ou lors de sa blessure d'El Buitz qui aurait dû couper court à ses ambitions. Les Rifains disaient que, protégé par Allah, il avait la *baraka*, impression confirmée lors du débarquement d'Alhucemas. Chaque fois, Franco sort indemne ; chaque fois, il défie le destin et remporte la victoire. La mort accidentelle de Balmes survient à

1. Bartolomé Bennassar, ouvrage cité.

l'instant décisif, lorsque, bloqué à Ténériffe, étroitement surveillé, il ne sait comment quitter l'île sans éveiller les soupçons. Maintenant, c'est au tour du généralissime désigné, Sanjurjo, de disparaître dans un accident d'avion au moment où il décollait à destination de Burgos. Mort causée par la vanité [1], elle lève un obstacle majeur sur la voie qui est censée conduire le Galicien au sommet.

Ce sentiment de jouir d'une mystérieuse protection, nous l'exprimons par le mot « chance », alors que Franco le nomme « Providence ». Il y verra partout les signes d'une prédestination, d'un dessein de Dieu, d'une intervention de la Vierge et des saints. Avec componction, il relèvera que ses plus belles victoires ont eu lieu le jour de la fête de saint Jacques, patron des armées espagnoles, ou de celle de Notre-Dame. Petit à petit, on le voit se couler dans le personnage de l'homme élu par Dieu pour régénérer l'Espagne. Stratégie ? Oui et non. En proie depuis l'enfance à une incertitude essentielle, Franco a eu besoin, pour se rassurer, de se sentir investi par une autorité supérieure – l'armée, le roi, la république ; désormais livré à lui-même, il se réfugie auprès de la Divinité. Plus les mois passeront, plus la guerre s'intensifiera, plus ses responsabilités deviendront écrasantes, plus aussi sa dévotion deviendra ostentatoire et superstitieuse.

---

1. Salazar, favorable au soulèvement, ne souhaitait pas que son appui apparaisse au grand jour ; il interdit à l'appareil de décoller de Lisbonne, choisissant un terrain discret, cerné de bois de pins. Contre l'avis du pilote qui redoutait une surcharge, le Lion du Rif tint à emporter une énorme malle contenant les uniformes qu'il voulait revêtir à l'occasion de son sacre comme généralissime. À peine avait-il décollé, l'avion perdit de l'altitude, heurta la cime des pins et s'écrasa. Sanjurjo fut tué sur le coup.

Quel que soit le terme choisi, il y a en effet quelque chose d'inexplicable dans cette interminable liste de coïncidences. Bien entendu, ses adversaires, refusant la part du mystère, soupçonneront des conspirations, des assassinats [1]. Force est pourtant de se rendre à l'évidence : ni la mort de Balmes ni celle du Lion du Rif ne présentent la moindre obscurité.

Alors qu'il est tenu à l'écart par Cabanellas et les généraux de la junte, Franco fait comme si leur autorité n'avait aucune consistance. Imperturbable, il poursuit son chemin. Ce n'est pas chez lui fatuité ou outrecuidance, mais le résultat d'une analyse exacte de la situation. Comme il l'avait toujours pensé, le soulèvement piétine. Le succès va dépendre de l'intervention de l'armée d'Afrique. Le succès des armes fondera son pouvoir.

En attendant, il continue d'agir en commandant suprême. Du haut du balcon de l'hôtel de ville, à Séville, il fait hisser le drapeau monarchiste, rouge et or, en lançant à la foule : « C'est votre drapeau, je vous le rends ! » Queipo, debout à ses côtés, cautionne par sa présence ce retournement. Alors qu'il termine chacune de ses allocutions par un retentissant « Vive la République ! » et qu'il avait fomenté un coup d'État contre Alphonse XIII, il baise, après Franco, le drapeau monarchiste tandis que, au milieu d'un enthousiasme fou, plus de cent mille personnes hurlent leur joie.

---

1. Sans apporter l'ombre d'une preuve, José Luis de Vilallonga accuse des partisans du Caudillo d'avoir tué Balmes pour lui permettre de gagner Las Palmas, mais la trajectoire de la balle, les circonstances de l'accident démentent cette hypothèse « romanesque ». Ce fut plus simple, plus bête, et le mot « chance » cadre mieux avec les faits.

Geste symbolique d'une incontestable habileté de la part de Franco, car il lui vaut l'attachement des monarchistes, persuadés que le Galicien songe à une prompte restauration. Il lui attire aussi la sympathie des carlistes. Seuls les phalangistes renâclent.

En réalité, le choix du drapeau ne présage en rien, pour lui, de la nature du futur régime. Il fournit pourtant une indication : c'est bien dans la fidélité à la tradition qu'il entend s'inscrire. Les phalangistes ne se trompent pas en soupçonnant le Galicien de n'être qu'un conservateur. Acclamé aux cris de : « Franco, Franco, Franco ! », il a pris, avec ce choix, une option sur le pouvoir. Il soude les différentes factions du camp nationaliste, unifiant les forces non par tactique politique, mais guidé par un souci d'efficacité. L'Espagne nouvelle doit être unie tout comme l'armée est une. N'est-ce pas la même chose, puisque l'Espagne en guerre devra obéir aux ordres du commandement, respecter la hiérarchie, se soumettre à la discipline ? A-t-il jamais eu une pensée autre que militaire ?

À Madrid et à Barcelone le soulèvement a échoué [1], laissant à la République les régions les plus riches, la Catalogne et son industrie, le Pays basque avec Bilbao et ses hauts fourneaux, ses chantiers navals, ses aciéries ; les Asturies, à l'exception d'Oviedo, sont également dans les mains des Rouges, avec leurs arsenaux et leurs mines.

Au micro de Radio-Madrid, Indalecío Prieto traite de « fous » les rebelles qui, assure-t-il, ne peuvent en

1. Le général Goded, gouverneur militaire de Catalogne, la plus importante place militaire avec Madrid, sera jugé et fusillé. Après Sanjurjo, il était le seul à pouvoir faire de l'ombre à Franco.

aucun cas l'emporter, la République disposant de tous les atouts : les régions les plus dynamiques, dont Valence, avec l'exportation des agrumes, principale richesse du pays, une majorité de l'armée, l'aviation, la marine, l'or de la Banque d'Espagne qui représente la quatrième réserve au monde. Argumentation irréfutable que les événements démentiront : il ne suffit pas de jouir d'une supériorité pour vaincre. Il y faut la discipline, la compétence, une stratégie claire, un commandement écouté.

Contrairement à ce qui se dit, s'écrit encore, il n'y a pas d'un côté une république démunie, une armée moderne et suréquipée de l'autre. En réalité, il n'y a pas de république du tout, non plus que de démocratie menacée par le fascisme. Il existe une fiction républicaine, avec un gouvernement, des ministres, des palais, mais cette chimère ne possède ni autorité ni volonté, seulement des apparences. C'est un État fictif, un outil de propagande. Pietro Nenni le constate, écrivant qu'il n'a trouvé nulle part de fonctionnaires efficaces ou tout simplement informés, mais des hommes égarés, affolés, dépassés. Nin, le leader du POUM, parti marxiste antistalinien, dresse le même constat.

En deux semaines, la réalité du pouvoir est passée aux mains des syndicats, des partis politiques, de leurs milices, parachevant une évolution qui se précisait depuis plusieurs années.

Le 18 juillet, Casares Quiroga déclare : « Personne, absolument personne en métropole n'a rejoint cette aventure absurde. » L'un de ses proches collaborateurs dira que la présidence du gouvernement était devenue une maison de fous, le Premier ministre vociférant pour s'effondrer brusquement et se coucher, épuisé, sur un canapé installé dans son bureau. Refusant de voir la réalité en face, il continuait d'affirmer haut et fort que le gouvernement avait la situation en main. La tuberculose explique peut-être son état d'égarement et ses accès d'abattement. Les huit jours décisifs, note Beevor[1], ceux où le soulèvement pouvait être facilement écrasé, seront en tout cas perdus faute d'une autorité reconnue par tous.

Pas davantage de lucidité chez le président qui tantôt s'agite, tantôt s'effondre. Il démissionne le pâle Casares Quiroga, appelle l'un de ses amis, Martínez Barrio, lui confiant la mission de prendre langue avec Mola. Mais le général refuse tout compromis et des manifestations géantes se déroulent à Madrid. Le gouvernement Martínez Barrio disparaît aussitôt : il aura vécu moins de quarante-huit heures. « En quelques minutes, la manifestation politique avait entraîné la ruine de mon gouvernement, écrira-t-il. Il était insensé de me demander de combattre la rébellion militaire avec de simples ombres dépouillées de toute autorité et conservant ridiculement le titre de ministres. » Si le chef du gouvernement traite d'ombres sans autorité les ministres en place, n'est-il pas loufoque, en 2008, de continuer de parler de « République » ou même de « démocratie » ?

Après l'expérience de Martínez Barrio, Azaña choisit un autre de ses amis, José Giral, qui ordonne la dissolution de l'armée et fait distribuer des armes aux milices. Avec ces décisions, les choses au moins sont claires : le pouvoir est désormais dans la rue.

À bord des voitures réquisitionnées, les miliciens paradent dans les rues de Madrid en brandissant leurs fusils. Avec leurs petites amies, ils font irruption dans

1. Anthony Beevor, ouvrage cité.

les restaurants huppés, commandent les plats les plus rares, sablent le champagne, repartent sans payer ; ils choisissent dans les boutiques de luxe des parfums, de la lingerie fine, des fourrures. C'est la grande nouba révolutionnaire. Partout on déclame, on harangue. Aucun de ces jeunes miliciens ne doute que la Révolution soit en marche ; l'ancien monde a disparu ; le nouveau promet une jouissance immédiate et infinie.

On réquisitionne les palais, les appartements, on les dépouille de leurs trésors. Des artistes de gauche s'installent dans les demeures de l'aristocratie, y donnent des fêtes somptueuses. Les palaces sont occupés par les légations amies, notamment les communistes : hongrois, tchèques, polonais, allemands, russes, ils débarquent par centaines, conseillers militaires, spécialistes du renseignement, vrais et faux diplomates, financiers, spécialistes de l'armement. Attirés par ce parfum d'épopée révolutionnaire, les journalistes étrangers affluent à leur tour dans la capitale ; fêtés, choyés, ils répandent dans le monde entier l'image d'une Espagne ivre de liberté, fraternelle et joyeuse. Ne manquent pas non plus dans ce pèlerinage les grandes vedettes de la littérature et du spectacle venues respirer le parfum de la poudre. Bientôt on les conduira dans les tranchées où elles se feront photographier, brandissant un fusil. André Malraux va bâtir sa légende avec son escadrille, même s'il aura fait payer cher au gouvernement son appui.

Devenue mythique, la guerre d'Espagne appartient dès lors à la littérature davantage qu'à l'Histoire au sens strict. Tous les mots ressortissent à la légende. Ainsi ceux de « république », de « démocratie » qui suggèrent un équilibre des pouvoirs, un régime de tolérance et de liberté. Ainsi celui de « peuple ».

On continue d'écrire que Casares serait responsable des défaites des premières semaines, ayant refusé d'armer « le peuple », sans préciser qu'il s'agissait d'un « peuple » formé des syndicats et de leurs milices. On oublie qu'il existait aussi un peuple des campagnes qui ralliera en majorité le camp des insurgés ; on néglige un peuple muet, anonyme, qui traversera la guerre avec l'unique préoccupation de survivre. C'est dans ce contexte de désorganisation totale qu'il faut comprendre le refus de Casares Quiroga, épouvanté à l'idée de distribuer des armes à des factions politiques. Au sein de cet État en déliquescence prévaut la crainte d'aggraver le conflit en s'appuyant sur des forces ouvertement révolutionnaires qui ne se cachent pas de vouloir abattre l'État, les uns par conviction, les autres par calcul.

La contradiction dans laquelle se débattent ces ministres est que l'État de droit qu'ils voudraient préserver en fait n'existe plus, peut-être même depuis 1934. Ils n'arrivent pas à se dégager de la fiction républicaine et légaliste, mais ne trouvent devant eux ni administration, ni armée, ni flotte, ni aviation, situation qui ne cessera, tout au long de la guerre, de s'aggraver. Face à une armée disciplinée, hiérarchisée, face à un embryon de gouvernement autoritaire et solide, apparaîtra la nécessité pour ces fantômes de recréer une armée, de redonner de la vigueur au gouvernement, de tourner le dos aux improvisations révolutionnaires. C'est cette situation-là véritablement tragique qui va donner corps à la légende et entretenir le mythe.

République ou révolution ? Pour les anarchistes,

conséquents, accrochés à leur idéal d'un communisme libertaire, le dilemme ne souffre aucun compromis. Entrer dans les raisons de l'État fort, accepter la discipline de l'armée, se soumettre à la hiérarchie, c'est renoncer à leur identité. Ils devront pourtant, eux aussi, passer un jour sous les fourches caudines et accepter, si même en maugréant, de siéger au gouvernement et de reconnaître l'indispensable discipline.

Sur quelles forces cet État revigoré pourrait-il s'appuyer ? Celles qui forment le Front populaire ? On a vu que les anarchistes refusent depuis le premier jour de s'incliner devant l'autorité ; les socialistes révolutionnaires, avec Largo Caballero, ne cachent pas leur intention de détruire l'État républicain pour instaurer la dictature du prolétariat. Il ne reste que les communistes qui, eux, veulent un État fort, une armée disciplinée, une autorité indiscutable. Mais veulent-ils d'une république libérale ou bien d'une démocratie populaire ? Les anarchistes, les militants antistaliniens du POUM, les sociaux-démocrates autour de Besteiro et d'Indalecío Prieto, tous se méfient des communistes qui, petit à petit, s'emparent des leviers de commande. Il suffit de lire Beevor[1], pourtant favorable aux gauches, pour découvrir comment l'armée et la police secrète tombent au fil des semaines sous leur coupe. Même Largo Caballero, que les envoyés de Staline surnomment « le Vieux », arraché soudain à ses illuminations léninistes, finira par réagir et tenter de stopper la mainmise des communistes sur l'armée. Il sera alors brutalement écarté, insulté par les mêmes journaux qui, un an plus tôt, l'encensaient, et traité de

1. Anthony Beevor, ouvrage cité.

« pacifiste », l'injure suprême. A-t-il alors compris ce qui lui arrivait ?

Il existe une guerre d'Espagne mythique ; il existe dans la réalité des guerres toutes d'une égale férocité.

Si tant de Français s'accrochent encore à la légende, c'est sans doute que le mot « révolution » éveille dans leur inconscient des résonances profondes. Combien de temps a-t-il fallu pour que les tueries de Vendée accèdent à la lumière ? Combien de temps pour que l'hécatombe du communisme réel soit reconnue, avec d'ailleurs bien des réticences ? Deux mots ont recouvert le conflit ibérique d'un manteau de rhétorique : *république*, fiction de justice et de liberté ; *révolution*, espérance aussi vague que lumineuse, une parousie.

Ils ont séduit et convaincu parce qu'ils reposent sur un fond de réalité. Il existait bien en effet une république, dotée d'une Constitution, appuyée par des partis politiques, reconnue par les gouvernements étrangers, mais elle n'était qu'une de ces façades commandées en Russie par Potemkine pour éblouir l'impératrice. On pouvait y croire, puisqu'on la voyait. Qui donc se préoccupe de regarder au-delà des apparences ?

Il y avait non pas une, mais des révolutions qui possédaient, elles aussi, des fondements concrets, à commencer par des visages émouvants, d'une générosité et d'un courage admirables. Comment le vieux fonds chrétien n'aurait-il pas été remué de pitié devant ces figures sculptées par la misère, burinées par la souffrance ? Chaque photographie publiée dans les journaux montrait à la chrétienté, fût-elle devenue laïque, la célébration du pauvre, son combat désespéré pour défendre sa dignité. L'Espagne tout entière devenait une scène où se jouait le mystère de l'Incarnation, la crucifixion de l'Innocent.

Qu'y avait-il de l'autre côté ? Des uniformes, des soutanes, des marquises fanées, des *señoritos* arrogants. On ne voyait pas les visages des paysans descendus de leurs montagnes et qui, en longues colonnes, défilaient dans les rues de Pampelune, coiffés de leurs bérets, chaussés d'espadrilles ; ni ces dizaines de milliers de Canariens qui répondaient à l'appel de Franco ; on ne voyait pas ces laboureurs castillans qui marchaient très droits, figés dans leur orgueil séculaire. On ne voyait pas cet autre peuple, parce que l'armée, en les revêtant d'un uniforme, les diluait dans l'institution. La machine à tuer, dira-t-on de cette armée ; il faudrait rappeler que ce fut aussi une machine à mourir, souvent avec héroïsme.

Aucun des deux camps n'eut l'exclusivité de l'enthousiasme ni celle du courage. La vérité, c'est que le mythe se nourrit d'images qui, si pathétiques soient-elles, réduisent la réalité, la déforment, cachant autant qu'elles montrent.

On continue d'écrire que les avions italiens permirent à Franco de transporter son armée en métropole. En réalité, lorsque ces appareils arrivèrent, une grande partie de l'armée d'Afrique avait déjà traversé le détroit.

Par un de ces coups d'audace dont sa carrière militaire fournit de nombreux exemples, Franco a décidé de forcer le passage malgré les avertissements et mises en garde des officiers qui l'entourent, notamment Yagüe, opposé à l'aventure.

Deux cuirassés rouges mouillent dans le port de Tanger, sans doute aux aguets. Le Galicien fait le calcul que, privés de leurs officiers, les équipages se révéleront incapables de manœuvrer. Réquisitionnant des dizaines de bateaux, utilisant les deux avions dont il dispose pour intimider les bâtiments républicains, il embarque près de 8 000 hommes et leur matériel.

C'est le 5 août 1936, fête de Notre-Dame d'Afrique. Entouré des officiers de son état-major qui ont du mal à dissimuler leur inquiétude, Franco suit aux jumelles la progression de la petite flotte de débarquement, escortée par deux torpilleurs et survolée par les trois avions dont il dispose. Autour du général, tous essaient de faire bonne figure, bavardant et plaisantant. Lorsque le torpilleur gouvernemental *Alcalá Galiano* apparaît, filant vers la modeste armada, les conversations s'arrêtent, mais, comme Franco l'a prévu, il suffira d'une brève canonnade du *Dato* et du survol de deux avions pour obliger l'*Alcalá Galiano* à faire demi-tour. Franco, qui peut apercevoir les côtes espagnoles, suit chaque étape de la traversée et voit le convoi atteindre le port d'Algésiras. Quelques minutes plus tard, les avions survolent le mont Acho en battant des ailes en signe de succès. Souriant, le général se tourne vers les officiers : « Comme le temps a passé vite en bavardant avec vous !... » C'est là son humour glacé, manière de calmer la tension. À chaque moment critique, il fera preuve de la même sérénité. Rien ne semble pouvoir entamer son impassibilité.

« Ce ne sont pas les avions italiens ou allemands qui ont pour l'essentiel permis la traversée du détroit. Ils ont été très utiles, sans plus », constate Bennassar [1]. On n'en continue pas moins de répéter que, sans l'aide des Allemands et des Italiens, Franco n'aurait jamais

1. Bartolomé Bennassar, ouvrage cité.

pu faire passer son armée en métropole. Pour ses adversaires, c'est un fasciste qui ne doit sa victoire qu'aux régimes fascistes. Tout ce qui peut réfuter ce dogme est écarté ou nié. Entre la fin juillet et la fin septembre, près de 30 000 hommes avec leur équipement sont transportés par mer ou par air. Avec le débarquement de cette armée la guerre va changer de visage.

Tout de suite après cette traversée, Franco se rend au sanctuaire de Notre-Dame d'Afrique pour se recueillir. Jusqu'alors, on l'a constaté, sa religion était plutôt tiède. Elle va dorénavant tourner au mysticisme guerrier, avec l'emploi de cette formule qu'il a jetée sans peut-être en mesurer la portée : « croisade », un mot chargé en Espagne d'une signification profonde, puisqu'il renvoie aux longs siècles de la Reconquête. Comme tous les mots ayant des résonances inconscientes et affectives, il imprégnera petit à petit l'esprit du Caudillo. Franco se glissera dans ce mot, l'habitera, s'en fera une armure à la fois idéologique et psychologique.

Avec la légèreté d'un esprit superficiel, José Luis de Vilallonga [1] rend Carmen Polo responsable de cette conversion. Nouvelle lady Macbeth, elle aurait habillé de bigotisme la vacuité intérieure de son mari. Mais le jour où Franco prie dans le sanctuaire de Notre-Dame d'Afrique, Carmen se trouve en France avec Nenuca. Elle n'est pas non plus là lorsqu'il jette pour la première fois le mot « croisade ». L'explication par l'influence néfaste de sa femme me semble donc paresseuse. Il faut plutôt rapprocher sa conversion de la lettre qu'il écrivit à Casarès Quiroga au moment

1. José Luis de Vilallonga, ouvrage cité.

de se lancer dans l'aventure. Dans les deux cas, le mécanisme est le même : trouver une justification morale à la désobéissance. Or quelle justification morale plus forte que celle qui consiste à s'ériger en défenseur de la foi ?

Bennassar pèche par naïveté quand il prétend que si les socialistes de Prieto avaient, comme Azaña le souhaitait, formé un gouvernement, ils auraient réussi à bloquer le détroit, empêchant Franco et son armée de débarquer. Mieux que personne, l'historien sait que les ordres du gouvernement n'étaient pas obéis depuis des années. Prieto aurait-il pu prévenir la rébellion des équipages de la flotte ? empêcher le massacre des officiers ? Ce sont là des hypothèses d'école qui ne tiennent aucun compte de la réalité. Prieto avait-il empêché le soulèvement des Asturies ? Le pouvoir n'était plus dans le gouvernement, il se trouvait entre les mains des syndicats, des milices armées. On peut toujours tenter de réécrire l'Histoire, on ne saurait nier ce qui a été. Décapitée, la marine ne servira à rien, ou à presque rien ; elle restera mouillée dans le port de Carthagène, sans livrer combat.

« La marine républicaine n'a pas fait son devoir », constate froidement le conseiller soviétique dans un rapport envoyé à Moscou. Mais les marins ont fait ce que fait alors toute l'Espagne dite républicaine : la révolution.

Caudillo

1936

Il n'est nul besoin d'être un expert militaire pour saisir le but de l'offensive lancée par l'armée d'Afrique commandée par le lieutenant-colonel Yagüe. Partant du sud, il fonce à toute vitesse vers le nord, en longeant la frontière portugaise, afin de souder les deux zones nationalistes. Suivant les instructions de Franco, il fait un crochet vers l'est pour s'emparer de Badajoz. Mis devant une carte d'Espagne, même un enfant de huit ans comprendrait le but de la manœuvre. Acquis à la cause nationaliste, Salazar ne veut pas encore montrer son soutien ; en demandant à Yagüe de prendre la capitale de la province, l'intention du général est de permettre aux armes de transiter d'un pays à l'autre sans alerter l'opinion internationale. Aucune ville d'importance ne doit rester au pouvoir des Rouges à proximité de la frontière.

Ce qu'on a du mal à comprendre, c'est le dessein poursuivi par le général en permettant à la presse étrangère de pénétrer avec les légionnaires et les Maures dans la ville qui, après une courte résistance, se rend. Une abominable tuerie a lieu sous les regards épouvantés des journalistes. On massacre sans pitié les combattants des milices, mais également les civils. On tue jusque sur les marches de l'autel dans la cathédrale ; on assassine en masse dans les arènes. Dans la fournaise d'un été étouffant, une odeur pestilentielle s'élève au-dessus de Badajoz qui, pour le monde entier, devient le symbole de la barbarie franquiste. On abat les prisonniers[1]. Jonchées de cadavres, les rues offrent un spectacle de dévastation.

Aux correspondants de presse qui s'étonnent d'une telle sauvagerie Yagüe répond en haussant les épaules : pense-t-on qu'il allait laisser derrière lui une telle masse d'ennemis ? Il livre la guerre qu'il connaît, celle qu'il a apprise au Maroc, la seule que ses mercenaires sachent faire. Il la fait comme il l'a déjà pratiquée dans les Asturies, sans l'ombre d'un scrupule. Il sait que Franco le couvre ; il sait que ses hommes, notamment les Réguliers, n'accepteraient pas de se battre autrement. Il ferme les yeux devant les pires exactions, devant les mutilations que les Maures infligent aux morts. Il les laisse voler, piller, violer, torturer.

Qu'a voulu Franco en donnant à voir ce spectacle d'horreur ? On s'interroge en vain. Peut-être a-t-il souhaité, par cet exemple terrible, manifester son inflexible détermination ? Peut-être cherche-t-il à intimider l'adversaire en lui montrant que la guerre sera sans merci ni pitié ? Si c'est le cas, son but est atteint. La nouvelle de ces massacres à peine connue, c'est, à Madrid, à Barcelone, à Valence, à Bilbao, un cri d'horreur et d'indignation, suivi d'un élan de fureur

1. Je ne cite pas ici de chiffres, chaque historien fournissant les siens, souvent fantaisistes. Faits pour marquer l'imagination, ils ne répondent à aucun critère rationnel.

qui, hélas, va faire à nouveau des milliers de victimes. Il est possible que tel soit l'objectif que Franco s'est fixé par cette débauche de cruauté : durcir les positions des deux camps, démontrer qu'aucune compromission ne sera possible. On retrouve là le commandant de la Légion, son implacable dureté, sa froideur.

Toute la campagne de Yagüe, conduite avec un incontestable brio, accumulant les victoires, rappelle les campagnes du Rif. Légionnaires et Maures font preuve d'autant de bravoure que de sauvagerie, semant partout l'épouvante. Au cri de *¡Que vienen los Moros !* (« Les Maures arrivent ! »), les populations s'enfuient, courent affolées sur les routes. Excellents soldats, Beevor le relève [1], quand ils sont sur la défensive, abrités par des murs, retranchés dans leurs maisons, les miliciens, pris de panique, se débandent en rase campagne devant les charges des légionnaires. Sans marquer la moindre pause, Yagüe continue de foncer, laissant aux phalangistes le soin de « nettoyer » l'arrière. Sur son passage, ce sont les mêmes scènes de terreur. À Mérida, une nouvelle boucherie a lieu. Yagüe court en laissant derrière lui une trace sanglante. En huit semaines, il couvre plus de cinq cents kilomètres, vitesse de progression qui sera seulement dépassée par l'armée allemande en 1940. Après avoir fait la jonction avec la zone nord, il pique vers l'est et fonce vers Madrid.

Ses victoires ont frappé de stupeur le gouvernement comme les habitants de la capitale qui s'attendent à subir à leur tour l'assaut des légionnaires et des Maures. Chacun entrevoit la possibilité d'un effondrement subit, les uns pour s'en réjouir, les autres avec

---

1. Anthony Beevor, ouvrage cité.

désespoir. En toute discrétion, Manuel Azaña quitte Madrid pour s'installer à Barcelone, près de la frontière française.

Tous ont maintenant compris qu'il ne s'agit pas là d'un *pronunciamiento*, mais d'une guerre implacable conduite avec méthode et opiniâtreté. Chacun sent au fond de soi que cette lutte acharnée condense toutes les haines accumulées depuis des siècles. Tous savent aussi que cet impitoyable conflit était souhaité, espéré des deux côtés. Avec son extraordinaire droiture, Federica Montseny le reconnaît : « Nous attendions tous cette révolution, mais pas si tôt. »

Les victoires de Yagüe et de l'armée d'Afrique ont également fait de Franco le commandant en chef. Au nord, Mola remporte des victoires difficiles. Il se sent en état d'infériorité. Queipo de Llano, à Séville, est occupé à étendre son royaume et n'a qu'une pensée : tuer, tuer, tuer sans répit. C'est le moment, pour le Galicien, de convoquer, près de Salamanque, une réunion des généraux composant la junte qui ont fini par lui octroyer, comme un os à ronger, un siège de simple conseiller technique.

La discussion dure toute la journée avec, à son ordre du jour, une seule question : la nomination d'un chef unique, commandant suprême des armées nationalistes. On connaît assez Franco pour deviner qu'il ne sollicite rien, mais se tient, l'air modeste, sur la réserve. Il laisse ses partisans s'agiter en coulisse. Pour rien au monde cet homme timide, introverti, peu sûr de lui, ne voudrait essuyer une rebuffade. À son habitude il observe et se tait. Telle une araignée tapie dans un coin de sa toile, il attend que les fils bougent.

Le matin, rien ne sort de la rencontre ; les participants ont à peine évoqué la question du commandement. Après le repas et le café, les partisans du Galicien ont eu le temps de « travailler » les généraux l'un après l'autre. Mola finit par accepter le choix de Franco, son supérieur hiérarchique, mais aussi, déclare-t-il, le plus populaire et le plus compétent. Son ralliement en entraîne d'autres. Président de la junte, Cabanellas se montre hostile. Pas besoin, lâche-t-il avec agacement, d'un généralissime pour diriger les opérations ; une junte peut fort bien conduire la guerre. C'est vrai, lui répond-on, il y a deux façons de faire la guerre : avec une junte ou avec un commandant suprême ; dans le premier cas, on la perd ; dans l'autre, on la gagne. S'emportant, Mola déclare que si on ne nomme pas un généralissime, il se retire.

Le principe d'un commandement unique accepté, le choix devient évident. Les généraux se rangent, l'un après l'autre, à la candidature de Franco qui feint d'hésiter, accepte avec humilité une charge qu'il dit « écrasante ». Il promet de travailler avec la junte, de solliciter ses conseils, de respecter ses avis. Dans un mois, ladite junte aura disparu... Ce n'est là que le premier round, la partie définitive devant se jouer au cours d'une seconde réunion.

Laissant ses partisans à la manœuvre, Franco rejoint Yagüe qui se trouve alors à cent kilomètres de Madrid. La chute de la capitale paraît imminente ; les journaux du monde entier annoncent la victoire des nationalistes. Mais, contre l'avis de tous ses généraux, Franco prend la décision de casser la dynamique de l'offensive pour bifurquer vers le sud et délivrer la garnison de l'Alcazar de Tolède.

Épuisé par sa longue course, les nerfs à vif, Yagüe ne contient pas sa colère. Il est remplacé par Varela.

Le Galicien ne tiendra pas rancune de son emportement à son fidèle Yagüe dont il reçoit les arguments. Loin d'agir à la légère, Franco accomplit là un geste mûrement réfléchi. Il sait qu'en stoppant l'offensive il risque de retarder la prise de la capitale, mais il connaît l'extraordinaire charge affective que représente l'Alcazar.

Dans toute l'Espagne nationaliste, le siège de l'Alcazar est devenu le symbole de l'héroïsme des soldats espagnols ; dans l'Europe entière, la magnifique résistance du colonel Moscardó, enfermé depuis deux mois avec quinze cents hommes environ dans l'académie, suscite une intense émotion. Brasillach, Henri Massis, Pierre Gaxotte, les écrivains de droite et d'extrême droite s'enthousiasment en France pour cette superbe résistance. Il y a, terrés dans les sous-sols de la forteresse, des centaines de femmes et d'enfants ; ils subissent jour et nuit les bombardements de l'artillerie ; ils vivent dans l'obscurité au milieu des détonations et des explosions, se nourrissant de la viande des mules et des chevaux abattus. En surface, les soldats, abrités derrière les monceaux de ruines, repoussent les assauts des Rouges qui font venir des *dinamiteros* asturiens ; les mineurs creusent des galeries, réussissent à faire sauter une tour. Pas d'autre résultat que de fournir le matériau de barricades aux défenseurs. Les assaillants font alors venir de l'artillerie ; les obus provoquent l'effondrement d'un mur sans que les nationalistes cèdent un pouce de terrain.

Dans le crépuscule de Tolède, sur un ciel aux lueurs fauves, la carcasse de l'Alcazar se dresse, enveloppée de fumées noires.

On se doute que la décision prise par Franco d'abandonner le front de Madrid pour courir au secours des assiégés de Tolède provoque, chez ses adversaires, la moquerie ou le dénigrement. C'est, pour beaucoup, une grave erreur militaire, ce que le Galicien admet sans barguigner. Mais puisque la faute stratégique est voulue, il ne saurait s'agir que d'un bas calcul : manœuvre de propagande, dit l'un, mot en l'occurrence trivial ; volonté de faire durer le plus longtemps possible la guerre, ajoutent d'autres. On se lasse de ces polémiques.

C'est bien une décision politique, l'affaire est entendue. Pour le Galicien, il s'agit d'une part d'emporter, devant l'opinion nationale et internationale, une victoire à portée hautement symbolique qui le parera, lui, d'un incontestable prestige auprès de ses pairs. Qui donc pourrait barrer le chemin au libérateur de l'Alcazar ? C'est aussi – comment l'ignorer ? – un geste affectif. L'Alcazar, c'est son adolescence, le décor de son apprentissage militaire. Ancienne capitale de l'Espagne depuis le royaume wisigothique, Tolède symbolise également, pour tous les Espagnols, la grandeur de l'empire de Charles Quint. Comment, dans l'Espagne nationaliste, serait-on insensible à l'évocation de ce passé ? Franco a toutes les raisons de délaisser Madrid, capitale administrative et politique, pour Tolède, la capitale spirituelle.

Obéissant aux instructions du Galicien, Varela marche sur Tolède dont ses troupes gravissent, peu après, les ruelles pentues. Surgissant des ruines tels des spectres, les assiégés, hâves, désorientés, ferment les yeux, aveuglés par l'implacable lumière. Ils s'avancent en titubant vers les libérateurs. Moscardó salue Varela, puis dit d'une voix tranquille : *« Sin novedad en el Alcazar »* – rien à signaler à l'Alcazar.

Deux jours plus tard, mitraillé par les photographes,

Franco visite les ruines de l'académie, flanqué de son défenseur. L'image fera le tour du monde.

Depuis son quartier général de Cáceres, vieux palais prêté par un aristocrate où Carmen et Nenuca ont fini par le rejoindre, la nouvelle se répand. Des foules se rassemblent sous le balcon, scandant le nom du libérateur de l'Alcazar. On chante, on hurle, on pleure aussi. Lorsque, flanqué de Yagüe, Varela, Kinderlán, Millán Astray, Franco paraît, une clameur assourdissante monte de la foule. Pour l'Espagne nationaliste, il n'y a désormais qu'un chef, le général victorieux, celui qui vient de libérer Tolède.

Minutieusement préparée par ses partisans, la dernière réunion des généraux se déroule au milieu d'une troupe de phalangistes et de *requetés* rameutés pour l'occasion. Ils hurlent le nom du Galicien, crient : « Tolède, Tolède ! » Dans une atmosphère d'intimidation qui évoque le 18 Brumaire, les généraux se résignent. En lisant le décret rédigé par le frère aîné, Nicolas, assisté d'une poignée de juristes, Cabanellas pourtant sursaute : généralissime des armées de terre, d'air et de mer, le général de division Francisco Franco est nommé chef du gouvernement espagnol pour la durée de la guerre. « Vous ne mesurez pas la portée de ce que vous êtes en train de faire, dit-il à Kinderlán ; peut-être est-ce parce que vous ne connaissez pas Franco comme j'ai pu le connaître quand il était sous mes ordres au Maroc. Si vous lui donnez l'Espagne, croyez-moi, il va croire qu'elle est à lui et il ne cédera la place à personne ni pendant la guerre, ni après. Et cela, jusqu'à sa mort ! »

Il n'est pas au bout de ses surprises : quand le décret paraît au *Bulletin officiel*, les mots « pour la durée de la guerre » ont mystérieusement disparu. Estomaqués, les membres de la junte tentent de protester : il est trop tard. Le Galicien est devenu ce qu'il a toujours cru être, l'incarnation de l'Espagne. Pour la première fois, on peut lire ces mots : Francisco Franco, Caudillo de l'Espagne par la grâce de Dieu – onction confirmée par l'Église qui, avec solennité, affirme que la guerre menée par le Généralissime est une croisade contre le bolchevisme athée.

Dieu guide désormais les armées nationalistes.

La grande terreur

1936-1938

Alors que la répression franquiste a été abondamment décrite et fustigée, celle des révolutionnaires a longtemps constitué un sujet interdit. Elle n'avait pas existé, ou, quand il devint impossible de la dissimuler, on tenta sinon de la justifier, du moins de l'excuser en invoquant une différence de nature entre la terreur organisée des nationalistes et celle, passionnelle et désordonnée, des « républicains ». Avec les tueries commises par les franquistes on aurait affaire à une action réfléchie, alors que les « excès » révolutionnaires ne seraient qu'une réaction condamnable mais compréhensible. Comme des écrivains de grand talent – Bernanos, Koestler – ont dénoncé avec vigueur les crimes fascistes, ce sont ces crimes-là qui se sont durablement gravés dans les esprits.

J'ai évoqué les tueries de Badajoz ; je pourrais évoquer la répression sauvage qui suivit la prise de Málaga, ou celle, féroce, de Grenade et de Séville. Avec la conviction que les Rouges incarnaient une anti-Espagne, Franco, mais aussi Mola et surtout Queipo de Llano, responsable des massacres commis en Andalousie, procédèrent à ce que ce dernier appelait une « purge » : l'exécution de milliers de sympathisants républicains, sans distinction entre libéraux, socialistes ou communistes. Parmi les premiers à subir les rigueurs de cette épuration, les autorités provinciales de la République, maires, conseillers municipaux, gouverneurs civils, mais également les instituteurs, les professeurs, les journalistes, suivis par les syndicalistes et les militants des partis de gauche, tous ceux enfin que les militaires qualifiaient d'« intellectuels », responsables selon eux de la démoralisation du pays et de la perversion des esprits.

Je ne citerai aucun chiffre, non seulement parce qu'ils varient d'un auteur à l'autre, parfois du simple ou double [1], mais parce que cette comptabilité sinistre ne fait, sous son apparence neutre, qu'obscurcir la question. En chipotant sur les nombres, certains historiens éludent les responsabilités ou les diluent dans des statistiques macabres.

Ce fut, du côté franquiste, une épuration implacable qui allait se prolonger longtemps après la fin de la guerre, sans faiblesse et sans pitié. Durant plus de quatre ans, les prisons restèrent bondées et les condamnations prononcées par les tribunaux militaires se poursuivirent à un rythme soutenu, au point de choquer le comte Ciano lui-même.

Dès avril 1938, à l'occasion d'un banquet réunissant à Burgos les dirigeants de la Phalange unifiée, le général Yagüe rendit hommage au courage des combattants républicains, sollicita la clémence et prôna la réconci-

1. Ces calculs procurent un vague malaise tant ils montrent, derrière l'alibi des chiffres, les préférences partisanes. À coup d'additions, de soustractions, de projections, ils cherchent à démontrer plus qu'à informer.

liation, propos qui lui valurent d'être temporairement suspendu de son commandement. L'assistance l'applaudit bruyamment, réaction qui montre l'existence, à l'intérieur même du Mouvement, d'un sentiment d'écœurement devant cette rage purificatrice.

En 1939, une loi rétroactive sur les responsabilités politiques désigna les responsables et acteurs de l'insurrection des Asturies de 1934 comme coupables de haute trahison, passibles de la peine de mort ; la loi faisait aussi un crime de s'être opposé au soulèvement national, délit cyniquement qualifié de « rébellion ». En application de cette loi juridiquement monstrueuse, des foules de républicains modérés furent emprisonnés, condamnés à de lourdes peines. S'il est excessif et absurde d'écrire que l'Espagne nationaliste était devenue un vaste camp de concentration [1], il n'en reste pas moins que le sort des détenus politiques fut souvent très dur. Il n'y eut, chez le Généralissime, ni pitié ni pardon.

Deux raisons expliquent, me semble-t-il, l'émotion suscitée dans le monde entier par cette répression inhumaine : la première, que j'ai déjà évoquée, fut l'image des victimes, ces paysans pauvres conduits à l'abattoir par des gardes civils et des *señoritos* de la Phalange, vision qui ne pouvait que révulser des consciences façonnées depuis des siècles par le christianisme ; la seconde était que les tueurs se réclamaient de l'Évangile, se disaient les croisés de la foi, préten-

1. C'est pourtant ce qu'écrit dans un ouvrage aussi confus qu'excessif Jacques Georgel, *Le Franquisme. Histoire et bilan*, Seuil, 1970. Il ne se montre pas plus heureux dans ses prophéties économiques, expliquant pourquoi le plan de développement mis au point par les technocrates ne peut qu'échouer !

tion révoltante. *Les Grands Cimetières sous la lune* jetteront à la face des chrétiens ce scandale : des évêques bénissant les charniers en brandissant un crucifix ; *Le Testament espagnol* de Koestler donnera la version laïque de cette terreur (lui-même n'avouera que des années plus tard avoir été envoyé en Espagne par le Komintern). En rapprochant ces deux textes, on obtient un tableau véridique de l'affreuse réalité de ces crimes comme de l'indignation qu'ils suscitèrent dans le monde entier. D'une efficacité formidable, la propagande communiste décrivait par ailleurs un « peuple » martyrisé par les fascistes, provoquant une émotion d'autant plus intense que l'approche de la guerre faisait voir à chacun, dans la tragédie espagnole, le prélude aux horreurs du nazisme. On s'identifiait à ces misérables victimes parce qu'on redoutait de subir le même sort. Le mot « fascisme », sans cesse martelé, inspirait crainte et hostilité.

Après la guerre, la découverte de l'Holocauste prolongea cette révolte. Franco n'avait-il pas été l'allié de Hitler, son complice ? Les Espagnols ne vivaient-ils pas toujours sous le joug d'une dictature fasciste ? Personne, à l'époque, pas même moi, n'aurait mis en doute ce dogme. Traumatisés par ce que nous venions de vivre, nous ne songions pas à y regarder de plus près. Le mot nous suffisait : fascisme. Il tenait lieu d'explication, justifiant notre rejet.

Les historiens les plus sérieux conviennent que la plupart des assassinats, dans un camp comme dans l'autre, eurent lieu dans les six premiers mois de la guerre. Ce fut une véritable explosion de haines accumulées. Il faut y ajouter, dans le camp nationaliste, le fait que l'armée d'Afrique, composée de mercenaires rifains, menait une guerre de type colonial. Pour les Maures, les Rouges étaient – on les leur présentait d'ailleurs ainsi – des athées, des ennemis d'Allah. Les massacrer, les mutiler leur apparaissait comme une œuvre pie, tout comme le viol des femmes, de ces démons, faisait partie des lois d'une guerre sainte. On comprend la terreur que les troupes musulmanes inspiraient aux populations. De leur côté, les légionnaires ne se distinguaient pas non plus par leur humanité. Ni Yagüe ni Franco, et moins encore Queipo de Llano qui, dans ses causeries radiophoniques, exaltait ces atrocités, aucun de ces africanistes ne fit rien pour refréner ses troupes. Mola ne se montra pas davantage soucieux de respecter les lois de la guerre – pour autant que la guerre puisse se soumettre à des règles –, réclamant lui aussi une extermination sans merci. Dans l'Église, rares furent les voix qui condamnèrent ces excès, silence qu'on peut non pas excuser, mais comprendre au moment même où les révolutionnaires massacraient des milliers de prêtres et de religieuses. Dans le camp nationaliste, tout indique que la terreur ait été admise et souvent encouragée comme un moyen d'écraser l'adversaire et de le réduire au silence.

Dans cette frénésie de meurtre, Franco ne se distingua aucunement par sa férocité, restant tel que nous l'avons connu lorsqu'il commandait la Légion : froid, impassible, d'une implacable sévérité. Moins sanguinaire que Queipo de Llano, il appliquait avec une rigueur imperturbable ce qu'il pensait être le juste châtiment des ennemis de l'Espagne. Un romancier l'a montré, à l'heure du café, compulsant, de ses petites mains blanches, les dossiers des condamnés. C'était en effet à l'heure du café que le procureur général Martinez de Fuset lui présentait les jugements et que

Franco examinait les sentences prononcées par les tribunaux militaires. Deux piles, l'une à droite, l'autre à gauche : celle des dossiers qu'il avait examinés, celle des cas qu'il se réservait d'étudier plus à fond. Aucune sentence n'était exécutée sans l'*entendido* (« vu ») du Généralissime. Quand les crimes des accusés lui semblaient particulièrement atroces, il inscrivait en marge les deux lettres G et P, *garrote* et *prensa,* « garrot » et « presse ». Puissante, cette image du dictateur sirotant son café [1] en ratifiant des condamnations à mort provoque une réaction de dégoût. C'est celle que beaucoup gardent encore, d'un Caudillo sanguinaire.

Pour paradoxal que cela puisse paraître, cette scène répugnante marque pourtant un progrès dans la voie d'une relative légalité. Aux exécutions massives, abandonnées aux caprices des chefs locaux, elle oppose une distance, celle d'un pouvoir qui administre une justice certes rigoureuse, mais lointaine. En exigeant que toutes les condamnations lui soient soumises pour examen, Franco affirmait ses prérogatives régaliennes. Contrairement à Queipo de Llano qui, dans son fief sévillan, envoyait à la mort entre deux vins, dans une sorte de délire, Franco, lui, prenait du recul. Cela peut sembler choquant, mais tous ceux qui ont connu une période de troubles savent que le moindre

1. Dans son « roman » déjà cité, José Luis de Vilallonga lui fait boire du chocolat et manger des *churros,* ces beignets dont je raffole. Est-ce pour stigmatiser sa gourmandise ? En réalité, le Généralissime buvait du café au lait accompagné d'une seule tartine. Sa sobriété était légendaire, tout comme son indifférence au luxe. Il ne signait pas non plus les condamnations sans les lire, mais examinait avec attention chaque dossier. On pourrait poursuivre la litanie des détails fantaisistes, accumulés par Vilallonga pour corser sa littérature.

délai constitue une manière de garantie. Quelques semaines d'écart, dans les mois qui suivirent la libération de la France, suffirent soit à envoyer des suspects à la mort, soit à les sauver. Là où Queipo de Llano condamnait sans savoir qui était le détenu, ni pour quelles raisons il se trouvait en prison, éructant son sinistre « Café [1], qu'on lui donne beaucoup de café ! » (c'est avec ce mot d'ordre qu'il fit assassiner Lorca dont il ignorait peut-être jusqu'au nom), Franco, lui, prenait son temps, voulant toujours savoir de quoi il retournait.

On retrouve là sa personnalité méthodique, son goût de l'ordre et de l'organisation. Il se montra dans la répression tel qu'il était au Maroc, tel qu'il avait toujours été, dénué de passion, d'une impassibilité glaciale. Froideur peu faite pour inspirer la sympathie, mais qui marquait la volonté de garder la haute main sur une justice militaire souvent expéditive.

Pendant la durée de la guerre, cette reprise en main fut lente, d'abord faute de temps. Souvent sur le théâtre des opérations [2], Franco buvait rarement le café dans sa capitainerie de Burgos. Son pouvoir n'était par ailleurs pas tout à fait assuré. Mola restait encore un rival possible, Queipo de Llano n'en faisait qu'à sa tête et ne cessait d'exprimer son mépris pour ce « petit général », érigeant son fief en royaume indépendant.

Parce que la répression fut terrible, il me paraît inutile d'en rajouter en chargeant Franco de crimes dont il ne fut nullement coupable. Lorsque Bennassar

---

1. Ce fut le mot d'ordre des insurgés : CAFE, *« ¡ Camarades, Vive* (*arriba*) *Falanje Española ! »*

2. Trop près au gré de certains de ses généraux qui le priaient amicalement mais fermement de s'éloigner.

revient sur l'exécution à Grenade du général Campíns, fusillé pour avoir tardé à rallier la rébellion, lorsqu'il accuse Franco de n'avoir pas fait l'impossible pour le sauver, l'historien n'ignore pourtant pas que le Généralissime envoya deux lettres à Queipo de Llano pour solliciter sa grâce. Il ne fit peut-être pas l'impossible, mais il fit tout son possible et, de toute façon, Queipo n'écoutait personne.

Quant au bombardement de Guernica qui provoqua dans toute l'Europe une si profonde émotion, on ne peut pas non plus dire qu'il n'aurait pu se produire sans que le Généralissime en eût été au préalable informé. On sait que ni lui ni Mola ne furent consultés, les Allemands, comme Goering le déclara à Nuremberg, ayant voulu « éprouver leur puissance ». On connaît la réaction du Généralissime qui protesta auprès de l'ambassadeur allemand contre ce qu'il estimait être un intolérable empiétement dans la conduite de la guerre. Par humanité ? Certes non. Par susceptibilité nationaliste. D'autant que l'aviation allemande échappait à son contrôle, situation qu'il supportait mal.

Plus violente encore fut sa réaction lorsque l'aviation italienne entreprit, depuis Majorque [1], une série de raids aériens sur Barcelone, y causant près de deux mille morts. Il n'avait cessé, tout au long du conflit, de s'irriter de la présence des troupes italiennes sur le sol espagnol, répétant qu'il avait besoin de matériel et non pas d'hommes. Agacement qu'aggravait la piètre estime dans laquelle il tenait les combattants italiens, sentiment partagé par la majorité de ses officiers. Lors

---

1. Ramón Franco, son frère, trouva la mort au cours d'un de ces raids. La mère de Juan Goytisolo périt, elle, dans l'un de ces bombardements.

de la retraite de Guadalajara, on sabla le champagne dans de nombreux mess, et le général Roatta accusa les Espagnols de ne l'avoir pas soutenu dans son offensive, ce qui n'est pas tout à fait improbable [1]. Leur vanité et leurs rodomontades rendaient les officiers fascistes insupportables aux Espagnols, tout comme l'arrogance et la brutalité de l'ambassadeur Faupel exaspérait le Caudillo.

Franco s'est montré d'une effrayante brutalité envers les vaincus. Il a perpétué durant des années une attitude de vengeance. Refusant d'oublier et de pardonner, il a poursuivi avec un acharnement inhumain ses adversaires terrassés. C'est assez pour condamner sans appel sa politique de persécutions. Inutile de le charger d'un surcroît de crimes dont il ne fut pas responsable.

Pour aborder la terreur rouge, il convient de partir des distinctions établies par les partisans des révolutionnaires en regardant s'il est vrai que cette répression différait de celle des franquistes et si l'opposition entre crime organisé, méthodique, et massacres impulsifs et passionnels se révèle en l'occurrence pertinente.

Dès la nouvelle du soulèvement militaire, les arrestations et les massacres débutèrent à Madrid [2], à Barce-

1. Preston donne cette défection pour certaine. Je serais moins affirmatif.

2. Je m'en tiendrai, dans ce récit, à Madrid, non seulement parce que j'y suis né et que j'ai étudié plus à fond les mécanismes de la « liquidation » dans cette ville, mais aussi par souci littéraire de mieux éclairer en braquant le projecteur sur un seul décor. Le lecteur devra imaginer que ce qui est vrai pour la capitale l'est aussi pour Barcelone et Valence. Seul Bilbao et le Pays basque échappèrent à cette marée de sang.

lone, à Valence, dans toutes les villes contrôlées par les révolutionnaires. Si nombre de ces exécutions furent commises par des milices, ce qui semblerait corroborer la thèse du spontanéisme, très vite les rafles et mises à mort revêtirent un caractère organisé, à cause notamment des *tchékas*, sinistre invention des bolcheviques russes. Il y en eut, dans la seule ville de Madrid, plus de deux cent vingt [1], les unes d'obédience anarchiste, socialistes d'autres, communistes pour la plupart. Installées dans des immeubles, des couvents, des palais réquisitionnés, elles opéraient chacune avec une totale autonomie.

Pour comprendre cette situation, il faut garder à l'esprit que la République, moribonde depuis 1934, s'évanouit tout à fait avec l'avènement du Front populaire pour ne plus exister après le soulèvement militaire. « La situation que pouvait observer celui qui regardait le spectacle de la rue montrait que la Deuxième République était morte, écrit Tagüeña [2], militant communiste... Chaque groupe avait ses objectifs, son programme, ses propres fins, et très vite chacun eut ses unités de miliciens, ses policiers, son intendance et même ses finances. Quant aux républicains, ils furent balayés par les événements et n'allaient plus signifier grand-chose pendant toute la durée de la guerre. »

Cette situation favorisa le foisonnement de prisons de partis. De ce fait, il semblerait possible d'incriminer tel ou tel d'entre eux et de plaider l'irresponsabilité

---

1. Je renonce à en fournir la liste avec leurs noms, adresses, appartenances politiques, ainsi que leurs principaux responsables. Ce serait fastidieux.

2. Manuel Tagüeña, *Testimonio de dos guerras*, Mexico, 1974.

des autorités, débordées par l'agitation de ces factions. Si on y regarde de plus près, on s'aperçoit néanmoins que les choses sont loin d'être si claires.

Les autorités existaient bel et bien, et leurs ordres étaient sinon exécutés, du moins écoutés. Les milices dont Tagüeña parle dans son livre agissaient peut-être sans souci de la légalité, elles se heurtaient pourtant aux administrations pénitentiaires, judiciaires, tout comme elles devaient tenir compte des organismes officiels en charge de la sécurité ainsi que des polices d'État. Elles se mouvaient dans un vide institutionnel sans cependant pouvoir ignorer la permanence de l'État, toujours présent de par son architecture : prisons, ministères, administrations centrales, etc. Situation confuse dans laquelle les miliciens arrêtaient et assassinaient sans en référer à personne, tandis que la majorité des fonctionnaires restaient fidèles à leur hiérarchie. En dernier ressort, le pouvoir – ou son ombre – pouvait sinon empêcher les crimes, à tout le moins diminuer leur nombre. Tout dépendait dans une certaine mesure de sa résistance ou de sa capitulation. N'est-ce pas au demeurant le dilemme auquel on se heurte depuis l'avènement de la République ?

Les premières victimes, plusieurs milliers, appartenaient à des catégories classées comme « ennemis du peuple » : militaires à la retraite, phalangistes, prêtres et religieuses (l'une des premières avait quatre-vingt-trois ans[1] !). Après un bref interrogatoire souvent « musclé », les détenus étaient abattus dans la Casa

1. Ne voulant pas flatter le voyeurisme, je me refuse ici à fournir des détails sordides. Il me suffira d'indiquer que beaucoup de ces assassinats s'accompagnèrent de tortures et, pour les religieuses, de viols.

del Campo, la Pradera de San Isidro, l'hippodrome, la proche campagne, parfois seuls, parfois en groupe. Dix-sept religieux qui dirigeaient une institution soignant des enfants épileptiques et arriérés mentaux furent ainsi arrêtés et fusillés ensemble. Vingt-trois religieuses qui travaillaient comme assistantes sociales auprès des familles pauvres du quartier de Tétouan furent, après avoir été violées, abattues près du cimetière de l'Est.

Pour couvrir leurs frais de personnel et de fonctionnement, ces *tchékas* procédaient à la confiscation des biens de leurs victimes, activité qui devait vite se révéler fort lucrative. Si les anarchistes répugnaient à toucher à l'argent, à palper les bijoux, refusant par là un contact qu'ils jugeaient impur, d'autres se montraient moins délicats et le pillage devint, au fil des mois, pratique courante, certaines *tchékas* reversant une partie du butin aux autorités, notamment au directeur de la Sûreté générale, Manuel Muñoz, nommé par le gouvernement.

Ce fait répond en partie à la question sur l'attitude des autorités « légales ». On voit que le directeur de la Sûreté accepte d'encaisser une part des butins amassés par les *tchékas*, ce qui démontre plus qu'une complicité : une véritable collusion. Muñoz rend à plusieurs reprises visite à certaines *tchékas*, félicite leurs chefs, cependant que les journaux du Front populaire louent le zèle de ces « combattants de l'arrière ». Le directeur de la Sûreté n'est pas seul à inspecter les locaux des *tchékas* ; il y a aussi le ministre de l'Intérieur, Galarza. On voit les plus hautes autorités de l'État couvrir et même encourager les agissements de ces milices. Ce qui se passe à Madrid au début de la guerre s'inscrit dans la suite de ce qui se produit depuis plusieurs années : renonçant à maintenir l'ordre, le gouvernement légal s'incline devant la Révolution. Il y a bel et bien collaboration étroite entre les organismes d'État et les partis révolutionnaires.

On imagine l'atmosphère de terreur qui, dès la tombée de la nuit, régnait dans la capitale plongée dans une obscurité totale. Claquemurés dans leurs appartements, les habitants écoutaient, la gorge serrée, le bruit des voitures, les suivant avec angoisse dans leur course, tremblant si l'une s'arrêtait au pied de leur immeuble. On guettait le bruit des bottes dans l'escalier ; on cessait de respirer quand on entendait frapper à la porte. Comme chacun vivait dans l'attente d'une arrestation, les sacs et les valises étaient prêts. Si l'un des miliciens lâchait : « Pas la peine, on va juste faire une petite promenade », le sang se glaçait dans les veines, une pâleur cendreuse recouvrait les visages ; on échangeait un baiser furtif et la victime suivait, résignée, la patrouille. Comme de telles scènes se reproduisaient chaque nuit, des centaines de fois, comme on apprenait chaque jour de nouvelles vagues d'arrestations, comme on ignorait le sort de ceux et de celles qui avaient été emmenés, on téléphonait aux parents, aux amis pour essayer de savoir quelque chose. De qui s'agissait-il ? Des anarchistes de la FAI[1], les plus redoutés ? des communistes ? des socialistes ? On attendait en silence, sans oser bouger, sachant que souvent ceux qui avaient pris le risque de

1. Adversaires farouches de la prison, symbole haï de la tyrannie de l'État, les anarchistes tuaient facilement mais torturaient rarement. Ils trouvaient plus digne de mourir debout que de croupir dans un cachot.

se rendre dans les locaux de l'une des *tchékas* pour se renseigner avaient été à leur tour abattus. Il n'y avait rien d'autre à faire qu'attendre en espérant que le mari, le père ou la mère se trouvait dans l'une des prisons de la ville et finirait par donner signe de vie.

J'avais un peu plus de trois ans lorsque, en septembre 1936, on me conduisit dans la prison pour femmes de la place Comte de Toreno pour y apercevoir ma mère, mêlée, derrière une énorme grille, à des centaines de détenues qui pleuraient, gémissaient, hurlaient pour se faire entendre. Accompagné de ma mère, libérée entre-temps, j'allai l'année suivante visiter ma grand-mère, incarcérée dans la même prison. Une nuit après l'autre, j'ai senti autour de moi cette atmosphère de panique, écouté ce silence qu'on dit parfois de mort, par paresse, mais qui était effectivement le silence de la mort. Si l'on cherche à définir la terreur, ce sont bien ces deux mots qui conviennent : attente et silence.

Des foules de gens qui se sentaient menacés se ruaient vers les ambassades et les légations, y demandant asile. Les diplomates hispano-américains se montrèrent les plus généreux, accueillant plusieurs milliers de réfugiés politiques. Les bâtiments se révélant trop exigus pour les contenir, certaines légations louèrent des immeubles sur lesquels ils hissèrent leur drapeau. Les Chiliens firent preuve d'une magnifique humanité ; l'ambassade américaine refusa au contraire de donner refuge à ceux qui n'avaient pas de famille aux États-Unis.

Les *tchékas* portaient des noms saugrenus. Les unes étaient connues par leur emplacement : celle de Fomento, située dans la rue du même nom, ou celle de

Marquis de Riscal ; d'autres avaient des appellations menaçantes : la Patrouille de l'Aube, les Lynx de la République...

Si celle de la Calle Fomento [1] fut l'une des plus redoutées, c'est qu'elle dépendait de la direction de la Sûreté, ce qui lui conférait un caractère officiel. Des tribunaux populaires ou commissions y siégeaient en permanence, ses membres faisant les trois huit, de 6 à 14 heures, de 14 à 22 heures, enfin la dernière jusqu'au petit matin, sans interruption. Toutes les formations participant au Front populaire y étaient représentées. Après les formalités d'écrou, les suspects comparaissaient devant ces tribunaux qui examinaient environ trente cas à l'heure, prononçant à la fin des séances des sentences immédiatement exécutoires. Si la lettre « L » pour « libérer » était suivie d'un point, cela signifiait la mort. L'examen des registres montre que c'était la peine encourue par 90 % des détenus qui, bien entendu, n'avaient pas le droit à l'assistance d'un avocat, « la situation révolutionnaire que nous vivons, écrit un tchékiste, ne permettant pas de s'encombrer de formalisme ».

Les condamnés étaient abattus dans la Casa del Campo où sévissait une autre *tchéka*, celle du commandant Mangada, installée dans la maison du gardien. D'autres *tchékas* envoyaient leurs suspects à celle de Fomento qui procédait la nuit même à leur exécution. Le comité provincial d'investigation publique – dénomination officielle de la *tchéka* de la rue Fomento – disposait d'un personnel nombreux,

---

1. Installée d'abord dans les sous-sols du palais des Beaux-Arts, on l'appela « la *tchéka* des Beaux-Arts » ; transférée rue Fomento, sa lourde réputation en fit « la *tchéka* de Fomento ».

trois cents agents environ, ainsi que de trois brigades spécialisées dans la liquidation des condamnés.

La ville entière était quadrillée, depuis les quartiers de Las Ventas et de Vallecas jusqu'à celui de Salamanque qui comportait plusieurs de ces pénitenciers.

Les assassinats s'accompagnaient de réquisitions et de pillages. Le Parti socialiste finit par posséder plus de mille immeubles dont il percevait, en lieu et place des anciens propriétaires, les loyers. Les bijoux, l'or, les œuvres d'art étaient partagés entre les autorités officielles et les miliciens qui se payaient sur les sommes confisquées. Chaque semaine, le trésorier de la rue Fomento se rendait au siège de la Sûreté générale pour remettre à son directeur, Muñoz, le produit des saisies, notamment les bijoux. N'est-il pas pour le moins choquant de parler de « spontanéisme » quand le représentant de l'État accepte de toucher le produit de pillages ?

Chaque parti politique composant le Front populaire avait sa ou ses *tchékas*. L'une, d'obédience socialiste, était commandée par un certain Agapito García Atadell, ancien typographe du journal socialiste ; il travaillait avec le réseau du syndicat des concierges socialistes qui lui fournissait des informations sur les opinions politiques et les pratiques religieuses des locataires et des propriétaires. La *tchéka* d'Atadell se distingua par la quantité et le montant des saisies, et reçut les félicitations du ministre de l'Intérieur qui vint lui rendre visite dans ses locaux. La presse célébra à plusieurs reprises ses exploits, mais lorsque García Atadell s'enfuit avec deux complices à destination de la France, emportant des valises bourrées de bijoux et de lingots d'or, le ton changea du tout au tout et il devint un traître, mot peut-être un peu ampoulé pour désigner un escroc. Son aventure finit mal : il s'embarqua à Marseille pour l'Amérique du Sud, mais le bateau dut faire escale aux Canaries où la police franquiste l'arrêta ; jugé par un tribunal militaire, il fut exécuté à Séville.

Les suspects n'étaient pas seulement des adversaires réels ou présumés du Front populaire, mais tous ceux dont on disait qu'ils n'étaient pas *adictos* (partisans), ce qui constituait un délit suffisant. Les prêtres, les moines, les religieuses furent les premiers massacrés, parfois dans des conditions atroces, suivis par des militaires d'active ou retraités, sans distinction d'âge, plusieurs, malades, étant arrachés à leur lit d'hôpital ; ce furent ensuite les sympathisants des droites, les catholiques pratiquants, ceux que la presse communiste, toujours aussi inventive, avait baptisés « vaticano-fascistes ». Trois jeunes gens de quinze à dix-huit ans furent assassinés pour avoir manifesté l'intention de devenir prêtres.

Durant plus de cinq mois, la terreur ne faiblit pas. Des familles entières furent exterminées. Ainsi d'une femme affreusement torturée, conduite pieds nus (elle ne pouvait plus enfiler une paire de chaussures par suite des tortures qu'elle avait subies), assassinée avec ses trois enfants dont la cadette avait douze ans. Son crime ? N'avoir pas avoué où se cachaient son frère et son mari, soupçonnés d'être des fascistes. Le quatrième enfant, une fillette, était malade au moment de l'arrestation ; les miliciens revinrent la chercher huit jours après pour la fusiller.

Les *tchékas* jouissaient de la protection des autorités légales ; elles avaient pignon sur rue ; les journaux chantaient leurs hauts faits ; un ministre félicita les chefs de la *tchéka* de Fomento pour avoir arrêté 500 fascistes en l'espace de quinze jours ! Que vaut, dans ces conditions, la distinction entre les massacres nationalistes, qualifiés de froids et de méthodiques, et ce carnage sanctionné et encouragé par les autorités officielles ? De même que les franquistes liquidaient leurs adversaires politiques, les révolutionnaires massacraient leurs « ennemis de classe ».

Depuis août 1936, le projet d'une liquidation en masse des réactionnaires et autres ennemis de la Révolution cheminait dans les esprits des responsables des tueries, trop lentes au gré de beaucoup. Suivant la logique rigoureuse de toutes les révolutions, plus les difficultés s'aggravaient, plus la nécessité d'une épuration totale s'imposait. Eduardo Zamacois, romancier médiocre, l'écrivit avec une franchise désarmante : « Madrid avait besoin d'une purification et, pour les "embusqués", il ne pouvait y avoir d'indulgence. Mais ces élagages ne suffisaient pas ; le cancer qui rongeait la vie nationale empirait et le mal ne guérirait que si le bistouri de la justice pénétrait au plus profond. Le traitement revêtit donc un caractère dramatique [1]. »

L'idée était d'en finir une fois pour toutes avec ces milliers de détenus qui emplissaient les prisons. Comme toute intention échappant à une rationalité éthique, cette liquidation se fit par étapes, les responsables cherchant petit à petit à en reculer les limites. Il fallait tester la résistance morale des hommes, s'assurer qu'ils consentiraient à massacrer non plus en détail, ni même par petits paquets, mais en masse. Ils y furent aidés, dans toute la presse révolutionnaire, par des appels et des exhortations montrant que la « justice

1. Eduardo Zamacois, *Madrid assiégé*, 1936.

révolutionnaire » se situait au-delà de la morale bourgeoise, et que l'avènement d'une société libre et fraternelle exigeait l'extermination des « ennemis de classe ». Des poètes et des écrivains participèrent à cette campagne, célébrant l'héroïsme des combattants du « front intérieur ». Les citer tous reviendrait à établir une anthologie de la perversion intellectuelle.

Ainsi stimulés, des groupes de miliciens réussirent, à la faveur d'un incendie allumé par les droit commun dans la prison Modelo, à pénétrer dans l'établissement. Ils mitraillèrent les détenus qui se promenaient dans la cour, en choisirent une vingtaine d'autres qu'ils fusillèrent. Couchés à plat ventre dans la cour sous un soleil de plomb, les autres prisonniers restèrent deux jours et deux nuits sans boire ni manger, cependant que, postés sur les toits, des miliciens s'amusaient à les canarder ; l'un épiça ce divertissement en jetant des morceaux de pain pour abattre les malheureux qui, succombant à la faim, tendaient la main.

Ce qui fut opéré ce jour-là, c'est le franchissement d'une première barrière morale, la démonstration que, dans leur prison, les détenus n'étaient plus à l'abri. Car le ministre de l'Intérieur, puis le directeur de la Sûreté étaient venus sur les lieux, alertés par l'incendie. Aucun ne réagit à la présence des miliciens dans la Modelo, aucun ne songea à protester contre cette intrusion, aucun ne s'avisa de protéger les détenus. C'était implicitement consentir aux massacres qui firent une quarantaine de victimes, dont deux ex-ministres de la République, trois anciens députés et cinq généraux.

L'étape suivante consista pour Manuel Muñoz, membre du parti de Manuel Azaña, la Gauche républicaine, et haut dignitaire de la franc-maçonnerie, à intimer l'ordre aux directeurs des prisons de remettre aux tchékistes les prisonniers dont les noms figuraient sur des listes. Une cinquantaine furent tirés de la prison des Ventas pour être abattus le soir même. Ce fut ensuite le tour de la prison de Porlier. Plusieurs centaines de détenus furent extraits de leurs cellules pour être conduits en rase campagne et fusillés. Ces tueries de groupes se prolongèrent durant les mois d'août, septembre et octobre. S'ajoutant aux massacres routiniers, cette première vague d'assassinats fit plusieurs milliers de victimes.

Aux premiers jours de novembre, on l'a vu, les armées franquistes venant du sud et du nord approchaient de la capitale. L'un après l'autre, les villages tombèrent dans un rayon de cinquante kilomètres. Chaque jour, des trains partaient de Madrid, emportant des milliers de femmes et d'enfants évacués vers le Levant. Les premières Brigades internationales défilaient dans un ordre impeccable sur la Gran Vía. À tous les carrefours, des haut-parleurs diffusaient les discours de la Pasionaria, martelant : *¡ No pasarán !* Il faisait très froid ; le ciel, d'un gris pâle et lumineux, annonçait la neige. Les rues étaient vides.

Peu de jours auparavant, l'ambassadeur d'URSS, Rosenberg, était arrivé, accueilli avec enthousiasme par les communistes. Lors de la dernière session des Cortes du Front populaire, les députés avaient crié « Vive la Russie ! » et entonné *L'Internationale*. Avec Rosenberg arrivaient également des agents soviétiques du NKVD et de la propagande ; parmi eux, un dénommé Kolstov qui, officiellement journaliste, venait retrouver à Madrid un sinistre personnage, Orlov. Avec Vittorio

Codovilla[1], dit « Medina », représentant du Komintern depuis des années, ils allaient contrôler et superviser les services de sécurité. Formés dans la plus pure orthodoxie stalinienne, ces hommes, habitués aux purges, attachaient autant d'importance, sinon plus, au front intérieur qu'à la guerre extérieure. Dès le mois d'août 1936, on lisait dans le journal *Octobre* : « À cette heure, il ne devrait pas rester un seul prisonnier, pas un détenu. Ce n'est pas l'heure de la pitié. »

Le 6 novembre, alors que les troupes franquistes franchissaient le Manzanares et atteignaient la cité universitaire, le gouvernement abandonnait la capitale, confiant au général Miaja la défense de Madrid. Sans perdre une heure, les communistes prirent en main la direction de la Sûreté. Membre de la junte, Santiago Carrillo fut nommé conseiller à la Sécurité intérieure[2]. Obéissant aux consignes d'Orlov et de Kolstov, il décida aussitôt l'« évacuation[3] » des prisonniers enfermés dans les prisons des Ventas, de Porlier et de Modelo. La population carcérale s'élevait à 10 500 détenus environ. Personne, dans l'administration de la Sécurité, maintenant sous la coupe des communistes, n'était dupe du mot « évacuation » que l'un des sous-directeurs commenta en y ajoutant l'épithète « définitive ». Ce fut bel et bien un massacre

1. C'est lui qui « traitait » Alvarez del Vayo, le futur ministre des Affaires étrangères et le conseiller de Largo Caballero.

2. Les preuves de sa responsabilité directe sont si nombreuses que je crois inutile d'alourdir mon récit en les détaillant. La plus accablante est le rapport établi par Dimitrov à l'intention de Molotov et de Staline, lui attribuant le mérite d'avoir éliminé les fascistes emprisonnés.

3. Les régimes totalitaires affectionnent les euphémismes destinés à tromper l'opinion, mais parfaitement entendus des initiés.

organisé par les plus hautes autorités, planifié dans les bureaux, froidement exécuté. Il dura deux mois, par vagues successives. La première débuta au lendemain du départ du gouvernement, le 7 novembre, après que Kolstov eut demandé à Carrillo de « liquider » les prisonniers.

Ce fut une journée glaciale. Au cours de la nuit, trois agents communistes, munis d'un ordre signé de Carrillo, s'étaient présentés dans les prisons de San Antón et de Modelo pour établir les listes de détenus à évacuer. Le sous-directeur de la Sûreté, Serrano Poncela, directement sous les ordres de Carrillo, rappliqua alors pour signifier qu'il était inutile de dresser des listes, que des autobus municipaux et des autocars allaient arriver pour évacuer les prisonniers. Outre le mandat signé de Santiago Carrillo, il disposait d'un ordre signé du ministre Cazorla.

Les mots français « enlèvement » ou « extraction » rendent mal la sécheresse et la précision du mot espagnol *sacas*, qui allait devenir tristement célèbre. Une trentaine d'autobus municipaux à impériale et trois autocars de tourisme vinrent se garer devant la prison. On fit sortir les détenus des cellules ; les miliciens les dépouillèrent de leurs objets personnels et leur attachèrent les poignets avec du fil de fer.

Quiconque a fait l'expérience de la prison imagine l'atmosphère dans les corridors : les cris de fureur et de protestation ; les insultes et les chants des politiques ; les hurlements des gardes ; le murmure des prières ; les adieux furtifs. En longues colonnes, les détenus embarquèrent à bord des véhicules à raison de soixante à soixante-dix par bus ou par car, chacun gardé par une vingtaine de miliciens armés ; deux cents agents escortèrent le convoi qui se dirigea vers un village dont le nom reste sans doute synonyme d'une des plus grandes hontes de ce sanglant conflit : Paracuellos.

Je n'écris pas ces pages d'un cœur léger. J'évite autant que faire se peut tout effet littéraire. Mais comment taire cette horreur ? Comment atténuer la responsabilité des autorités, du bas jusqu'au sommet de l'État ? Si, dans le camp franquiste, un tel carnage avait été commis, on imagine les clameurs. Il faut le dire : rien de pareil n'eut lieu dans la zone nationaliste.

D'immenses fosses avaient été creusées à l'avance par des « fascistes » des villages alentour, réquisitionnés à cet effet (le mot « fasciste » était devenu extensible et recouvrait des attitudes et des convictions on ne peut plus disparates) ; par groupes de vingt à trente, les détenus étaient poussés au bord des fosses et mitraillés avant de recevoir le coup de grâce. Près de quinze cents corps entassés les uns sur les autres et recouverts de terre. S'il y eut bien à Majorque de « grands cimetières sous la lune », il y eut à Bobadilla, à Alarcón, à Paracuellos de gigantesques charniers sous la neige de Castille.

Les jours suivants, toujours par un froid glacial, de nouvelles vagues de liquidations eurent lieu, toujours dans les mêmes conditions, dans les prisons de San Antón, de Porlier, des Ventas et de Modelo : en tout plusieurs milliers de détenus. Parmi eux, Ramiro de Maeztu, l'un des grands intellectuels de la génération dite de 98, dont peu de gens gardent le souvenir.

Chaque fois, la même méthode fut appliquée : ordre signé de Carrillo, conseiller à la Sécurité intérieure, d'« évacuer » les détenus, présence de son sous-directeur, Serrano Poncela, embarquement des « libérés » dans des autobus et des cars de tourisme, liquidation à Paracuellos et dans les environs.

Ces assassinats de masse ne relèvent pas de la psychologie individuelle, ne s'expliquent pas davantage par le sadisme des individus, encore que bon nombre de droit commun y participèrent. Il s'agissait de purges dans la meilleure tradition stalinienne, et ceux qui les ordonnaient et les organisaient avaient pleine conscience de préparer la dictature de leur parti. Ils faisaient en Espagne ce que Lénine, puis Staline avaient fait en Russie : liquider les « ennemis de classe », nettoyer l'arrière. Aucune trace de spontanéisme, aucune improvisation : un plan exécuté de sang-froid. On s'étonne, en 2008, de ne trouver que de brèves allusions à cette « évacuation définitive » dans les biographies les plus épaisses, si riches en considérations psychologiques, par ailleurs, sur la personnalité du Caudillo. Comment expliquer cette pudeur ? Tout se passe comme si les victimes de ces purges sanglantes méritaient à peine une mention. Il suffit pourtant de rappeler qu'au moment où une bataille acharnée se déroulait aux portes de la capitale et où chaque soldat se révélait indispensable à sa défense, les services de la Sécurité intérieure mobilisaient à eux seuls 5 000 hommes, chiffre ahurissant. Il montre l'importance que les communistes attachaient à l'épuration de leurs adversaires réels ou supposés. Ce souci s'était déjà vérifié en Union soviétique quand Staline, à la veille de la guerre contre l'Allemagne nazie, avait procédé à une purge qui avait décimé l'encadrement de l'Armée rouge : la liquidation était une priorité.

Les massacres se seraient poursuivis jusqu'à l'extermination totale si un grain de sable n'était venu gripper la machine. Il s'appelait Melchior Rodriguez, un anarchiste originaire de Triana, quartier populaire de Séville. Dans sa jeunesse, il avait travaillé comme chaudronnier avant de fréquenter le monde taurin dans l'intention de devenir torero. Blessé d'un coup de corne, il vint à Madrid où il milita dans les rangs de la CNT ; emprisonné sous la dictature de Primo de Rivera, il sortit de sa prison plus anarchiste que jamais. Il continuait de militer lorsque le nouveau ministre de la Justice, lui-même anarchiste, le nomma directeur des prisons. C'était un homme intègre, d'une rectitude morale irréprochable. Sitôt en place, il s'opposa fermement aux *sacas* et donna l'ordre de ne livrer aucun prisonnier sans un mandat signé de sa main et dûment tamponné par ses services. Chez les communistes, notamment dans les bureaux de Santiago Carrillo, on écuma de rage et d'indignation. On le destitua de sa charge, mais l'homme était obstiné et s'opposa avec détermination aux staliniens. Par sa seule présence, il réussit à sauver des milliers de vies.

Comparaissant après la guerre devant un tribunal militaire, de nombreuses personnalités franquistes vinrent témoigner en sa faveur. Quand l'un de ces témoins parla de ses vertus chrétiennes, Melchior se dressa et protesta avec force, disant qu'il n'était pas chrétien, mais anarchiste, et qu'il avait agi par humanité, non par charité. Il fut condamné à une peine légère et regagna Valence après sa libération, toujours protégé par quelques-uns de ceux qu'il avait sauvés. Lorsqu'il tomba gravement malade, il fut soigné à l'hôpital Francisco Franco de Madrid où Martín Artajo, ancien ministre des Affaires étrangères du

Généralissime, lui rendit visite, arborant pour l'occasion une cravate aux couleurs de l'anarchisme, rouge et noir. Catholique fervent, Artajo lui tendit un crucifix que le malade accepta de baiser. Son cercueil fut recouvert du drapeau anarchiste sur lequel on avait déposé le crucifix ; lors de l'enterrement, ses compagnons chantèrent des hymnes anarchistes, et Artajo récita le Notre Père. Cette scène étrange, profondément espagnole, se passait sous la dictature.

Si je résume ce destin exceptionnel, c'est pour montrer que, l'eût-il voulu, le gouvernement aurait pu arrêter ce carnage. Il y avait, en Espagne, des milliers de fonctionnaires honnêtes et de républicains sincères qui, encouragés, auraient trouvé la force de s'opposer à la barbarie stalinienne. Un historien signale que, bouleversé, Azaña fut à deux doigts de démissionner en apprenant cette abjection. Il devait avoir des doigts très larges, car il ne démissionna pas. Aucun ministre ne protesta. Celui de la Justice, cédant aux protestations des communistes, finit même par déposer Melchior. Les massacres purent alors reprendre.

Perfectionnant la méthode, les services de Carrillo voulurent donner un vernis de légalité au carnage en instituant des tribunaux populaires chargés de condamner ceux qui étaient voués à l'extermination. Dans la seule prison de San Antón, ces tribunaux, installés le 21 novembre, prononcèrent en trois jours mille huit cents condamnations...

C'est la crainte des diplomates étrangers qui, vers la fin décembre, mit un terme à l'ignoble tuerie. Dans leurs rapports, ils informaient leurs gouvernements respectifs de la terreur que les communistes faisaient régner à Madrid ; ces crimes démentaient trop manifestement la propagande qui continuait de présenter le Front populaire comme défendant la « démocratie » contre l'agression fasciste...

Le 9 décembre 1936, *Política*, le journal de la Gauche républicaine, parti de Manuel Azaña, annonça qu'un avion d'Air France avait été abattu par la chasse fasciste à une trentaine de kilomètres de la capitale. L'avion n'appartenait pas à la compagnie Air France, mais à l'ambassade de France, et il emportait, avec la valise diplomatique, des membres du personnel ; avec eux voyageait un certain Henny, représentant à Madrid de la Croix-Rouge internationale, dont la sacoche renfermait un rapport rédigé avec l'aide du chargé d'affaires de la légation norvégienne, Schleiyer.

Alors qu'il cherchait à découvrir ce qui était arrivé à l'un de ses amis espagnols arrêté à l'aéroport, l'attention de Schleiyer avait été attirée par la présence, autour de la Cárcel Modelo, de nombreux autobus et d'une foule de miliciens. Poursuivant une enquête aussi minutieuse que tenace, il avait abouti jusqu'à Paracuellos, découvrant avec horreur d'immenses fosses récemment recouvertes de terre fraîche, d'où s'exhalait une odeur pestilentielle. Il parla avec un paysan qu'il connaissait, apprit ce qui s'était passé, et décida d'avertir Henny qui l'accompagna le lendemain sur le lieu des massacres. Le rapport qu'ils rédigèrent ensemble allait être remis à la Société des Nations à Genève. Mais Alvarez del Vayo devait, le lendemain, prononcer un important discours pour condamner, une fois encore, l'agression fasciste contre la démocratie espagnole. Pour Orlov, il était exclu que le rapport de Schleiyer et Henny pût arriver devant le Comité de non-intervention. Le pilote survécut à l'attaque et put témoigner que l'avion de chasse qui avait abattu son appareil n'était pas du tout fasciste, mais russe ; Henny, lui, fut tué et sa sacoche disparut.

Combien de tués ? Dans son livre, César Vidal[1] publie une liste exhaustive des victimes pour Madrid et sa région ; elle comporte 11 705 noms. On pourra chipoter sur le nombre, on le fera sûrement. Reste l'épouvante de cette terreur méthodique, organisée avec soin, exécutée avec la froideur et l'efficacité dont les staliniens étaient capables.

Alors que je rédigeais ces pages, j'ai pu visionner un bon documentaire sur les relations entre Franco et Salazar. Tout à coup, Santiago Carrillo, l'air débonnaire, promu sage de la démocratie, apparut à l'écran, affirmant que Franco avait exterminé deux générations d'Espagnols, et qu'il tirait des prisonniers de leur prison pour les faire fusiller. Tirer, en ce sens, se dit *sacar* en espagnol. Ma première réaction fut de stupéfaction, la seconde d'accablement : Carrillo avouait là malgré lui en évoquant ces *sacas* dont il avait longtemps prétendu ne pas se souvenir, niant sa participation à ces décisions ignobles, en rejetant la responsabilité sur les conseillers soviétiques, Kolstov et surtout Orlov. Je ne prétends pas l'accabler, je veux seulement montrer que ce terrible conflit n'eut rien à voir avec le mythe qu'on entretient encore, mais fut bel et bien le choc sanglant entre deux totalitarismes, l'un catholique et ultraconservateur, l'autre communiste.

Peut-on, en considérant le tableau de ces massacres, entériner l'explication du « spontanéisme » et de la

1. César Vidal, *Checas de Madrid*, Barcelone, Belacqva/Carrogio, 2003.

juste colère des masses ? Les acteurs des premières vagues de cette répression agirent sans doute de manière sauvage et improvisée, ce qui est d'ailleurs également vrai pour l'autre camp, si l'on excepte la brutalité des troupes marocaines. Ainsi la répression déchaînée qui suivit la prise de Málaga, encouragée par Queipo de Llano, apparaît-elle comme une vengeance démente contre les assassinats perpétrés par les milices révolutionnaires. Les milices madrilènes réagissaient elles aussi au soulèvement militaire et aux atrocités de Badajoz. Dans les deux camps, une fureur aveugle se déchaîna, causant des milliers de morts. Mais, avec les « évacuations » planifiées et organisées par les communistes, on se trouve devant un crime de masse d'une nature radicalement différente. Il ne s'agissait plus d'assouvir une vengeance, mais de liquider les « ennemis de classe ». Le schéma de ces carnages suivait celui déjà mis au point en Union soviétique. Il suivra d'ailleurs une identique progression, s'attaquant aux anarchistes, trotskistes et autres « caballéristes » après avoir frappé les « réactionnaires » et les « fascistes ». Dirigées par Kolstov et par Orlov, organisées par Santiago Carrillo, ces purges, demandées par Moscou, obéissaient à la terreur de masse de style bolchevique. Ici, nulle trace de spontanéisme, mais une décision froidement exécutée. On entre là, comme à Katyn, dans une logique implacable, totalitaire.

Il reste aussi que le gouvernement couvrit ces pratiques, s'inclinant une fois de plus devant le déchaînement des révolutionnaires. Il y eut des protestations ; il n'y eut ni condamnation, ni démission. L'attitude lâche et complaisante des ministres, et, au-dessus d'eux, du président de la République, démontre, s'il en était encore besoin, que le régime ne possédait plus la moindre légitimité. Il gardait une légalité de façade, et c'est à cette apparence que beaucoup continuent de s'accrocher. Mais maintenir cette fiction, c'est nier l'esprit même de toute république.

Guerre et révolution

1937-1939

Dans la plupart des ouvrages sur la guerre civile ou sur Franco, on ne trouve que de rares allusions aux tueries de Paracuellos ou au mécanisme des « évacuations », pas davantage à la recherche des responsabilités. Alors que le moindre crime imputé au Caudillo est dénoncé avec force, on se contente d'allusions rapides à ces éliminations de masse. Comment expliquer cette amnésie ?

Chez les républicains modérés, effarés par de telles abominations, ces crimes provoquent un malaise d'autant plus grand qu'otages de la fiction qu'ils présentent à l'opinion internationale, celle d'une république démocratique, il leur est impossible de les reconnaître sans ruiner leur propre légitimité. Une gêne qu'on constate chez Prieto qui, dans le rapport déjà cité, devant les instances de son parti, se contente d'une allusion vague, entendue des seuls initiés : « les terribles événements que vous connaissez ». Il ne peut pas se montrer plus explicite s'il ne veut pas jeter bas ladite fiction.

Un second malaise vient de l'incompréhension stupéfaite face à l'horreur. Sidérés par la brutalité des communistes, les modérés semblent paralysés. Ils n'arrivent pas à appréhender le mécanisme totalitaire. Hannah Arendt [1] a parfaitement analysé cette impuissance à imaginer l'*intention* d'anéantissement de groupes entiers, non pour ce qu'ils ont fait, mais pour ce qu'ils sont. Indalecío Prieto le reconnaît implicitement : « Le danger qu'il y a, écrit-il, de confier à des communistes un commandement militaire ou n'importe quel poste de l'administration publique, c'est que la discipline politique les oblige à servir le bureau de leur parti avant le gouvernement dont ils dépendent [2]. » Le dirigeant socialiste découvrirait-il que le communisme méprise l'État bourgeois et ses institutions ? Prieto ne l'ignore pas, pas plus qu'il n'ignore que la révolution voulue par les communistes est internationale, et qu'il est donc logique, pour un militant communiste, d'obéir aux ordres du Komintern : « Les Russes ordonnaient, les communistes espagnols obéissaient. » Il sait, mais n'assimile pas. Azaña, Martínez Barrio, Besteiro, tous restent médusés devant la détermination glaciale des militants communistes. Leur cynisme les désarçonne. « Il est extrêmement difficile, poursuit Prieto [3], de lutter contre une telle duplicité, parce que certains communistes auxquels ont été confiés des postes de confiance ont ordre de dissimuler

1. Hannah Arendt, *Les Origines du totalitarisme*, « Le système totalitaire », Paris, Seuil, coll. « Points », 1972. Tout ce passage s'inspire directement de ce livre devenu classique.

2. Indalecío Prieto, *Comment et pourquoi je suis sorti du ministère de la Défense nationale : les intrigues des Russes en Espagne*. Compte rendu sténographique du rapport prononcé le 9 août 1938 à Barcelone devant le comité national du Parti socialiste ouvrier espagnol, Éditions ouvrières, Paris 1939.

3. *Ibid.*

leurs opinions afin qu'on ne se méfie point d'eux, et même de les déguiser en s'inscrivant dans d'autres partis. » Il profère plus loin le mot « trahison », citant un cas où ses ordres ont été sabotés, entraînant des conséquences dramatiques : la perte, dans le port de Gijón, d'un destroyer coulé par l'aviation alors qu'il le croyait, selon les instructions données, en pleine mer, voguant vers Casablanca. Mais le conseiller soviétique à Gijón avait interdit au navire de lever l'ancre, et soustrait le télégramme du ministre.

Étrangère à la morale ordinaire, qualifiée de bourgeoise, la conscience des communistes reste hermétique à ces libéraux. Pour Prieto comme pour Besteiro, pour la plupart des socialistes historiques, ce mépris de la morale civique est proprement impensable.

Carlos Fernandez [1] pousse plus loin l'incompréhension. Il ironise sur la croyance de Franco en une mainmise des communistes sur la République, et pose cette question désarmante : « Pourquoi les communistes auraient-ils cherché à s'emparer du pouvoir alors qu'il y avait deux ministres communistes au gouvernement ? » On se demande pourquoi, en effet ! Il faudrait le demander aux Tchèques, aux Polonais, aux Hongrois, aux Russes eux-mêmes. Carlos Fernandez est présenté comme un expert militaire ; l'histoire politique ne figurait sans doute pas au programme des écoles militaires...

Le plus étonnant est que sept décennies après, on persiste à parler de la République sans évoquer ce qui la ronge et la détruit. Amnésie d'autant plus stupéfiante que la bolchevisation se poursuivait depuis 1934, et que 1936 n'est que l'aboutissement logique

1. Carlos Fernandez, ouvrage cité.

de ce processus. Tous ces hommes, et beaucoup de leurs partisans en Europe, voient de quelle manière implacable s'opère la mainmise des communistes ; ils savent analyser leur stratégie, comprendre leur objectif, c'est-à-dire la prise du pouvoir. Ainsi Prieto explique-t-il à ses camarades socialistes que si le Parti communiste s'est assuré le contrôle de l'armée et des services de sécurité, négligeant d'autres secteurs, c'est parce que ce contrôle lui assurerait, en cas de victoire du camp « républicain », la réalité du pouvoir. Et d'énumérer les commandements militaires communistes, les postes de direction dans la police et les services de répression occupés par des communistes, emprise dont socialistes et anarchistes sont parfaitement conscients. Mais cette connaissance se heurte à une résistance intérieure qui tient à leur foi indéracinable dans la nature de l'homme. Elle leur interdit d'imaginer qu'une idéologie puisse « déshumaniser » ses fidèles, les robotiser. Victimes de leur utopie, ils croient que ce qui rapproche les hommes se révèle plus fort que ce qui les sépare. Ils s'accrochent à cette illusion parce que, admettraient-ils que le fanatisme totalitaire crée des hommes d'une autre espèce, ils cesseraient d'être ce qui les tient debout.

Toute l'Europe libérale, pétrie d'humanisme, nourrie de la philosophie des Lumières, éduquée par Rousseau dans la conviction que seules l'ignorance et la misère engendrent le crime, toute cette Europe se cogne à l'énigme maléfique. Il y a là une aberration que des hommes raisonnables ne parviennent pas à concevoir. Elle les hypnotise, les paralyse, et ils tentent désespérément d'y trouver des explications accessibles à la raison. *Monsieur* Hitler ne peut pas être un monstre ; ses divagations menaçantes doivent cacher des revendications compréhensibles ; on doit donc pouvoir s'arranger avec lui. Les purges sanglantes déchaînées par Staline s'expliquent sûrement par des contradictions dans le processus révolutionnaire ; il doit y avoir des raisons à cette folie collective.

Pour le franquisme, tout est clair ; il incarne ce que la Révolution a dénoncé, combattu : le retour de la réaction la plus noire, les curés, les uniformes. Mais le communisme est révolutionnaire, il se tient même pour l'aboutissement de la Révolution de 1789. Dès lors, la pensée progressiste louvoie, résiste. Elle ne sait comment appréhender cet objet tombé d'un ciel inconnu.

L'échec de la IIe République espagnole est l'échec de toute l'Europe libérale, et c'est ce qui explique en partie son retentissement. Dès sa naissance, elle étala au grand jour sa contradiction : réforme ou révolution ? La faute de Manuel Azaña fut sans doute de croire qu'il pouvait accomplir une révolution anachronique, et qu'il réussirait à le faire par la contrainte. Il se trouva très vite débordé, submergé par les partisans d'une autre révolution, radicale celle-ci, et il dut les réprimer, dressant dès lors les deux camps contre lui. José Antonio n'avait pas tort de voir en lui « l'homme des grandes occasions perdues », sauf que la première de ces occasions fut d'abandonner ses livres pour se jeter dans la politique !

Il y avait la « gymnastique révolutionnaire » des extrémistes de l'anarchisme, mais, malgré ses provocations et ses excès, l'anarchisme plongeait des racines profondes dans l'âme de l'Espagne. Il incarnait par ailleurs le refus intransigeant de tout totalitarisme, de toute dictature, une exigence de liberté absolue, inconditionnelle. Son moralisme sévère le rendait hostile à l'amoralisme cynique des communistes. Ne prônaient-ils pas, ces anarchistes, la fermeture des cabarets, des lupanars, l'interdiction des corridas et autres spectacles dégradants ? Habités par un rêve de pureté, persuadés que le crime était le fruit pourri d'une société malsaine, ils se montraient plus idéalistes que Rousseau et détestaient la prison, ce symbole de l'oppression de l'État. Comme Quichotte délivrant les forçats, ils libéraient les détenus de droit commun, générosité touchante et naïve qui multiplia, d'autant, dans les *tchékas*, le nombre des tortionnaires et des assassins. Le mysticisme franciscain des anarchistes venait du fond des siècles ; il était ce qu'il y avait de plus pur en Espagne à condition de ne pas oublier que la pureté est une vertu dangereuse. Comment s'étonner que les anarchistes aient été les adversaires intraitables des communistes ? Eux aussi furent les grands vaincus de cette guerre implacable.

Dénonçant avec un humour ravageur la dictature stalinienne, les anarchistes distribuaient dans Madrid un journal [1], bien entendu interdit, lu avec délectation par la population. Filant à bord de leurs voitures réquisitionnées, ils en répandaient les exemplaires sur la chaussée et les Madrilènes, trompant la surveillance des patrouilles communistes, furieuses des brocards dont leurs adversaires les accablaient, s'empressaient de les ramasser.

Même chez les *Camisas Viejas*, les phalangistes de la première heure, on trouvait une sympathie complice envers les anarchistes. On pouvait les combattre, on n'arrivait pas à les haïr. Telles des fleurs bizarres et

---

1. *In* Marquis de Valdeiglesias, *La Sociedad española*, Madrid, Biblioteca Nueva, 1957.

vénéneuses, ils poussaient sur la roche d'Espagne. Les communistes, eux, venaient d'une planète étrangère ; ils tombaient du ciel froid des idées, bardés de leur dialectique, armés de dogmes, inaccessibles au raisonnement et aux sentiments qui fondent la simple humanité. Méprisant la compassion et la pitié, ces lâchetés de la morale « bourgeoise », ils se voulaient des hommes, selon leur expression, forgés « dans le dur acier stalinien ». S'ils détestaient leurs « ennemis de classe », ils haïssaient davantage encore les gauchistes, les anarchistes, ces éléments indisciplinés, pustules de la maladie infantile stigmatisée par Lénine.

Pour retracer la nature des purges déclenchées par les communistes contre les gauchistes, il faudrait décrire par le menu la situation à Barcelone et à Valence. Il suffit de dire qu'elles furent d'une cruauté terrible, notamment après la création du sinistre SIM (Service d'investigation militaire) sur lequel le Parti communiste réussit à mettre la main malgré la résistance de Prieto. Créé comme un organisme de contre-espionnage, il négligea vite sa finalité avouée pour devenir l'instrument de la répression contre les « trotskistes », les gauchistes, les anarchistes et autres « caballéristes » *(sic)*.

Sur ordre de Moscou, les communistes espagnols s'acharnèrent contre les militants du POUM [1], enlevant à Barcelone son chef, Nín, accusé d'être un agent

1. Parti ouvertement antistalinien, le POUM avait rompu avec Trotski, ce qui n'intéressait guère les communistes. Nin avait d'ailleurs applaudi aux « évacuations » des détenus contre-révolutionnaires.

« fasciste ». Les agents du SIM[1] fabriquèrent des faux prouvant qu'il renseignait les franquistes. Conduit à Alcalá de Henares, enfermé dans un chalet, il fut affreusement torturé avant d'être abattu. Sur les murs de Barcelone et de Madrid, les militants du POUM et les anarchistes, solidaires contre la police stalinienne, inscrivirent : « Où donc est Nin ? » – les communistes rétorquant : « À Salamanque ou à Berlin ! » Dans cette affaire sordide, on retrouve les méthodes du NKVD soviétique : confection de faux, accusations rocambolesques, séquestration, tortures visant à extorquer des aveux, exécution camouflée en « complot fasciste ». Il y manque le procès public, car Nin résista à la torture et refusa de collaborer.

Dans la capitale catalane, les *tchékas* du SIM se distinguèrent par l'introduction de méthodes « scientifiques » de torture, par la création de cachots aux installations les plus sophistiquées. Des milliers de gauchistes furent victimes de sévices raffinés. Suivant un schéma familier, la révolution dévorait ses enfants.

La persécution lancée contre le POUM provoqua la chute du gouvernement de Largo Caballero, remplacé par Juan Negrín qui nomma Indalecío Prieto au ministère de la Défense.

Le « Lénine espagnol » s'était opposé aux persécutions contre le POUM ; il avait également refusé la fusion des partis socialiste et communiste réclamée avec insistance par les communistes ; il avait pris des mesures pour tenter de diminuer l'influence du Parti communiste, dissolvant la junte de défense installée à Madrid, supprimant les commissaires politiques dans

1. Dans cette machination ténébreuse, on retrouve bien entendu Orlov.

l'armée. Mais, comme Prieto le signale, cette réaction arrivait trop tard. Furieux, ses anciens alliés le traînèrent dans la boue, s'abouchèrent avec son rival de toujours qui, conduite peu glorieuse, leur prêta la main.

Dans Barcelone, une petite guerre civile dans la grande guerre civile avait eu lieu peu de temps auparavant, faisant un millier de morts. Ces combats fratricides démontraient, entre communistes, poumistes et anarchistes, l'existence de divergences féroces. C'est au milieu de ces troubles que Juan Negrín, bourgeois prospère, aimant la bonne chère et le luxe, nanti d'appétits sexuels irrépressibles (il lui fallait, disait-il, plusieurs femmes par jour), fut élu à la présidence du Conseil.

Pourquoi les communistes mettaient-ils en avant cette marionnette au lieu d'exercer directement le pouvoir ? La réponse se trouve dans les archives moscovites où figure un rapport adressé à Staline, décrivant Negrín comme un allié sûr. Or les consignes de Staline étaient impératives : présenter à l'opinion internationale des personnalités « acceptables » par les démocraties bourgeoises, mettre un terme à la démagogie révolutionnaire afin d'attirer les classes moyennes, restaurer l'ordre. Les violents affrontements de Barcelone [1] s'inscrivaient dans cette nouvelle stratégie.

Plus que sûr, Negrín était un allié inconditionnel. Il commença par expédier en Union soviétique tout l'or de la Banque d'Espagne, en guise de règlement pour l'armement que les Russes allaient lui livrer. Sans rechigner, il signa toutes les condamnations à mort que

1. On trouve une description minutieuse de ces incidents dans le livre de Pierre Broué et Émile Témime, *La Révolution et la Guerre d'Espagne*, Éditions de Minuit, 1961, rééd. 1996.

les agents du SIM lui présentaient ; il nomma des communistes aux postes de commandement dans l'armée, suivit docilement leurs consignes. Avec lui, Staline avait trouvé l'instrument idoine.

La guerre continuait. Après l'échec des attaques frontales contre Madrid, Franco avait renoncé à s'emparer de la capitale, se résignant à livrer une guerre longue et méthodique. Voulait-il, comme certains historiens l'en accusent, prolonger ce conflit pour mieux « nettoyer » le pays ? Ceux qui émettent cette accusation seraient bien incapables de fournir la moindre preuve. L'acharnement mis par le Généralissime à s'emparer de la capitale, malgré des pertes effroyables, tendrait plutôt à démontrer le contraire.

La résistance des Rouges, la vigueur de leurs contre-attaques, la supériorité de l'armement soviétique – blindés et aviation [1] – sur celui des Allemands et des Italiens le convainquirent de la justesse des arguments de Mola qui conseillait d'accorder une priorité au front nord. La conquête des Asturies et du Pays basque donnerait aux nationalistes l'industrie dont elle manquait – houille, acier, cuivre, fabriques d'armement –, pour ne rien dire des rentrées de devises.

Dès le mois de mars 1937, l'offensive du Nord était lancée, commandée par Mola avec l'appui des Italiens qui insistèrent pour se « distinguer » après leur échec à Guadalajara, seule victoire remportée par les révolutionnaires. À cause des pluies diluviennes, la progression fut lente : près de quatre mois. Atteinte dès le

---

1. Les avions russes se révélèrent supérieurs jusqu'à l'arrivée des Messerschmitt ; le blindage des tanks soviétiques était également plus épais et plus résistant.

mois d'avril, la côte cantabrique autour de Bermeo isola Bilbao, permettant d'attaquer le flanc de l'armée basque qui, retranchée derrière ses fortifications, se défendit avec courage.

Alors même qu'il désapprouvait les choix stratégiques de Mola, le Généralissime fit preuve de compréhension. Avec ses alliés il se montra toujours indulgent, les déplaçant, les reléguant dans un placard ou les expédiant au loin. Prodigue du sang de ses adversaires, il était économe de celui de ses amis.

Début juin, l'avion amenant Mola à Burgos s'écrasa contre une colline [1]. Après José Antonio Primo de Rivera [2] et Calvo Sotelo – deux civils qui auraient pu devenir de dangereux rivaux –, les généraux Sanjurjo et Mola avaient disparu. Il restait Queipo de Llano, fantasque, caractériel, mais sans les moyens de ses ambitions. Le Généralissime était désormais seul maître de l'Espagne.

Tandis que Serrano Suñer travaillait à donner une forme juridique au nouvel État, les évêques d'Espagne publièrent une lettre adressée aux prélats du monde entier pour défendre la Croisade nationaliste, appui qui confortait la position de Franco. Le soutien officiel de l'Église renforça également sa dévotion. Il s'était

1. Pour certains, il va de soi que cet accident cache un attentat – une bombe à retardement, précise même Vilallonga qui, dans sa volonté de dénigrement, finit par lasser.

2. On a soupçonné Franco de ne pas avoir tenté de négocier la libération de José Antonio en proposant un échange, comme ce fut le cas pour d'autres. De cela on ne possède aucune preuve, mais une chose est sûre : eût-il survécu à sa détention, José Antonio aurait compliqué les affaires du Caudillo qui n'appréciait guère son agitation.

choisi un confesseur, suivait chaque matin la messe, communiait souvent ; son chapelain l'accompagnait dans tous ses déplacements, et il arrivait au Généralissime de lui demander d'exposer le saint sacrement, restant de longues heures, parfois des nuits entières à genoux. Bien entendu, cette religiosité a fait l'objet des sarcasmes de beaucoup qui la déclarent bien peu évangélique. Ils ont sans doute raison. Une chose est sûre : c'est là une dévotion très espagnole.

Lors de la prise de Málaga, une relique avait été trouvée dans une caserne : le bras de sainte Thérèse d'Ávila, miraculeusement préservé. On l'offrit à Franco qui l'emporta partout avec lui. Elle le suivit jusqu'à sa mort. Savait-il que Philippe II vouait un culte bizarre aux reliques ; qu'il les faisait rechercher dans toute l'Europe, les payant à prix d'or ? Ses appartements de l'Escurial en étaient remplis et le roi passait des heures à prier devant ces restes macabres.

Ce n'est pas le seul point de ressemblance entre les deux personnages : leur froideur, leur impassibilité, leur patience faisaient d'eux des Espagnols atypiques. L'un, d'origine flamande, galicienne l'autre, tous deux étaient pénétrés de l'idée de leur grandeur, convaincus de jouir de la protection divine ; ils firent montre d'une identique fureur répressive, se voyant en défenseurs de la plus stricte orthodoxie. L'Espagne dont ils rêvaient était un bastion de la foi, une forteresse assiégée par des idées pernicieuses. L'un comme l'autre entreprennent une contre-réforme, opposés qu'ils sont avec raideur au mouvement du reste de l'Europe.

Philippe choisit l'Escurial pour bâtir son panthéon royal ; le dictateur, dès 1940, soit un an après sa victoire, édifia à quelques kilomètres ce monument inquiétant, aux proportions démesurées, *el Valle de los*

Caídos – « la Vallée de ceux qui sont tombés » –, mausolée dont la construction dura plusieurs années.

L'un des détenus politiques[1] ayant travaillé sur ce gigantesque chantier dira que la crypte creusée dans la montagne, surmontée de son immense croix, était la « fiancée de Franco », lequel venait parfois la visiter de nuit, déambulant seul parmi les échafaudages et les blocs de granit. Philippe II quittait de même Madrid pour surveiller la construction de l'Escurial, restant des heures assis sur un banc de pierre dominant le monastère. Il y a, chez les deux hommes, une même attirance pour le culte des défunts, un souci obsessionnel de la mémoire des morts – bien entendu, les *bons* morts.

Le 19 juin, les nationalistes entrèrent dans Bilbao, succès qui donnait à Franco le contrôle de l'industrie lourde qui lui faisait défaut. Immédiatement relancée, la production de houille et d'acier dépassa vite celle des années 1930. La mainmise sur les fabriques d'armement et les arsenaux rendait par ailleurs Franco moins dépendant de l'aide allemande. De ce fait, il n'allait pas tarder à marquer ses distances avec ses alliés.

Après cette victoire qui rétablissait l'équilibre entre les deux zones, l'offensive devait reprendre en direction de Santander, lorsque l'Armée rouge, cherchant à soulager la pression des nationalistes sur Madrid, attaqua par surprise dans les environs de l'Escurial. C'était le cœur de l'été, il faisait une chaleur étouf-

1. Les prisonniers politiques effectuaient des travaux, chaque année de labeur réduisant de trois ans la durée de leur peine. C'était « la rédemption par le travail ».

fante. Dans les premiers jours de juillet, les troupes commandées par Lister percèrent les lignes nationalistes et gagnèrent du terrain en direction du village de Brunete. Ayant reçu des renforts, notamment de l'aviation et de l'artillerie, le général Varela lança une vigoureuse contre-offensive, reprenant presque tout le terrain abandonné. Le 25 juillet, jour de la Saint-Jacques, patron de l'Espagne, la bataille de Brunete s'achevait par une défaite cinglante des révolutionnaires qui perdaient près de 25 000 hommes, autant de blessés et de prisonniers, et une centaine d'avions. La voie de Madrid par l'Escurial était grande ouverte, clama Varela. Mais, échaudé par les précédentes attaques contre la capitale, Franco insista pour parachever la conquête du Nord, usant d'arguments qui réussirent à convaincre Varela. Il fallait, lui dit le Généralissime, prendre Santander, le deuxième port cantabrique en importance, avant l'arrivée de l'automne, avant que les pluies et les brumes rendent les routes impraticables.

Ce fut chose faite dès le 26 août.

En apprenant la prise de Santander, le Généralissime laissa exploser sa joie, faisant brusquement irruption dans le bureau des secrétaires en criant : « Santander est à nous ! Santander est tombé ! » – réaction si rare chez lui, toujours impassible, qu'elle laissa les témoins de la scène médusés. Ils auraient été plus étonnés encore s'ils avaient deviné les raisons de cette euphorie.

Il y avait d'abord ces régiments républicains passés avec leur armement dans le camp nationaliste, preuve pour le Caudillo que « la véritable Espagne » se ralliait à son combat. Il y avait surtout le fait qu'avec la prise de Santander le commerce allait reprendre avec la

Grande-Bretagne, rapportant des devises et permettant de se dégager de l'étreinte allemande, chaque jour plus étouffante.

Réclamant le prix de son aide, Hitler exigeait en effet la concession de quarante gisements miniers indispensables à l'industrie de guerre allemande. Fidèle à lui-même, le Généralissime louvoyait, prodiguant des protestations d'amitié mais remettant à plus tard la signature des contrats. Il fit mieux : il publia un décret interdisant aux firmes étrangères de disposer d'une participation excédant 25 % dans une société espagnole, mesure qui enragea le Führer. Une fois encore, Franco protesta de son indéfectible amitié et jura que la mesure ne visait aucunement l'Allemagne. Mais les chiffres dévoilent les intentions : l'Espagne franquiste livrait à l'Angleterre quatre fois plus d'acier, de charbon et de cuivre qu'elle n'en livrait à l'Allemagne.

La partie de cache-cache entre les deux dictateurs débutait ; le Galicien deviendra maître en ce jeu subtil : multiplier les démonstrations d'amitié sans rien céder sur le fond. Pour amadouer le Führer, il se servira de la nouvelle Phalange. Dans sa presse, sur les ondes, du haut des tribunes, le parti jouera la partition tonitruante de l'adhésion absolue à la politique de l'Axe, cependant que l'État, c'est-à-dire le Caudillo, continuera de finasser et louvoyer. Il y aura les paroles et il y aura la musique. Les unes diront la fidélité à l'alliance, la solidarité ; la mélodie répondra : indépendance, souveraineté nationale.

Dans le bulletin dactylographié diffusé par le quartier général de Franco, on lit un article dithyrambique sur un discours prononcé par Hitler, puis, la semaine suivante, une réfutation méthodique, calme et argumentée des thèses raciales et de l'antisémitisme des nazis. Pío Baroja, le grand romancier, ne cite pas une seule fois Hitler, ne fait pas la moindre allusion aux nazis : il se contente de démolir la théorie des races. Comme le bulletin sert de guide au Mouvement et délivre les consignes, chacun fut à même de deviner la pensée du Généralissime : gratitude pour l'aide apportée à sa cause, mais, pour le reste... Jamais il ne se départira de cette attitude ambiguë qui finira par exaspérer Berlin.

Les préférences commerciales accordées à la Grande-Bretagne expriment une identique réserve. Sous aucun prétexte Franco ne veut se retrouver les mains liées par ses alliés. Jaloux de l'indépendance de son pays, il la défendra avec une obstination farouche. Fils et petit-fils de marins, ayant dû à regret renoncer à une carrière d'officier de marine, le Généralissime admire la flotte britannique, admiration qui l'empêchera de coller complètement à l'Allemagne.

L'ambassadeur d'Italie, Cantalupo, venu prendre congé du Caudillo avant son départ pour Rome, recueillera ses confidences. C'est un homme fin, d'une courtoisie délicate, doué d'une intelligence subtile ; Franco se sent en confiance avec lui. De sa voix douce, Franco lui parle d'abord de la conduite de la guerre, lui répétant qu'il entend la mener à sa manière, sans se laisser influencer par ceux – à commencer par les Allemands – qui le pressent d'accélérer le mouvement. « Si j'allais trop vite, je serais un mauvais Espagnol... » Il en vient enfin à la politique, et Cantalupo, plus lucide que Faupel, comprend que son interlocuteur ne sera jamais ce qui s'appelle un fasciste. Relevant avec scepticisme les démonstrations de reconnaissance pour l'aide que Mussolini lui a généreusement apportée, l'ambassadeur note que Franco, lui, n'aurait jamais accordé un tel soutien sans avoir pris soin de discuter âprement les contrats. Pour le Galicien, conclut-il avec philosophie, seuls comptent les intérêts de son pays.

S'il n'est pas fasciste, malgré toutes les postures et les déclamations rituelles, qu'est donc cet homme qui va régner sur le pays pendant plus de trente-cinq ans ? D'abord, l'anti-idéologue par excellence. Franco défend des principes ancrés dans la tradition, celle des Rois Catholiques, de Philippe II, mais il méprise idées et théories. Conservateur, il est, au sens précis, contre-révolutionnaire. Le marxisme est pour lui ce que le luthérianisme fut pour Philippe II : une hérésie qu'il faut extirper à tout prix. Nullement sanguinaire, pas du tout sadique, il applique avec froideur la justice comme le roi prudent envoyait au bûcher les ennemis de la foi. Franco sévit avec la rigueur d'un inquisiteur, persuadé de défendre le bien contre le mal. La rhétorique fasciste, le bras tendu, les déguisements divers, c'est, pour reprendre une image de Philippe Nourry, du stuc sur les vieilles pierres : un placage. Il n'a, depuis l'âge de quarante ans, qu'une conviction, mais inébranlable : l'anticommunisme. Sans faire de détail, le communisme englobe pour lui toutes les opinions néfastes, toutes les perversions : franc-maçonnerie, socialisme, libéralisme (au sens politique), manifestations d'une même entreprise démoniaque. Sa politique tient en un mot : maintenir. D'abord l'ordre, son obsession. Mais, ainsi que Brian Crozier[1] le relève, l'ordre ne fait pas en soi une politique. Il est, pour Franco, la condition du progrès économique. Produire

1. Brian Crozier, ouvrage cité.

avant de distribuer, quand bien même sa conception de la distribution paraît assez timide. La grève est un délit parce qu'elle détruit la richesse nationale. N'entendant rien à l'économie, Franco, comme de Gaulle, comme une majorité de militaires, n'éprouve aucune sympathie pour le capitalisme, surtout pour le capitalisme financier, à ses yeux immoral. Ignorant jusqu'au sens de l'expression « accumulation du capital », c'est pourtant la production de richesses qu'il favorise, non pour une classe sociale, mais pour l'Espagne – sauf que cette Espagne idéale se compose bel et bien de classes sociales, si bien qu'à la fin des fins ce sont d'abord les riches qui s'enrichissent et les plus pauvres qui subissent les conséquences de l'effort demandé. Ce n'est pas là la seule contradiction du Caudillo.

Ayant achevé la conquête du Nord par la prise de Gijón et le contrôle des Asturies, le Généralissime prépare à l'automne 1937 une nouvelle offensive dans la région de Guadalajara, au nord de Madrid. Il s'agit d'isoler la capitale en coupant la route de Valence. Mais les républicains le devancent en attaquant au sud de Saragosse, autour de la ville de Teruel qu'ils réussissent à encercler et dont ils finissent, après de terribles combats, par s'emparer, seule capitale de province qu'ils aient conquise. Contre l'avis de ses généraux qui lui conseillent de maintenir l'attaque prévue autour de Guadalajara, Franco masse des renforts pour contre-attaquer à Teruel. C'est chez lui un principe : ne jamais laisser dans les mains des Rouges une ville qu'ils auraient reprise, ne jamais abandonner un territoire perdu.

On a appelé la bataille pour la reconquête de Teruel « le Verdun espagnol ». Elle se déroula dans des conditions épouvantables, par une température de moins quatorze degrés, dans la neige et la boue ; les combats durèrent près de deux mois ; les républicains se défendirent avec acharnement. Les pertes atteignirent dans les deux camps des dizaines de milliers de combattants, beaucoup morts de froid. Le 22 février 1938, les nationalistes reprenaient Teruel qui n'était plus qu'un tas de ruines calcinées. En se retirant, les Rouges emmenaient avec eux l'évêque de Teruel, le colonel Rey d'Harcourt, défenseur héroïque de la ville, ainsi qu'une quarantaine de prisonniers. On les retrouvera à Ripoll.

Cet échec combiné à la perte de Lérida et de Gandesa allait précipiter le départ d'Indalecío Prieto du ministère de la Guerre, réclamé avec insistance par les communistes qui l'accusaient de défaitisme. Las, découragé, le ministre, tout comme Azaña, considérait que la guerre était perdue et réclamait une paix de compromis. Depuis des mois, il s'affrontait aux communistes, dénonçant leur dictature. Depuis que Largo Caballero avait entraîné son parti dans une surenchère démagogique, en 1933, en acceptant l'alliance avec les staliniens, le socialisme démocratique avait sombré. Englués dans leurs contradictions, les socialistes avaient fini par mourir étouffés par leurs alliés.

Largo Caballero d'abord, Prieto ensuite, il ne restait plus que les communistes, décidés à lutter jusqu'au bout. Persuadés que la guerre mondiale n'allait pas tarder à éclater, il fallait selon eux résister pour se ranger aux côtés des démocraties, liant ainsi le sort de Franco à celui des autres dictateurs. C'était la crainte du Généralissime qui, lors de la crise de Munich, s'empressa d'avertir la Grande-Bretagne que l'Espagne – bien entendu la sienne – resterait neutre, déclaration qui indigna le Führer. Chaque camp regardait avec angoisse les aiguilles tourner à l'horloge de l'Europe. Lorsque Chamberlain et Daladier rentrèrent dans leurs pays après avoir signé à Munich les fameux accords avec Hitler, Franco envoya à Hitler et au Premier ministre britannique des télégrammes de félicitations. Rien, bien sûr, à Daladier : le Caudillo ne pardonnait pas aux Français leur complaisance envers les Rouges.

Deux choix tactiques s'offraient alors à Franco : l'offensive contre la Catalogne, bastion de la résistance républicaine, siège du gouvernement ; ou l'attaque vers Valence pour étouffer Madrid. Il lança ses troupes en direction de la côte méditerranéenne que la quatrième division navarraise, sous les ordres de Camilo Alonso Vega, l'ami d'enfance, atteignit le 15 avril 1938 à Vinaroz, à une soixantaine de kilomètres au nord de Valence. La zone républicaine était coupée en deux.

Avec l'approche de la victoire, la dictature se mit en place ; le premier gouvernement de Franco fut constitué, réunissant sous la houlette de Serrano Suñer, l'homme fort du régime, toutes les forces composant le Mouvement : des monarchistes, des carlistes, des phalangistes, y compris des représentants des « Vieilles Chemises », des catholiques et, surtout, des militaires. Dans cette subtile alchimie, le Caudillo, avec les années, deviendra expert, chaque évolution de la situation internationale donnant lieu à des dosages alambiqués. Les initiés apprendront à déchiffrer le sens de ces combinaisons, calquant leur attitude sur les intentions secrètes du Généralissime.

Dosage pour les hommes et leur appartenance politique, mais dosage aussi dans les premières mesures adoptées : aux carlistes, le retour de l'enseignement religieux à l'école, l'abolition des lois sur le divorce, l'annulation des mariages civils, le rappel des jésuites expulsés par Azaña, la restitution des biens confisqués à l'Église ; aux phalangistes, un *fuero* (charte) du travail inspiré du national-syndicalisme de José Antonio : il réglemente la durée et les conditions du travail, fixe un salaire minimum, annonce l'extension de la protection sociale, accorde des allocations familiales et des congés payés ; l'augmentation du salaire agricole et l'attribution d'un lopin de terre aux paysans pauvres améliorent sans contestation possible la situation des *braceros* dans les grandes régions agricoles. Enfin, encadrés par la Phalange, des syndicats réunissent par secteur de production ouvriers et patrons selon un corporatisme de type mussolinien.

Pour les monarchistes, ils devront se contenter du déploiement des fastes de l'ancien royaume de Castille, du choix, pour la prestation de serment du gouvernement, du monastère royal de Las Huelgas, près de Burgos, liturgie anachronique qui fait dire à Brian Crozier[1] que la nouvelle Espagne devient une monarchie sans roi, et le Généralissime un roi sans couronne. C'est parfaitement vu.

Piliers du nouveau régime, les militaires auront pour mission de maintenir l'ordre et la discipline : instauration, avec la loi sur la presse, d'une censure rigoureuse ; les journalistes, s'ils veulent obtenir leur carte

1. Brian Crozier, ouvrage cité.

professionnelle, devront prêter serment de fidélité au régime ; en cas d'infraction, ils s'exposent à des mesures de répression ; pour mieux les convaincre, ils jouiront de privilèges incontestables. C'est : silence dans les rangs.

Les lois répressives à effet rétroactif, les tribunaux militaires, les exécutions capitales, les prisons et les bagnes forment la panoplie des dictatures militaires les plus sévères : c'est le cas de celle-ci.

Pour l'armée également, la défense jalouse de l'intégrité et de l'unité de la Patrie, qui implique la répression implacable des séparatismes et des autonomies.

L'Église, elle, se chargera d'éduquer et de former la jeunesse : retour au national-catholicisme des Rois Catholiques.

Au total, cela donne : Espagne, Une, Grande et Libre !

Au moment où les partis républicains se déchirent, s'affrontent en luttes furieuses, le franquisme se présente comme un bloc uni.

Poursuivant sa marche en direction de Valence, Franco est surpris par une offensive de grande envergure lancée par les républicains dans la vallée de l'Èbre. Étudiant avec son flegme habituel les rapports qui lui parviennent, le Généralissime sourit. L'Armée rouge a traversé le fleuve et s'avance, menaçant de prendre à revers les troupes nationales, succès qui désarçonnent et impatientent les généraux. Ils voudraient contre-attaquer, livrer bataille, tenter une manœuvre d'encerclement. Ils s'en prennent au Caudillo, lui reprochant sa pusillanimité. Les Allemands surtout s'irritent de sa lenteur, versent de l'huile sur le feu. Franco se contente de murmurer en hochant la tête : « Ils ne me comprennent pas ! » Rassemblant ses forces, il attend patiemment que les armées républicaines tombent dans la nasse. Ce sera la dernière grande bataille de la guerre. Elle durera près de quatre mois.

Répétant les erreurs que Beevor[1], avec d'autres, reproche aux républicains, les généraux de l'Armée rouge, surveillés par les commissaires politiques, tardent à ordonner la retraite. Lorsque le Généralissime lance son offensive, il est trop tard : le repli va se faire dans les pires conditions. C'est la fin annoncée pour le gouvernement républicain qui, par cette démonstration de force, voulait impressionner l'opinion internationale. L'armée de la Catalogne est anéantie. La conquête du pays ne sera plus qu'une promenade militaire.

Des centaines de milliers de réfugiés fuient en direction de la France, talonnés par les nationalistes. Azaña, Negrín, accompagnés d'une poignée de ministres, franchissent la frontière. Le 26 janvier 1939, le général Yagüe entre, sans rencontrer la moindre résistance, dans Barcelone. Affamés, épuisés, les habitants regardent défiler les troupes. L'aide sociale distribue des dizaines de milliers de repas chauds, du pain, des vêtements, des couvertures. C'est la fin du cauchemar. Dénonciations et vengeances se déchaînent. Une autre Espagne prend sa revanche sur les vaincus.

Le 17 février 1939, l'armée nationaliste approche

---

1. Dans son livre déjà cité, cet expert des choses militaires ne cesse de relever la responsabilité des « politiques » dans les défaites essuyées par les républicains. Alors qu'ils disposent d'excellents militaires, tel le général Vicente Rojo, stratège hardi et avisé, les commissaires politiques, par leurs interventions incessantes, ruinent les plans élaborés par le haut commandement.

de Ripoll, superbe bourg médiéval qui renferme l'une des plus célèbres abbayes de la Catalogne romane. Avant de partir pour la France, le commandant Pedro Díaz, militant communiste, fait fusiller dans un ravin l'évêque de Teruel et le colonel Rey d'Harcourt, ainsi que les prisonniers qu'il détenait : une quarantaine en tout. Aspergés d'essence, les corps sont ensuite brûlés. C'est le dernier écho, effrayant, des massacres de Paracuellos.

N'est-ce pas Carlos Fernandez qui reprochait aux Rifains leur sauvagerie ?

Il ne reste, en ce début 1939, qu'une étroite zone aux mains des révolutionnaires : Madrid, les provinces du Centre, ainsi que le littoral méditerranéen de Valence à Almería.

Rassemblant une armée d'environ 500 000 hommes, le Généralissime marche avec une lenteur calculée sur la capitale. Il connaît l'état d'esprit de la population madrilène et du commandement militaire, l'une épuisée, hagarde, affamée, le second découragé et divisé. La situation y est désespérée.

Il escompte n'avoir pas à livrer bataille et attend que le fruit mûrisse et tombe de lui-même. C'est ce qui arrive. Le colonel Segismundo Casado, rejoint par Besteiro [1], puis par le général Miaja et les anarchistes, se soulève contre les communistes. Une dernière guerre civile dans la guerre civile se déroule dans la capitale et ses environs, faisant plusieurs milliers de morts. Les troupes de Cipriano Mera battent les

1. L'une des plus belles figures du socialisme espagnol, Julián Besteiro refusa de quitter la capitale, voulant, jusqu'au bout, partager le destin de ses habitants.

communistes accourus à Madrid pour écraser le soulèvement. Impassible, peut-être méprisant, Franco assiste à ces combats fratricides. Il accepte de recevoir, à Burgos, les colonels Garijo et Ortega, venus négocier la paix, mais les ordres qu'il donne à ses émissaires n'offrent aucune autre issue qu'une capitulation sans conditions. Pour les combattants, ils devront s'en remettre « à la générosité des vainqueurs ». C'est la fin. Les unités « républicaines » déposent partout les armes.

Le 28 mars 1939, la première armée, sous les ordres du général Espinosa de los Monteros, entre par la Casa del Campo dans la capitale, ovationnée par les partisans des nationalistes qui, massés sur les trottoirs, crient : *¡ Han pasado !* (« Ils sont passés ! »)

Deux jours plus tôt, le 26 mars, la mère du petit Miguel quittait de nuit Madrid, emmenant son fils âgé de presque six ans. Plongée dans l'obscurité, la ville avait un aspect menaçant. On entendait les détonations et explosions de cette autre guerre civile qui, depuis des années, opposait les communistes aux anarchistes et aux républicains. L'enfant avait froid ; il se blottissait contre sa mère, écoutant les bruits de la bataille. La voiture prit la route de Valence. Pour lui, un très long voyage commençait.

Pays misérable, l'Espagne vient de s'offrir, en trente-trois mois d'une guerre effroyable, un luxe aussi dément que funeste. Elle sort exsangue et ruinée de ce conflit terrible. Combien de morts ? Combien d'estropiés, d'invalides ? Combien de veuves, d'orphelins ? Pour ne rien dire de la foule des exilés. Les plus belles intelligences ont fui au Mexique, en France. Le pays est jonché de décombres ; avec la disparition d'une génération de jeunes hommes, les campagnes sont vides et désolées ; voies ferrées, routes, usines, tout est à reconstruire. Combien d'années faudra-t-il pour panser les blessures, relever les ruines, apaiser les haines, étouffer la soif de vengeance ?

À Madrid, les jeunes filles de l'Auxilio Social (l'Aide sociale) distribuent aux habitants traumatisés, assommés, près de 200 000 repas chauds, du pain, du riz, des lainages, des manteaux usés. Dans la ville sinistrée, des femmes errent, hâves, hébétées ; des enfants haillonneux, le regard dilaté par la peur, mendient aux carrefours. Dans les maisons, les familles décimées comptent leurs morts.

Ce n'est pourtant pas la paix ni l'oubli que les vainqueurs apportent, mais la vengeance, d'ailleurs réclamée à cor et à cri par les parents des victimes. À peine les soldats nationalistes sont-ils entrés dans la ville que les polices politiques et les phalangistes procèdent aux arrestations ; les tribunaux militaires siègent sans répit, prononçant des milliers de condamnations à mort. On comptera bientôt plus de 200 000 détenus politiques dans les prisons. C'est une épuration froide, implacable, d'une brutalité qui épouvante non seulement les vaincus, mais bon nombre de partisans du Généralissime, abasourdis par la sauvagerie de la répression. Dans toute l'Espagne, jusqu'au plus petit village, c'est un déchaînement de vengeance impitoyable. Ceux qui avaient cru malgré tout que l'armée se montrerait stricte, sévère mais juste, doivent vite déchanter. Ils découvrent une armée d'une impassible cruauté, décidée à exterminer tous les Rouges, tous les libéraux, toute cette « graine de communistes ». Ce n'est pas l'Espagne des Rois Catholiques, c'est celle de Ferdinand VII, ivre de haine.

À Burgos, le Généralissime attend que la capitale ait été « nettoyée ». Il se montre tel qu'il était lorsqu'il commandait la Légion : d'une froideur exterminatrice. L'Espagne a besoin, pense-t-il, d'une purge qui la délivrera des miasmes qui l'infectent. Il l'avait dit le jour de son élévation au pouvoir suprême : « Mon bras ne tremblera pas. » D'une main de fer, il châtie les ennemis de Dieu. Il ignore les mots « pardon » et « réconciliation ». Persuadé d'appliquer la sentence divine, il s'acharne sur ses ennemis. Durant des années, il continuera de sévir, ne desserrant son étreinte qu'avec parcimonie, accordant avec ladrerie des grâces. Une seconde terreur, lente et méditée, s'abat sur un pays dévasté : elle va durablement marquer les survivants.

19 mai 1939 : six heures durant, les unités du camp nationaliste défilent sur la Castellana, frénétiquement applaudies par des centaines de milliers de Madrilènes massés le long du parcours. Sur la tribune, Franco salue les troupes : carlistes, légionnaires, Maures, phalangistes, divisions de Galice et du León, de Castille et des Canaries, régiments italiens. Parade impeccable, démonstration de force avec, dans le ciel, des avions inscrivant son nom : Franco. Au sommet de toutes les montagnes on allume de grands feux, ainsi qu'on faisait lors du couronnement des rois de Castille. Dans la cathédrale de Tolède, le primat d'Espagne dépose l'épée du Caudillo auprès de l'épée du vainqueur de Lépante. Partout on chante des *Te deum*, on célèbre des actions de grâces. Tous les souvenirs du passé sont convoqués pour fêter la victoire de l'homme providentiel envoyé par Dieu pour sauver la chrétienté. C'est l'exaltation de la tradition, le rappel de toutes les gloires.

Avant que la parade ne commence, le Caudillo s'est fait décorer par le général Varela, vieux compagnon d'armes, de la croix laurée de San Fernando, la plus haute distinction militaire, celle qui lui avait été refusée après sa blessure d'El Buitz. C'est la réparation d'une injustice. Le Généralissime n'oublie rien, jamais, ni les offenses, ni les blessures d'amour-propre.

Phalange et catholicisme

1939-1945

Principale force du Mouvement national, comptant à la fin de la guerre près de 850 000 adhérents, dont bon nombre d'anciens militants des partis de gauche, notamment des anarchistes, la Phalange tient le haut du pavé au lendemain de la victoire franquiste. Avec le style, les attitudes et les proclamations d'une organisation de type fasciste, elle donne à l'extérieur l'impression que l'Espagne nouvelle n'est qu'une figure, peut-être originale mais identique dans le fond, des autres fascismes européens. Aujourd'hui encore, c'est cette image – bras levé, chemise bleue, baudrier et pistolet – qu'une majorité de Français retient. La réalité est pourtant assez éloignée de ce cliché.

Pour commencer, la Phalange ne constitue pas, ne sera jamais un parti unique ; divisée entre plusieurs courants qui se combattent ouvertement, elle n'est même pas unie. Il y a toujours les « Vieilles Chemises » qui n'ont pas accepté l'unification imposée par Serrano Suñer et par Franco et qui rêvent de faire de la Phalange l'ossature idéologique du régime, d'obtenir la fusion de l'État et du parti, bref, de « fasciser » le franquisme. Cette unification, Serrano Suñer la tentera, se heurtant au veto du Caudillo. Ces nationaux de gauche regardent avec mépris les conservateurs, de plus en plus influents autour du Généralissime. Partisans d'une stricte séparation de l'Église et de l'État, ils se méfient tout autant des cléricaux. Prônant une révolution sociale, ils demandent la nationalisation de la banque, de la grande industrie, ainsi qu'une véritable réforme agraire, ce serpent de mer qui resurgit sous tous les régimes, depuis la monarchie jusqu'à la république.

Il y a la nouvelle Phalange, désignée sous le sigle FET (Phalange espagnole traditionaliste), désireuse avant tout de profiter du système des dépouilles. Ses membres occupent les postes de gouverneurs dans les provinces, remplissent les ministères, contrôlent la presse et la radio, organisent et dirigent le syndicat unique. Accessoirement, ils font office de police politique, surveillant et encadrant la population. Avec une structure pyramidale, les juntes provinciales et nationales tissent dans tout le pays une toile serrée. Chaque capitale a ses chefs, généralement le gouverneur assisté de plusieurs délégués. Les différents services occupent plusieurs bâtiments employant chacun une bureaucratie qui, au fil des ans, deviendra pléthorique. Dans le moindre village, on trouve un chef local, des bureaux où les phalangistes recueillent les plaintes et les dénonciations. Par l'Auxilio Social, ils distribuent des secours, consentent des prêts, attribuent des logements, offrent des emplois, se créant par là une clientèle qui les tient informés de l'état d'esprit des populations. Faisant remonter ces renseignements jusqu'au siège du Mouvement, à Madrid, la Phalange dispose ainsi d'informations précises sur le climat qui règne dans l'opinion.

Deux métaphores illustrent le rôle et le pouvoir de la Phalange en ces débuts de règne : celle du chien de garde qui aboie sur ordre, celle de la brigade des acclamations. Elle veille sur l'orthodoxie des principes ; elle sait ameuter et rassembler des foules.

Ceux qui découvrent l'Espagne de ces années ne peuvent pas ne pas être frappés par la présence tonitruante de la Phalange. Toutes les émissions de radio s'ouvrent par un aphorisme tiré des *Œuvres* de José Antonio. D'une poésie roborative [1], ces maximes glissent sur les Espagnols comme l'eau sur les plumes d'un canard. On les entend, on ne les écoute pas, et nul ne les retient. C'est une musique de fond d'autant plus ennuyeuse que, traumatisés par ce qu'ils viennent de subir, obsédés par les préoccupations de la vie quotidienne, les Espagnols ont d'autres soucis en tête : se nourrir, se vêtir, survivre au milieu des pires difficultés. Ceux qui adhèrent à la Phalange le font le plus souvent par opportunisme, pour échapper à la répression, obtenir des avantages, rarement par conviction. La Phalange devient obèse, mais ses muscles s'atrophient. Elle gesticule, déclame, parade, elle ne convainc pas. Elle fait peur aussi, du moins à beaucoup. Quand ses troupes passent dans les rues, quand le bruit des bottes retentit sur le pavé, quand fusent les hymnes et les marches, certains éprouvent une sourde angoisse. C'est le cas de Manuel Vázquez Montalbán [2] qui, enfant, se cachait sous un porche quand il apercevait les escouades phalangistes. Si elle ne réussit pas

---

1. Payne s'extasie sur la beauté du style de José Antonio, mais j'ai appris à me méfier de ce que les universitaires appellent le « beau style ».

2. Manuel Vázquez Montalbán, ouvrage cité.

à entraîner, la Phalange peut encore sévir. Elle le fait avec brutalité. Dans les cinémas, à la fin de la séance, ceux qui tardent à tendre le bras et à se lever quand l'image du Caudillo apparaît sur l'écran sont bousculés, injuriés, souvent frappés. À Barcelone, les phalangistes giflent ceux qui parlent le catalan : *¡ Habla cristiano !* (« Parle chrétien ! ») Les phalangistes font régner une terreur insidieuse. On les voit partout, dans tous les lieux publics, tous les rassemblements, soupçonneux, l'air brutal, prêts à fondre sur les tièdes et les récalcitrants. Ce sont bien les chiens de garde du régime.

Dans toute l'Espagne, mais d'abord à Madrid, ville jadis insouciante et gaie, règne une tristesse morne et abattue. Les habitants se cloîtrent chez eux ; les rues restent vides après la tombée de la nuit ; les cafés sont déserts. Tels des fantômes, les Madrilènes glissent, tête baissée, silencieux. Les boutiques n'ont rien à vendre ; la famine continue de sévir. L'*estraperlo* (le marché noir) devient une véritable économie parallèle. Il a pignon sur rue et ses revendeurs livrent à domicile l'huile, le sucre, la viande. Sur les trottoirs, les plus pauvres vendent des cigarettes au détail. Les passants ramassent les mégots, les défont, roulent une cigarette avec le tabac récolté. Les prix ne cessent de grimper alors que les salaires stagnent. La misère s'étale partout. De plus en plus nombreux, les fonctionnaires, souvent membres de la Phalange, arrondissent leurs fins de mois grâce au marché noir ; la corruption gangrène l'administration et la bureaucratie du parti.

La première faiblesse de la Phalange, c'est l'absence d'idéologie. Elle a beau se référer aux vingt-six points du programme élaboré par le fondateur, ces principes-là restent contingents. Partout on lit, on entend : « Pas de Caudillo sans la Phalange, pas de Phalange sans Caudillo. » La seconde affirmation est indubitable, mais la première n'est qu'un vœu pieux. En réalité, chacun le sait : la Phalange n'existera que tant que le Généralissime le voudra, c'est-à-dire tant qu'elle lui sera utile.

De 1939 à 1942, elle lui paraît indispensable. Son existence démontre à Hitler et à Mussolini que l'Espagne nationaliste appartient bien au groupe des dictatures fascistes. Plus la Phalange fera de bruit, plus elle en rajoutera dans la célébration hystérique des victoires allemandes, plus elle criera haut et fort sa solidarité avec l'Axe, plus le Caudillo se sentira libre, sans encourir l'ire du Führer, de suivre une politique étroitement nationaliste. La Phalange, c'est un décor qui cache en coulisses une diplomatie prudente.

Le parti remplit son rôle avec conviction, au point que sa presse fait sourire les lecteurs avertis. Il n'y est question que de victoires foudroyantes, d'offensives superbes, de stratégie géniale, avec un ton de commisération pour les démocraties décadentes. L'enflure et l'hyperbole se donnent libre cours et le mépris pour la France vaincue s'affiche avec une joie délectable.

La Phalange compte de nombreux adversaires au sein du gouvernement, à commencer par des militaires qui, tel Varela, détestent la phraséologie « socialisante » de ses membres. Intraitables, les carlistes n'ont jamais accepté leur fusion au sein du Mouvement. Ces traditionalistes intransigeants ont, dans leurs montagnes, survécu aux monarchies libérales, aux républiques ; ils ne doutent pas de survivre aussi au franquisme ; ils ne cachent pas leur hostilité à cette Phalange accusée de « modernisme ». Cette aversion est réciproque. Refusant de coiffer le béret carliste, les phalangistes le glissent dans leur poche ; impossible, plaisantent les carlistes, de mettre la chemise bleue dans la leur ! Ils la laissent donc au placard. Ce ne seraient là que chamailleries folkloriques si le traditionalisme ne disposait pas, au gouvernement, de représentants qui harcèlent le Caudillo de récriminations et de plaintes.

Parmi les adversaires de la Phalange, hostile à une restauration, on trouve évidemment les monarchistes. Ils comptent dans leurs rangs non seulement des généraux comme Kinderlán, mais encore des personnalités en vue, des hommes d'affaires, des patrons de presse influents, sans oublier l'aristocratie.

Il y a enfin la hiérarchie de l'Église, en concurrence directe avec les mouvements de jeunesse phalangistes. Elle pèse de toute son influence pour affaiblir et, si possible, écarter la Phalange, parti totalitaire d'inspiration fasciste, et, à ce titre, condamnée par Rome.

Au-dessus de ces oppositions, le Généralissime joue les arbitres, faisant pencher la balance un jour d'un côté, le lendemain de l'autre, numéro d'équilibriste dans lequel il excelle. Pour l'heure, il lâche la bride à la Phalange dont il a besoin pour couvrir de ses clameurs le chuchotement de sa diplomatie.

Peu de questions ont autant occupé les historiens que celle de l'attitude de Franco durant la Seconde Guerre mondiale. Paul Preston [1] consacre près de deux cents pages, soit un bon tiers de son livre, à disséquer les intentions et calculs du Généralissime. Dans sa démonstration, il use et abuse du conditionnel, des supputations et des hypothèses. Plus rigoureux, solide-

1. Paul Preston, ouvrage cité.

ment documenté et argumenté, le livre de Javier Tusell[1] fait le point sur la question en distinguant différentes périodes.

Lorsque la guerre éclate, Franco ne doute pas que le conflit sera long. Vouant une admiration égale à l'armée française et à celle de l'Allemagne, il n'imagine pas que la France puisse s'affaisser brutalement. Il maintient une neutralité qu'il a déjà affichée lors de la crise de Munich. Si l'on songe à l'état désastreux de son pays, à l'épuisement de sa population, on se demande d'ailleurs quelle autre position il aurait pu adopter.

La défaite de juin 40 le surprend et il ne doute pas que le Reich a déjà vaincu sur le continent. Il aurait alors songé à entrer en guerre du côté de l'Axe. Quand on étudie les pièces produites par Tusell, on retire pourtant l'impression que cette intention, réelle l'espace de quelques mois, traduit moins le désir de participer aux combats que celui de profiter des dépouilles. Des griefs très anciens contre la France qui, au Maroc, aurait dupé l'Espagne remontent à la surface. Ne serait-ce pas le moment de profiter de la victoire allemande pour réparer l'injustice et se tailler un empire colonial aux dépens de Paris ?

Pourtant, même alors, un léger doute retient le Généralissime[2]. La Grande-Bretagne n'est pas vaincue ; Hitler a beau affirmer qu'elle est à terre et que ses propres troupes vont bientôt débarquer sur le sol anglais, le Caudillo, toujours méfiant, reste dans l'expectative. Les rapports de ses généraux le dissuadent

---

1. Javier Tusell, *Franco en la guerra civil*, ouvrage cité.

2. C'est Brian Crozier, ouvrage cité, qui décrit le mieux les méandres de la diplomatie franquiste.

de commettre la moindre imprudence, insistant sur la faiblesse des troupes espagnoles, sur l'état catastrophique du pays, incapable de soutenir une guerre. Parmi les rédacteurs de ces rapports que le Caudillo étudie avec attention, ceux d'un certain Carrero Blanco, un marin qui deviendra son plus fidèle et loyal collaborateur. Sans mettre en doute une victoire probable de l'Allemagne, il émet des réserves, arguant de la puissance de la flotte britannique, de la volonté de résistance anglaise incarnée par Churchill, de l'existence, derrière la Grande-Bretagne, d'un vaste empire. Tous ces arguments, étayés par des statistiques, ne peuvent que renforcer la circonspection du Généralissime, trop enclin par tempérament à différer les décisions.

Nul n'ignore l'échec de la rencontre entre Hitler et Franco à Hendaye, le 23 octobre 1940. Elle avait été précédée par une visite de Serrano Suñer, devenu ministre des Affaires étrangères en remplacement de Beigbeder, trop ouvertement anglophile, à Berlin. Alors qu'il était considéré comme germanophile, les entretiens de Serrano Suñer avec Ribbentrop se sont mal passés, les deux hommes éprouvant l'un envers l'autre une antipathie instinctive. L'Espagnol jugea Ribbentrop grossier, cassant, dépourvu de tact, cependant que l'Allemand pestait contre ce personnage insaisissable, d'une courtoisie suspecte, « jésuitique », dira-t-il. En réalité, le « gendrissime » collait étroitement à la position de son beau-frère, multipliant les promesses, les gestes d'amitié, mais esquivant tout engagement précis.

Il présenta des exigences exorbitantes à l'entrée en guerre de l'Espagne : livraisons massives de blé, de pétrole, d'armement lourd, de locomotives et de wagons ; il demandait des « compensations » territoriales : le Maroc français, l'Oranie. Certains historiens n'ont pas manqué de s'interroger : le Caudillo espérait-il vraiment obtenir satisfaction, ou ne posait-il pas des conditions extravagantes dans le but de différer sa propre décision [1] ? Le connaissant, l'hypothèse n'est pas absurde.

Ribbentrop rejeta ces requêtes, restant évasif sur le Maroc français mais réclamant l'une des îles Canaries comme base « provisoire » pour l'Allemagne. Rien ne pouvait irriter le Caudillo comme cette atteinte à l'intégrité de l'Espagne. Serrano Suñer se montra très ferme sur ce point.

La rencontre n'avait produit qu'un agacement réciproque. Pour les Allemands, le beau-frère du Caudillo restera ce jésuite dont l'habileté dialectique cachait des intentions tortueuses. Pour Serrano Suñer, Ribbentrop demeurera un personnage falot, d'une fatuité ridicule, et Hitler un être inquiétant, presque un illuminé.

Les choses ne s'arrangèrent pas avec la rencontre entre Hitler et Franco en gare d'Hendaye. Pour commencer, le Généralissime arriva en retard. Une heure ? Dix minutes, rétorquent certains historiens, alors que d'autres, notamment Brian Crozier, maintiennent que ce fut bien une heure. Ne manque pas celui – Carlos Fernandez – qui développe un raisonnement scolastique : considérant la distance parcourue... Il ne lui vient pas à l'idée que le train aurait pu partir une heure plus tard que prévu.

Une chose est sûre : irrité par ce retard, Hitler se montra agacé, observant avec dédain ce petit militaire

---

1. Pour Brian Crozier l'affaire est entendue : les demandes de Franco visent à gagner du temps.

ventripotent, boudiné dans son uniforme, tout en sourires. L'air d'un Arabe, dira son interprète. En tout cas, d'un « métèque » dépourvu de prestance, le teint basané, les manières onctueuses, avec une voix désagréable. Comme si cette première impression ne suffisait pas, le Caudillo, sitôt installé dans le wagon-salon, déversa sur le Führer des flots de considérations oiseuses sur les injustices subies par l'Espagne en Afrique du Nord, lui infligeant un interminable cours sur la colonisation. Habitué à monologuer, à pérorer devant des auditoires béats d'admiration, Hitler cacha mal son impatience. Écouter l'intarissable babil de ce petit militaire au sourire satisfait mettait ses nerfs à rude épreuve. Quand il put enfin passer aux choses sérieuses, décrire en termes fantastiques la situation militaire, assener avec conviction que l'Angleterre gisait à terre, que l'Axe avait remporté la victoire, l'agacement se changea en colère froide. L'« Arabe » osait élever des objections, affirmant que l'Angleterre n'était pas encore battue, qu'elle disposait toujours de sa flotte, la plus puissante au monde, et que Churchill... N'y tenant plus, le Führer bondit de son siège, arpenta le wagon, l'air furieux. Que savait ce petit général de la stratégie mondiale ? Il finit par se rasseoir pour entrer dans le vif du sujet : l'opération Félix, le passage de la Wehrmacht à travers l'Espagne pour s'emparer de Gibraltar et fermer le détroit aux navires britanniques. Sans se laisser impressionner, Franco objecta qu'en aucun cas son pays n'accepterait que Gibraltar soit pris par des troupes étrangères. Il revenait aux Espagnols, et à eux seuls, de reconquérir le Rocher pour laver l'affront fait à leur honneur. Hitler se dit prêt à ménager l'amour-propre des Espagnols en apportant son aide. Il insista : quand l'Espagne allait-elle déclarer la guerre ?

Ce fut une saynète parfaitement rodée, mise au point par les services franquistes. L'Espagne se montrerait fidèle à ses engagements, comment en douter ? Mais elle le ferait quand... et la litanie des réclamations et des jérémiades reprenait : le blé, le pétrole, les machines, les locomotives, la situation désastreuse du pays...

Après cette entrevue, Hitler dit qu'il préférerait se faire arracher trois dents plutôt que de recommencer ce dialogue exténuant. Franco n'avait pas remporté une victoire, mais il avait gagné ce qu'il voulait obtenir : du temps. Il avait payé en bonnes paroles et en protestations d'amitié le droit d'attendre. Il rentra satisfait et les ministres – sauf peut-être Serrano Suñer – respirèrent, soulagés.

Des historiens remarquent qu'en octobre 1940 le Führer n'était pas impatient d'obtenir l'appui de l'Espagne, petit pays plongé dans la misère et ruiné par la guerre. C'est sûrement vrai, du moins en partie. Vrai aussi que, devant rencontrer le maréchal Pétain, Hitler n'était pas décidé à satisfaire les demandes espagnoles sur le Maroc et l'Oranie, car il ne désirait pas indisposer les Français. L'impatience et les pressions viendront plus tard, lorsque l'Allemagne voudra absolument prendre Gibraltar et débarquer en Afrique du Nord. Elle aura alors besoin de l'accord du Généralissime. Mais la donne aura changé. Le débarquement en Angleterre aura été remis aux calendes grecques, la Grande-Bretagne résistant avec détermination ; l'issue de la guerre ne sera plus si évidente. Plus que jamais, la prudence s'imposera. La partie devenant plus serrée, les Allemands se feront menaçants. Le Caudillo donnera alors la pleine mesure de son habileté.

Avec raison, Bennassar[1] écrit qu'il est, en ces années, au mieux de sa forme. Il louvoie, promet, multiplie les protestations de gratitude et d'amitié ; il lâche la Phalange qui, à la radio, dans les journaux, enfile les superlatifs. Les agents allemands sont chez eux à Madrid, ils possèdent même leur propre censure, ouvrant le courrier. Venu pour conseiller la police politique franquiste, Himmler est reçu avec les honneurs réservés aux chefs d'État. Chargé par Hitler d'arracher au Latin retors un engagement précis, l'amiral Canaris, chef des services du contre-espionnage allemand, est lui aussi entouré d'égards. Plus lucide que Himmler, il comprend vite que l'Espagnol temporise et refuse de s'engager. *Mañana* : autant dire dans trois ans, dans cinq ans, soit jamais...

En réalité, Tusell le démontre, dès janvier 1941 le gouvernement franquiste a conclu que l'entrée en guerre de l'Espagne était exclue. Il ne s'agit plus que de sauver les apparences, d'invoquer l'honneur espagnol, fidèle à la parole donnée. De son côté, Hitler a percé à jour la duplicité du Caudillo. Il lui écrit une lettre menaçante : s'il manque à sa promesse, son sort n'en restera pas moins lié à celui de l'Allemagne et de l'Italie. Il aura laissé passer l'occasion de s'asseoir à la table des vainqueurs et d'obtenir satisfaction sur ses revendications.

Ce feuilleton aux rebondissements multiples, Javier Tusell le raconte avec exactitude et minutie. D'épisode en épisode, on suit la subtilité et la complexité des manœuvres de la diplomatie franquiste qui réussit à

1. Bartolomé Bennassar, ouvrage cité.

desserrer l'étau, gagnant délai sur délai sans jamais se fâcher avec l'histrion nazi.

Il n'y a pas, pour le Généralissime, que les pressions et les menaces allemandes, il y a les pressions autrement plus concrètes, ayant des conséquences immédiates sur la vie quotidienne des Espagnols, que la Grande-Bretagne exerce à travers les navicert, ces autorisations de navigation et de commerce transatlantiques. Elle ouvre ou ferme le robinet, étouffant l'Espagne ou lui permettant de respirer. C'est le blé, la viande, les phosphates ; c'est surtout le pétrole. Dans Madrid, on verra bientôt apparaître les gazogènes. On assistera surtout, hélas, à une aggravation de la situation alimentaire, rendue plus précaire encore par des années successives de sécheresse et de mauvaises récoltes. Dans certaines régions, les champs restent en jachère faute de bras. La saignée de la guerre prive l'agriculture de dizaines de milliers de jeunes hommes. Les Espagnols souffrent à nouveau de la faim.

Pour amadouer l'Angleterre, Franco donne des gages, sans cependant pouvoir aller trop loin, car les Allemands massent des troupes à la frontière. L'état-major de la Wehrmacht a même préparé des plans d'invasion de l'Espagne au cas où la Grande-Bretagne débarquerait sur la Péninsule. Le Caudillo riposte en décrétant une mobilisation partielle. Entendant l'avertissement, Hitler confiera à ses intimes que les Espagnols ne sont pas des Latins comme les autres, qu'il en coûterait un prix sans doute exorbitant d'envahir leur pays. Les opérations Félix et autres Isabella sont abandonnées.

On connaît le sang-froid de Franco. Il reste impassible, abattant l'une après l'autre ses cartes au gré des fluctuations de la situation internationale. Son jeu est très pauvre, car son pays affamé, plus misérable qu'il ne l'a jamais été, ne pèse pas lourd devant les puissances. Son unique atout est la position stratégique de l'Espagne. Le Généralissime ne peut pas livrer une guerre, mais il peut sérieusement perturber les plans des Alliés, notamment au Maroc où il dispose d'une armée de 150 000 hommes parfaitement entraînés. Alors que les Alliés se préparent à débarquer en Afrique du Nord, la neutralité de l'Espagne revêt un caractère d'urgence. Franco leur assure que ses troupes ne bougeront pas, engagement que Churchill salue, donnant acte au Caudillo de sa bonne conduite aussitôt récompensée par la reprise des livraisons de pétrole. Les taxis madrilènes cessent d'empuantir la ville. La situation alimentaire s'améliore.

Aux combattants républicains condamnés à des peines inférieures à six ans de prison Franco avait accordé une première grâce ; il met maintenant sur pied des commissions chargées de réviser les sentences. C'est un pas timide vers une amnistie plus large. Pour qui connaît le Caudillo, la mesure n'est qu'une première étape. Il l'a dit souvent : il n'abat jamais une carte sans connaître la suivante. Or il perçoit un renversement de la situation militaire et commence à lâcher du lest. Il s'agit de ravaler la façade du régime. Ces amnisties accordées avec parcimonie ne signifient ni pardon ni réconciliation ; les Rouges resteront des citoyens de seconde classe, exclus des professions libérales, étroitement surveillés, soumis à des contrôles humiliants. Le temps de Franco n'est pas le temps des Espagnols, mais celui des vainqueurs qui ne cessent de rappeler les crimes de leurs adversaires, d'invoquer leurs morts, de célébrer leur victoire en chantant la paix.

Une autre mesure d'apparence technique est passée inaperçue : Franco a convoqué un ancien architecte, José Luis Arrese, qui, à Málaga, représentait la Phalange. En désaccord avec le ministre de l'Intérieur, il a démissionné de son poste pour s'installer à Madrid.

Arrese est un homme modeste, intègre et loyal, fervent catholique, hostile aux velléités révolutionnaires du parti. Reçu au palais du Pardo dont le Généralissime a fait sa résidence, Arrese s'entend non sans étonnement proposer le poste de secrétaire général du Mouvement. L'homme est d'autant plus surpris par cette nomination qu'il n'a jamais passé pour un inconditionnel du Généralissime, lui reprochant, vis-à-vis de la Phalange, sa politique de compromis et de division. De plus, le tout-puissant Serrano Suñer dirige toujours la junte nationale, ce qui risque d'entraîner des frictions. Il réclame donc l'assurance qu'il pourra procéder aux réformes qu'il jugera indispensables. Franco lui donne son accord et l'assure de son appui.

Plusieurs historiens relèvent le flair du Caudillo dans le choix de ses ministres dont plusieurs se révéleront d'authentiques hommes d'État. Le choix d'Arrese, inconnu du sérail, apporte une autre preuve de cette intuition. En tant qu'architecte, Arrese s'est fait connaître par la construction de logements bon marché pour les ouvriers. Il a une forte sensibilité sociale qui découle de la sincérité de sa foi chrétienne. Alors que les « Vieilles Chemises » rêvent de fasciser l'État, Arrese va, selon son expression, « spiritualiser la Phalange », l'enraciner dans la tradition catholique de l'Espagne. « La mission de la Phalange, déclare-t-il, est de spiritualiser la vie[1]. »

Pour le parti, c'est un tournant. Cessant de débattre, ses membres sont invités à travailler concrètement, à traquer partout la corruption, à se mobiliser dans les œuvres sociales, à gagner la rue. On assistera bien à un changement d'attitude, les militants et leurs chefs cessant de se chamailler pour se confronter aux réalités du pays. Il y aura aussi une lente désaffection des « Vieilles Chemises » pour ce parti domestiqué, acquis au pouvoir, coiffé de la calotte. « Je crois en Dieu, à l'Espagne et à Franco », lance Arrese, déclaration de foi absolument étrangère au fascisme. Plus explicite, il ajoute : « L'Espagne – et que ceux qui, sous la chemise bleue, cachent la chemise rouge veuillent bien m'entendre –, l'Espagne ne sera rien si elle n'est pas catholique[2]. » C'est clair : le parti devient l'instrument du Caudillo – renversement que Serrano Suñer perçoit aussitôt. Il garde encore les Affaires étrangères, mais son heure approche. Critiqué et détesté pour ses sympathies fascistes, il devient plus encombrant au fur et à mesure que la victoire de l'Axe s'éloigne. Les Espagnols, principalement les citadins, applaudissent aux offensives des Alliés, se moquent de la propagande phalangiste. Beaucoup espèrent que la victoire des démocraties entraînera la chute du régime. Un peu partout on se remet à penser à la monarchie. Dans ce climat de fronde, le « gendrissime » devient le bouc émissaire. Il est à Franco ce que Laval est à Pétain.

---

1. Pour la Phalange, le livre de Stanley G. Payne déjà cité reste indispensable. Lucide et généreux, l'auteur éclaire la nature de ce fascisme qui n'en était pas vraiment un.

2. *Ibid.* Traduit ici par moi.

Le régime accentue son caractère catholique et multiplie les manifestations de ferveur et de soumission à l'Église. Ce ne sont que pèlerinages solennels aux hauts lieux de la tradition chrétienne – l'abbaye de Montserrat –, consécrations – la *Cámara Santa* d'Oviedo, symbole de la reconquête chrétienne –, congrès eucharistiques, messes et processions.

Dans ma mémoire, c'est ce cantique d'une foi conquérante qui résonne, mêlé au bruit de la pluie sur une petite ville de province engourdie par l'ennui. Le temps de Franco, ce sont ces curés, ces prélats, ce bruissement de soutanes ; ce sont les mantilles, les femmes en noir ; la léthargie des dimanches ; les voix hystériques lors de la Semaine sainte : « Elle sort ! La Macarena vient de sortir ! » Ce sont les trompettes et les tambours, les cris d'une *saeta* dans la nuit. Les chansons nostalgiques à la radio, toujours ces paroles simples et déchirantes : des femmes qui attendent l'homme parti on ne sait où ni pourquoi, qui reviendra peut-être, on ignore d'où ; les rengaines au rythme enjoué qui répètent qu'il n'y a rien de mieux au monde que l'Espagne, *olé*, ni de femmes aussi piquantes que les Espagnoles, encore *olé*. Et c'est, derrière une vitre, une femme qui regarde avec accablement passer la foule à l'heure du *paseo*. Il y a une mélancolie du franquisme, celle du vide et de l'immobilisme. Il ne se passe rien, il ne peut rien arriver. C'est un temps figé, sans durée. Tous les jours se ressemblent, chaque heure reproduit la même heure de la veille. On attend, *se espera*, on n'espère pas.

Avec ses contradictions, ses brutalités et ses excès, la Phalange incarnait une impatience fébrile, un espoir confus. En son sein les débats ne cessaient pas, souvent vifs. Peut-être à cause des nombreux anarchistes ayant trouvé refuge dans ses rangs – ceux, selon Arrese, qui cachaient leur chemise rouge sous la bleue –, on rencontrait chez de nombreux phalangistes le rejet de l'ordre établi, la haine du capitalisme, le refus de l'emprise cléricale. Avec la mise au pas et la cléricalisation du parti, les dernières étincelles de la contestation s'éteignent. La semi-obscurité des églises s'étend sur tout le pays, avec ses voix dolentes, ses culpabilités suspectes, ses homélies médiévales. Dans cette ombre, banquiers et financiers s'affairent.

« Les esprits les plus ardents du parti, note Payne [1], espérèrent dépasser leur frustration et trouver une issue radicale à leur passion idéologique en s'enrôlant dans la "division Azul", force créée par le gouvernement espagnol pour combattre avec l'armée allemande sur le front de l'Est. » Fidèle à sa conviction la plus ferme, Franco acceptait de participer au combat contre le communisme, il ne déclarait pas pour autant la guerre à la Russie. Des milliers de phalangistes partirent ainsi pour l'Est, poursuivant la lutte contre les Rouges ; ils renouaient ainsi avec les engagements de leur jeunesse. D'autres entrèrent dans l'édition, la presse. Ils reparaîtront dans les années 1960, animant la contestation du régime. C'était pour l'heure une fuite, une débandade. La couleur même de ce qui avait été une « tentation » fasciste pâlissait, se fanait. Le parti ne serait plus que l'instrument du pouvoir. Qu'avait-il été au demeurant, au-delà des apparences et du tapage ?

« En réalité – écrira Serrano Suñer [2], le mieux placé

1. Stanley G. Payne, ouvrage cité.

2. Ramón Serrano Suñer, *Entre Hendaya y Gibraltar*, Ediciones y Publicaciones Españolas, 1949.

pour déchiffrer les arcanes du parti –, la Phalange était un effort qui n'atteignit jamais sa maturité. C'était un idéal, un courant de pensée, d'émotion et d'action, initiés par José Antonio Primo de Rivera à qui quelques milliers d'hommes tentèrent de rester fidèles... À certains moments, ce courant fut près de devenir un parti politique à proprement parler. À certains moments, il parut être sur le point de s'identifier avec l'actuel régime de l'Espagne. Et puis, à d'autres, la Phalange fut quelque chose de tout à fait différent, très éloigné de toute réalisation historique concrète. » Et, décrivant la véritable nature du régime, Suñer constate : « En réalité, les militaires ont toujours exercé le pouvoir. »

La Phalange fut une sensibilité plus qu'une pensée. Une sensibilité contradictoire, déchirée entre gauchisme et anarchisme, mais toujours attirée par la violence. Un idéalisme désespéré aux accents souvent nihilistes.

C'est cette pente nihiliste que le nouveau secrétaire, Arrese, stoppa, l'inclinant vers le catholicisme. Dans son esprit, le phalangiste serait mi-moine, mi-guerrier. Dans les faits, il allait verser dans le carriérisme.

Au micro de la radio nationale, Arrese lira ce texte :

« José Antonio, es-tu satisfait de nous ?

« Je ne crois pas.

« Je ne le crois pas, parce que tu as lutté contre le matérialisme et l'égoïsme, alors que les hommes d'aujourd'hui ont oublié la grandeur de tes paroles pour courir, tels des fous, sur le chemin du matérialisme et de l'égoïsme.

« Parce que tu voulais une Patrie de poètes et de rêveurs en quête d'une gloire difficile, alors que les hommes d'aujourd'hui ne recherchent qu'une Patrie molle et ventrue, pleine de suffisance, sans beauté ni galanterie.

« Parce que tu prêchais le sacrifice alors que nos contemporains regardent à droite et à gauche pour dénicher un lieu où se cacher d'eux-mêmes.

« Parce que tu méprisais l'argent, tandis que nos contemporains adorent l'argent, que le commerce prévaut sur le devoir, que le frère vend son frère, exploite le pauvre et se rit du jugement de la Patrie.

« Parce que l'esprit devient chair, que le sacrifice s'appelle cupidité, et que la fraternité se mue en avarice.

« ... José Antonio, tu n'es pas satisfait de nous...

« Tu ne peux pas être satisfait de cette existence médiocre et jouisseuse. »

Derrière ce requiem dédié aux idéaux de la jeunesse, une oreille espagnole entend l'écho des plus belles protestations de l'anarchie. Mais, pour mélancolique que la désillusion paraisse, comment oublier le prix payé par les Espagnols pour défendre cet idéal donquichottesque de la beauté et de la galanterie ? Après avoir, depuis des siècles, crevé de faim, qui oserait les blâmer de se montrer gloutons ? Qui leur reprocherait d'aspirer à une vie peut-être égoïste et jouisseuse, mais moins dure ?

La Nuit noire

1942-1968

Adapté d'un roman paru l'année précédente, le film *Raza* est projeté sur tous les écrans du pays en janvier 1942. Enfilant les superlatifs, la critique évoque la naissance d'un nouveau cinéma espagnol devant servir de modèle aux jeunes réalisateurs. À en croire les thuriféraires, c'est à tout le moins un chef-d'œuvre. José Luis Sáenz de Heredia, le metteur en scène, n'a pourtant pas marqué l'histoire du septième art, pas plus que l'auteur du roman, Jaime de Andrade, n'a laissé une marque décisive dans la littérature hispanique. Mais, sous ce pseudonyme, se cache Francisco Franco, ce qui explique l'enthousiasme des journalistes. Ce serait anecdotique si les « psychologues » ne s'étaient jetés sur cette fiction désolante pour y déchiffrer les symptômes de la névrose du Caudillo.

Suite de clichés grandiloquents, de déclamations vaseuses, l'épopée édifiante de la famille Churruca illustre l'indigence d'une pensée réduite aux postures héroïques. On retrouve chez le dictateur l'incapacité à appréhender la vie autrement qu'à travers des clichés ; comme c'était le cas chez le jeune commandant de la Légion, on ressent une étrange impression d'apathie.

Depuis sa jeunesse, son esprit reste gelé, incapable, dirait-on, d'évolution et de maturation. C'est peu dire qu'il ne change pas : son engourdissement psychologique devient, avec les années, une léthargie affective.

Si mystère du franquisme il y a, il faut, plus que dans la durée de son règne, le chercher dans cette immobilité cadavérique. Hormis l'activité physique, la chasse, la pêche au thon, le golf, hormis la peinture, délassement plus manuel qu'intellectuel (telle du moins qu'il la pratique), on retire de la lecture de ce roman une impression de non-vie. Certes, les psychologues font leur miel des compensations aux frustrations de l'enfance [1], le père devenant un héros qui meurt avec noblesse au combat, mais ces sublimations paraissent si naïves, tellement évidentes qu'elles méritent à peine le mal qu'on se donne à les déchiffrer [2]. Les personnages ne possèdent pas la moindre trace de vie. Issus d'une fantaisie onirique, ils animent un théâtre

1. « Le refoulement permanent de la sexualité, l'autocontrôle excessif des instincts et des émotions, le puritanisme exacerbé, l'aspiration insatiable à la promotion sociale, l'obsession du pouvoir, la persécution implacable de ses ennemis réels ou imaginaires, l'exercice froid de la cruauté, le manque de confiance dans les autres, la divinisation narcissique, la rationalisation de la paranoïa, le délire de grandeur, la solitude progressive des dernières années... » Voilà le diagnostic qu'Enrique Gonzalez Duro tire de ce roman médiocre ! Son livre s'intitule *Franco, una biografía psicológica*, Madrid, Temas De Hoy, 1992. On ne doute pas qu'après avoir pris connaissance du diagnostic nuancé établi par l'éminent psychiatre le lecteur puisse se faire une opinion juste de la personnalité du Caudillo !

2. Bartolomé Bennassar attache une grande importance à ce livre qu'il considère comme un document d'un exceptionnel intérêt. Il lui consacre plusieurs pages et cite abondamment Gonzalez Duro. Je ne partage pas, on s'en doute, cet enthousiasme ni pour le texte ni pour les interprétations du psychiatre.

d'ombres. Plus que de l'exégèse psychologique, le livre comme le film relèvent de l'analyse politique.

Comment cet homme d'une médiocrité éclatante a-t-il pu se montrer un politique habile et avisé ? Comment comprendre qu'un peuple aussi raffiné, aussi artiste (c'est le terme choisi par Lorca) que le peuple espagnol ait pu soutenir un personnage si tristement banal ? Ces questions, on se les pose, bien sûr, à propos d'autres dictateurs, Hitler, Staline, Ceauşescu, sans trouver de réponses convaincantes. Peut-être une part de l'énigme se cache-t-elle dans cette fiction grandiloquente qui procède à une sacralisation de l'État assimilé à l'essence de l'Espagne.

Il y a deux personnages en Francisco Franco : l'homme privé qui, au palais du Pardo, mène une existence sobre et réglée, ennuyeuse et ennuyée ; et le Caudillo dont les apparitions publiques s'entourent d'un faste solennel, marquant ainsi la distance qui sépare l'homme ordinaire de la majesté de l'État, incarné dans sa personne. La pompe que le Généralissime affectionne rappelle l'étiquette bourguignonne, ses afféteries ésotériques. Autour de Charles Quint, plus encore de Philippe II [1], le rituel dessinait un cercle magique au centre duquel le roi se tenait, inaccessible, intouchable. S'il semble n'avoir rien compris aux contradictions de l'existence, Franco a tout compris de la nature du pouvoir. Lorsqu'il exige de pénétrer dans les églises, lui et doña Carmen Polo, sous un dais, privilège réservé aux monarques, c'est autant par vanité que pour affirmer le caractère sacré de l'État.

1. Sur la fonction magique de l'étiquette bourguignonne, on lira avec intérêt l'analyse de Ludwig Pfandl dans sa biographie de Philippe II, Taillandier, 1981.

Renouant avec une tradition séculaire, les Espagnols retrouvent le monarque lointain, figé dans une immobilité redoutable, tout à la fois absent et présent à travers le culte hystérique qui lui est rendu. En 1981, on a pareillement assisté en France à la métamorphose qui convertit un politicien en homme d'État soudain figé dans un corps symbolique, raide, compassé, comme embaumé dans la majesté de la fonction, transmutation qui subjugua les Français. La distinction établie par Kantorowicz[1] entre les deux corps du roi, Francisco Franco la vit naturellement, avec candeur et innocence. Il croit à sa mission providentielle, il ne doute pas d'être élu par Dieu, et, parce qu'il adhère à son personnage, il communique sa foi autour de lui. Son apparence insignifiante, sa voix incertaine, son manque d'allure et de prestige ne nuisent en rien à cette religion monarchique. Plus il paraît banal, plus aussi la dimension symbolique de sa fonction ressort, puisque le charisme ne dépend pas de la défroque, mais de ce corps invisible, imputrescible auquel lui-même rend un culte sévère. Par son éloignement de la ville, le choix du Pardo[2] renforce cet isolement mythique. Tout ce qui touche à sa personne devient tabou. La censure interdit les photos où l'on voit doña Carmen rire, parce que la dame du Pardo ne peut pas exhiber sa denture. Aucune image d'ordre intime ne franchit le mur de l'étiquette sans avoir été autorisée, contrôlée. L'iconographie du Généralissime doit renforcer le sentiment du sacré. Sa famille participe de

1. Ernst Kantorowicz, *Les Deux Corps du roi*, Gallimard, 1957, 2000.

2. Il avait d'abord songé à s'installer au palais d'Orient, à Madrid, mais Serrano Suñer l'en aurait dissuadé en lui rappelant les tristes souvenirs attachés à ce lieu.

cette onction qui fait d'un homme ordinaire une figure sacramentelle.

Le père du Caudillo mourut un mois après la sortie du film, un an après la parution du roman. Ayant appris qu'il approchait de sa fin, le Généralissime chargea sa sœur, Pilar, de se rendre au domicile du malade, accompagnée d'un prêtre, d'éloigner la « concubine », et, dès que don Nicolas serait mort, de lui faire endosser son uniforme et de transporter le cadavre au Pardo où ses obsèques furent célébrées avec toute la pompe réservée au géniteur du chef de l'État. C'était entériner un décès déjà intervenu dans le roman. En faisant à son père des funérailles solennelles, le Caudillo effaçait la réalité. Tout se passa comme si don Nicolas n'avait pas existé.

Compensation névrotique, ainsi que l'affirme le psychiatre ? ou sublimation politique ? L'un, dira-t-on, n'exclut pas l'autre, mais c'est alors une névrose du pouvoir telle que Shakespeare la dépeint ; elle vaudrait pour Louis XIV comme pour Napoléon, pour Charles de Gaulle comme pour Staline. Ce serait une pathologie du commandement et de l'autorité, indépendante d'une certaine manière de celle ou de celui qui l'exerce. La personne et ses complexes individuels disparaîtraient derrière le personnage symbolique, ce qui renverrait à l'analyse de Kantorowicz, autrement subtile et féconde que l'énumération stérile des symptômes applicables à la majorité des humains. En ce sens, l'indigence psychologique de *Raza* – le roman plus encore que le film – renseigne sur la transmutation magique d'un homme qu'Andrée Bachoud [1] quali-

1. Andrée Bachoud, *Franco : ou la réussite d'un homme ordinaire*, Fayard, 1997.

fie d'ordinaire en une figure symbolique, alchimie qui est à l'origine du système monarchique. Combien de souverains mériteraient, au fil des siècles, le qualificatif d'« ordinaires » sans que ce verdict nous informe sur le succès ou l'échec de leurs entreprises ? Dans la littérature historique ou politique du XXe siècle, la question de la banalité et de la médiocrité de Staline, si on le compare à Trotski, d'une culture et d'une intelligence si supérieures, revient avec insistance sans qu'aucune réponse satisfaisante ne soit donnée à la question de savoir pourquoi c'est le plus médiocre qui, dans la lutte pour le pouvoir, l'emporte.

Replace-t-on *Raza* là où le livre se situe, le terrain de la politique, sa signification change. Il montre l'identification d'un homme banal avec des modèles historiques, des stéréotypes et des situations épiques. La réalité est transcendée, niée, non pour « cacher » des symptômes, mais parce que le passage de l'individuel au collectif symbolique implique nécessairement le dépassement et l'abolition du moi. L'habit fait le moine, et la couronne le roi : s'identifier avec la fonction revient à se dépouiller de soi. N'est-ce pas ce que le général Cabanellas suggérait, lors de l'élection de Francisco Franco comme chef de l'État, quand il lançait à ses pairs : « Si vous lui donnez l'Espagne, croyez-moi, il croira qu'elle est à lui » ? Il voulait dire que cet *homme-là* était de ceux qui s'identifient totalement à leur fonction au point de renoncer à toute forme d'existence personnelle, et qu'une fois qu'il aurait coiffé la couronne symbolique, il ne la lâcherait plus – jusqu'à sa mort.

Raza ne dit pas les infirmités de l'individu, le roman montre de la façon la plus naïve la transsubstantiation, rendue plus mystérieuse encore par la misère d'un style amorphe. Tout comme le prêtre alcoolique et déchu consacre l'hostie en prononçant les paroles sacramentelles [1], Franco, cet homme peut-être ordinaire, tente, dans *Raza*, de décrire le mystère de l'élection. Espérer l'appréhender en énumérant ses insuffisances, c'est vouloir définir l'essence du vent en mesurant sa force et sa direction. Le vent n'est pas dans sa puissance ni dans sa direction, et le pouvoir ne s'explique pas davantage par les frustrations de l'enfance. Derrière l'explication psychologique, on trouve une volonté cachée de dénigrement. Veut-on dénoncer la folie du pouvoir, mieux vaut relire Shakespeare, ou, pour rester sur le terrain politique, se tourner vers les anarchistes qui, sans s'occuper des misères de celle ou celui qui l'occupe, dénoncent la démesure inhérente à toute forme d'autorité. La question se posera alors de savoir si la société peut vraiment s'organiser en dehors de toute autorité. On imagine la réponse que le Caudillo – mais pas seulement lui – ferait.

Cependant qu'une victoire de l'Axe se fait de plus en plus improbable, notamment après le débarquement allié en Afrique du Nord et les victoires de Montgomery sur l'armée de Rommel en Tripolitaine, la situation politique se tend dans l'Espagne franquiste, Carrero Blanco [2] allant, dans un nouveau rapport

1. Cf. Graham Greene, *La Puissance et la Gloire*, Paris, Robert Laffont, 1975.

2. Javier Tusell a consacré une biographie remarquable à ce personnage qui résume les contradictions du régime. Catholique intégriste, il fait preuve dans ses analyses, notamment en politique extérieure, d'une étonnante lucidité. *Carrero, la eminencia gris del régimen de Franco*, Madrid, 1993.

adressé au Caudillo, jusqu'à parler de crise du régime. Persuadés que la défaite de l'Allemagne entraînera la chute du Généralissime, des militaires tournent leurs regards vers le prétendant au trône, don Juan, seul capable, à leurs yeux, de représenter pour les démocraties occidentales une alternative acceptable à la dictature. À la fin de l'année 1942, ils s'en ouvrent directement à Franco, lui demandant de s'effacer au profit d'une monarchie constitutionnelle. Leur porte-voix, Kinderlán, s'adresse au Caudillo avec respect mais fermeté, appuyé par quatre autres généraux. Comme à son habitude, le Généralissime les écoute sans marquer la moindre réaction. Il sait que cette fronde annonce d'autres orages, sans doute plus violents, et il décide, sans se presser, de désamorcer la crise.

Les généraux monarchistes s'en prennent à la Phalange et, dans son rapport, Carrero Blanco, catholique intégriste, proche de l'Institut de l'Opus Dei, fustige le parti, dénonçant ses divisions, critiquant durement la corruption et la lourdeur d'une bureaucratie inefficace, responsable à ses yeux du mécontentement de la population. Carrero Blanco va jusqu'à insinuer que maçons et communistes ont infiltré la Phalange, et conseille de liquider le parti. Mais Franco rechigne à se priver d'un outil dont il sait avoir besoin dans son combat sournois contre les monarchistes. Il n'aime pas toucher à cet équilibre instable qui fait sa force.

Le 16 août 1942, un incident oppose un groupe de carlistes à des phalangistes. Il a lieu devant le sanctuaire de Notre-Dame de Begoña, au Pays basque, où les traditionalistes se rassemblent chaque année pour célébrer la mémoire de leurs camarades tués au combat. À la sortie de la messe, sur l'esplanade, ils s'en prennent à quelques phalangistes, poussent des cris hostiles à Serrano Suñer, leur bête noire, soupçonné de vouloir faire de la Phalange un parti unique sur le modèle mussolinien ; ils conspuent le gouvernement, et même le Caudillo qui n'accorde pas au traditionalisme la place qui, pensent-ils, lui revient. Des échauffourées s'ensuivent et, dans la bagarre, un jeune phalangiste jette, pour se dégager, une grenade offensive, faisant six blessés. La présence à l'intérieur de l'église du général Varela aggrave l'incident. Dans le désordre qui suit, certains évoquent un attentat contre le ministre qui, furieux, adresse une lettre aux capitaines généraux de toutes les régions pour protester contre les provocations de la Phalange.

Franco profite de l'incident. À sa manière rouée, il démet le général Varela de ses fonctions, coupable de s'être adressé, sans solliciter son autorisation, aux capitaines généraux, mais il écarte également Galarza, autre carliste, manière de sanctionner l'agitation des traditionalistes. Juan José Dominguez et l'un de ses amis, auteurs de l'attentat, sont condamnés à mort, mais seul le premier sera exécuté. Surtout, le Généralissime démet Serrano Suñer, personnage devenu trop encombrant et dont les sympathies fascistes ne sont plus de mise. L'inventeur du franquisme, celui qui, en unifiant la Phalange et les traditionalistes, a forgé le parti nouveau, quitte le gouvernement sans que son beau-frère songe à le remercier. C'était un admirateur de Mussolini, c'était également un excellent politique qui, contre ses convictions, avait servi avec exactitude et dévouement les desseins du Généralissime. Mais la gratitude n'est pas la qualité première des hommes de pouvoir. Serrano Suñer avait donné tout ce qu'il pouvait offrir ; usé jusqu'à l'os, unanimement détesté, il disparaît sans laisser le moindre regret.

Par ce remaniement inspiré par le nouveau conseiller Carrero Blanco, le Caudillo renvoie dos à dos carlistes et phalangistes et marque un peu plus ses distances avec le parti. Il confie d'ailleurs le ministère des Affaires étrangères au comte de Jordana, vieil homme courtois et subtil, connu pour ses sympathies envers les Alliés. Le message est clair : le Généralissime entend se rapprocher des Anglo-Saxons. À cette époque, s'entretenant avec l'ambassadeur de Grande-Bretagne, Franco développe sa théorie des deux guerres : la première oppose les démocraties à l'Allemagne et à l'Italie, et, dans ce conflit, l'Espagne reste neutre ; dans la seconde, livrée par l'Allemagne au bolchevisme, l'Espagne est aux côtés de l'Allemagne.

Nombre d'historiens ironisent sur cette théorie qui serait une manière de se dédouaner, sauf que je n'y discerne rien qui ressemble à une théorie, à moins que l'explication de texte mérite cette appellation. Le propos ne fait que répéter ce que Franco professe depuis l'âge de quarante ans. Qu'a-t-il fait, en acceptant d'envoyer une division combattre sur le front de l'Est, sinon céder à son aversion foncière pour le communisme ? Quant à sa neutralité dans le conflit entre démocraties et fascismes, il l'a prouvée dans les faits, il la démontrera encore lors du débarquement allié en Afrique du Nord. Ce qui ne signifie pas qu'il éprouve de la sympathie pour la démocratie. Simplement, l'aversion que le parlementarisme lui inspire n'est pas de même nature que sa détestation du communisme. D'où sa neutralité, plus soupçonneuse que malveillante.

En réalité, ses propos expriment ses convictions les

mieux ancrées. En 1937 déjà, l'ambassadeur nazi Faupel signalait à Berlin que le Caudillo n'était qu'un conservateur bigot, étranger à la pensée fasciste ; son successeur, Stohrer, répète l'accusation de catholicisme dévot et de conservatisme social ; ce que rediront Canaris et l'Italien Cantalupo. C'est un reproche que lui font aussi les « Vieilles Chemises ». Ce n'est pas par sympathie pour l'idéologie nazie que Franco a donné l'impression d'appuyer l'Allemagne, mais par détestation du bolchevisme. Il ne dit pas autre chose à Samuel Hoare, l'ambassadeur de Grande-Bretagne, et on ne peut certes l'accuser de versatilité. La vérité, c'est au contraire la rigidité de sa pensée et l'obsessive fixation de ses sentiments. Il a pu ruser, louvoyer, il n'a jamais changé sur l'essentiel. Dauber sur sa « théorie des deux guerres » revient à méconnaître la simplicité dogmatique d'une pensée toute militaire. Il ne se connaît qu'un ennemi, le communisme, et il est entré dans la conspiration pour le combattre lorsqu'il lui est apparu que le gouvernement républicain ne ferait rien pour enrayer la bolchevisation des partis de la gauche. Militaire encore, l'amalgame qu'il établit entre libéralisme politique, maçonnerie et communisme. Tortueux en politique, le Généralissime est entier dans sa pensée. Il déteste les partis politiques car, dans son esprit, ceux-ci fomentent la division, entretiennent les haines, dressent les Espagnols les uns contre les autres. Il tient sans faiblir à l'autorité et à l'unité. Il accepte certes, il encourage même les débats et controverses, mais à l'intérieur du cadre fixé par lui. Entre ces sensibilités, il se plaît à jouer les arbitres.

Le Caudillo poursuit son rapprochement avec l'Église qui devient le fondement idéologique du régime. Il s'abouche par ailleurs avec Salazar, bien vu des Anglais et qui, dans les années qui suivent, plaidera la cause de son allié.

Retrouvailles étranges entre un ascète de la politique, menant une existence solitaire, quasi monacale, mais doté d'un bagage intellectuel solide, et ce général bedonnant, d'une inculture flamboyante, sans la moindre conviction, hormis son anticommunisme. Comment l'intellectuel austère ne regarderait-il pas avec un soupçon de mépris ce militaire ignare ? C'est pourtant l'inculte qui, flairant avec son pragmatisme habituel les évolutions du monde nouveau, se fera l'avocat des peuples colonisés ; qui, tournant la page de sa jeunesse, accordera l'indépendance au Maroc espagnol, deviendra l'ami des jeunes nations arabes avec une étrange intuition des enjeux. L'intellectuel, lui, s'accrochera furieusement à ses colonies et poursuivra en Angola une guerre impopulaire. Toujours cette énigme de l'intelligence politique, si différente en son essence de la culture livresque...

Avec une identique habileté, le Caudillo restaure les Cortes, le parlement espagnol, donnant une apparence de respectabilité à la dictature. Par petites touches, il procède à un ravalement de façade, espérant par ces corrections cosmétiques désarmer l'hostilité des Alliés. Bien entendu, les Cortes ne possèdent aucun pouvoir, les procurateurs étant soit nommés directement par le Caudillo, soit élus par les instances de la Phalange. Mais Franco pousse l'adresse jusqu'à nommer un certain nombre de monarchistes, leur laissant ainsi espérer une restauration prochaine. Rien de plus fascinant que de suivre les combinaisons ondoyantes du lecteur de Machiavel, devenu expert dans le maniement des hommes. Il y a du Mazarin dans sa façon de diviser, d'opposer les factions les unes aux autres.

Régent d'une monarchie hypothétique, le Caudillo continue de mener au Pardo une existence de garnison simple et frugale. Il ne boit ni ne fume, n'attache aucune importance à la cuisine ; on ne lui connaît ni maîtresses ni liaisons, on peut douter qu'il en ait éprouvé le désir ou le regret. Il ne lit guère, ne marque aucune curiosité intellectuelle. Son seul délassement, une véritable passion, reste la chasse, où le psychiatre Gonzalez Duro décèle un substitut à la guerre. Ayant eu un oncle pareillement fou de chasse et par ailleurs le plus pacifique des hommes, je m'interroge sur ces interprétations définitives.

Protégé par sa fidèle garde maure, il devient alors ce monarque lointain, d'autant plus présent, jusqu'à l'obsession, que ses apparitions se font plus rares. L'homme privé s'ennuie, l'homme public se pâme dans la célébration de son culte, aussi grotesque que l'ont été les glorifications de Mussolini ou de Staline. Citer les dithyrambes que des plumitifs extasiés entonnent serait d'une inutile cruauté. S'il ne fut pas le génie des Carpates ou de la Sierra Nevada, Franco fut, pour ses panégyristes, la sentinelle de l'Occident, un saint, et jusqu'au fils même de Dieu, selon un éditorialiste !...

Alors que la théorie des deux guerres suscite les moqueries, l'attitude du Caudillo devant les persécutions antisémites retient à juste titre l'attention des historiens. A-t-il aidé les juifs ou s'est-il désintéressé de leur sort ? Avant de prononcer des sentences, il me paraît utile de rappeler qu'il n'y a pas eu, en Espagne franquiste, l'équivalent d'un commissariat aux Affaires juives, aucune législation antisémite, rien qui ressemble de près ou de loin à l'affirmation d'un racisme idéologique. On relève chez Franco de rares propos contre les juifs, assimilés aux bolcheviques, mais on en trouve d'autres qui marquent sinon de la sympathie, du moins de la compréhension à leur endroit. On se rappelle qu'en pleine guerre civile il avait fait publier dans son *Bulletin* une réfutation méthodique de la théorie des races, signée du romancier Pío Baroja ; on n'oubliera pas non plus que, dans son livre sur la Légion, on trouve un passage ému sur les juifs séphardes. Si nombre de juifs marocains se réfugièrent dans la zone espagnole, c'est qu'ils savaient n'avoir rien à craindre des autorités franquistes. Combien, franchissant les Pyrénées, traversèrent l'Espagne sans être inquiétés, pour gagner le Portugal, l'Afrique du Nord, assurés de n'être pas renvoyés vers la France ? Combien se virent, en Grèce [1], attribuer un passeport espagnol qui les sauva de la déportation ?

Contrairement à la France de Vichy, Franco n'a en rien participé à la politique d'extermination, si bien que la polémique porte plutôt sur le nombre de juifs sauvés par le régime franquiste. Querelle de chiffres qui laisse une impression de malaise. Plusieurs dizaines de milliers, c'est indiscutable. Assez ou pas assez ? s'interrogent avec sévérité certains historiens. Il aurait pu faire plus, suggère Bennassar [2], ce qui est certain ; tout comme il est sûr que les Français auraient pu faire moins dans la complicité. Il conteste par ail-

1. Tout juif se prévalant d'une origine espagnole, même lointaine, se voyait accorder la nationalité espagnole, échappant ainsi à la déportation.

2. Bartolomé Bennassar, ouvrage cité.

leurs le chiffre de 200 000 juifs sauvés et le ramène à quelques dizaines de mille. Poursuivant sur sa lancée, il refuse d'attribuer au Caudillo le mérite de ces « sauvetages », qui auraient été l'œuvre de Nicolas Franco et d'un petit nombre de diplomates espagnols à Berlin, à Budapest, en Grèce. Comme, tout au long de son ouvrage par ailleurs juste de ton, équilibré, l'historien ne cesse d'insister sur le fait que rien en Espagne ne se faisait sans l'approbation du Caudillo, on reste dubitatif. Faut-il comprendre que tout le mal a été fait par le seul Franco, et le peu de bien par d'autres et à son insu ? N'est-ce pas un rien tendancieux ? Peut-être, pour rétablir la balance, convient-il de citer ces phrases, publiées dans *The American Sephardi*[1] : « Quel que soit le jugement que l'Histoire portera sur lui, il [Franco] occupera une place particulière dans l'histoire du judaïsme... Les juifs devraient remercier et bénir la mémoire de ce bienfaiteur du peuple juif... qui ne chercha ni n'obtint le moindre profit pour ce qu'il a fait. »

« Bienfaiteur » : le mot pèche peut-être par excès. On doit pourtant admettre que, s'il n'en a pas fait assez, il a fait quelque chose.

Au fur et à mesure que la défaite de l'Axe se rapproche, l'inquiétude gagne les milieux franquistes. Une fois de plus, la fronde se manifeste chez les monarchistes, notamment parmi les généraux qui adressent une lettre au Caudillo pour lui demander d'abandonner le pouvoir et de restaurer, en la personne de don Juan, une monarchie qui réconciliera les Espa-

1. In *Journal of the Sephardic Studies*, Program of Yeshiva University, vol. IX, 1978.

gnols et mettra un terme définitif à la guerre civile. On ne doute pas de la sincérité des convictions monarchistes de ces généraux ; on peut cependant y flairer une part d'opportunisme. Tirant la leçon de la chute de Mussolini, qui l'a fortement ému, Franco réagit alors avec une virtuosité consommée. Au lieu de faire une réponse collective, il reçoit les signataires de la lettre un à un, réussit à en convaincre trois sur cinq que la monarchie constitutionnelle annoncée par le prétendant est la porte ouverte au retour des communistes, et il éloigne sans brutalité les deux récalcitrants. Ayant resserré les rangs, il peut dès lors lâcher la Phalange qui déclenche une série de manifestations contre la monarchie et, dans sa presse, publie des articles virulents contre don Juan, accusé de « libéralisme ». Comme si cela ne suffisait pas, les traditionalistes suggèrent au Généralissime de se servir d'un de leurs prétendants pour contester la légitimité du fils puîné d'Alphonse XIII. L'opération réussit et, parmi les classes moyennes plutôt favorables à une restauration, le doute s'installe.

Une première fois, don Juan avait, dans un long télégramme, suggéré au Caudillo de quitter le pouvoir. Il récidive en mars 1945 en rendant public un appel qui rencontre, à l'intérieur du pays, un écho certain. Ce qui, aux yeux d'une majorité d'Espagnols, légitime le pouvoir du Caudillo, c'est la crainte, habilement entretenue par Franco, d'un retour aux désordres du passé. Or, le prétendant leur offre une alternative en les invitant à se ranger derrière un roi qui représente la tradition tout en promettant l'ouverture du pays. C'est, pour le Généralissime, un coup bas et un danger réel. Fidèle à sa tactique, il va naviguer à vue.

La position du prétendant est assez ambiguë pour prêter le flanc à l'accusation d'opportunisme, largement répercutée par la Phalange qui défile aux cris de : « Nous ne voulons pas de rois idiots ! » Après avoir tenté en 1936 de combattre dans les rangs de l'armée nationaliste et s'être fait éconduire sans ménagement par Mola, don Juan n'a cessé de proclamer sa fidélité aux principes du Mouvement, assurant le Caudillo de son loyalisme. Aussi ses critiques contre la dictature rendent un son pour le moins équivoque.

Avec une grande partie de l'opinion internationale, il ne doute pas que les démocraties feront chuter le régime. Il incarne, pense-t-il, la seule alternative après l'échec retentissant de la République. Son heure est venue, il en est persuadé. Ayant servi dans la marine britannique, il peut compter sur la bienveillance des Anglais qui verraient d'un bon œil l'instauration en Espagne d'une monarchie constitutionnelle. Les Américains semblent eux aussi favorables à sa cause. Dans la partie qui s'annonce, don Juan détient tous les atouts ou... presque. Sentant qu'une partie de l'opinion espagnole lui est propice, il continue donc de faire pression.

Peut-être s'illusionne-t-il sur la force des appuis dont il jouit. L'aristocratie épouse sa cause, suivie par une partie de la haute et moyenne bourgeoisie, mais on peut douter que les classes populaires aient la nostalgie d'une monarchie qui ne leur a pas laissé d'excellents souvenirs. Tous les rois de la dynastie des Bourbons ne furent pas des idiots, mais beaucoup furent médiocres, faibles, sournois ou cruels. De toutes ces contradictions le Caudillo va tirer avantage, dénonçant, derrière la monarchie constitutionnelle, le spectre du communisme et du retour à la guerre civile.

Don Juan n'est pas seul à se persuader que la victoire des Alliés signifie la fin du franquisme. Les républicains, notamment les communistes, préparent activement le soulèvement populaire et la grève générale insurrectionnelle. Pour eux, rien n'a changé. Convaincu que le régime est, selon son expression, « moribond », Santiago Carrillo organise, par le val d'Aran, l'infiltration d'une troupe de guérilleros. Pourchassés et traqués par la Garde civile, dénoncés par les paysans, décimés par les troupes commandées par le général Juan Yagüe, seule une poignée de survivants regagnera la France. Dans les montagnes de Galice et du León, les quelques centaines de résistants subissent le même sort.

À Toulouse ou à Paris, les républicains exilés guettent en vain la grève révolutionnaire qui, telle sœur Anne, ne viendra jamais. La presse phalangiste se fait un malin plaisir d'étaler au grand jour les divisions et dissensions qui continuent d'opposer les différents partis ; José Giral, Alvarez del Vayo, Negrín, Prieto, Santiago Carrillo, tous se disputent avec férocité un pouvoir illusoire. Est-ce ce bal des vampires que vous souhaitez ? demandent avec délectation les journaux franquistes.

Ainsi que Carrero Blanco, pourtant favorable à une restauration de la monarchie, le lui conseille, Franco est bien décidé à défendre et à préserver son régime. Il pense que l'unité affichée des démocraties et de l'Union soviétique ne résistera pas à la nature tyrannique et messianique du communisme. Il a été d'ailleurs conforté dans son analyse par le discours que Churchill a prononcé à la Chambre des communes le 24 mai 1944. Se déclarant hostile à toute ingérence dans les affaires de l'Espagne, le Premier ministre britannique a insisté sur le danger communiste en Europe. Une telle prise de position réjouit le Caudillo, plus sûr que jamais de ses prophéties.

La Noche negra, la Nuit noire : ainsi certains historiens ont-ils appelé ces années de l'immédiat après-guerre, quand, mise au ban des nations, exclue de toutes les organisations internationales, l'Espagne de Franco s'est retrouvée isolée, unanimement condamnée pour ses sympathies fascistes. Pour compréhensible qu'un tel ostracisme paraisse, comment ne pas relever l'hypocrisie de ces indignations ? L'ONU écartait l'Espagne, mais accueillait en son sein des démocraties populaires qui ne se distinguaient pas par leur respect des droits humains. Elle ouvrait ses portes à des dictateurs autrement féroces que le Caudillo. Sans doute Franco payait-il là son alliance avec Hitler et Mussolini, mais il lui était facile de rétorquer qu'ils avaient été les seuls à voler à son secours, du moins officiellement, car, dans cette belle clameur d'indignation, les Américains « oubliaient » qu'ils avaient approvisionné en pétrole les armées nationalistes et leur avaient vendu des milliers de camions. Mais le monde occidental sortait d'une guerre effroyable ; chaque jour, les populations découvraient avec épouvante les horreurs du nazisme ; l'Armée rouge avait contribué à la victoire sur Hitler, payant un très lourd tribut – le plus lourd – au combat contre le nazisme. Staline sortait grandi et blanchi de cette terrible épreuve.

Dans ce monde accablé, aucune place pour la nuance : le fascisme était l'Ennemi. Ceux qui osaient timidement rappeler les crimes du « Petit Père des peuples » se faisaient agonir d'insultes. Traités de fascistes, la presse communiste les traînait dans la boue. Un rescapé du Goulag osait-il évoquer l'existence des camps soviétiques, il devenait un agent de la CIA, un traître, un espion. En France où la résistance à l'occupant avait tardé à se manifester, le « parti des 100 000 fusillés » exerçait une véritable magistrature. Qui aurait alors osé chuchoter que les communistes, en Espagne, n'avaient pas été ces parfaits républicains qu'ils prétendaient être ?

Hypocrisie, cynisme : les deux mots reviennent chez les adversaires du Caudillo pour stigmatiser le tournant pris par le régime vers le milieu de 1942, plus nettement encore en 1943. Il entrait incontestablement du calcul dans le choix du national-catholicisme et dans le lâchage de la Phalange. Mais Franco ne tirait pas de sa manche une Église qui l'avait appuyé depuis les premiers jours de son combat. Il ne faisait que céder à ses pesanteurs militaires. Pour l'armée, nulle autre institution que l'Église, depuis deux siècles, ne méritait le respect. Elle avait été l'un des deux piliers de la monarchie, elle devait rester l'armature spirituelle de la patrie.

De son côté, le Vatican inspirait en Italie, en France, la création de partis sociaux-démocrates qui devaient faire barrage à l'influence des communistes. Dans cette guerre souterraine, l'Espagne jouait un rôle essentiel. Les intérêts du régime franquiste rencontraient ceux du Saint-Siège. Staline avait beau ironiser sur le nombre de divisions dont le pape disposait, l'Église, institution millénaire, pariait sur d'autres facteurs que la puissance des armes. Comptant avec le temps, sa diplomatie obstinée en appelait à la force spirituelle qui finirait par user le colosse soviétique.

Comme Franco l'avait prévu, l'unité de façade se lézardait. Il suffisait d'attendre, et la patience n'était pas la dernière de ses qualités. Toute sa vie il avait attendu, guettant le moment propice. Dans son bureau, il y avait deux énormes piles de dossiers : ceux, disait-il, qui avaient été résolus, ceux que le temps résoudrait. On prête cette même gestion du temps à François Mitterrand : « donner du temps au temps » ; elle était déjà celle de Philippe II : « le temps et Dieu » ; elle fut celle, prudente, du Caudillo ; elle est peut-être le secret des hommes d'État qui jamais ne cèdent à l'impatience.

Ce temps de la Nuit noire, ce fut le véritable temps de Franco, celui où il donna la pleine mesure de son habileté tactique. C'est aussi celui que j'ai connu.

Le temps d'abord de la faim, le plus vieux spectre que l'Espagne ait connu. Dans les rues de Madrid, des passants tombaient d'inanition sur le trottoir ; des enfants en guenilles tendaient la main avec des regards hallucinés ; des vieillards épuisés faisaient la queue devant les bureaux de l'Auxilio Social. Sur tous les murs, de grandes affiches appelaient à lutter contre la tuberculose qui faisait des ravages. On ramassait les mégots ; on achetait les cigarettes à l'unité. On restait des heures assis au soleil. Comme dans les contes de fées, tout le pays, victime d'un sortilège, semblait plongé dans un sommeil léthargique. Tout paraissait immobile. Résignés, les gens se mouvaient avec lenteur, économisant leur peu de forces. Guère de voitures, des trains d'un autre siècle, essoufflés et branlants. Dans la campagne, la *pareja* [1] – les gardes civils vont toujours par deux – passait avec noncha-

1. Couple.

lance, le fusil sur l'épaule. Avec leurs bicornes lustrés, leurs uniformes verdâtres, ces flics étranges semblaient surgis d'un poème de Lorca. On croisait partout des curés. Les radios diffusaient des chansons pathétiques, toujours la même rengaine : l'attente de l'homme, son retour espéré. La répression se relâchait, mais les prisonniers, par dizaines de milliers, hantaient les mémoires. On rencontrait partout des femmes seules, vêtues de noir, le regard absent. Portant des cruches ou des jarres, elles faisaient la queue devant les fontaines. L'eau était rare ; tout, d'ailleurs, était rare et devenait précieux : une bobine de fil, une paire de lacets, une pelote de laine. On vendait au *Rastro* [1] les objets les plus hétéroclites : matelas, vieilles poêles, roues de bicyclette, cafetières cabossées, vaisselle ébréchée.

Dans leurs maisons, ces dizaines de milliers de veuves trimaient en écoutant la radio. Le dimanche, elles s'asseyaient sur le pas de leurs portes pour regarder passer la foule. Il y avait, dans leurs yeux, bien plus que du désespoir, un morne accablement. L'amour les avait délaissées, elles se fanaient, se desséchaient ; depuis leur jeunesse oubliée, aucune main ne caressait leur peau ; elles n'espéraient plus sentir la chaleur d'un corps d'homme dans leur lit désert. Elles n'en poursuivaient pas moins, avec une énergie farouche, leur combat pour la survie.

Le temps de Franco, ce sont ces femmes en jachère, ces gosses faméliques, ces vieillards exténués. C'est ce vide indescriptible. C'est ce silence hébété. C'est une attente sans but et sans espoir.

Ce n'était pas la terreur. Rien qu'une appréhension

1. Marché aux puces.

diffuse. Personne ne parlait. On faisait du bruit avec sa bouche pour se sentir moins seul : football, cinéma, femmes, bals ou fêtes. Ce n'étaient pas des sujets, rien que des prétextes. Même le sexe ne se disait pas, quand bien même tous y pensaient. Je n'ai pas souvenir que personne ait jamais formulé une interdiction, proféré une menace. Ce n'était pas nécessaire. Chacun portait en soi la censure collective. On savait ce qu'il ne fallait pas évoquer. Partout sévissaient une immense fatigue, l'hébétement consécutif aux sauvageries commises ou endurées. La majorité était sortie hagarde de la guerre, avec un sentiment de honte. Ceux qui, à l'étranger, préparaient leur revanche ne devinaient pas l'ampleur de cette lassitude et de cette tristesse. Ils ne pouvaient pas comprendre que personne ne souhaitait leur retour. On évitait non seulement d'évoquer, mais même de penser à la révolution, à la guerre, qui, au fil du temps, devenaient un vague souvenir, une folie dont on n'éprouvait nulle fierté, encore moins la nostalgie. On sortait de ce cauchemar avec un unique désir, celui d'oublier, de renouer avec la vie, de savourer l'instant, si misérable fût-il. Ces horreurs appartenaient à un autre temps, à un monde différent, devenues, avec les années, incompréhensibles. *Aguantar* – « supporter » –, le mot revenait, lâché avec un mélange de stoïcisme et de résignation. *Nada* – « rien » –, autre rengaine : il ne se passait rien, il ne pouvait rien se passer.

Quand j'arriverai en France, je serai surpris d'entendre partout parler de la répression, implacable et féroce, étonné de lire que l'Espagne était un pays fasciste, soumis à une dictature impitoyable. La répression avait eu lieu, certes, elle avait été aussi cruelle qu'on le disait. Mais, en 1946, 47... 50, elle n'était plus qu'un souvenir. Des exécutions se déroulaient, la presse les évoquait en quelques lignes. Le plus souvent, c'étaient des communistes entrés clandestinement dans le pays pour préparer le soulèvement. Des combattants qui savaient ce qu'ils risquaient. On les plaignait à peine. C'était la loi de la guerre. Alors que des manifestations étaient organisées dans toute l'Europe, les Espagnols restaient impassibles. La terreur n'était plus nécessaire puisque chacun avait intériorisé les interdictions. Pénurie et misère décourageaient la révolte.

Aguantar : c'était aussi l'attitude du Caudillo qui invitait les Espagnols à resserrer les rangs autour de lui dans l'adversité. Il y avait une amère fierté à résister à l'hostilité du reste du monde. Les journaux, la radio évoquaient sans cesse la résistance héroïque des habitants de Numance contre les divisions romaines, le sacrifice collectif et l'immolation dans le brasier. Plutôt périr que s'abaisser ; flatté par le Généralissime, l'orgueil national durcissait les esprits, tendait les volontés. Une foule immense se rassemblait sur la place d'Orient, à Madrid, pour acclamer Franco. « Manifestation organisée », jetaient avec mépris les exilés, mais ces centaines de milliers d'Espagnols venus de tout le pays pour crier leur soutien n'avaient pas tous été sollicités, ni contraints, les républicains devaient l'admettre en leur for intérieur. Le régime jouissait bien de l'appui populaire, moins par conviction que par une réaction d'orgueil blessé. Des manifestations avaient d'ailleurs lieu dans toutes les capitales de province. C'était un véritable plébiscite.

Jamais peut-être le Caudillo ne fut plus à l'unisson de son peuple, faisant appel à son fonds stoïque, stimulant sa résistance. Ceux qui pensaient l'abattre par des mesures de rétorsion ne faisaient que renforcer sa popularité. Parce qu'ils exigeaient un renforcement de l'ostracisme, les exilés républicains perdaient les dernières sympathies dont ils jouissaient. Il y eut contre eux, contre tous les ennemis de l'Espagne *intérieure,* une mobilisation des esprits. User de la contrainte pour les abattre, c'était pis qu'un crime, c'était une faute. On imagine mal la fureur propre au nationalisme : toutes les grandes figures de la résistance à l'envahisseur étaient sans cesse invoquées. On chantait les couplets à la Vierge du Pilar que, dans Saragosse assiégée par les armées napoléoniennes, les habitants lançaient avec défi du haut des barricades. La France, qui apparaissait comme la plus virulente dans sa condamnation du régime, s'attirait toutes les haines. Affamés, isolés, réduits à survivre difficilement, les Espagnols se dressaient contre l'étranger.

Le 5 mai 1946, soit un an tout juste après la signature de la paix, Churchill dénonce le « rideau de fer », confortant ainsi la certitude du Caudillo que l'unité du camp des vainqueurs ne résistera pas à l'implacable réalité du communisme.

Dédaignant les appels à la clémence lancés par la France, Franco fait fusiller neuf militants communistes entrés clandestinement dans le pays. Céderait-il aux pressions extérieures, il ruinerait l'édifice construit au lendemain de la guerre civile, laquelle, pour lui, continue tant que les communistes rêveront de prendre leur revanche. Loin de l'ébranler, les clameurs de la gauche fortifient sa résolution. Par mesure de représailles, le gouvernement français décide de fermer la frontière des Pyrénées, mais, le devançant, Franco ferme la sienne.

L'isolement du pays se renforce, la misère s'aggrave. L'ONU a exclu l'Espagne de la communauté internationale ; Israël a voté l'exclusion, ce qui choque le Caudillo. Puisque l'Union soviétique, sans doute pour ennuyer la Grande-Bretagne, reconnaît l'État d'Israël, l'Espagne refusera de le reconnaître ; sa diplomatie se rapproche alors des nations arabes qui, aux Nations unies, peuvent l'aider à conquérir un siège.

Trois pays seulement maintiennent leurs relations diplomatiques avec la dictature : l'Argentine, le Portugal et le Vatican. C'est d'ailleurs Perón qui sauve l'Espagne de la famine en lui consentant des prêts et, surtout, en livrant en grandes quantités le blé, la viande, les matières premières dont son industrie a un besoin urgent. On chante alors une rengaine imbécile : *« Tengo una vaca lechera* [je possède une vache laitière], *tolón, tolón »*, que nous fredonnions par dérision mais avec pourtant une pointe de soulagement : ces boîtes de lait concentré dont l'Argentine inondait le pays ont sauvé des milliers de vies.

Lorsque Evita Perón viendra en visite officielle, elle recevra un accueil fervent, partout acclamée, célébrée, adulée ; admirée aussi, tant son élégance et sa beauté séduiront les Espagnols. Ce sera pour elle, pour son pays, un véritable triomphe. Lorsque Juan Perón tombera, l'Espagne lui donnera naturellement asile.

Dans cette nuit glacée, le Caudillo a déniché un ministre des Affaires étrangères issu de l'Action catholique, Martín Artajo, qui se révélera un grand politique. Il jouit bien sûr de l'appui de la hiérarchie de l'Église et du Vatican, mais il dispose aussi de relais dans l'administration américaine. Avec ténacité, il va nouer des liens étroits avec des membres influents du Congrès, avec des sénateurs, des militaires, avec le cardinal Spelmann qui va mettre ses réseaux au service de l'Espagne. Diplomatie habile et patiente qui porte ses fruits.

La guerre froide modifie l'image négative que Washington a de l'Espagne franquiste, laquelle n'est plus à ses yeux un pays fasciste, mais une nation catholique au régime certes autoritaire, mais « fréquentable ». Surtout, son anticommunisme et sa position stratégique font d'elle un allié convoité.

Tirant profit des manifestations qui, dans tout le pays, ont marqué l'adhésion des Espagnols à sa personne, le Caudillo présente devant les Cortes une loi de succession qui définit l'Espagne comme un État catholique, représentatif et social, constitué, en accord avec sa tradition, en royaume ; les Espagnols sont appelés à ratifier ce projet par référendum. Quand bien même quelques fraudes se seraient produites, c'est une approbation massive avec, sur un peu plus de 14 millions de votants, plus de 12 millions de oui. Par cette consultation, le régime a acquis une légitimité démocratique.

Don Juan a beau dénoncer la manœuvre qui n'a, dit-il, d'autre but que de prolonger la dictature de Franco, ses protestations résonnent dans le vide. Le Caudillo est désormais régent d'une monarchie encore à définir.

Autour de Gil Robles, membre du Conseil privé du prétendant, installé désormais à Estoril, des pourparlers se déroulent avec les représentants des partis républicains, notamment Prieto. Les opposants tombent d'accord pour organiser un référendum après le retour au pouvoir du roi, les Espagnols devant alors se prononcer sur la nature du régime à venir. À Saint-Jean-de-Luz, ils vont même signer un pacte qui semble annoncer un rassemblement entre monarchistes et républicains exilés, du moins les plus modérés.

Mais, toujours conseillé par Carrero Blanco, le Caudillo accepte de rencontrer le prétendant qui, « bourbonisant » ses alliés, démentira que ce pacte le lie d'aucune façon. Sa ligne de conduite tortueuse prête le flanc aux accusations de cynisme, et Franco le persuade d'accepter que le prince des Asturies vienne en Espagne poursuivre son éducation et se familiariser avec son pays. C'est un premier pas vers le renoncement à la succession dynastique et vers l'instauration d'une monarchie nouvelle. Au cours des années suivantes, don Juan continuera à se battre et à vouloir défendre ses droits. Mais, assurés désormais que la monarchie s'incarne en la personne du jeune prince, les partisans du prétendant se feront moins impatients.

Le Caudillo prend très au sérieux son rôle de mentor, choisissant avec soin les professeurs et les précepteurs de l'infant, lui fixant un programme d'études rigoureux. Il suit avec attention ses progrès, se plaît à le conseiller, à s'entretenir avec lui. N'ayant pas de fils, le Généralissime se confie à ce jeune prince dont il rêve de faire un roi exemplaire, parfaitement au courant de tous les rouages de l'administration et du gouvernement. Il lui fait part de son expérience, le met en garde contre les flatteurs et les courtisans, répétant l'avertissement : n'avoir aucun ami, jamais, se méfier de tous. Il lui parle avec une rude franchise, ne lui cachant pas qu'un référendum portant sur le choix de la monarchie ne recueillerait probablement pas plus de 10 % des voix, manière de lui suggérer que son règne, s'il advient, ne découlera pas d'une succession dynastique incontestable, mais qu'il sera à conquérir. Le futur monarque devra faire ses preuves et gagner l'affection de ses sujets.

Ceux qui s'obstinent à traiter le Caudillo de médiocre feraient bien d'étudier la finesse et la clairvoyance dont le Généralissime fait ainsi preuve. Il connaît son peuple et n'a pas oublié le désenchantement et l'indifférence que les Espagnols éprouvaient envers Alphonse XIII. La méfiance du Caudillo à l'égard de don Juan vient de ce que ce dernier se croit encore nanti de ses droits inaliénables – illusion, pense-t-il, qui l'expose à l'influence de son entourage. Don Juan se croit roi ; le Généralissime fait tout son possible pour que le jeune prince *devienne* roi.

Un souverain fidèle au Mouvement national ? On l'a dit et répété, souvent à tort. Trop de propos et de confidences démontrent que le Caudillo ne se fait pas d'illusions sur la pérennité de son régime. Lorsque le prince des Asturies, qui doit assister à une cérémonie officielle, se propose de revêtir l'uniforme de la Phalange, Franco l'en dissuade avec douceur, lui déclarant qu'il n'est pas obligé, lui, de se compromettre. De nombreux indices prouvent que le Généralissime non seulement admet, mais souhaite obscurément que le futur roi fasse ce qu'il est, lui, incapable de faire, lié et retenu qu'il est par son passé, ligoté par des fidélités trop anciennes. Loin de rêver d'un monarque à son image, d'un double qui perpétue la dictature, il se fait du futur roi, de ce qu'il doit être dans l'idéal, une très haute idée :

« À mon avis, écrit-il à don Juan le 18 février 1963, la formation du prince n'est pas terminée. Nous avons essayé de forger son caractère par l'exercice du commandement, la conception de la discipline, de l'obéissance et de l'esprit de service, vertus militaires utiles pour toutes les activités, et bien davantage encore pour le souverain. Sa présence dans les académies militaires a facilité contacts et relations avec les jeunes générations de nos armées. Par la suite, les études universitaires l'ont ouvert à la vie civile et à la connaissance des différents secteurs de la vie espagnole. Mais la brièveté de ces stages et l'étendue du champ d'apprentissage ont permis seulement de commencer la formation royale sans aborder les grands problèmes de la formation de l'homme d'État[1]. »

Ces propos ne sont pas d'un homme médiocre, ni même d'un homme ordinaire, ils témoignent d'une claire vision politique. Franco aspire à réconcilier les Espagnols avec une monarchie discréditée, rêvant sinon d'un prince sublime[2], à tout le moins d'un monarque respectable et respecté. Pour réussir, celui-ci doit être au-dessus des partis, dégagé d'un héritage dont lui-même, trop vieux pour défaire la tapisserie, ne peut plus se libérer.

On scrute désormais le visage de Juan Carlos de Bourbon, on guette ses rares paroles, on observe ses moindres réactions. On l'étudie avec une attention d'autant plus anxieuse que le prince des Asturies garde une réserve énigmatique. On le voit en uniforme des trois armes, avec sa haute taille, sa carrure athlétique, ses manières simples et courtoises, son sourire avenant et son œil bleu. Qui donc se cache derrière cette apparence aimable et séduisante ?

---

1. *In* Andrée Bachoud, ouvrage cité. Pour la période 1960-1975, certainement l'ouvrage le plus solide, le plus nuancé et... le mieux écrit.

2. L'expression est d'Andrée Bachoud.

Lorsque, contre l'avis de son père, il décide de s'installer à Madrid, après son mariage avec Sophie de Grèce, Franco ne cache pas sa satisfaction, tant il redoute l'influence de don Juan sur son fils. La princesse apprend le castillan, décision qui enchante le Généralissime. Très vite, il apparaîtra que Sophie, fine et intelligente, exerce une excellente influence sur son mari. Le couple devient pleinement espagnol : n'est-ce pas le désir le plus profond du Généralissime ?

Quelque chose, dans l'atmosphère, change ; on respire un air moins étouffant. Le spectacle de la rue retrouve son animation ; les terrasses des cafés sont pleines ; la foule déambule paisiblement. Avec le temps, les blessures cicatrisent ; l'oubli fait son œuvre. Sans doute la presse et la radio rappellent-elles sans cesse les crimes des Rouges, les horreurs de la guerre ; elles chantent avec insistance les bienfaits de la paix franquiste. Mais les esprits se préoccupent surtout de mieux vivre, de profiter de chaque heure de chaque jour. Dans chaque ville, les fêtes des saints patrons donnent lieu à des liesses débridées. On chante, on danse, on boit. Toute une jeunesse s'abandonne à une sorte de folie collective. Elle n'a pas connu la guerre, elle ignore presque tout du passé. Franquiste ? Peut-être pas, car elle n'a que des convictions incertaines. Elle remplit les facultés, décroche des diplômes, songe à son avenir. Alors qu'il y avait en 1936 près de 70 % d'analphabètes, il y en aura moins de 5 % à la mort de Franco. Une classe moyenne émerge, qui constitue l'armature des démocraties. C'est elle qui avait manqué à la République. Elle enfle à vue d'œil, avec son égoïsme, son individualisme, mais également sa sagesse, son refus de l'aventure.

Plus profond, un autre bouleversement change la physionomie du pays. De 70 % en 1936, la population rurale passe à 25 %, et la migration des campagnes vers les villes se poursuit à un rythme soutenu. Avec quarante ans de retard sur la France, l'exode rural se traduit par un gonflement des banlieues et par une émigration vers l'étranger – Allemagne, France, Belgique. Les jeunes filles deviendront, dans les beaux quartiers de Paris, les « bonnes espagnoles » avec leurs chansons, leurs promenades dominicales, bras dessus, bras dessous, sur les *ramblas* de Wagram ; les hommes travaillent dans les usines. Ils découvrent d'autres pays, d'autres mœurs. Ils reviendront changés.

Faut-il attribuer au régime le mérite de ces bouleversements ? La question posée par bon nombre d'historiens et de biographes me semble artificielle. Que Franco les ait ou non voulus et préparés, comment en juger ? Il était là, il n'a pas contrarié cette transformation. Elle se serait, rétorquent ses adversaires, produite sans lui. Possible, mais cela reste indémontrable.

Traumatisée par les persécutions endurées durant la guerre civile, taraudée par le souvenir de la haine qui s'est déchaînée contre elle, l'Église, de son côté, a pris sa mission au sérieux, ouvrant des écoles, instruisant les plus pauvres. On contestera le contenu de son enseignement, évidemment catholique. Ni la science ni la technique ne relèvent pourtant de la croyance, et les jeunes hommes qui sortent de ses institutions ont acquis des connaissances précises. Ont-ils été marqués par la religion ? De manière assez superficielle, si l'on en juge par le taux de la pratique religieuse. Un vernis moral plus qu'une empreinte.

Au premier souffle venu de l'extérieur, ce vernis se

craquellera. Car les premiers touristes franchissent la frontière et, avec eux, des filles émancipées, libres, osant montrer leur corps avec un naturel qui stupéfie, scandalise, attire. Malgré quelques soubresauts, l'austérité des mœurs ne résistera pas à ce choc. Sous la surface immuable, sous la chape rigoriste, un véritable séisme ébranle les esprits. Il y a toujours cet ennui, cette médiocrité, cette inculture, cette inertie, mais chacun sait désormais qu'une autre vie existe ailleurs, plus libre et plus légère. N'est-ce pas ce désir d'échapper à la monotonie des jours, de retrouver une vie plus ample, qui m'a alors incité à quitter l'Espagne ?

Pour Franco aussi, le temps fait son œuvre. Il se coule dans son personnage de monarque sévère mais débonnaire. Il devient plus raide, plus compassé. Au Pardo, son cousin se lamente de l'ennui et de la tristesse de repas à la fois médiocres et désolés. En présence de Carmen, le Caudillo garde le silence, prend un air gêné. Deux, trois fois par semaine, il part à la chasse en Andalousie, en Estrémadure ; en été, il pêche le thon à bord de l'*Azor*, son yacht, quand il ne pêche pas la truite dans les torrents des Asturies. Le reste du temps, il joue au golf, à moins qu'il ne peigne des paysages léchés, le plus souvent des marines.

Fuyant la routine, il s'évade cependant que Carmen, peut-être déçue, sûrement enivrée par l'encens dont le parfum emplit ses appartements, grisée par les éloges et les flagorneries, succombe à la folie des grandeurs, se mettant à rêver, pour sa fille, pour ses petits-enfants, d'honneurs princiers. Déjà le mariage de María del Carmen, dite « Nenuca », avec un jeune spécialiste en chirurgie cardio-vasculaire, Cristóbal Martínez Bordiu, a eu lieu dans un faste royal. La cérémonie religieuse s'est déroulée dans la chapelle du palais, et près de mille invités triés sur le volet ont assisté à la réception. Beau gosse à l'ambition féroce, Cristóbal, bientôt marquis de Villaverde, traîne avec lui toute une tribu vorace, décidée à tirer tout le profit possible de sa parenté avec le Caudillo.

Franco n'éprouve pas une grande sympathie pour ce gendre superficiel et mondain, aimant le luxe et l'argent, mais il n'a rien dit à cause de l'amour qu'il voue à sa fille. Avec Cristóbal, une faune suspecte envahit le palais, traînant derrière elle un fumet d'arrivisme. Ces nouveaux riches frottés de noblesse réussissent sans mal à séduire celle qu'on appelle la « dame du Pardo ». Ils la flattent, l'entourent de prévenances, sollicitent avec cynisme son intervention pour leurs affaires obscures. La rumeur publique prête à Carmen Polo une soudaine cupidité. Elle se ferait offrir des meubles, des bijoux. Les antiquaires redouteraient ses visites, car ils se verraient contraints d'« offrir » les plus belles pièces. Elle se montrerait par ailleurs hautaine, d'une arrogance insupportable. Comme d'innombrables témoignages confortent ce changement d'attitude, on peut en conclure qu'ils renferment du vrai.

Jusqu'alors, Carmen avait mené une existence discrète. Elle abuse tout à coup de sa position de première dame, s'entiche de noblesse, rêve, dit-on, d'une couronne pour ses petits-enfants. À grands frais, elle fait décorer et meubler la maison natale de son mari, au Ferrol, trop modeste à ses yeux. Avec le clan de la famille Martínez-Bordiu, l'argent s'insinue dans l'entourage du Caudillo dont le mode de vie, lui, n'a pas changé. Indifférent à cette faune qui annonce l'avènement d'une société nouvelle, il ferme les yeux. Il ne voudra jamais rien connaître des combines et des magouilles de son entourage. Même ses pires adversaires admettent qu'il n'était pas un homme d'argent. Il se montre heureux de faire fructifier le domaine qu'un de ces aigrefins lui a fait acheter dans les environs de Madrid. Il aime à s'y rendre pour inspecter les étables et les vergers, discuter avec l'intendant, se soucier des techniques d'arrosage. Pour ce militaire, seule la terre possède une réalité. Les spéculations, les boursicotages, les agiotages le laissent de marbre. Ainsi qu'en témoignent ses formules cyniques, il ne se faisait aucune illusion sur la nature humaine. La cupidité et l'appât du gain étaient à ses yeux l'un des moteurs des conduites humaines. Il les observait avec un mépris tout militaire, peut-être satisfait d'avoir ainsi prise sur les hommes. Il laissait faire, détournait son regard. Il aimait trop sa fille pour condamner les agissements de son mari.

Il était du reste occupé à savourer sa revanche. L'Amérique se rapprochait de l'Espagne, les visites de personnalités se succédaient : l'amiral Sherman, le secrétaire d'État John Foster Dulles dont l'anticommunisme farouche trouvait en la personne du Caudillo un complice. Reçus avec toute la pompe d'une étiquette d'Ancien Régime, les ambassadeurs et les chefs d'État venaient l'un après l'autre faire allégeance, reconnaissant implicitement la lucidité de celui qui pouvait se dire qu'il avait eu raison contre le monde entier.

Avec l'admission de l'Espagne à l'ONU en 1955, ce fut la consécration officielle. Franco devenait le partenaire des États-Unis dans son combat contre le communisme. Il signa des accords militaires, céda plusieurs bases aux Américains, en marchandant habilement les baux. Avec l'afflux de dollars, le pays se transforma et se modernisa. On surnomma Franco

« Paco la Turbine », tant il prenait plaisir à inaugurer des usines et des barrages. Dans les salles de cinéma, on riait avec *Bienvenue, Mr Marshall*, film emblématique sur la nouvelle Espagne.

Ce fut enfin l'apothéose : le 21 décembre 1959, le Caudillo recevait le président Eisenhower, acclamé tout au long de son parcours, de la base de Torrejón à Madrid, par une foule enthousiaste. Malgré l'insistance des services de sécurité américains, Franco, voulant démontrer à son hôte qu'il n'avait rien à craindre du peuple espagnol, tint à faire le trajet en voiture décapotable. Ovationné, Ike se montra ravi. En bons militaires, les deux hommes sympathisèrent, et la visite fut un succès.

La Nuit noire n'était plus qu'un mauvais souvenir. Franco sortait victorieux de la guerre que la communauté internationale lui avait déclarée en 1945. Tandis que les exilés se lamentaient, critiquaient avec aigreur, les Espagnols de l'intérieur recouvraient un sentiment de dignité. Ils avaient résisté avec la dernière énergie, serrant les dents. Après avoir enduré les pires privations, après avoir été des parias, des pestiférés, ils pensaient avoir gagné le droit de se réjouir et de vivre, enfin. Dans tout le pays on sentait le soulagement. Par centaines de milliers, bientôt par millions, les touristes déferlaient, découvrant avec stupeur ce pays que la publicité disait « différent ». De leur côté, les Espagnols s'ouvraient petit à petit au reste du monde. Une page était bel et bien tournée.

La lenteur de mourir

1956-1975

Militaire, le Caudillo n'a jamais rien compris à l'économie. Comme de Gaulle, il aurait pu dire avec dédain : « L'intendance suivra. » Naïvement convaincu que l'Espagne pouvait se suffire à elle-même, il s'est longtemps rallié à l'autarcie prêchée par la Phalange. S'il n'envisagea pas, comme un président français, de subventionner des « avions renifleurs », il se laissa abuser par un illuminé qui prétendait fabriquer du pétrole avec de l'eau. L'enthousiasme pour cette découverte mirifique qui devait assurer l'indépendance énergétique de l'Espagne tomba lorsque l'inventeur fut interné dans un hôpital psychiatrique.

Avec l'ouverture à l'Europe, l'autosuffisance du pays devenait illusoire, même un naïf de son espèce pouvait s'en apercevoir ; le décalage entre le niveau de vie des Espagnols et celui de leurs plus proches voisins, les Français, mortifiait son nationalisme, déjà blessé par sa mise à l'écart du plan Marshall. Alors que la France connaissait l'euphorie des Trente Glorieuses, l'Espagne stagnait dans la pénurie. Carrero Blanco, son éminence grise, proche de l'Opus Dei, insistait pour que des réformes profondes soient faites dans la finance et l'économie.

En vieillissant, les défauts naturels du Caudillo – sa lenteur, son goût de la temporisation, sa difficulté à trancher – se renforçaient. Il écoutait, opinait du chef, ne donnait aucune réponse, ou bien évasive. Son conseiller se plaignait de cette « difficulté à accoucher », attendant des semaines, parfois des mois la moindre décision. Tant que le pays avait vécu coupé du monde, cette rumination ne perturbait guère le fonctionnement de l'État, la plupart des propositions soumises au Caudillo pouvant en effet attendre. Avec l'ouverture, le raidissement de l'âge constituait un gros inconvénient. Les dossiers traînaient ; les décrets préparés par les administrations dormaient dans les bureaux ; la machine de l'État se grippait. Autant qu'au caractère du Généralissime, autant qu'à son âge, cette lenteur, proverbiale en Espagne – *mañana...* –, découlait de l'extrême centralisation du pouvoir. On entendait déjà les mêmes plaintes et les mêmes récriminations sous Philippe II. Il existait une inertie du pays aggravée par l'inefficacité d'une administration routinière.

L'idée du travail comme valeur en soi, celle du rendement avaient toujours été étrangères au pays. On travaillait durement pour gagner sa vie, mais, dès qu'on disposait d'assez de moyens pour ne rien faire, on s'installait dans la béatitude de la rente ; l'oisiveté était le signe de la vraie noblesse. C'est cet idéal aristocratique que l'Institut de l'Opus Dei combattait, louant comme un signe de sanctification les vertus du travail professionnel et la réussite sociale. Dans son bréviaire, *El Camino* (« Le Chemin »), on trouvait des dizaines d'aphorismes encourageant ses membres à devenir des chefs, à s'élever dans leur profession, philosophie suspecte aux yeux de nombre de catholiques qui croyaient y humer un fort relent de calvinisme. C'était dans tous les cas un enseignement contraire à celui de la tradition espagnole, réfractaire à l'enrichissement et, plus généralement, à l'argent, tenu pour impur. Malgré ses immenses richesses qu'elle disait être « le bien des pauvres », l'Église d'Espagne n'avait pas cessé de condamner le lucre et la cupidité, y compris l'activité bancaire, souvent assimilée à l'usure.

Dans ce paysage spirituel, les membres de l'Opus Dei apparaissaient comme des chrétiens d'un type nouveau. « Tu parles de mourir en héros. Ne crois-tu pas qu'il soit plus "héroïque" de finir en bourgeois, discrètement, dans un bon lit... plutôt que de mourir du "mal d'amour" ? » (maxime 743 du *Camino*[1]). Pour banal que ce conseil paraisse dans un pays, la France, déchristianisé et laïcisé, il constituait, dans une Espagne qui prenait le christianisme au sérieux, une révolution copernicienne. C'est sur l'idéal héroïque des croisés que le pays s'était fait sous Ferdinand III et Isabel, sur l'héroïsme des *conquistadores*, sans doute discutable, que s'était constitué l'empire, sur l'héroïsme de ses saints, Dominique et Ignace de Loyola, que le catholicisme hispanique s'était appuyé pour endiguer et combattre les hérésies. Depuis des siècles, l'héroïsme se confondait avec le modèle de la sainteté. Or voici qu'un ordre religieux proposait les vertus bourgeoises – travail, réussite sociale, belle mort dans un bon lit – comme nouvel idéal de sainteté !

---

1. Josemaría Escrivá de Balaguer, *Chemin*, Fayard, 1939.

On comprend que beaucoup aient regardé l'Institut avec suspicion ; on imagine le haut-le-cœur des milieux phalangistes devant cette philosophie hostile à leurs aspirations héroïques, à leur rejet de la société bourgeoise, à leur haine du capitalisme. On conçoit aussi que nombre de catholiques sincères, désireux de vivre leur foi dans le siècle, aient vu dans l'Opus une contre-culture, une secte promettant à ses adeptes le salut par la sanctification de leur ambition. Il n'empêche : il y avait bien une modernité de l'Institut, celle d'une rencontre entre les aspirations spirituelles de beaucoup d'Espagnols et les exigences d'un capitalisme en voie de mondialisation, dynamique et conquérant.

Deux réformes paraissaient urgentes à Carrero Blanco et à ses conseillers de l'Opus. La plus délicate était celle de la succession, qu'il devenait urgent, selon eux, de fixer. Tout en acceptant le principe, tout en encourageant Carrero à préparer les textes, le Caudillo mettait les projets sous le coude. De toute évidence, il n'arrivait pas à se dessaisir d'une parcelle de son pouvoir. Il parlait ouvertement de son âge, évoquait l'hypothèse de sa disparition soudaine, comprenait qu'il fallait préparer cette éventualité, mais reculait sans cesse l'échéance. En différant les dispositions pratiques de sa succession, il pouvait avoir l'impression de retarder la Faucheuse. En cela, il ne différait guère d'une majorité d'hommes de pouvoir, rois ou présidents, capables de se mentir à eux-mêmes pour préserver les signes de leur puissance. Partagé entre la lucidité sur son âge et les illusions sur sa « bonne forme », le Caudillo luttait en fait contre lui-même. Comprenant que convaincre le Généralissime serait une tâche de longue haleine, son éminence grise s'arma de patience, mettant et remettant la question sur le tapis, se heurtant chaque fois aux mêmes réticences. On disait dans la rue que le Caudillo n'était pas immortel, mais « immourable ».

Lorsque Carrero Blanco lui suggéra une fois de plus d'appeler au gouvernement ceux qu'on nommera les « technocrates », experts économiques dont plusieurs étaient membres de l'Opus Dei, le Généralissime tergiversa. Partisans farouches du dirigisme, hostiles au capitalisme, les ministres phalangistes venaient, en ces années 1951-53, de lancer une ambitieuse politique agricole comportant deux volets : le remembrement des terres en Galice ; une loi sur les latifundia du Sud qui sanctionnait les grands propriétaires terriens dont les terres étaient laissées à l'abandon ou consacrées à l'élevage des taureaux de combat. La première fut une réussite, la seconde se heurta à la résistance de la noblesse[1] et ne fut jamais vraiment appliquée ; reprise pourtant sous la démocratie, elle a permis d'en finir avec le scandale des vastes domaines non exploités. Parallèlement, des barrages et des canaux d'irrigation furent mis en chantier, accroissant le rendement des terres remembrées – 1 700 000 hectares environ. Conformes au programme de José Antonio, ces réformes attendues depuis longtemps témoignaient des préoccupations sociales de la Phalange. Elles butaient pourtant sur les carences des finances publiques, étouffées dans le carcan de l'autarcie. Malgré la création de mutuelles agricoles, les paysans trouvaient difficile-

1. Défendant âprement ses privilèges, la noblesse combattait toutes les réformes qui risquaient de nuire à ses intérêts. Caste réactionnaire, son libéralisme de façade ne pouvait faire illusion.

ment l'argent pour s'équiper, acheter des engrais, moderniser leurs exploitations.

Favorable aux orientations des phalangistes, le Caudillo n'en était pas moins conscient que le marché intérieur se révélait par trop étroit. Si l'Espagne voulait exporter et encaisser des devises, elle devait s'ouvrir au marché européen en renonçant aux barrières et aux législations contraignantes. La première ouverture fut bien sûr le tourisme qui allait devenir une véritable manne, relançant la construction, fournissant des milliers d'emplois dans l'hôtellerie et remplissant les caisses de l'État. L'agriculture et l'industrie avaient cependant besoin d'investissements massifs pour sortir du sous-développement ; converti au libéralisme par les hommes de l'Opus Dei, Carrero insistait auprès du Généralissime pour qui ce changement de cap signifiait une véritable rupture.

Après le terrible hiver de 1956 qui anéantit les récoltes [1] et déséquilibra la balance des paiements, Franco finit par se résigner. Hostiles au laxisme financier des phalangistes, qui, en accordant des hausses de salaires substantielles, avaient relancé l'inflation et mis en péril la monnaie, ces experts imposèrent un plan de rigueur susceptible d'assainir l'économie et de permettre la relance. Sans rien entendre à leurs raisonnements techniques, Franco accepta leur politique. Mariano Navarro Rubio, Alberto Ullastres, Laureano Lopez Rodo, ces hommes seront, avec quelques autres, les artisans de ce qu'on appellera le « miracle économique ». Quand ils produiront les premiers chiffres favorables à la balance du commerce extérieur et à la

1. Dans la nuit, les températures chutèrent de + 9° à – 17° C. Même les oliviers gelèrent.

stabilité de la peseta, le Caudillo les félicitera et se persuadera qu'il a inspiré et voulu ces choix. S'il lui arriva par la suite de contester telle mesure ponctuelle, de rechigner devant ce qui lui semblait une concession au libéralisme, il ne leur marchanda pas son appui, persuadé que la modernisation du pays, l'augmentation du niveau de vie exigeaient cette ouverture pour lui ésotérique.

Toute sa vie il avait fait preuve de pragmatisme, jugeant une politique à ses résultats. Or, les plans de ces experts réussissaient. L'économie sortait de sa torpeur, la société tout entière semblait animée d'un dynamisme nouveau. De mois en mois, le revenu moyen des Espagnols croissait. De 1960 à 1975, le revenu moyen par habitant croît en effet de 334 à 2 574 dollars US, le parc automobile de 49 647 à 672 188 véhicules ; l'analphabétisme, qui était de 12,7 %, descend à 5,8 %. Avec la Seat 600, les logements achetés à crédit, les téléviseurs et les téléphones, la condition des Espagnols se transforme à vue d'œil, et, ravi de ces changements, le Généralissime refuse d'écouter les critiques des phalangistes indignés de cet abandon au capitalisme le plus débridé.

Une lutte d'une violence inouïe opposa bientôt les deux tendances, les hommes de l'Opus tentant par tous les moyens d'écarter la Phalange, les caciques du parti s'acharnant à ruiner l'influence de la « Sainte Mafia [1] ». Deux conceptions de l'État et de l'économie s'affrontaient, l'une libérale, l'autre étatiste. Partisans d'un

1. Sur l'Opus, voir Jésus Ynfante, *La Prodigiosa aventura del Opus Dei. Genesis y desarrollo de la Santa Mafia*, Paris, Ruedo Ibérico, 1970. Également Michael Walsh, *Le Monde secret de l'Opus Dei*, Paris, Pygmalion, 1994.

État fort, mais également socialistes et, pour certains, révolutionnaires, les phalangistes défendaient la nationalisation des grandes entreprises, le contrôle de l'économie ; les hommes de l'Opus privatisaient à tour de bras, persuadés que seule la liberté d'entreprendre stimulerait la croissance et le développement.

Durant plusieurs années, les seconds tinrent le haut du pavé, confortés par la réussite spectaculaire de l'économie dont le taux de croissance annuel frôlait les 9 %, le plus haut de toute la Communauté européenne. L'Espagne, il est vrai, revenait de loin. Tout faillit basculer à l'occasion de ce qu'il est convenu d'appeler l'affaire Matesa, scandale financier que la presse phalangiste dénonça sans relâche, lui conférant un retentissement national, voire international. Il s'agissait de détournements de fonds publics et de subventions pour un montant faramineux, auxquels des membres de l'Institut se trouvaient mêlés. Pour les phalangistes, la preuve était faite des dégâts que la privatisation et la libération des échanges ne manqueraient pas de produire. Mais le Caudillo détestait le désordre plus encore qu'il haïssait les malversations. Il imposa le secret de l'instruction et amnistia bientôt les coupables, provoquant un véritable tollé.

Le Caudillo se réjouissait du dynamisme de l'économie, mais dut déchanter en s'apercevant que la hausse du niveau de vie entraînait un mécontentement de plus en plus vif parmi la classe ouvrière qui réclamait des hausses de salaire, déclenchait des grèves économiques de plus en plus nombreuses, tant en Catalogne que dans les Asturies et au Pays basque. Interprétant ces mouvements comme les symptômes de la fin imminente de la dictature, les communistes pénétraient les commissions ouvrières, syndicats clandestins issus de la gauche chrétienne et de l'Action catholique ouvrière. Dans le même temps, l'agitation gagnait les universités, les étudiants refusant d'adhérer au SEU, le syndicat officiel, d'obédience phalangiste. Des bagarres opposaient la jeunesse aux forces de l'ordre jusque dans le centre de la capitale. Le ministre de l'Éducation fermait les facultés, emprisonnait les contestataires, chassait les professeurs qui manifestaient leur soutien aux étudiants, mais la répression, loin de calmer les esprits, attisait les antagonismes. Ce qui surprit et affligea le vieux Caudillo, c'est que beaucoup de ces jeunes appartenaient à la meilleure société du régime. Il ne comprenait pas comment ces enfants choyés pouvaient se dresser contre un gouvernement dont leurs pères faisaient souvent partie. Il avait soixante-douze, soixante-treize ans, et perdait pied pour la première fois. Alternant rigueur et réformes, il tentait vainement d'endiguer cette fronde sans imaginer que toutes ces révoltes pouvaient avoir le moindre lien avec son âge. Or ce qui s'exprimait dans le désordre des revendications, n'était-ce pas *aussi* l'impatience d'un changement qui tardait à se produire ? S'il ne le comprenait pas, la presse, elle, se chargea de le lui rappeler en insistant, lors des événements de Mai 68 à Paris, sur le décalage entre l'autoritarisme du général de Gaulle, dû pour partie à son âge, et les revendications de la jeunesse, message compris par le vieux Caudillo qui déclara à l'un de ses ministres : « Oui, c'est une campagne de presse à rebours... » C'en était une, en effet.

Il y avait, pour le Généralissime, plus grave que les grèves et les manifestations d'étudiants : le lâchage de l'Église qui se désolidarisait soudain de son régime.

Cette « trahison » *(sic)* l'atteignait au plus profond. Le Généralissime incarnait une Espagne archaïque, celle de Ferdinand VII, celle de l'union du trône et de l'autel. Depuis son accession au pouvoir, il avait satisfait à toutes les requêtes, y compris les plus extravagantes, de la hiérarchie catholique. En prenant ses distances, l'Église ruinait les fondements de son ordre ; elle portait aussi un coup très rude à sa personnalité. Comment aurait-il pu comprendre ce retournement alors qu'il avait, depuis son accession au pouvoir en 1939, fondé sa politique sur les enseignements de Rome ? Blessé, désemparé, il écrivit plusieurs lettres au pape, exprimant sa déception, sa tristesse, rappelant les bienfaits dont il avait comblé l'Église d'Espagne. Nul écho à ses plaintes formulées pourtant avec humilité et respect.

En réalité, le divorce entre le franquisme et la papauté remonte à la publication de l'encyclique *Pacem in terris*[1] de Jean XXIII qui demandait des réformes démocratiques fondées sur le respect des libertés individuelles et syndicales, appelait au pardon et à la réconciliation. En Espagne, l'exhortation du Saint-Père tournait le dos à une tradition qui remontait aux siècles de la Reconquête, quand l'Église prêchait la croisade contre les Maures et que les évêques chevauchaient avec les Rois Catholiques à la tête des armées. Cette confusion entre le temporel et le spirituel n'avait jamais cessé au fil des siècles[2]. Or, c'est cette osmose entre les deux pouvoirs que la papauté

1. « Paix sur la terre ».

2. Il faudrait remonter plus loin encore, jusqu'aux siècles wisigothiques, quand l'assemblée des évêques élisait le roi. On peut dire que, depuis ses origines, l'Espagne avait été une théocratie.

remettait soudain en cause, prônant une stricte séparation – idée, pour le Caudillo, littéralement « impensable ».

Depuis sa jeunesse, il s'était fait de l'Espagne une image qui mêlait la puissance impériale, le rayonnement de la nation à sa mission civilisatrice, donc catholique. Avec Menéndez y Pelayo, avec tous les auteurs pour qui l'essence de l'Espagne résidait dans son combat pour la vraie foi, naturellement orthodoxe, romaine, Franco ne concevait pas son pays hors de l'obéissance à l'Église. En se dérobant, celle-ci retirait le sol sous ses pieds. Comment aurait-il pu concevoir une Espagne abandonnée au relativisme des opinions ? Car c'est bien à cela que l'attitude de Rome conduisait, à ses yeux : à une implosion de la nation telle que les Rois Catholiques, ses modèles, l'avaient voulue, imaginée, forgée. Plus d'Église pour soutenir l'État, plus d'État, mais des gouvernants réduits à gérer les dossiers au jour le jour. Le gouvernement de l'Espagne deviendrait un conseil d'administration chargé de veiller sur les comptes, d'orienter les investissements, de toucher et partager les dividendes. Reniant son passé, il s'inclinerait devant l'esprit de la Réforme.

Dans son désarroi, le vieux Caudillo ne cessait d'accuser la franc-maçonnerie d'avoir infiltré l'Église, de préparer sa ruine, de jeter bas le magnifique édifice construit au long des siècles, ces cathédrales baroques qui, dans la splendeur flamboyante de leurs autels surchargés de statues, montraient le rejet du protestantisme, de sa nudité comptable.

Il n'avait, on le sait, rien d'un intellectuel ; ses idées étaient simples, simplistes même. Il se trouvait dans l'incapacité d'analyser le mouvement qui emportait son pays. Accroché à ses convictions, il n'établissait pas le moindre lien entre l'essor économique, le développement, et ce séisme qui menaçait sa foi.

Quel but poursuivaient les membres de l'Opus ? Alors même qu'on saluait la réussite de ces clercs d'un type nouveau, on se perdait en conjectures sur leurs intentions. Société secrète, l'Institut de la Sainte-Croix se cachait dans une pénombre qui éveillait tous les soupçons. Qui aurait pu démêler dans leurs propos contradictoires ce qui relevait du spirituel et ce qui n'était, dans les faits, qu'une conquête du pouvoir à des fins énigmatiques ? Trompaient-ils l'opinion en niant toute ambition politique, ou bien dissociaient-ils le politique du pouvoir réel ? Recrutant les élites économiques, formant les futurs cadres dans leur école d'administration de Barcelone, dans leur université de Navarre, ils visaient à contrôler la haute administration et, par les journalistes issus de leur école de journalisme, la presse et l'édition. Ouvertement réactionnaires, ils défendaient les positions les plus conservatrices, mais ils le faisaient en employant les techniques les plus sophistiquées, ambiguïté qui désarçonnait les uns et irritait les autres. C'étaient des intégristes d'un type nouveau, adversaires farouches des Lumières, mais persuadés d'incarner la modernité qui, à les en croire, serait spiritualiste et religieuse. Le capitalisme financier était pour eux ce que la monarchie de droit divin avait été pour les catholiques du passé : le fondement de l'équilibre social. Il en découlait que la forme du pouvoir importait moins que sa réalité économique. Par cette froide vision d'une société gouvernée par l'argent, ils étaient d'une modernité radicale, prophètes du libéralisme absolu.

Si même les évêques se divisaient entre adversaires

et partisans de l'Opus, avec cet instinct dont il avait souvent témoigné dans le domaine politique, le Caudillo éprouvait là un vague malaise. Ce monde qui s'édifiait sous ses yeux le laissait déconcerté. Devenus chaque jour plus complexes, les ressorts de la société nouvelle, régie par l'économie, lui échappaient. Il ne savait que penser de ces bouleversements et il réagissait de manière désordonnée, consentant des réformes comme celle de la liberté (encadrée et surveillée) de la presse[1], réprimant avec une brutalité qui trahissait son désarroi, politique de la carotte et du bâton qui, loin d'apaiser les conflits, envenimait les tensions. Son univers se désagrégeait, s'effritait.

Scandale à ses yeux, des prêtres participaient aux grèves et aux manifestations, tenaient des propos « marxisants », organisaient et dirigeaient les syndicats clandestins, appelaient dans leurs publications[2] à la réconciliation avec les Rouges. Exaspéré, le Généralissime consentit à la création, dans la province de Zamora, d'une prison spécifique pour ces curés progressistes. Une soixantaine y furent détenus malgré les protestations du Vatican[3].

Comme si ces désordres ne suffisaient pas, les auto-

---

1. Pour Javier Tusell, cette réforme imposée, non sans mal, par Fraga Iribarne a préparé la démocratisation du pays. Si les journalistes ne pouvaient pas évoquer directement et de façon polémique la situation intérieure, ils informaient largement sur la politique internationale, le lecteur établissant de lui-même des parallèles souvent transparents.

2. La presse catholique, par les termes du Concordat signé avec le Vatican, échappait à la censure, ce qui lui donnait une incontestable liberté de ton.

3. Toujours selon les termes du Concordat, prêtres et religieux ne relevaient pas de la justice ordinaire, mais devaient être jugés par des tribunaux ecclésiastiques.

nomistes basques et catalans sortaient de la torpeur où la répression les avait tenus plongés. Un sigle étrange apparut dans la presse, ETA, organisation terroriste qui multipliait les attentats, les braquages de banques, les enlèvements de personnalités, les assassinats politiques. L'étranger, notamment les Français, soutenait leurs revendications, approuvaient leurs méthodes, ne voulant voir en eux que des résistants à l'oppression franquiste et, dans leur cause, l'expression d'un légitime soulèvement populaire. Il faudra des années et la poursuite, malgré toutes les concessions, d'un terrorisme fou contre les institutions démocratiques pour que ces sentiments changent. Inutile de préciser que le pouvoir, lui, ne voyait pas ainsi ces attaques : ce qui provoquait l'hostilité du Caudillo, c'était d'abord le risque de démembrement de l'Espagne. Moins qu'à son régime, l'ETA portait atteinte à l'unité du pays, dogme intangible du nationalisme.

La répression brutale déclenchée par le gouvernement franquiste, avec la proclamation de l'état d'exception dans les provinces basques, avec son cortège de tortures et de sévices, souleva l'indignation de l'opinion internationale, mais elle était comprise et acceptée par bon nombre d'Espagnols qui voyaient, derrière les revendications autonomistes, le retour au morcellement entrepris naguère par la République. Se manifestait, jusqu'au sein de l'opposition démocratique, un réflexe de défense. Les méthodes sanglantes adoptées par l'organisation basque révulsaient des hommes pourtant libéraux.

Jamais peut-être depuis les années 1945-48 le Caudillo ne fut plus impopulaire, plus haï à l'étranger. Retrouvant les réflexes de sa jeunesse, il puisait à cette réprobation une impassibilité glacée. Il trouvait un réconfort dans ces foules enthousiastes qui l'applaudissaient et l'acclamaient en Espagne. Une fois de plus, ce divorce entre les opinions publiques des pays européens et le sentiment national servait le Généralissime.

Le 19 avril 1963, il fait fusiller Julián Grimau, membre du Comité central du Parti communiste[1], condamné à mort pour des crimes commis alors qu'il était, pendant la guerre civile, policier dans un commissariat de Barcelone. Malgré l'avis de certains de ses ministres, malgré les protestations, malgré l'intervention du Vatican, Franco refusa d'accorder la grâce, montrant que, pour lui, la guerre n'était pas terminée.

« L'Espagne, et c'est le grand problème, est encore divisée en deux partis. Nous n'avons pas derrière nous vingt-cinq ans de paix, mais seulement vingt-cinq ans de victoires. Les vainqueurs, y compris l'Église qui fut obligée de lutter du côté de ces derniers, n'ont rien fait pour en finir avec cette division en vainqueurs et vaincus : cela représente l'un des échecs les plus lamentables d'un régime qui se dit chrétien, mais dont l'État n'obéit pas aux principes de base du christianisme. » Ces propos de dom Escarre, supérieur de l'abbaye de Montserrat, tenus dans le journal *Le Monde* en 1963, causèrent un véritable scandale. Furieux, le Caudillo demanda son éloignement, mais dut attendre quelque temps avant d'obtenir satisfaction.

Le père abbé n'était pas le seul à dénoncer le refus

1. On connaît la thèse de Jorge Semprun dans son *Autobiographie de Federico Sánchez* : la direction du Parti communiste aurait volontairement sacrifié Grimau en l'envoyant en Espagne. Son passé de policier impliqué dans la répression du POUM, entre autres, l'exposait à une vengeance certaine.

d'une réconciliation ; le primat d'Espagne, Vicente Tarancón, alla plus loin : « Nous reconnaissons humblement, et nous en demandons pardon, que nous n'avons pas su, au moment opportun, être les véritables ministres d'une réconciliation entre les camps fratricides d'une guerre » – paroles qui retentirent avec une force terrible puisqu'elles remettaient en cause la longue collaboration entre l'Église et le franquisme. Choqué, assommé presque, le vieux Caudillo ne savait que répéter : « Le pape ne nous aime pas, il n'aime pas l'Espagne ! »

Tout en s'accrochant au pouvoir, le Caudillo cède aux instances de Carrero Blanco et des hommes de l'Opus ; il fait approuver par les Cortes et ratifier par référendum une loi organique qui, dans les faits, prépare la succession, même si elle maintient l'intégrité de ses pouvoirs. Malgré les appels de l'opposition à une abstention massive, quatre électeurs sur cinq approuvent le texte. C'est une nouvelle défaite pour les républicains qui dénoncent en vain les fraudes. Ils rêvent d'un retour à 1931, à la restauration de la République, sans comprendre que les Espagnols ont changé. Ni révolutionnaires lyriques, ni apathiques et résignés, ils se veulent réalistes, devinant d'instinct que, pour imparfaite qu'elle soit, la nouvelle loi tente d'organiser l'après-franquisme. Ils n'ont pas dit oui au Caudillo, mais à une succession paisible et ordonnée. Avec l'avènement d'une société d'abondance qu'ils n'ont pas connue depuis des siècles, leur mentalité se transforme. Refusant l'aventure, ils aspirent à une démocratie d'ordre et de justice, celle dont rêvaient des hommes comme Indalecío Prieto ou Julián Besteiro.

Ils demandent des réformes profondes, pas une révolution hystérique.

Tirant la conclusion de cette aspiration, les socialistes de l'intérieur vont s'opposer à leur direction en exil, non sans se heurter à une résistance que la fougue et le talent oratoire de Felipe González, jeune avocat sévillan, réussiront à vaincre ; il s'agit, pour ces jeunes hommes de l'intérieur, de bannir de leurs statuts toute référence à Marx, d'abandonner le concept de lutte des classes comme unique moteur de l'Histoire, de cesser d'évoquer une révolution utopique, d'opter résolument pour une social-démocratie moderne, ouverte à l'Europe. Choix lourd de conséquences, puisqu'il va permettre le rassemblement des oppositions, des sociaux-démocrates aux chrétiens de progrès.

Une question agite alors les milieux politiques, celle dite des associations : la reconnaissance des sensibilités politiques à l'intérieur du régime. Durant quatre ans, des tribunes de presse, des livres, des discussions, des débats souvent vifs opposent les tenants de l'immobilisme aux avocats de l'élargissement démocratique. Sous cette appellation innocente – droit des associations – se cache en réalité la reconnaissance des partis politiques [1]. Nul ne s'y trompe, surtout pas le Caudillo qui, tout en admettant que des sensibilités doivent pouvoir se manifester et participer à la vie publique, met le projet sous le coude. Il ne veut pas que des courants de pensée puissent se manifester en

1. Angelo Hüsler, ancien diplomate suisse, politologue, analyse dans le détail ce lent glissement du régime vers la démocratie dans un livre intitulé *Du franquisme à la démocratie. Effondrement ou évolution d'un régime ?*, Lausanne, L'Âge d'homme, 2003.

dehors du Mouvement, car ce serait, selon lui, le retour au parlementarisme et à la fragmentation de la société. Encouragé par les ultras du régime, il s'oppose à la publication du statut des associations.

Est-il pour autant convaincu de la pérennité du régime ? Rien n'est moins sûr. Des témoignages crédibles infirment cette hypothèse et montrent, chez le vieux Caudillo, une bizarre résignation aux évolutions qu'il n'a plus la force d'accompagner ni l'énergie d'empêcher. En fait, il abandonne à son successeur la tâche d'entreprendre les réformes.

Malgré les résistances, moyennant des avancées et des reculs, le projet fait son chemin, suscitant dans le pays un intérêt passionné. Aux réunions contradictoires le public se presse, exprimant son attente et son espoir. Petit à petit, la relève s'organise. Quand l'Europe s'émerveillera du « miracle » de la transition, elle ignorera cette patiente érosion des institutions. Bennassar use d'une image juste pour qualifier cette pénétration des nouvelles générations dans les rouages de l'État : le gruyère. Les oppositions démocratiques creusent des trous, grignotent le franquisme. Elles se gardent pourtant d'entamer sa croûte, car toutes redoutent un effondrement qui risquerait de provoquer des réactions violentes. Dans leur prudence, ces opposants font preuve d'une surprenante maturité. Seul Franco peut dénouer le franquisme en évitant un choc brutal. Ils ont encore besoin de ce fantôme pour sortir de la longue nuit de la dictature. Tous sont suspendus à ce souffle qui se fait de plus en plus court. Ils vivent l'interminable agonie avec un mélange d'espoir et d'appréhension. Ils avancent à pas comptés, s'assurant de la résistance du sol. Un jour, l'étranger assistera avec stupéfaction à ce qu'il prendra pour la naissance de la démocratie. Il s'agit en réalité de sa révélation. Elle vivait déjà dans l'ombre du vieux Caudillo.

Cependant que ces oppositions préparent la relève, les vieux républicains, enlisés dans leurs rivalités, englués dans leurs rancœurs, disparaissent l'un après l'autre. Les survivants rentreront un jour dans leur pays, mais ce sera pour s'apercevoir que la nouvelle Espagne n'a plus besoin d'eux.

« Le parti de l'émigration est comme un grand geste romantique et héroïque, sans aucune efficacité politique : une admirable Numance qui préfère mourir progressivement que s'avouer vaincue, écrit à l'un de ses amis Luis Araquistain, socialiste historique, théoricien du gauchisme révolutionnaire de Largo Caballero. Nous avons émigré par instinct de conservation, pour qu'ils ne nous tuent pas – comme ils n'auraient pas manqué de le faire si nous étions restés – et nous croyons maintenant que nous sommes partis par dignité et que c'est par dignité que nous ne devons pas rentrer, même pas pour une visite de plaisir ou de nostalgie, et même si rien ne devait nous arriver. Le parti en exil est en train de mourir de mort naturelle, consumé par l'action du temps. Presque tous les chefs sont déjà morts... Peu à peu, ceux qui restent mourront, et nous finirons tous par mourir. Il n'est pas de rénovation possible : les fils des émigrés se désintéressent du parti, et la plupart d'entre eux même de l'Espagne et de sa langue. Le parti, comme tous les partis de l'émigration, de toutes les émigrations, est un cadavre politique sans sépulture dont nous enterrons les morts jour après jour. Nos seuls signes de vie sont les cris de ressentiment et de désespoir adressés à la République et à la patrie perdues. Il faut recréer le parti à l'intérieur du pays [1]. »

Ce constat lucide, imprégné de mélancolie, date de 1955. L'espoir d'une rénovation partie de l'intérieur sera bientôt réalité.

Les grèves, les attentats de l'ETA, les remous au sein du clergé, la mutinerie des étudiants, ces agitations n'entament nullement la popularité du Caudillo qui, à chacun de ses déplacements en province, rassemble des foules enthousiastes, phénomène qui étonne et impressionne certains ministres. Comment expliquer, se demandent-ils, cette ferveur intacte malgré les difficultés ? Vieilli, rapetissé, affaibli, l'homme touche les Espagnols par sa résistance et son endurance. Il a l'air d'un grand-père de village. Parce qu'ils sentent que son long règne touche à sa fin, beaucoup éprouvent pour ce frêle vieillard ce mélange de respect et d'affection dont on entoure, dans les pays latins, le grand âge. Vivant mieux, ils savent gré à cet homme menu, qui leur parle d'une voix chevrotante, par moments inaudible, d'avoir su préserver l'ordre et la paix. Sa ténacité, son obstination à défendre des principes qu'il croit intangibles les émeuvent sans nécessairement les convaincre. Toute sa vie il a refusé de plier, défendant une Espagne anachronique et anhistorique, sans se laisser intimider par les injures et les protestations. Dans sa personne ils saluent un monde disparu, le monde des campagnes qui a, durant des siècles, fait la réalité du pays. Parce que tout va de plus en plus vite, l'immobilité de ce spectre chétif les

1. In *La Pensée espagnole contemporaine*, Buenos Aires, Losada, 1955.

rassure. Alors que toutes les opinions se heurtent, qu'aucun principe ne semble plus tenir, le simplisme de Franco, ses certitudes immuables alimentent leur nostalgie.

Il se trouve des historiens pour rejeter ces foules vers la droite extrémiste, le conservatisme obtus, le catholicisme intégriste, l'*Espagne noire*, mais il n'y avait pas que la haine de la modernité dans ces manifestations imposantes ; il y avait la mélancolie qu'inspire toute fin, voire une tendresse émue pour le vieux lutteur terrassé par l'âge et la maladie.

Désorienté par les évolutions de son pays, il gardait en politique extérieure sa pleine lucidité. Au président Johnson il déconseille de faire la guerre au Viêt-nam, lui prédisant la défaite de l'Amérique. Les Vietnamiens, lui explique-t-il, ont découvert le nationalisme, ils défendront avec acharnement l'indépendance de leur patrie ; à cause du souvenir que le colonialisme leur a laissé, ils opteront pour un social-communisme plutôt que pour le capitalisme libéral, assimilé par eux au colonialisme.

Alors qu'il a peu voyagé, qu'il ignore presque tout du monde extérieur[1], il parvient, par une sorte de sixième sens politique, à déceler les grands mouvements de la planète. Il a toujours eu une fibre tiers-mondiste ; favorable à l'émancipation des peuples arabes, il ne cache pas sa sympathie pour Nasser, et montre une relative compréhension pour Fidel Castro – positions à première vue incompatibles avec sa vision étroite et chauvine. Peut-être son empathie

1. Hitler et Staline n'avaient pas une meilleure connaissance du monde.

s'explique-t-elle par le souvenir des humiliations infligées à son propre pays durant tout le XIXe siècle ? Cette blessure secrète l'aide à saisir l'exigence de dignité de peuples longtemps méprisés. Si sa foi anticommuniste, chrétienne et nationaliste paraît bornée, sa vision des enjeux du monde est étonnamment ouverte.

On discutera – on ne s'en prive pas – du point de savoir s'il fit ou non preuve de la même lucidité pour organiser sa succession. En ces années, alors que le niveau de vie des Espagnols ne cessait d'augmenter, que les tensions sociales s'accentuaient, bon nombre de monarchistes se tournèrent à nouveau vers don Juan, soupçonnant le prince Juan Carlos d'être inféodé au régime.

On parle à ce propos des « monarchistes » sans se soucier de ce qu'ils représentent dans la réalité, c'est-à-dire peu de chose. Nombreux dans la capitale, notamment parmi la noblesse et la haute bourgeoisie [1], jouissant d'une influence incontestable, faisant beaucoup de bruit, ils donnent l'illusion de la force et se persuadent eux-mêmes de leur poids. À l'échelle du pays, ils sont une minorité. Bien informé, Franco le sait, tout comme le sait et l'admet le prince qui confie à l'ambassadeur de France que leur nombre augmente plus par raison et résignation que par véritable conviction. D'où sa prudence et sa réserve.

Il continue d'avoir avec Franco des entretiens régu-

1. Les ambassadeurs qui vivent à Madrid et fréquentent les salons de cette bonne société répandent, dans leurs rapports, l'idée que les monarchistes sont nombreux et puissants. Le prince Juan Carlos, lui, ne s'y trompe pas : il connaît la distance qui sépare ces cénacles de la réalité du pays.

liers sans que rien de sûr ne transparaisse de ces tête-à-tête. A-t-il appris du Généralissime cette patience et cette circonspection ? Est-il dans son tempérament d'attendre sans bouger ? Rares sont ceux qui peuvent se flatter de connaître ses pensées. Évitant de se compromettre, il reste à l'écart des agitations de la cour du Pardo, des rumeurs, des bavardages mondains et des spéculations. Par de nombreux témoignages, on devine seulement que la future reine, intelligente et subtile, exerce sur lui une influence décisive. Elle a compris la personnalité du vieux Caudillo et deviné que jamais il n'accordera la couronne à don Juan, trop remuant pour ce vieillard froid qui ne déteste rien tant que l'impulsivité. Ce ruminant n'oublie rien, on le sait : il ne pardonne pas à celui qu'il appelle le « prétendant » son manifeste de 1945, ses pourparlers avec les républicains, ses volte-face ; il ne pardonne pas l'appel que des centaines de personnalités du régime avaient signé en sa faveur, ni la réunion de Munich entre monarchistes, phalangistes dissidents et républicains, rencontre qui l'avait mis en fureur.

Sa décision d'écarter don Juan ne fut ni un caprice, ni un accès de mauvaise humeur. Dans ses entretiens avec le fils d'Alphonse XIII, comme à travers leur abondante correspondance, Franco a pu jauger l'homme, se persuadant qu'une restauration, telle que le prétendant l'envisageait, simple continuité dynastique, conduirait à l'échec de la monarchie. Parce qu'il se faisait des charges de la Couronne une très haute idée, peut-être excessive, il pensait que le roi ne pourrait se maintenir en faisant comme si la guerre civile n'avait pas eu lieu. Imaginer qu'il suffirait de refermer la parenthèse semblait au Caudillo un projet utopique. Pour avoir vécu la chute d'Alphonse XIII, il savait que la monarchie n'était pas morte avec l'irruption des républicains, mais au bout d'une longue agonie causée par l'irresponsabilité, l'insouciance et la frivolité et il ne pouvait ignorer que l'influence d'une noblesse cupide et servile avait discrédité le monarque, précipitant sa chute.

Franco se méfiait des flagorneurs, refusait d'écouter les conseillers, entendant leurs raisonnements mais se réservant de peser lentement, trop lentement leurs propositions. Jamais il ne se départit de cette réserve que beaucoup d'auteurs disent galicienne, mais qui avait été aussi celle de Philippe II, surnommé « le Prudent ». Immobile, Franco attendait que les questions mûrissent.

Or il allait à petits pas, avec une prudence calculée, vers l'instauration de la monarchie en la personne du prince. Lentement mais sûrement, sans dévier de son projet, il multipliait les signes. Aux termes des lois fondamentales, le candidat à la couronne devra avoir atteint l'âge de trente ans, être père d'un héritier. Lorsque ces conditions seront réunies, il ne restera qu'à lever les derniers obstacles : persuader don Juan de céder ses droits à son fils.

Sortant de la pénombre où il se tient, le prince précipite le dénouement par une déclaration à une agence de presse où il déclare accepter l'*instauration* d'une monarchie sous l'égide du Caudillo, propos qui provoquent chez le père une réaction attristée. Le prétendant ne veut pourtant pas encourager une rébellion contre son fils. Il prend donc acte « avec étonnement » de son éviction. Dans le même temps, les pressions se sont multipliées auprès du Généralissime, ses vieux compagnons d'armes, proches eux aussi de leur fin, insistant pour que le Caudillo se résigne à l'inéluctable. On ignore laquelle de ces interventions aura été déterminante, chaque acteur s'attribuant le mérite de la décision. Enfin, en juin 1969, Carrero Blanco, devenu chef du gouvernement, peut s'écrier : « Il a accouché ! » En vacances auprès de son père à Estoril, le prince est rappelé à Madrid et le Caudillo lui annonce la nouvelle, lui rappelant qu'il ne doit plus désormais quitter le pays sans l'accord du gouvernement. Juan Carlos de Bourbon a cessé d'être une personne privée.

Le lendemain, le vieux Caudillo adresse une lettre à don Juan : « Je désirerais que vous compreniez : il ne s'agit pas d'une restauration, mais de l'instauration d'une monarchie comme couronnement de ma mission. » Humilié, don Juan comprend qu'il perd à la fois sa couronne et son fils. Dans un communiqué, il marque sa réprobation d'une décision prise sans lui « et sans la volonté librement exprimée du peuple espagnol ». Franco peut jouir de sa victoire sur un homme qu'il a toujours regardé avec méfiance. « La réaction de don Juan constitue la meilleure preuve qu'il était incapable de ceindre la couronne », dira-t-il avec dédain en Conseil des ministres. Les prétentions du comte de Barcelone avaient pris, dès juillet 1936, une mauvaise tournure. Voulant combattre dans les rangs de l'armée nationaliste, il avait débarqué à l'état-major de Mola à bord de sa Bentley conduite par son chauffeur, exaspérant par sa désinvolture le Directeur, qui l'avait fait, sans ménagement, reconduire à la frontière...

Devant les Cortes solennellement réunies, le Caudillo annonce d'une voix tremblante, par moments secouée de sanglots, le choix de Juan Carlos de Bourbon y Bourbon comme futur roi d'Espagne. Émus, les procurateurs s'imaginent que Franco pleure parce qu'il prend congé d'eux. En réalité, c'est sa maladie qui sanglote. Le lendemain 23 juillet 1969, le futur roi jure de rester fidèle aux principes du Mouvement.

On ignore à quel moment ses médecins diagnostiquèrent la maladie de Parkinson ; on ne sait pas avec certitude si elle fut décelée à ses débuts, et par qui. Vicente Gill, surnommé « Vicentón », son médecin depuis plus de trente ans, sut-il interpréter les premiers symptômes qui pouvaient d'ailleurs très bien suggérer une démence précoce ? Parmi l'entourage et les membres du gouvernement, l'état de santé du Caudillo restait tabou.

Depuis la loi sur la presse de Fraga Iribarne qui supprimait la censure préalable, les journalistes étaient passés maîtres dans l'art du sous-entendu, du rapprochement suggestif, de l'insinuation par dénégation. Leurs lecteurs entendaient à demi-mot. Ils ne tardèrent pas à deviner que, derrière les protestations sur la mémoire infaillible du Caudillo, sur sa forme exceptionnelle pour un homme de son âge, sur le nombre de pièces tuées à la chasse ou le poids des thons pêchés, derrière tant de déclarations roboratives une sorte de dénégation angoissée se cachait. Qui, jusqu'alors, aurait songé à s'étonner de la mémoire, en effet exceptionnelle, de Franco ? Personne n'aurait non plus pensé à s'exclamer que le Généralissime était dans une forme éblouissante.

Ce furent les premiers signaux, d'abord discrets, vite amplifiés par la rumeur. On comprit que la mémoire infaillible du Généralissime connaissait des ratages, des absences bizarres. On remarqua sa raideur, de plus en plus accentuée. On observa qu'il gardait les mains croisées sur le ventre, comme pour les empêcher de trahir leur tremblement. On murmurait qu'il abrégeait le Conseil des ministres du mercredi.

Liturgie solennelle, le Conseil avait lieu au palais du Pardo ; au Pazo de Meira, en Galice, l'été. Il se déroulait dans un immense salon aux murs tendus de tapisseries des Flandres, autour d'une longue table recouverte d'un tissu grenat. L'un après l'autre, les ministres entraient, serrant dans leur main gauche le maroquin sur lequel, en lettres dorées, était inscrit le titre de leur département. Debout, le Caudillo les accueillait, le dos tourné au fauteuil présidentiel. Avec gravité, ils s'inclinaient devant Son Excellence, les militaires faisant claquer leurs talons, gagnaient en silence leur place. À 10 heures précises, le Généralissime prenait la parole, faisant la synthèse des questions à l'ordre du jour ; à son habitude, il se montrait clair et concis. Chaque ministre présentait ensuite ses projets de loi. Les débats, souvent vifs, duraient jusqu'à 14 h 30, pour reprendre, après une pause, à 17 heures. Ils se prolongeaient jusqu'à 22 heures environ, et même parfois, si la situation l'exigeait, jusqu'à 2 ou 3 heures du matin. Il arrivait qu'ils se poursuivent le lendemain matin, car Franco aimait écouter, provoquait la discussion, suivait avec attention les arguments des uns et des autres, manière pour lui de se tenir informé et de jauger les hommes.

Durant douze, quinze heures, il ne bougeait pas, ne se levait même pas pour soulager sa vessie, restant assis très droit, immobile, les mains sur les accoudoirs de son fauteuil. Avec les années, ce rituel compassé avait fini par devenir une routine. Le moindre changement dans l'attitude du Généralissime donnait lieu à toutes sortes de supputations. On remarqua que son propos liminaire se faisait plus court ; on releva que son attention se relâchait. Lorsqu'il s'endormit pour la première fois, les ministres échangèrent des regards anxieux. Il y eut ensuite cet événement stupéfiant : Franco quitta la salle pour se soulager. Cette fois, plus de doute : le Caudillo « baissait ».

Il y avait d'autres signes épiés avec inquiétude. Il avait toujours eu la larme facile, mais à présent il n'arrivait plus à maîtriser ses émotions, pleurant et sanglotant au point d'embarrasser ses ministres. Ce fut le cas le 10 février 1964 lors des obsèques de Pablo Martín Alonso, ministre des Armées, un ami de longue date. Devant le cercueil, le Généralissime éclata en sanglots, créant parmi l'assistance un étrange malaise. Pleurer un ami, cela se conçoit, mais que le chef de l'État ne parvienne pas à contrôler son chagrin en public, cela inquiéta et alimenta derechef les spéculations sur son état de santé.

Les médecins se trouvaient dans l'incapacité de faire un pronostic, la maladie évoluant à un rythme différent selon les patients, rapide pour les uns, très lent pour d'autres. Ils savaient pourtant que, dans sa phase ultime, les facultés mentales étaient atteintes, évoluant vers une forme de démence sénile. Ils guettaient donc, chez le Caudillo, le moindre signe indiquant une dégénérescence. Son médecin personnel, Vicentón, lui conseillait de modérer ses efforts, de ménager ses forces et de prendre du repos. Mais, sans les chasses épuisantes dans les domaines d'Andalousie et d'Estrémadure, sans la pêche au thon dans la mer cantabrique, comment remplir ses journées ? Franco restait des heures assis devant son téléviseur ; supporter du Real Madrid, il ne manquait aucun match, le commentant ensuite avec ses ministres. Il regardait des films, surtout des westerns, faisait de longues promenades dans les bois du Pardo, tentait encore une partie de golf, mais le tremblement chaque jour plus incoercible de ses mains ne tarda pas à le décourager. Il vieillissait à vue d'œil, maigrissait, se tassait.

Dans les cénacles politiques, dans les dîners mondains, dans les salons de l'aristocratie, l'anxiété générait une sourde angoisse : qu'arrivera-t-il le jour où... ? Derrière ces interrogations se dissimulait l'ombre de la guerre civile. Depuis trente-cinq ans, la propagande du régime n'avait cessé de rappeler les horreurs du conflit, d'insister sur les atrocités commises par les Rouges. Dans cette capitale, Madrid, qui n'aimait rien tant que les ragots et où chacun se voulait informé, les anecdotes circulaient sur le délabrement du Généralissime. Il régnait, il ne gouvernait plus. Dans chaque famille ou presque, les fantômes du passé revenaient, les morts hantaient les mémoires.

Derrière les ors et les tapisseries du Pardo, un drame plus sordide se déroulait. On quitte là le roman du pouvoir pour celui, familial, d'un Paul Bourget ou d'un Mauriac. Autour de Carmen Polo de Franco, une camarilla conduite par Cristóbal, le marquis de Villaverde, s'agitait, intriguait.

Parmi les symptômes de la maladie, il y a la dépression. Or Franco devenait de plus en plus aboulique, abattu, état de prostration que Carmen imputait au chagrin que lui causait l'attitude de l'Église. Elle téléphonait en pleurant aux ministres, leur demandant de l'aider à tirer le chef de l'État de cette humeur morose. Passant des larmes aux récriminations, elle accusait les uns et les autres, les traitait d'incapables, les soupçonnait de trahir. Elle se mêlait de plus en plus de la marche des affaires, émettant des avis péremptoires, distribuant des conseils. Elle se méfiait surtout du prince Juan Carlos qui déferait, elle n'en doutait pas, l'œuvre du Caudillo. Derrière ses paniques et ses agitations, il y avait la camarilla du marquis, décidé à tout pour empêcher Juan Carlos de ceindre la couronne.

Lorsque Alphonse de Bourbon-Dampierre épousa, dans la chapelle du Pardo, la petite-fille du Généralissime, María del Carmen Martínez-Bordiu, ceux qu'on appellera bientôt « le Bunker » se mirent à espérer. Ce furent des noces quasi royales. Le 8 mai 1972, deux mille invités se pressèrent dans les jardins du Pardo ; le pape avait envoyé sa bénédiction au jeune couple. Alphonse était le fils de don Jaime, le fils aîné d'Alphonse XIII, qui, pour cause de maladie, avait renoncé à ses droits en faveur de son frère. L'abdication ne s'appliquait pas, argumentait la camarilla, à sa descendance. Alphonse pouvait donc revendiquer ses droits à la couronne. Il ne fut guère difficile de convaincre la « dame du Pardo », flattée à la pensée de devenir grand-mère d'une reine d'Espagne. Elle entreprit de faire le siège du Généralissime qui, un moment, parut fléchir. On savait Alphonse proche des milieux phalangistes, eux-mêmes hostiles à Juan Carlos. Une conspiration où, derrière la politique, se dissimulait la défense d'intérêts et de privilèges, s'ourdissait dans la pénombre morne et lourde des salons du Pardo. Au centre de cette lutte de clans, un vieillard épuisé, souvent « absent », plongé dans une mélancolie taciturne.

Ce fut l'une des périodes les plus difficiles pour le futur couple royal. Juan Carlos ne voyait plus guère le Caudillo et, quand il désirait s'entretenir avec lui, il devait solliciter une audience. Leur dialogue devenait d'ailleurs laborieux, car l'esprit du chef de l'État connaissait des éclipses, les périodes de lucidité alternant avec des phases d'abattement et de confusion.

Alphonse de Bourbon-Dampierre vivait avec sa femme au palais où ils disposaient de leurs appartements, si bien que le vieux Caudillo n'était jamais seul, mais cerné, harcelé, sans cesse excité contre les ministres, contre le couple princier. Mais Franco, malgré sa maladie, gardait le sens de l'État et le respect du protocole ; quand le prince entrait dans son bureau, il priait sèchement Alphonse de se retirer. Comme Juan Carlos se plaignait des médisances et des calomnies, le vieil homme esquissait un geste comme pour balayer les inquiétudes du prince : « Laissez, chuchotait-il d'une voix douce, laissez. »

L'opération imaginée pour écarter Juan Carlos de la succession consistait à faire reconnaître par les Cortes les droits à la couronne d'Alphonse de Bourbon, en lui accordant dans un premier temps le titre d'altesse royale, ce qui le mettrait sur un pied d'égalité ou presque avec son cousin. Rien n'aurait pu davantage flatter le vieux Caudillo que de devenir le grand-père d'une altesse royale, et c'est sur sa vanité que l'entourage comptait pour le décider. Le plan échoua d'abord à cause de l'opposition exprimée avec force par Juan Carlos, puis par l'étrange et fascinant légalisme du Généralissime. Quand ses ministres lui eurent démontré que, procéderait-il à ce changement, il enfreindrait les lois édictées par lui-même, il s'inclina en maugréant. On le retrouve alors tel qu'en 1931-36, incapable de bafouer la légalité. C'est un vieillard usé, décharné, l'esprit embrumé ; il éprouve pour sa petite-fille une affection profonde. Il trouve pourtant la force de s'accrocher à la loi, au risque de décevoir et de peiner Nenuca et María del Carmen. Au crépuscule de sa longue vie, il affirme une fois de plus sa fidélité au prince qu'il a choisi.

Le franquisme mourra avec Franco, mais il aura disparu avec l'attentat qui emporta le vice-président, l'amiral Carrero Blanco, l'ombre du vieux Caudillo, son confident, peut-être son unique ami [1]. Homme dénué d'imagination, incapable d'initiative, d'une fidélité à toute épreuve, par ailleurs lucide, ce catholique intégriste est tué, victime de son esprit de routine, durant le trajet, toujours le même, qu'il fait chaque matin pour se rendre à l'église. Parfaitement préparé et minutieusement organisé, l'attentat ébranle l'État. Pour Franco, le choc est terrible. Lorsque la veuve et les enfants de son collaborateur viendront lui rendre visite au Pardo, il ne pourra pas prononcer un mot, secoué de sanglots. La famille se retirera très vite, bouleversée par la détresse du Généralissime.

Sans emphase, on peut dire que Franco ne se remettra pas de cette mort, s'enfonçant de jour en jour dans la mélancolie et le désabusement. Il ne trouve plus la force de s'opposer à son entourage qui, sentant la fin approcher, le harcèle sans relâche, criant à la trahison, dénonçant la lâcheté des uns, l'opportunisme des autres. Ils vont imposer Arias Navarro, réputé un « dur », comme chef d'un gouvernement dont ils espèrent qu'il saura rétablir l'ordre et l'autorité. Plutôt que dur, ce gouvernement se montrera incapable, mécontentant par ses atermoiements les deux camps qui désormais s'affrontent : les démocrates et ceux qu'on appelle « le Bunker ». Appellation imagée, le mot tra-

1. Javier Tusell a consacré une biographie claire et intelligente à celui qui, dans l'ombre, occupait, bien avant sa nomination à la vice-présidence, la deuxième place dans le gouvernement (ouvrage cité).

duit bien l'enfermement hystérique de ceux qu'il désigne, une folie causée par la panique, une sorte d'égarement paranoïaque. Excitée, poussée par l'entourage du marquis qui n'imagine pas de tout perdre, Carmen Polo ne cesse de récriminer, de criailler. Derrière cette agitation, une douleur profonde se cache. Affolée, désespérée, cette femme ne sait plus très bien ni ce qu'elle dit, ni ce qu'elle fait. Rien de plus facile que de la manipuler.

La maladie accorde au Caudillo des répits et il lui arrive de connaître des périodes de lucidité. Lors de la visite du président Nixon, venu renégocier les accords bilatéraux et la prorogation des baux pour les bases américaines, Franco suit attentivement les pourparlers. Il savoure cette reconnaissance officielle, tout comme il se montre attentif et flatté à l'occasion du déjeuner offert au général de Gaulle et à sa femme qui, venus de Saint-Jacques-de-Compostelle, ont parcouru la Castille, visité Ávila et Tolède. Les deux hommes ont, depuis 1943, multiplié les gestes d'estime et de respect mutuels. Pour le Caudillo qui a toujours admiré l'armée française, le Général est un militaire, il est aussi un rebelle qui a su relever son pays après l'humiliante défaite de 1940. Pour de Gaulle, Franco est une « curiosité », le dernier des grands monstres, un fossile survivant à la Grande Guerre. À Jean Lacouture il dira l'avoir trouvé « très fin, très intelligent », s'étonnant de sa longévité politique. Peut-être est-ce cela qu'il a souhaité voir : l'homme capable de se maintenir des décennies au pouvoir contre vents et marées ?

Ces visites ont eu lieu avant l'attentat contre Carrero Blanco, à un moment où le Caudillo arrivait encore à s'intéresser aux affaires du gouvernement. Après, son humeur s'est définitivement assombrie. Il passe ses jours assis dans son fauteuil à fixer l'écran de la télévision. Il fait encore de courtes promenades dans le parc, fait mine d'épauler son fusil quand il aperçoit un chevreuil, dispute une partie de golf...

Si, en France, la visite de De Gaulle à Franco déclenche des protestations, l'opinion manifeste surtout contre les exécutions capitales qui viennent de reprendre après plusieurs années de relative clémence. Comment les Français sauraient-ils que le Caudillo ne « consulte » plus ses ministres pour décider de la mort, mais qu'il se range au vote de la majorité du Conseil. Comment devineraient-ils qu'il n'est plus qu'une ombre chétive et menue, déjà évanouie, un misérable spectre ? Or, le Bunker n'a qu'un mot à la bouche : fermeté, répression, et Arias Navarro, caractère inconsistant, applique la consigne. D'autant que le terrorisme de l'ETA, après avoir tué quatre personnes en 1974, en assassine vingt-six en 1975, exaspérant la fureur des ultras. Ce fol enchaînement attentats-répression va durer plus d'un quart de siècle, révélant des aspects troubles du mouvement indépendantiste basque dont les théoriciens, pour définir l'appartenance au peuple basque, invoqueront des notions pour le moins ambiguës : le groupe sanguin, entre autres. Comme s'il y avait un « sang basque », affirmation qui rappelle de fâcheux souvenirs !

Les foules qui défilent dans les rues de Paris en scandant des mots d'ordre hostiles à Franco n'entendent et ne voient qu'une chose : les pelotons d'exécution, la répression sauvage poursuivie avec acharnement par le Satan fasciste. Le 2 mai 1974, l'anarchiste Salvador Puig Antich est exécuté ; le 27 septembre 1975, deux militants de l'ETA et trois membres du FRAP (Front de résistance antifasciste et patriotique) meurent à leur tour. Du monde entier les demandes de grâce avaient afflué ; plusieurs ambassades espagnoles furent assaillies, celle de Lisbonne saccagée. Le franquisme s'achevait comme il avait commencé, dans le sang, sauf que Franco ne commandait plus rien, pas même la mort. Quant aux ultras, ils vivaient dans un monde halluciné sans s'apercevoir qu'ils possédaient une réalité chimérique ; ils n'étaient qu'une poignée de fanatiques enfermés dans la peur et l'angoisse. Les Espagnols étaient loin, très loin d'eux.

Alors que l'étranger manifestait contre le vieux Caudillo, d'autres foules exprimaient, sur la place d'Orient, leur soutien au vieux général devenu une momie parcheminée. Obligé de se montrer à ses côtés, le futur roi d'Espagne, dans son uniforme d'officier, semblait raide et emprunté, cependant que Sophie de Grèce, le visage tendu, fixait le vide. Ce fut la dernière grand-messe du régime.

« Maladie de Parkinson, cardiopathie, ulcère digestif aigu et récurrent avec hémorragies abondantes et répétées, péritonite bactérienne, insuffisance rénale aiguë, thrombophlébite, broncho-pneumonie, choc endotoxique et arrêt cardiaque » : le bulletin médical lu à l'hôpital de la Paz, le 20 novembre 1975, évoque l'une de ces plaisanteries macabres dont l'Espagne raffole. Ce qui se cache derrière cette énumération surréaliste, c'est le plus sombre des combats, celui livré par un corps médical aux ordres de Cristóbal Martínez-Bordiu, marquis de Villaverde, spécialiste en chirurgie cardio-vasculaire, par ailleurs mari de la Nenuca tant aimée, un combat sinistre pour retarder par tous les moyens la mort du vieux Caudillo, livré sans défense aux machines, aux manipulations, aux opérations chirurgicales plus douloureuses les unes que les autres.

Tout avait commencé par le renvoi du fidèle Vicentón, l'ami de toujours, le médecin compatissant qui avait accompagné Franco depuis plus de trente ans, chassé comme un laquais. Avec cette élégance qui n'appartient qu'à la bourgeoisie, la famille, en guise de remerciement, lui offrit un... téléviseur ! Le marquis choisit alors une équipe de médecins dirigée par le docteur Pozuelo qui, persuadé que la maladie du Caudillo était d'abord d'ordre psychologique, le soumit à un traitement original en lui faisant écouter, pour le remonter, les marches et les hymnes de la Légion ! Avec un relatif succès puisque Franco, l'œil étincelant, se mit à battre la mesure et, sortant de sa léthargie, entreprit d'évoquer ses souvenirs marocains. Qu'était-il d'autre qu'un légionnaire ? Il parut revigoré, ragaillardi. Il put même disputer une partie de golf dans sa propriété de Galice, abondamment photographié et filmé pour l'édification des Espagnols. Il reprit le pouvoir abandonné à titre intérimaire au prince Juan Carlos. Devant ce miracle, la camarilla exultait.

Il tiendrait, il devait tenir jusqu'à la convocation des Cortes dont on espérait faire élire à la présidence l'un des hommes du Bunker, empêchant ainsi la proclamation de Juan Carlos de Bourbon. Il devait tenir le temps de mettre « les affaires en ordre ». Chaque jour gagné apparaissait à la camarilla comme une victoire. Ce que ce vieillard éprouvait ou pensait, qui s'en souciait ? Franco avait connu la solitude du pouvoir, il découvrait la solitude des familles. Seules sa fille et sa petite-fille avaient l'air de se préoccuper de son sort, pleurant en le voyant si faible, si démuni, incapable désormais de cacher le tremblement de ses mains.

Elles auraient voulu arrêter cette guerre insensée contre une mort inéluctable. Mais l'homme de l'art possédait des arguments irréfutables, blindés de science. Devant tant d'assurance, elles ne savaient que penser. D'autant que leur père et grand-père connaissait des rémissions, recouvrant alors sa lucidité. Début octobre, il reçoit Adolfo Suárez, s'entretient avec lui, puis, à la fin de la conversation, lui pose une première question : le Mouvement survivra-t-il à sa disparition ? Suárez fait non de la tête. Alors Franco insiste : l'avenir est-il « inévitablement démocratique » ? Suárez incline la tête pour répondre oui [1]. Sans un mot, le Caudillo baisse le chef et s'éloigne, petite silhouette tassée.

Le 15 octobre, le Caudillo est frappé d'un infarctus. Le 18, profitant d'une légère rémission, il rédige son testament politique. Le 19, il murmure après une crise d'extrasystoles : « Cela s'achève. » Il demande à recevoir les derniers sacrements. Il connaît une fois encore une légère amélioration, mais, à partir du 23, ses douleurs deviennent insupportables. Insuffisance cardiaque, hémorragie gastrique, œdème pulmonaire : on lui fait, malgré ses souffrances, subir plusieurs transfusions, on tente des opérations aussi pénibles qu'inutiles. Ce n'est plus de l'acharnement thérapeutique, c'est une véritable boucherie. Le 28, ses reins fonctionnent mal. On tente malgré tout une nouvelle transfusion. Le 30 octobre, Juan Carlos, qui s'y était jusque-là refusé, accepte les fonctions de chef de l'État. Deux jours plus tôt, il avait expédié un télé-

1. *In* Stanley G. Payne, *Franco, el perfil de la historia*, Espasa Calpe, 1992. Payne est l'un des rares historiens à pointer clairement la responsabilité écrasante de l'extrême gauche dans le déclenchement de la guerre civile.

gramme : « Le Vieux va mal. » Cela faisait des années qu'on ne l'appelait plus que « le Vieux ».

Le 1er novembre, une péritonite se déclare. On va pourtant s'obstiner encore à le maintenir en vie. On prolonge artificiellement une agonie qui tourne au calvaire. « Mon Dieu, murmure-t-il, qu'il est dur de mourir ! » – et, après une nouvelle opération et une énième transfusion, il chuchote à nouveau : « Que c'est dur ! » Comme si cette horreur ne suffisait pas, José Luis de Vilallonga « imagine » une sueur de sang ! Aucun commentaire...

Dans le couloir de l'hôpital de la Paz, devant la chambre où l'agonisant n'en finit pas de mourir, Nenuca et sa fille pleurent et supplient. Ne peut-on pas arrêter ce calvaire ? Bartolomé Bennassar qualifie de « peu honorables » les motifs de cette barbarie médicale : il faut que le Caudillo tienne jusqu'au 26 novembre, insiste le Bunker, il faut qu'il tienne pour pouvoir renouveler le Conseil du royaume et le président des Cortes, il faut qu'il tienne pour lier les mains du nouveau roi. Nous sommes bien dans Shakespeare, dans la plus sombre des tragédies du pouvoir. Petite momie parcheminée, Franco, inconscient, ne pèse plus que quarante kilos. Sur son lit, on a étendu le manteau de la Vierge de Guadalupe, placé sur sa table de chevet le bras de sainte Thérèse qui ne l'a jamais quitté. Comme Philippe II, le Caudillo agonise entouré d'ossements et de reliques. Le 14 novembre, on prend pourtant la décision effrayante de l'opérer une toute dernière fois. Rien n'arrête ce délire chirurgical. Mais le Caudillo ne réagit plus et, cédant aux supplications de Nenuca et de María del Carmen, les médecins acceptent de débrancher les appareils.

Il meurt enfin le 20 novembre 1975 à 5 h 20 du matin.

Les technocrates du gouvernement ont depuis des mois préparé le dossier des obsèques et de la proclamation du roi : liste des invités, organisation des funérailles, titre nobiliaire pour Carmen Polo de Franco, tout a été prévu.

À la télévision, un Arias Navarro lugubre annonce aux Espagnols la disparition de Francisco Franco Bahamonde, Caudillo de l'Espagne par la grâce de Dieu. C'était une journée froide et grise ; je me souviens du silence qui régnait sur la capitale ; les rues étaient désertes, les cafés vides. Chacun restait seul avec ses souvenirs, ses regrets et ses haines. Seul dans ma chambre d'hôtel, étendu sur le lit, je fixais le plafond en entendant les voix solennelles. Qu'avais-je vécu ? Comment comprendre nos vies ?

Le lendemain, la queue s'étirait, interminable, devant le palais d'Orient. Des vieilles femmes se traînaient à genoux, bras en croix, un chapelet à la main. À Séville, des adversaires politiques sablaient le champagne ; quelqu'un tendit une coupe à Felipe González qui l'écarta d'un geste : « Je ne bois pas à la mort d'un Espagnol. » La plus noble peut-être des oraisons funèbres.

Transporté à la vallée des Morts, au-dessus du palais-monastère bâti par Philippe II, le cercueil, enveloppé du drapeau monarchiste, fut accompagné par une foule de plus de 100 000 personnes venues de toutes les provinces. Une dalle pesant une tonne et demie fut posée sur le caveau.

Depuis la terrasse de l'Escurial, on peut apercevoir l'immense croix.

Postface

Ce livre vient de très loin, de si loin que je suis incapable d'en indiquer avec précision l'origine. Né sans doute avec mes premières peurs, avec mes angoisses énigmatiques alors que je n'avais pas trois ans, avec le fracas des canonnades et des bombes, dans les longues nuits de silence et de terreur, il s'écrivait en moi après mon départ d'Espagne, en mars 1939, dans ces camps où l'exil nous avait enfermés, ma mère et moi. Avec une perplexité anxieuse, j'écoutais les diatribes que ces centaines de femmes entassées dans la baraque proféraient contre ce dictateur impitoyable et cruel. À l'adolescence, j'ai naturellement voulu connaître cette figure maléfique qui avait infléchi mon destin jusqu'à faire de moi cette créature hybride, un Français d'origine et de sensibilité espagnoles. Je n'ai depuis cessé de lire, de dépouiller, d'étudier les ouvrages évoquant le personnage de Franco, son époque qui fut en partie la mienne, de tourner et retourner les questions dont on entendra dans ces pages l'écho. Je cherchais moins des réponses que des signaux dans la nuit de mon existence dispersée. En un sens, ce livre est ma vie même, contradictoire et déchirée.

Le résultat de mes méditations risque de décevoir les adversaires du Caudillo tout comme les nostalgiques, s'il en reste, de son régime, les deux camps demeurant, j'ai pu le constater en lisant tout ou presque ce qui s'est écrit sur lui, enterrés dans leurs tranchées. On pourrait penser que la distance qui nous sépare de sa disparition aurait apaisé les passions. Il n'en est rien, et ses cendres brûlent encore. Depuis 1975, les ressentiments s'expriment avec une violence intacte, donnant l'impression d'une vengeance posthume, comme s'il fallait, en s'acharnant sur le cadavre, effacer sa mémoire.

J'inscris « récit » sur la couverture de ce livre pour bien marquer qu'il se place résolument dans la littérature. « Récit » ne signifie pas que j'invente. Je me suis astreint, au contraire, à respecter les faits, à suivre scrupuleusement le déroulement des événements. Je discute parfois les interprétations, je ne dévie jamais de la réalité historique. Mais, puisque je range mon livre sous une rubrique littéraire, il va de soi que je ne l'écris pas avec la méticulosité érudite des historiens que leur discipline oblige à respecter une chronologie fine, à défaire, fil par fil, la tapisserie des jours. J'ai privilégié le mouvement, rédigeant dans l'élan d'une vision à la fois subjective et objective, sans m'attarder aux dates ni aux détails. Je donne en bas de page des éléments d'une bibliographie personnelle qui permettra à ceux qui en ressentent le besoin d'approfondir une question particulière.

L'Histoire et ceux qui la servent m'inspirent un trop grand respect pour oser prétendre à une quelconque supériorité de la littérature. Je veux seulement rappeler qu'il y a toujours eu, à côté des œuvres savantes, une place pour les écrivains, la frontière entre les deux me semblant d'ailleurs incertaine. Par leur ampleur et par leur souffle, certains livres d'historiens appartiennent à la littérature : je pense à Braudel et à son livre sur le monde méditerranéen au siècle de Philippe II [1] ou, plus mince, plus concentré, le texte éblouissant de Lucien Febvre sur la jeunesse de Luther [2]. De l'autre côté, des écrivains comme Stefan Zweig ont éclairé des personnages historiques avec une intelligence et une sensibilité admirables : il suffit de lire les pages qu'il a consacrées à Fouché [3].

Il n'y a pas de genre, il y a des personnalités. Je ne suis pas sûr de la parfaite impartialité de Michelet, mais je suis certain qu'il fut un immense écrivain romantique. Ce qui relie la littérature à l'Histoire, c'est le style, lequel renferme une morale.

Depuis Plutarque, nous savons que, même lorsqu'il se prétend objectif, dénué de tout parti pris, l'historien enseigne, édifie. Dans mes lectures sur Franco et son temps, j'ai pu vérifier cette intention didactique. Parce que les faits autorisent des interprétations divergentes, ils servent à étayer une démonstration, ouverte ou cachée. Je n'ai pas la prétention d'échapper à cette fatalité. Si, dans le domaine de la physique, la présence de l'observateur suffit à influencer l'expérience, l'auteur, avec son passé, ses souvenirs, ses pensées, ses inclinations et ses antipathies, pèse sur son texte.

---

1. Fernand Braudel, *La Méditerranée et le monde méditerranéen à l'époque de Philippe II*, LGF, 1990.

2. Lucien Febvre, *Un destin. Martin Luther*, Presses universitaires de France, 1928.

3. Stefan Zweig, *Fouché*, Livre de Poche, 2001.

Simple question de probité, je ne souhaite pas dissimuler ma position.

Républicain au sens le plus strict, je serais aujourd'hui non pas monarchiste, mais « juancarliste », puisque, pour la première fois de son histoire, les libertés, tant individuelles que politiques ou sociales, s'épanouissent en Espagne sans entraîner de désordres ni de violences, réunissant les deux vertus qui, à mes yeux, fondent la république : la paix intérieure et l'exigence de justice.

C'est avec ces lunettes que je lis les événements tragiques qui vont de la chute d'Alphonse XIII à la mort de Francisco Franco en novembre 1975.

Continuer d'affirmer, comme on le fait encore, que le général Franco s'est soulevé contre la république ou, plus fantastique, contre la démocratie, me paraît une double aberration.

Les travaux des historiens ont démontré qu'il refusa à trois reprises de se joindre à des soulèvements militaires, de participer à des complots, et qu'il n'entra dans la conspiration de l'été 1936 qu'à la toute dernière extrémité, après avoir espéré que le gouvernement se ressaisirait. Ce point fait aujourd'hui l'unanimité, ou presque.

Il en va de même pour la paresseuse affirmation que la légalité républicaine est morte étranglée par des militaires factieux.

Avec Payne, avec Bennassar, avec une foule d'historiens consciencieux, je constate que les gouvernements républicains n'ont cessé de bafouer la Constitution, de piétiner la légalité, et que, dès 1934, avec l'insurrection de la Catalogne et des Asturies,

l'extrême gauche poignardait la république,
soulèvement inévitable.

On peut, certes, défendre la révolution
quitte alors le terrain de la légalité ré
Connaissant, notamment en France, la persistance et la puissance du mythe révolutionnaire, je ne suis pas étonné de l'amalgame que tant d'universitaires font entre république et révolution : il s'agit, à mes yeux, d'une opération suspecte. On a parfaitement le droit de prôner la révolution, mais il faut alors dire clairement qu'on se situe hors de la Constitution. Glisser la révolution sous les mots « république » ou, plus cocasse, « démocratie », relève de la manipulation.

Tout au long de mon livre, je reste campé sur mes positions républicaines, refusant ces confusions.

Je les refuse avec d'autant plus de force que, *stricto sensu*, les seuls révolutionnaires authentiques, dans l'Espagne de 1931-36, étaient les anarcho-syndicalistes et les militants du POUM, pourchassés et assassinés par les communistes en 1937-38. Or, malgré toute la sympathie que m'inspirent les libertaires, je me sens en désaccord avec eux sur la disparition de l'État et sur le refus de toute forme d'autorité. Républicain, je vois dans l'État le régulateur et l'arbitre entre les différents groupes sociaux, le rempart contre les injustices et les violences, le bouclier des plus faibles et des plus démunis. Seul l'État peut garantir une certaine forme de justice sociale, seuls les citoyens, par leur vote, infléchissent la politique sociale en élisant leurs représentants. Abolir ou piétiner la loi produit non la liberté, mais la pire violence.

Franco serait fasciste, le dernier Satan fasciste : une majorité écrasante d'historiens ont réfuté cette thèse et

…nis le Caudillo dans la tradition dont il s'est toujours …réclamée, le national-catholicisme le plus bêtement conservateur. Tout en s'appuyant sur la Phalange, il prit grand soin de l'émasculer, de la dompter pour en faire un instrument docile de sa politique. Il la tint soigneusement à l'écart de l'État, refusant avec obstination tous les projets de fusion. La colère des « Vieilles Chemises », leur désillusion montrent assez la frustration des fascistes authentiques, humiliés d'en être réduits à « faire la claque ». Ainsi que Bennassar le remarque avec justesse, le catholicisme du Généralissime était par ailleurs incompatible avec le fascisme qui, sacralisant l'État, frôlait le paganisme. Disputant au parti l'éducation et la formation de la jeunesse, l'Église était également hostile aux phalangistes, ne manquant pas une occasion de rappeler que Rome avait, au même titre que le communisme, condamné le fascisme.

La dictature franquiste fut, de ce fait, cléricale, la hiérarchie catholique édictant la morale publique et privée, surveillant les mœurs, censurant les films et les écrits. Andrée Bachoud n'hésite pas à faire de l'Église l'inspiratrice de la politique du Généralissime, ce qui est peut-être excessif. Il n'en reste pas moins que le temps de Franco fut le temps des soutanes. C'est ce temps que j'ai connu et, si j'ai rencontré et même aimé quelques prêtres admirables, j'ai trop souffert de cette tyrannie dévote pour ne pas détester la confusion du religieux et du temporel. Ce franquisme clérical m'a à jamais rendu laïc, d'un laïcisme respectueux des croyances, mais soupçonneux devant la moindre intrusion des Églises dans la sphère politique. Parce que laïc, je réprouve également l'anticléricalisme fanatique et l'athéisme militant d'un Manuel Azaña.

À cause du républicanisme dont je me réclame, c'est justement le conservatisme social et le nationalisme cagot qui fondent mon refus du régime franquiste. Je n'ai pas varié dans mon sentiment d'aversion pour cette dictature bigote.

Reste le reproche essentiel : la répression implacable, le refus de toute amnistie, la vision manichéenne d'une division entre une Espagne nationale, catholique, moralement saine, et une anti-Espagne maudite, privée de tous ses droits, même élémentaires.

L'accusation de cruauté ne doit pas pour autant occulter la réalité. Si je dénonce avec la plupart des historiens la révoltante sauvagerie de l'épuration sanglante de l'été 1936, puis les exécutions qui suivirent la victoire de 1939, je n'oublie cependant pas les tueries commises dans le camp dit « républicain ». Longtemps ignorées ou niées par les gauches, elles sont aujourd'hui minorées ou enveloppées d'excuses fallacieuses : il s'agirait d'« excès », explicables par la fureur des masses populaires devant le soulèvement militaire. Je refuse ces arguties.

La dernière ligne de défense s'abrite derrière un raisonnement puéril. Oui, bien sûr, les milices commirent de nombreux assassinats, mais elles tuèrent moins que « les autres » : protestation à la fois pitoyable et fausse. Les derniers travaux statistiques, ville par ville, donnent des chiffres équivalents[1]. Il faut en prendre son parti et regarder en face la terrible réalité : la fré-

1. Bartolomé Bennassar, qui s'est penché avec attention sur la question, donne un chiffre d'environ 50 000 tués dans chaque camp. Je ne puis que me ranger à son estimation qui concorde avec la plupart des travaux entrepris depuis une dizaine d'années.

nésie de meurtre fut au moins aussi barbare dans un camp que dans l'autre.

Après la victoire de Franco, il y eut un grand nombre d'exécutions et les tribunaux militaires condamnèrent à de lourdes peines de prison des dizaines de milliers de « républicains ». Dans la seule ville de Madrid, pour les années 1939-42, les plus sanglantes, on a recensé avec précision les condamnés à la peine capitale ; on arrive au chiffre effrayant de 2 600 fusillés. Rien pourtant de comparable aux crimes commis par Hitler ou par Staline, pour ne rien dire de Mao. Ce fut une violente répression militaire, ce ne fut pas une extermination de masse, moins encore un génocide. Franco se montrait aussi froid, aussi implacable qu'il l'avait été au Maroc quand il commandait la Légion. Sans la moindre trace de sadisme, sans cruauté inutile, il tuait ses ennemis comme Philippe II faisait brûler les hérétiques. Avec froideur, il appliquait une sentence divine. Cette impassibilité glaciale n'inspire pas la sympathie. Elle ne justifie pas les amalgames et les confusions [1].

J'ai dit tout le bien que je pense de la biographie de Bartolomé Bennassar qui se montre souvent pondéré dans ses jugements. Sans intention polémique, je dois pourtant relever une phrase, révélation des confusions que je dénonce. Évoquant la répression qui suivit la victoire des nationalistes, il écrit : « À Madrid, les nationalistes utilisèrent sans états d'âme les *tchékas* de la République, et la Casa del Campo remplaça Paracuellos comme lieu d'élection des exécutions som-

1. De même, Jorge Semprun, qui sait de quoi il parle, s'insurge contre les comparaisons entre les prisons et camps franquistes et les camps nazis.

maires... » S'agit-il d'une maladresse de style ? La phrase renferme des inexactitudes, mineures les unes, plus graves les autres.

Il est vrai qu'entre le 1er avril et le 15 mai 1939 certaines *tchékas* servirent de lieux de détention, notamment celle de Fomento dont je parle longuement dans le chapitre consacré à la terreur. Ce choix s'opéra dans le climat de vengeance et d'épuration qui suivit l'entrée des troupes nationalistes dans la capitale [1], alors que des milliers de familles traumatisées par ce qu'elles venaient de vivre réclamaient le châtiment de leurs bourreaux. Les prisons étaient pleines ; on ne savait où mettre les détenus. Très vite, la situation pénitentiaire, très dure, retourna à sa sinistre routine.

La Casa del Campo fut-elle le théâtre d'exécutions sommaires ? Oui, mais toujours après une sentence des tribunaux militaires. Encore convient-il de préciser que la majorité des peines avaient pour théâtre les prisons et le cimetière de l'Est. Vétilles, certes, et mon désaccord ne porte pas sur ces détails.

Écrire que la Casa del Campo « remplaça » dénote en revanche une distraction ou une confusion fâcheuses. Elle ne remplaça rien du tout. Durant les mois d'été de 1936 jusqu'en février 1937, des milliers de suspects avaient été assassinés en ce lieu par les révolutionnaires. Avec l'hippodrome, la Pradera de San Isidro, les campagnes autour des Ventas, la Casa del Campo fut le sanglant décor des liquidations. Si les nationalistes y fusillèrent à leur tour, ce ne fut donc qu'une succession dans l'horreur.

Enfin le terme « remplaça » accolé au nom de Para-

1. Franco retarda son entrée solennelle dans la capitale pour permettre ce « nettoyage ».

cuellos établit un parallèle entre les épurations des milices rouges et de l'armée nationaliste avec ce qui fut une tuerie de masse organisée, planifiée par les communistes, exactement ce que le droit international définit comme crime contre l'humanité, sans équivalent dans toute la durée de la guerre civile dans un camp comme dans l'autre. Il n'y eut pas à Paracuellos et dans les villages avoisinants des exécutions sommaires, mais une boucherie méthodique, des milliers d'hommes abattus froidement, ensevelis dans des fosses creusées d'avance. Ne pas établir clairement cette distinction revient à entretenir une confusion qui embrume la conscience.

Au dos du livre de Bartolomé Bennassar, on lit que Franco se maintint au pouvoir « grâce aussi à une presse soigneusement contrôlée, à une répression d'abord très dure, puis vigilante ». J'imagine que l'auteur a revu ce texte et je souscris à chacun de ces termes. Dans leur précision, ils définissent ce que fut le régime franquiste : une dictature militaire très dure durant ses cinq premières années, de 1939 à 1943, sévère et vigilante ensuite.

On ne saurait par ailleurs condamner la dureté du Généralissime sans tenir compte de son anticommunisme viscéral. Il existe en France une curieuse amnésie sur la réalité sanglante du communisme, de la Russie bolchevique à la Chine de Mao et à l'épouvante du génocide cambodgien. J'écris « curieuse » parce qu'elle ne résulte pas de l'ignorance ou de la dénégation. On sait ce qu'a été le totalitarisme communiste ; on admet la réalité de ses exterminations. Mais on marque une stupéfiante réticence à les dénoncer clairement.

Ferme-t-on les yeux sur le fanatisme des communistes qui se voulaient ouvertement en guerre contre la société bourgeoise, vouant à une disparition inéluctable les classes sociales condamnées par l'Histoire, on risque de ne rien entendre à l'implacable sévérité de Franco. Militaire, il prenait au sérieux cette menace. Churchill, qui n'était pas un dictateur, partageait cette vision ; de Gaulle éprouvait la même défiance envers le communisme. La différence, de taille, tenait dans la méthode, plus souple, plus politique chez l'Anglais et le Français, rigide chez le Généralissime. Appartenant à des nations possédant une longue expérience de la démocratie, les premiers faisaient confiance aux mécanismes électoraux. Chez Franco, l'expérience traumatique de la République avait ôté toute illusion. Il faut rappeler les propos de Julián Besteiro, chef historique du socialisme espagnol, mort de façon indigne dans sa prison de Carmona [1] : « Nous avons fait l'expérience de la tyrannie communiste dans notre chair. » On pourrait citer Prieto, Martínez Barrio, Salvador de Madariaga, tous ces républicains révulsés et scandalisés par les méthodes communistes. Ni la France, ni moins encore la Grande-Bretagne n'avaient eu à affronter sur leur sol une révolution armée dirigée par les communistes. Ce fut le triste privilège de l'Espagne, et de ce choc sortirent Francisco Franco, son interminable dictature, sa raideur et son impassible cruauté.

On s'étonne de trouver chez des historiens d'aujour-

1. Il s'agit de l'un des plus sinistres crimes du franquisme, reconnu comme tel par Serrano Suñer qui regrette cet acharnement contre l'un des hommes les plus respectables, les plus honnêtes de la Seconde République. Il faut lire ses déclarations devant le tribunal militaire pour mesurer sa probité intellectuelle.

d'hui de bizarres circonlocutions : Franco, écrivent-ils, aurait « soupçonné » les communistes de vouloir s'emparer du pouvoir ; il aurait « imaginé » que, derrière Juan Negrín, le Parti communiste contrôlait le gouvernement. Mais il ne soupçonnait et n'imaginait rien d'autre que ce qui était, pour des républicains lucides, l'aveuglante réalité, d'ailleurs confirmé par les rapports du Komintern adressés à Staline.

La question de savoir si la stratégie de Staline visait à l'instauration, à ce moment-là, d'un régime de type soviétique est une autre affaire. Il reste que, dans l'Espagne de 1937-38, les communistes avaient réussi à se rendre maîtres de l'armée, de la police, des services secrets, et qu'après avoir « liquidé les fascistes et autres vaticano-fascistes », ils s'employaient, dans le plus pur style stalinien, à supprimer les gauchistes – « caballéristes », militants du POUM, anarcho-syndicalistes –, brisant ainsi les dernières résistances à leur hégémonie. Aux yeux des partisans d'une révolution authentique, ils apparaissaient comme des contre-révolutionnaires [1], farouches défenseurs de l'ordre, de la discipline et de la hiérarchie, en bref, des bolcheviks disciplinés.

Comme ce choc entre deux visions inconciliables a marqué tout le siècle, le personnage de Franco inspire des sentiments passionnés, à la hauteur des enjeux. Il suffit d'ailleurs de considérer l'ampleur de l'engagement soviétique et, plus largement, communiste en

1. La plus fine et la plus complète analyse de ces événements se trouve dans l'ouvrage de Pierre Broué et Émile Témime, *La Révolution et la guerre d'Espagne*, Éditions de Minuit, 1961, ouvrage bien entendu favorable aux révolutionnaires, mais parfaitement documenté.

Espagne pour saisir la violence de l'affrontement : non seulement l'armement et l'assistance technique, mais tout l'appareil kominternien ou presque ont défilé en Espagne, de Togliatti à Jacques Duclos, de Tito à André Marty, sans parler des conseillers soviétiques, militaires ou spécialistes du renseignement. Le formidable appareil de la propagande communiste déchaînait en Europe une campagne d'une indiscutable efficacité, sans commune mesure avec les pauvres moyens dont disposaient, pour prendre un exemple, les anarchistes.

Pour les uns, Franco a sauvé l'Espagne du péril bolchevique ; pour les autres, il reste à jamais ce nabot sanguinaire, ce pourfendeur des libertés, cet inquisiteur glacial. Impossible de trancher, moins encore de trouver un juste milieu. Ce n'est pas affaire de raison, mais de passions furieuses. Tout ce qu'on peut dire avec certitude, c'est que les nationaux eussent-ils perdu la guerre, l'Espagne n'aurait pas vécu sous une république pluraliste et démocratique, mais – sauf marchandage ultime la concernant à Yalta – serait probablement devenue une démocratie populaire à l'instar de la Pologne ou de la Tchécoslovaquie.

La passion du pouvoir : pas un historien, pas un biographe ne manque ce passage obligé. Comme Franco a régné durant près de trente-sept ans, il est tentant de voir dans cette durée la preuve indiscutable de son ambition effrénée, de son goût maniaque de tout contrôler, qui serait la marque de sa personnalité – compensation, expliquent les psychologues, à ses insuffisances et à son sentiment d'insécurité. Que valent pourtant les preuves à rebours ?

Il fut ambitieux, certes, il voulut très jeune s'affirmer, se distinguer, s'élever dans la hiérarchie militaire. Il y réussit en risquant sa peau avec une sorte d'allègre insouciance. Voyait-il au-delà ? Lorgnait-il vers la politique ? Bennassar donne comme preuve de cette passion du pouvoir le fait qu'il ait pu différer son mariage avec Carmen Polo pour rejoindre Millán Astray lors de la création de la Légion. On remarquera toutefois qu'il avait pris l'engagement de seconder Millán Astray dans sa tâche ; qu'il avait, ainsi que le dit son premier biographe, « le poison de l'Afrique dans les veines » ; qu'il aimait enfin par-dessus tout la guerre, ce qui semble échapper à beaucoup de ses biographes. Non seulement la guerre, mais cette guerre particulière, une forme d'aventure qu'il qualifiera lui-même de « romantique », quand bien même, dans sa réalité affreuse, elle fut tout sauf cela.

Ce goût de la bagarre ne saurait surprendre chez un militaire, et il le partageait avec bon nombre de ses frères d'armes. Qu'il voulût aussi monter en grade, comment le nier ? Il avait l'ambition des jeunes gens doués pour leur métier : un Rastignac de casernes. L'amour a toujours occupé dans sa vie une place secondaire. Chez lui toutes les autres passions cédaient le pas devant l'excitation de la poudre, que ce soit l'alcool, le tabac, la bonne chère, le jeu ou le sexe. Sans doute observait-il avec intérêt la dictature de Primo de Rivera, mais, Bennassar le remarque avec justesse, il aurait été heureux de servir à sa place un gouvernement en tant que chef des armées, ce qu'il fut un moment sous Gil Robles, éprouvant alors une sorte de bonheur.

Il me semble qu'on confond pouvoir et commandement. Le Caudillo aimait commander, et c'est en militaire qu'il a exercé le pouvoir, choisissant la stratégie et laissant ensuite une liberté très large à ses ministres – certains demeurèrent douze, quinze ans de suite au gouvernement – avec pour unique consigne la réussite.

Il conserva, c'est exact, et Bennassar comme Preston insistent sur ce point, le pouvoir régalien de donner la mort ou d'accorder sa grâce. Écrivant aujourd'hui, alors que la peine capitale semble une sorte de monstruosité appartenant à des temps révolus, nous avons tendance à oublier que ce pouvoir régalien, Franco le partageait avec la majorité des hommes d'État, et que les gouverneurs aux États-Unis continuent de l'exercer. Légionnaire, le Caudillo en usait sans états d'âme, appliquant avec froideur le code militaire. Je ne pense pas qu'on puisse glisser à son propos de la sévérité à une volupté intime de tuer, sentiment d'ailleurs impénétrable.

Le moment où son ambition politique se dévoile, le soulèvement de l'été 1936, prête lui aussi à confusion. Unanimement choisi par ses pairs, c'est le général Sanjurjo qui devait présider la junte militaire. On sait que Franco ne contesta jamais cette décision et que, sur l'aérodrome de Tétouan, alors qu'il rédige à la hâte une note demandant des avions à l'Allemagne ou à l'Italie, il envoie Bolín, chargé de porter son message, à Lisbonne. Respectant la voie hiérarchique, il sollicite la signature du Lion du Rif, son supérieur. On sait aussi qu'il aurait demandé à Sanjurjo, après la victoire, le commandement du Maroc espagnol, une sorte de protectorat, ce qui cadre bien avec la personnalité de cet africaniste. Seules les morts de Goded, exécuté par les républicains à Barcelone, et de Sanjurjo, dans un accident d'avion, déblayèrent la voie devant lui.

Pragmatique : ce qualificatif que les meilleurs historiens choisissent pour qualifier son absence d'idéologie vaut aussi pour son ambition et pour sa passion du pouvoir. Il prenait rarement l'initiative, mais ne laissait jamais passer une occasion. Peut-être est-ce le général Cabanellas qui l'a le mieux cerné quand il lançait à ses pairs : « Puisque, selon votre vœu, on va lui donner maintenant l'Espagne, il va croire qu'elle est à lui et il ne permettra à personne de le remplacer, ni pendant la guerre, ni après. »

Il existe, je le redis, une intelligence militaire, différente par nature de l'intelligence littéraire ou philosophique. C'est cette intelligence particulière qui permet au général Cabanellas de percer à jour le futur Caudillo dont il ne condamne pas l'ambition, ni la passion du pouvoir, mais l'opportunisme. Pour être mieux entendu de ses pairs, il se réfère d'ailleurs à la campagne du Maroc, suggérant que les qualités militaires de Franco sont les mêmes que celles qu'il démontrera au pouvoir. Il y a dans ce jugement plus de finesse que chez beaucoup d'universitaires à qui l'univers militaire reste hermétique. La prophétie de Cabanellas se vérifie sur le plan stratégique dans la conduite de la guerre comme sur le plan politique : jamais Franco n'abandonne à l'ennemi une ville, un territoire ; il ne cède pas davantage aucune des prérogatives qu'il a réussi à arracher.

Médiocre ? Il démontra à maintes reprises, on l'a constaté, un sens aigu de la politique, non seulement en maintenant un subtil équilibre entre les différentes tendances formant le Mouvement national, mais en sauvegardant la neutralité de son pays durant la guerre mondiale. En 1940, il fut sans doute tenté de profiter de la victoire de l'Allemagne pour arracher quelques dépouilles à la France vaincue, mais il se ressaisit très vite, opposant au harcèlement du Reich une forme de résistance passive d'une efficacité certaine. Au lendemain de la victoire des Alliés, il fit preuve d'une connaissance intuitive de son peuple en appelant les Espagnols à serrer les rangs devant la condamnation de la communauté internationale. Jouant sur la fibre nationaliste, sur l'orgueil blessé, il tint tête, intimement persuadé que les événements lui donneraient raison et que la coalition des vainqueurs ne résisterait pas à l'expansionnisme soviétique. La guerre froide lui permit, en se rapprochant de l'Amérique, de sortir son pays du sous-développement. Le choix n'allait pas de soi et Salazar, lui, refusa de céder des bases aux Américains. Ce fut, chez Franco, un froid calcul : seuls les États-Unis, puissance impériale, pouvaient l'aider à tirer le pays de son marasme. Contre des centaines de millions de dollars, il abandonna des parcelles de souveraineté et récolta les fruits de sa souplesse. L'aide américaine jeta les fondements de la croissance.

Ignare, inculte : le reproche revient comme un leitmotiv, surtout chez les intellectuels qui ne cachent pas leur aversion pour ce militaire raide et antipathique. Ils ont raison quand ils dénoncent son inculture. Il n'est pourtant pas du tout sûr que la culture philosophique ou littéraire soit de même nature que l'intelligence politique. Manuel Azaña offre le parfait exemple de l'inadaptation d'un littéraire aux tâches du gouvernement. Il est peu fréquent que les deux intelligences coïncident, comme ce fut le cas pour de Gaulle ou Mitterrand, exemples rares. Le plus souvent, les qualités exigées en politique se révèlent non seulement étrangères, mais inconciliables avec celles du philosophe. Les hommes des Lumières pouvaient se féliciter d'avoir trouvé en l'impératrice Catherine ce

« despote éclairé » dont ils rêvaient, les réussites de son règne doivent moins à l'enseignement de Voltaire et de Diderot qu'aux calculs de la raison d'État. On peut dire la même chose de Frédéric de Prusse qui, tout en admirant Voltaire, ne livrait pas ses guerres par fidélité aux principes de la raison philosophique.

Malgré ses prétentions de théoricien marxiste, on doute que Staline ait été, au sens où l'entendent les intellectuels, plus cultivé et plus intelligent que Franco...

Le reproche le plus bizarre parmi tous ceux qu'on fait au Caudillo est celui que lui adresse Andrée Bachoud[1] ; personne ou presque, dit-elle, ne l'aurait aimé, et de citer, de Pétain à Hassan II, les personnalités qui l'auraient jugé antipathique. On pourrait lui rétorquer que de Gaulle, Eisenhower, Foster Dulles ou Nixon ne partageaient pas cette aversion, mais ce serait, de manière négative, entrer dans un raisonnement que je trouve aussi faible que déplacé. En quoi les sentiments qu'un personnage historique nous inspire nous renseignent-ils sur son rôle politique ?

Poussant plus loin, la biographe relève l'exaspération que, malingre et chétif, Francisco Franco aurait, enfant, provoquée chez son père. On ne sait comment interpréter cette phrase : faut-il comprendre par là que ce gosse fragile méritait le mépris de don Nicolas ?

Ces étranges considérations sont les signes de la crispation que le seul nom du Caudillo produit chez beaucoup. Tout chez lui doit être relevé à charge dans le procès qu'on ne cesse de lui intenter. Aucune circonstance atténuante, jamais nulle excuse. Coupable il

1. Andrée Bachoud, ouvrage cité.

paraît de l'enfance à la mort, et quand le récit de sa vie montre des ambiguïtés difficiles à écarter, on le décrète coupable de nullité. Dans ce cas, pourquoi se donner la peine de compulser des archives et des documents, de dépouiller des centaines d'ouvrages, de noircir des milliers de pages ? Si l'homme n'a pas existé ou à peine, s'il est résolument banal, dépourvu de la moindre qualité, s'il ne vaut rien en tant que stratège, moins encore en tant que politique, que reste-t-il à dire de ce zéro ?

Ces dénégations cachent un profond malaise, car, bon ou mauvais stratège, il a gagné la guerre, remporté des victoires décisives ; nombre de témoins, même hostiles au personnage et à sa philosophie, reconnaissent sa supériorité sur la plupart des généraux de sa génération. Au Maroc, il fit preuve d'un courage exceptionnel, d'un sens du terrain reconnu par tous ses supérieurs, d'une préparation et d'une organisation méticuleuses. Il démontra des qualités de chef indiscutables et Prieto lui-même rendit hommage à ses talents.

Dans les premiers mois de la guerre civile, la campagne d'Estrémadure, menée par Yagüe sous ses ordres, fut un modèle de stratégie foudroyante. Beevor lui reproche son obstination à lancer contre Madrid des attaques frontales dont le coût humain fut effrayant. Mais, lors de la bataille de l'Èbre, décisive pour la victoire finale, sa vision se révéla, contre l'avis de son état-major, lucide et juste.

Politique médiocre, il a régné durant plus de trente-six ans, survivant à l'hostilité de la communauté internationale, réussite tout à fait incompatible avec une nullité absolue. Plusieurs historiens, guère favorables à sa personne, rendent hommage à sa lucidité. Il sut choisir des ministres compétents, quelques-uns exceptionnels, et il leur accorda une entière confiance.

Il appuya de même, contre ses inclinations profondes, la politique libérale des « technocrates ». Sans son consentement explicite, le « miracle économique » espagnol n'aurait pas pu se produire.

Chose sans doute la plus rare et la plus dure pour un homme d'État, il réussit à organiser et préparer sa propre succession, faisant preuve en l'occurrence de discernement et d'obstination.

Question la plus controversée, ligne de partage entre adversaires et partisans du dictateur : qu'a-t-il laissé à sa mort ? Quel legs a-t-il fait à la nouvelle Espagne ? Rien, disent les uns ; tout ou presque, rétorquent les seconds, plaidant que la nouvelle Espagne est issue, sans heurts, presque naturellement, du franquisme. Jugeant ce nœud inextricable, je m'en tiendrai aux évidences.

Le roi, d'abord : contre l'avis de son père qui souhaitait l'envoyer dans des universités étrangères, Franco a imposé de le faire éduquer dans son pays, mesure d'une perspicacité et d'une sagesse incontestables puisqu'elle a fait du prince Juan Carlos un monarque espagnol, deux fois légitimé depuis qu'il s'est opposé à une tentative de coup d'État grotesque, prouvant par là son attachement à la Constitution et au respect de la légalité. C'est bien entendu sa clairvoyance politique qui a fait de lui cette figure respectée, mais comment ignorer qu'en décidant de faire de lui un Espagnol le Caudillo enracinait la monarchie ?

Le fonctionnement d'une démocratie apaisée : ce « miracle », salué par l'étranger, n'a été rendu possible que par une volonté unanime d'étouffer les rancœurs et ressentiments de la guerre civile – pacte d'oubli accepté par tous les partis. Certains dénoncent aujourd'hui cette amnésie collective et veulent déterrer les morts. Ont-ils conscience de jouer avec le feu ?

Ce pacte n'aurait pu être mis en œuvre sans l'intelligence et le courage du Parti socialiste qui, en renonçant à la dogmatique marxiste, en bannissant de son vocabulaire les incantations révolutionnaires, ouvrait la voie à un fonctionnement tranquille des institutions démocratiques. Felipe González a autant qu'Adolfo Suárez contribué à l'apaisement. En se métamorphosant en parti de gouvernement responsable, le PSOE a accouché de la modernité en Espagne.

Enfin l'Espagne que le vieux Caudillo léguait à ses successeurs n'était plus la même que celle qu'il avait trouvée en accédant au pouvoir. En 1939, ce pays misérable et ruiné restait majoritairement rural, avec un taux d'analphabétisme tournant autour de 60 % ; en 1975, il existait une large classe moyenne et le taux d'analphabétisme n'était plus que de 5 % environ.

Peut-on attribuer ce bouleversement au Caudillo ? Ses adversaires irréductibles répètent que ces changements se seraient produits sans lui. C'est possible, et indémontrable. Le fait est que, contre ses inclinations, il a appuyé la politique libérale des « technocrates », sortant ainsi l'Espagne de son sous-développement.

On l'a vu au cours de ce récit, la démocratie espagnole n'est pas née d'une rupture brutale, dans des convulsions et des affrontements ; elle couvait déjà sous le franquisme ; elle n'a fait que se révéler avec, d'ailleurs, une formidable maturité. Il faudrait citer ici toutes les réformes qui, depuis 1965, changèrent profondément la nature du régime. Alors que la plupart des dictatures du XXe siècle s'écroulaient en ne laissant derrière elles que des décombres, celle de Franco accouchait d'une monarchie constitutionnelle ouverte et dynamique. J'ignore s'il faut lui en attribuer le mérite, je me borne à constater le fait.

À la lumière de tout ce que j'ai appris au cours de ma déjà longue vie, je crois que ce qu'on appelle de nos jours « devoir de mémoire » n'est le plus souvent qu'un ressassement morbide qui interdit à la mémoire de contribuer à façonner une espérance collective. Piétinement sinistre, ce devoir empêche d'avancer, autant dire d'assimiler. Il implique un refoulement lourd de dangers, car ce qui est étouffé finira par resurgir.

En ce qui concerne le franquisme, on peut oser cette lapalissade : qu'on le veuille ou non, que cela plaise ou déplaise, il fut une réalité qui a duré plus de trente-cinq ans. Il ne peut pas ne pas avoir marqué les esprits. S'en débarrasser en le traitant par le mépris ne me semble pas une attitude pertinente. On se méprise soi-même en méprisant ses adversaires. Aucun oubli ne peut se fonder sur la haine. Or l'Espagne n'a pas encore oublié, puisqu'elle n'arrive pas à pardonner – pardon ne signifiant pas ici oubli et compréhension de crimes passés, mais don d'un avenir pacifié.

Ce que les Espagnols doivent finir par accorder à leur propre histoire, c'est la lucidité et l'équanimité.

Repères bibliographiques

Ouvrages français :

BACHOUD, Andrée, *Franco : ou la réussite d'un homme ordinaire*, Fayard, 1997.

BENNASSAR, Bartolomé, *Franco*, Librairie Académique Perrin, 1995, et coll. « Tempus », 2002.

BLAYE, Édouard de, *Franco ou la monarchie sans roi*, Stock, 1974.

BROUÉ, Pierre et TÉMIME, Émile, *La Révolution et la guerre d'Espagne*, Éditions de Minuit, 1961, rééd. 1996.

GEORGEL, Jacques, *Le Franquisme. Histoire et bilan*, Le Seuil, 1970.

HERMET, Guy, *L'Espagne au XXe siècle*, PUF, 1992 ; *La Guerre d'Espagne*, Le Seuil, 1989 ; *Les Catholiques dans l'Espagne franquiste. Chronique d'une dictature*, Presses de la Fondation nationale des sciences politiques, 1981.

NOURRY, Philippe, *Franco, la conquête du pouvoir*, Denoël, 1975.

VILALLONGA, José Luis de, *Le Sabre du Caudillo*, Robert Laffont, 2000.

Ouvrages étrangers :

ALMAGRO, Fernandez, *Histoire du règne d'Alphonse XIII*, Barcelone, Montaner y Simon, 1933.

ARAQUISTAIN, Luis, *La Pensée espagnole contemporaine*, Buenos Aires, Losada, 1955.

ARENDT, Hannah, *Les Origines du totalitarisme*, « Le système totalitaire », Paris, Le Seuil, coll. « Points », 1972.

ARRARÁS, Joaquín, *Franco*, Valladolid, 1939.

BAREA, Arturo, *La Forge d'un rebelle*, Madrid, Turner, 1977.

BEEVOR, Antony, *La Guerre d'Espagne*, Calmann-Lévy, 2006.

BRENAN, Gerald *Le Labyrinthe espagnol*, Ivrea, 2005 (1943, Syndicate of the Press of the University of Cambridge ; 1962, Éditions Ruedo Ibérico, pour la première traduction française, et Éditions Champ libre, 1984).

CROZIER, Brian, *Franco*, Toronto, Little, Brown and Company, 1967.

DURO, Enrique Gonzalez, *Franco, una biografía psicológica*, Madrid, Temas De Hoy, 1992.

ESCRIVÁ DE BALAGUER, Josemaría, *Chemin*, Fayard, 1939.

FERNANDEZ, Carlos, *El general Franco*, Argos Vergara, 1983

FRANCO BAHAMONDE, Pilar, *Nosotros los Franco*, Planeta, 1980.

HILLS, George, *Franco : the Man and his Nation*, New York, Macmillan, 1967.

HÜSLER, Angelo, *Du franquisme à la démocratie.*

Effondrement ou évolution d'un régime ?, Lausanne, L'Âge d'homme, 2003.

KANTOROWICZ, Ernst, *Les Deux Corps du roi*, Gallimard, 1957, 2000.

MANN, Thomas, *Mein Bruder Hitler*, Hoffmann und Campe Verlag.

MONTALBÁN, Manuel Vázquez, *Moi, Franco*, Planeta, 1993.

ORTEGA Y GASSET, José, *España invertebrada*, 1921 et 1983, in *Obras completas*.

PAYNE, Stanley G., *Falanje*, Californie, Stanford University Press, 1961 (Éditions Ruedo Ibérico, 1965 pour la traduction française). *Franco, el perfil de la historia*, Espasa Calpe, 1992.

PFANDL Ludwig, *Philippe II, 1527-1598, une époque, un homme, un roi*, 1942, et Taillandier, 1981.

PRESTON, Paul, *Franco*, Londres, Harper Collins, 1993.

RAMIREZ, Luis, *Vie de Francisco Franco, régent du royaume d'Espagne par la grâce de Dieu*, Ruedo Ibérico, 1965.

SEMPRUN, Jorge, *Autobiografía de Federico Sánchez*, Planeta ; Le Seuil, coll. « Points ».

SUÑER, Ramón Serrano, *Entre Hendaya y Gibraltar*, Ediciones y Publicaciones Españolas, 1949.

TAGÜEÑA, Manuel, *Testimonio de dos guerras*, Mexico, Oasis, 1974.

TUÑÓN DE LARA, Manuel, *La Guerra civil española 50 años después*, Barcelone, Labor, 1985.

TUSELL, Javier, *Franco en la guerra civil. Una biografía política*, Tusquets Editores, 1992 et 2006. *La Dictadura de Franco*, Madrid, Alianza Editorial, 1988. *Carrero, la eminencia gris del régimen de Franco*, Madrid, 1993.

VALDEIGLESIAS, Marquis de, *La Sociedad española*, Madrid, Biblioteca Nueva, 1957.
VIDAL, César, *Checas de Madrid*, Barcelone, Belacqva/ Carrogio, 2003.
WALSH, Michael, *Le Monde secret de l'Opus Dei*, Paris, Pygmalion, 1994.
YNFANTE, Jésus, *La Prodigiosa aventura del Opus Dei. Genesis y desarrollo de la Santa Mafia*, Paris, Ruedo Ibérico, 1970.
ZAMACOIS, Eduardo, *Madrid assiégé*, 1936.

Table

Du même auteur :

TANGUY, Julliard, 1956, Prix des Neuf, 1992, Gallimard, 1995, « Folio » nº 2872

LA GUITARE, Julliard, 1957, Seuil, 1984, « Points » nº P580

LE COLLEUR D'AFFICHES, Julliard, 1958, Seuil, 1985, « Points » nº P614

LE MANÈGE ESPAGNOL, Julliard, 1960, Seuil, « Points Roman » nº R303

TARA, Julliard, 1962, Pocket, 1980, Seuil, « Points Roman » nº R405

GERARDO LAIN, Christian Bourgois, 1967 et 1997, Seuil, « Points Roman » nº R82

LE VENT DE LA NUIT, Julliard, 1972, Prix des Libraires, Prix des Deux-Magots, Seuil, « Points Roman » nº R184

LE SILENCE DES PIERRES, Julliard, 1975, Prix Chateaubriand, Seuil, « Points Roman » nº R552

LE SORTILÈGE ESPAGNOL, Julliard, 1977, Fayard, 1996, Gallimard, « Folio » nº 3105

LES CYPRÈS MEURENT EN ITALIE, Julliard, 1979, Seuil, « Points Roman » nº R472

LA NUIT DU DÉCRET, Seuil, 1981, Prix Renaudot, « Points » nº P250

LA GLOIRE DE DINA, Seuil, 1984, « Points » nº P590

LA HALTE ET LE CHEMIN, Bayard, 1985

SÉVILLE, Autrement, 1986

LE DÉMON DE L'OUBLI, Seuil, 1987, « Points Roman » nº R337

MORT D'UN POÈTE, Mercure de France, 1989, Gallimard, « Folio » nº 2265

UNE FEMME EN SOI, Seuil, 1991, « Points » nº P591

ANDALOUSIE, Seuil, 1991, « Points Planète » nº Pl 16

LE CRIME DES PÈRES, Seuil, 1993, Prix RTL-Lire, « Points » nº P198

CARLOS PRADAL, en collaboration avec Yves Belaubre, F. Loubatières, 1993

RUE DES ARCHIVES, Gallimard, 1994, « Folio » nº 2834

MON FRÈRE L'IDIOT, Fayard, 1995, Gallimard, « Folio » nº 2291

LE SORTILÈGE ESPAGNOL : LES OFFICIANTS DE LA MORT, Fayard, 1996, Gallimard, « Folio » nº 3105

LA TUNIQUE D'INFAMIE, Fayard, 1997, Gallimard, « Folio » nº 3116

DE PÈRE FRANÇAIS, Fayard, 1998, Gallimard, « Folio » nº 3322

COLETTE, UNE CERTAINE FRANCE, essai, 1999, Stock, Prix Femina, 1999, Gallimard, « Folio » nº 3483

DROIT D'AUTEUR, Stock, 2000

L'ADIEU AU SIÈCLE, JOURNAL DE L'ANNÉE 1999, Seuil, 2000, « Points » nº P815

LES ÉTOILES FROIDES, Stock, 2001, Gallimard, « Folio » nº 3838

COLETTE EN VOYAGE, Éditions des Cendres, 2002

ALGÉRIE, L'EXTASE ET LE SANG, théâtre, Stock, 2002

LES PORTES DU SANG, Seuil, 2003, « Points » nº P1202

LE JOUR DU DESTIN, théâtre, L'Avant-Scène, 2003

SORTIE DES ARTISTES, « DE L'ART À LA CULTURE, CHRONIQUE D'UNE CHUTE ANNONCÉE », Seuil, 2004

LE DICTIONNAIRE AMOUREUX DE L'ESPAGNE, Plon, 2005, Prix Méditerranée 2006

LA RELIGIEUSE DE MADRIGAL, Fayard/Le Seuil, 2006

LA VIE MENTIE, Fayard, 2007, Prix des Écrivains croyants, 2008

Composition réalisée par NORD COMPO

Achevé d'imprimer en octobre 2010, en France sur Presse Offset par
Maury-Imprimeur - 45330 Malesherbes
N° d'imprimeur : 159161
Dépôt légal 1re publication : novembre 2010
LIBRAIRIE GÉNÉRALE FRANÇAISE - 31, rue de Fleurus - 75278 Paris Cedex 06

31/2960/8